《外国文学名著名译丛书》出版说明

世界文学名著作为人类文明成果的一部分永放光芒，永远为广大读者所喜爱和珍藏。

本丛书在尊重文明累积与普遍共识的同时，细心体察今日读者的需求，突出一个“兼”字，即兼及价值内涵的多向多元，题材、语言、风格的多姿多彩，以及读者兴趣、爱好、需求的多种多样。译本的择选也兼顾到卓有成就的老翻译家与世纪之交崭露头角的中青年译者。所选书目以小说为主，兼及童书、成长经典、抒情诗、散文、剧本、批评……时段以十九世纪至二十世纪前期为主，适当上溯到古代。总的要求好看、可读，读之有益。

自二〇一二年起，计划三年推出二百余种。每种书前有作品及译本的择选依据和权威评鉴，书中辑入外版精彩图片。

漓江出版社编辑部

作者像

作者肖像画

乔治·桑

Madame,

Je prends la liberté de vous envoyer quelques vers que je viens d'écrire en relisant un chapitre d'Indiana, celui où Noun reçoit Raimond dans la chambre de sa maîtresse. Leur peu de valeur m'aurait fait hésiter à les mettre sous vos yeux, s'ils n'étaient pour moi une occasion de vous exprimer le sentiment d'admiration sincère et profonde qui les a inspirés.

Agréez, Madame, l'assurance de mon respect —

Alf[d] de Musset

Deuxième lettre d'Alfred de Musset à George Sand, écrite au soir du 24 juin 1833.

缪塞手迹（写给乔治·桑第二封信）

外国文学名著名译丛书

缪塞
中短篇小说选

（法）缪塞 著
Alfred de Musset
李玉民 译

漓江出版社

图书在版编目(CIP)数据

缪塞中短篇小说选/(法)缪塞 著;李玉民 译.—桂林:漓江出版社,2013.3(2019.2 重印)

ISBN 978-7-5407-6292-6

Ⅰ.①缪… Ⅱ.①缪… ②李… Ⅲ.①中篇小说-小说集-法国-近代 ②短篇小说-小说集-法国-近代 Ⅳ.①I565.44

中国版本图书馆 CIP 数据核字(2013)第 023278 号

责任编辑:库文妍　刘小麓
实习编辑:吴巧艳　孙精精
装帧设计:秋　水

出版人:刘迪才
漓江出版社有限公司出版发行
广西桂林市南环路 22 号　邮政编码:541002
网址:http://www.lijiangbook.com
全国新华书店经销

三河市腾飞印务有限公司印刷
开本:700mm×960mm　1/16
印张:15.75　字数:253 千字
2013 年 3 月第 1 版　2019 年 2 月第 2 次印刷
定价:42.00 元

作家·作品

我们全能背诵。此前谁见过更鲜活、更真实的声韵吗？至少这位从不说谎，只讲出他的感受。他心有所思，便朗声讲出来。他为所有人做了忏悔。大家绝不是赞赏他，而是爱他。他岂止是个诗人，还是个真正的人。

——泰纳

他是个被诗神宠坏了的孩子，一个"总获头奖的金发少年"，浪漫派的明星及爱取笑耍闹的顽童。他向往成为莎士比亚或者席勒，也能博得佳人的青睐。

在想象中，雨果总是年老，蓄着白胡子；缪塞总是年少，他无所疑惑，什么都嘲笑。雨果1829年出版《东方集》，缪塞十九岁就信手写出了《西班牙和意大利的故事集》（诗集），特别调皮，讽刺意味十足，但是才华横溢。

不管怎样，有一个缪塞无需宽宏大量，轻易就获胜了，那就是戏剧的缪塞。可以不必夸张地说，缪塞是我们的莎士比亚，至少是袖珍型莎士比亚。整个浪漫派戏剧中，还是缪塞的戏剧在舞台上最活跃。

——让·道迈松

缪塞丰富的感情、纤细敏感的气质、自我放任的性格和薄弱的意志力，这些不仅影响了他的生活道路，而且决定了他文学创作的情调。于是，法国文学史上出现了一个资产阶级浪子式的文人，他的作品的风格和情调，多少可以使人想起宋代柳永所描写的那种状态："对酒当歌，强乐还无味"。

——柳鸣九

缪塞以诗人不恭的玩世，对付社会的玩世不恭，既嘲笑自己，更嘲笑世间的一切，不但自嘲，又能无所不嘲，从嬉笑怒骂中透出具有长久意义的人生感悟。他的作品能让人体会出：青春，哪怕是胡闹的、放荡的青春，也往往蕴含着埋藏在人类灵魂深处的最重要、最不可缺少的东西；在这个意义上，维护青春，也正是维护人最容易丧失的、最可宝贵的东西。理解这一点，就不难理解缪塞笔下的青年，即使是厌世而绝望的青年，从哪儿来的那种目空一切的狂妄劲头；同样也不难理解，缪塞的一些作品为何具有不朽的意义。

——李玉民

缪塞，青年方舟的挪亚

李玉民

20 世纪 80 年代初，我开始文学翻译时，阿尔弗雷德·德·缪塞（Alfred de Musset，1810—1857），是我最早关注的法国作家之一。1983 年由人民文学出版社在我国首次推出的《缪塞戏剧选》，也是我第一批译作的重头戏。十数年后，《缪塞精选集》（山东文艺出版社），正巧也是我为柳鸣九先生主编的这套书系编选的第一部精选集。厚厚的将近千页，算是一部大书了，选择了缪塞各种体裁的作品，其中诗歌小说等也是首次推介给我国读者。作为法国浪漫派的一位名家，有这样一部精选集，译介也该告一段落，足够读者欣赏和了解这位天才作家了。

怎奈外国文学在我国出版，除了一批最常见的名家有限的名著，大多都缺少再版的持续性。在一二十年间，缪塞的作品没有再版，也就很难再寻觅到了。而 2010 年，又恰逢缪塞诞辰二百周年，受出版界友人鼓励，打算做一套四卷本的《缪塞文集》。怎奈出版社常有变动，致使出版意向取消，而这一本为文集准备的《缪塞中短篇小说选》，虽然不能单独挑大梁，至少可以弥补点缺憾，唱唱挽歌吧。

值得做一套文集吗？且看文学史家怎样评论。

缪塞信笔写来，从不舞文弄墨，无论表达欢乐还是忧伤，“似乎都存在着不朽的真理”。而且，他这种“不可思议的活泼艳丽的优雅，这种不怕丢丑诙谐的天才，既有一种令人解脱的效果，又有一种令人着迷的姿态。这里有一种不可抗拒的魅力”。

这是文学史家勃兰兑斯在他的名著《十九世纪文学主流》中的一段话。勃兰兑斯甚至还有这样的赞誉：“把他的一首诗扔进其他诗人的一堆诗篇里，他的诗就会起硝酸那样的作用，其他的诗篇就要燃烧成灰烬，化作一缕青烟，唯独他的诗永留人间，熠熠闪光，犹如发自人类胸臆的呼喊，鸣响着荡气回肠的真理。”

的确，缪塞在文坛初露头角，就显得卓尔不群，展现一种崭新的浪漫主义，就以其大胆粗犷、无所顾忌的热情、冷嘲热讽、机智诙谐的风格，较之雨果的浪漫主义，更直接更有效地冲击了古典主义的清规戒律，令人耳目一新，在僵持沉闷的时期，给人以豁然开朗的清新之感。他在《威尼斯》一诗中吟道：

在意大利，哪个人
没有点放纵的情根？
哪个人不把最好的时光
留给情场。

缪塞携着《安达卢西亚女郎》、《月亮谣》一类的猥亵轻佻、活泼生动的歌谣，以欢快的步伐走上文坛，确实给当时过分凝重严肃的气氛，带去一股充满青春活力的新风，一出手就彰显他那不受拘束、洒脱自然的才气。

缪塞无愧于天才诗人的称号，然而，他更愿意被称作青年诗人，并始终以青年诗人自诩。他四十一岁那年，被遴选为法兰西学士院院士。在举行传统的仪式上，缪塞那头漂亮的金色长发、那副青春飞扬的神采，看上去不过三十岁，足令公众，尤其令女士们赞叹不已。

青春的容颜固然不会久驻，但是可贵的是，缪塞能保持一颗青春的心灵。他发出的“呼喊”，始终是青年的宣泄；他所表达的“真理”，始终是青年的心声。

天才无不肩负特殊的使命，无不占有天赐的领域。雨果要表现人世的苦难，巴尔扎克则描绘社会的人生百态，加缪看到荒谬的世界和荒谬的人，卡夫卡着力反映现代世界的幻觉与惶恐，而缪塞的使命，似乎就是要记述状写他那一代青年。他的各种体裁作品中的主人公，如长诗《罗拉》中的罗拉、戏剧《任性的玛丽亚娜》中的赛利奥和奥克塔夫、《勿以爱情为戏》中的拜迪康和卡蜜儿、长篇小说《世纪儿的忏悔》中的奥克塔夫，以及本书各篇中的人物，无一不是青年，难道这是偶然的吗？

不过，缪塞笔下的人物，又不是一般意义上的青年。他们有个共同特点，都没有正经职业，都不在任何职场打拼。他们终日无所事事，自由自在，过着放荡不羁的生活。如《方达西奥》中的方达西奥，一直靠举债过日子，依然乘坐金碧辉煌的马车，像专制君主一样，在全城到处游逛，光顾所有酒馆，每次都要喝得酩酊大醉；他还总是想入非非，要找个小家碧玉或者歌剧女演员当情妇，却又把这种情爱看得不如一只芥末龙虾，为躲债而进王宫当小丑。《慎勿轻誓》中的华朗坦，也是个花花公子，他出入赌场，骑着高头大马到处招摇，定做许多华丽的服装，总赶时髦却付不起裁缝钱……

缪塞塑造的这些青年形象，为什么行为都如此怪诞呢？只因他们走到了人生的门槛，但又不肯跨进社会，不肯担负起社会责任。青春，与其说是人生的一个时期或年龄段，不如说是一种精神状态或心态。处于青春状态的人面对社会，虽有自我保护的本能，却无自我保护的能力。他们看事物尤其缺乏伸缩性，疾恶如仇，容易走极端。他们越是觉得世界可怕，就越是固守青春的阵地。方达西奥当了宫廷小丑，喝得烂醉时搞个恶作剧，让前来逼婚的芒图王当众出了丑，保住了小公主的贞操，他自己总结说，总算“干出点儿非凡的事来”。

保住一个人的青春，是一件“非凡的事”，甚至够得上“一篇史诗的题材”，足见缪塞把维护青春的状态视为头等大事。他在自己的戏剧和小说中，不断地塑造出一系列的青年形象，就是要不断地重审并呼唤他内心的青春，简直把青春提到唯一信仰的高度。

青年往往自成一洞天地，几乎与成人世界隔绝。成人要求青年担负起责任，但是在缪塞和他的青年们看来，社会责任很可能是捕捉他们的陷阱，羁縻他们的圈套，因而产生一种无名的恐惧感。爱尔丝贝公主听说“芒图王是世间最可笑的蠢物”，但是为了承担起维护和平的责任，不得不做“一只逾越节的羔羊”，由人牵上祭坛。她无可奈何地叹道：“我们的哀怨，还不是像羔羊咩咩的叫声，打动不了上帝的心。”上帝的心难以捉摸，而青年的心毫无布防，极容易受到伤害，一旦受到伤害，就可能造成永难愈合的创伤。

这种创伤，正是青年憎恨并惧怕世界的原动力。而缪塞心灵上的创伤，成为他塑造的青年人物憎恨并惧怕世界的原动力。

缪塞少小天资极为聪颖，在家中娇生惯养，不仅性格脆弱，身体也很单薄，一直跟着家庭教师学习。直到九岁，他才进入巴黎名校亨利四世中学，上相当于我国的初中一年级。这个金发少年在全班年龄最小，却总拿第一名，最受老师的赏识，这就引起那些差生的仇恨。一些孬种结成帮伙，每天放学都要袭击这个模范生，让他饱尝拳脚，一直追打到校门口。小缪塞见到校门口接他的仆人时，已经衣冠不整，脸上甚至破皮出血了。小小的心灵遭受重创，他从童年就体味到，平庸小人出于卑劣的嫉妒，对待高尚的人是多么残忍。

缪塞到了十八岁，在感情上又受到了严重伤害。他遇见一个非常聪慧的风流女子，产生了初恋的那种激情，不久便发现那女子另有所爱，只是利用他的纯真和轻信，拿他来打掩护。那女子对年轻的恋者深情的责备非但无动于衷，还以极残忍的方式戏弄了他。这种感情上的创伤，影响了缪塞一生的创作。正如《十月之夜》所吟咏的：

可耻，眼睛阴毒的人，
你施展致命的爱情，
将我的春天和良辰，
埋葬到永世的阴影！

通读缪塞的作品，处处能发现这“永世的阴影”，普遍存在着虚伪和背信弃义，这是他的作品的基调，是故事情节发展的主要背景。

世纪儿奥克塔夫在忏悔中，讲述的头一个故事就是他受了情妇的欺骗，也是在缪塞初恋受骗的年龄。奥克塔夫同一个美丽的寡妇相爱，偶然发现情妇与他少年时期的朋友发生了暧昧关系。他同背叛友情的人决斗受了伤，又断然拒绝不忠的情妇的痛悔。这种双重的背叛令他憬悟：虚伪和背信弃义主宰着世界，于是他听从劝告，选择了玩世不恭的放荡生活。

奥克塔夫一度产生自杀的念头，罗拉最终还是结束了自己的年轻生命。这些青年陷入绝望的境地，看不到一点希望和前途，这便是所谓的“世纪病”。在缪塞的笔下，一个总欺骗情人的虚情假意的女子，正是社会的一副嘴脸。而且，世纪病也自有世纪的病因，《方达西奥》中的主人公就发出这样世纪的感叹：

永恒，就像巨大的鹰巢，所有的世纪，如同雏鹰一样，从那里一只一只展翅长空，消逝在冥蒙。我们世纪的雏鹰也爬到巢边，但是，它的翅膀被剪断了。它望着海阔天空，却不能任意翱翔，只是趴在那里等死。

生在翅膀被剪断的世纪是不幸的，可以称为世纪不幸儿。“我们拥有各个世纪的东西，唯独没有我们这个世纪的。因此，我们只是靠着一堆破烂苟活，仿佛末日来临了。”（《世纪儿的忏悔》）这是一个没有信仰，也没有理想的时代。拿破仑和帝国的荣耀已经过去，一去不复返；未来又如大理石雕像似的情妇，待其复活，脉管里流淌血液，还不知何年何月，一代青年只剩下现时了。

现时的事物，在世纪儿看来，除了爱情，最可宝贵的就是自由。有人演说：自由是一桩比荣耀还美的事。他们听了激动得浑身发抖。讵料在回家的路上，他们看见有人提着三只筐走向克拉马墓地：筐里装的正是高呼自由声音最响亮的三个青年的脑袋。

爱情是骗局，争取自由又得掉脑袋。世纪儿的心灵彻底空虚了，只能用寻欢作乐来填充。“我想和杯中影对饮，喝个一醉方休。”“我很想坐在栏杆上，看着河水流淌，开始数一二三四五六七……就这样数下去，一直数到我死的那天。”（《方达西奥》）不过，青年毕竟是青年，即使头脑“一片空白”，前路一片迷茫，也能找到发挥无所事事的威力的办法：他们嘲笑荣誉、宗教、爱情，嘲笑世间的一切，同时也嘲笑自己，从而暂时忘掉痛苦，暂时得到心理上的满足。

恣意妄为，狂热而胡乱地追欢逐乐，抗争的意愿外化为怪诞的行为，以荒唐的姿态游戏于荒唐的世界，甚至戴上狰狞的面具投入群魔舞会，世纪不幸儿就是这样争得了他们深恶痛绝的另一种“自由”，即绝望的别称。诗人歌唱绝望：

> 绝望之歌才是歌中的绝唱，
> 不朽的诗篇字字闪着泪光。

诗人过早地陷入绝望，他在青春的初期，就对人类社会丧失了信心。“痛苦是能把人带入完善的最快的坐骑”（梅斯特·艾哈特语）。缪塞这个纯情诗人，从受骗中看出爱情和友情不可靠，他这种痛苦的感受直接通过创作的棱镜突显出来，不知扩大了多少倍，映象几乎占满了他的作品的整个背景幕布。他以诗人不恭的玩世，对付社会的玩世不恭，既嘲笑自己，更嘲笑世间的一切，不但自嘲，又能无所不嘲，从嬉笑怒骂中透出具有长久意义的人生感悟。他的作品能让人体会出：青春，哪怕是胡闹的、放荡的青春，也蕴含着埋藏在人类灵魂深处的最重要、最不可缺少的东西；在这个意义上，维护青春，也正是维护人最容易丧失的、最可宝贵的东西。理解这一点，就不难理解缪塞笔下的青年，即使是厌世而绝望的青年，从哪儿来的那种目空一切的狂妄劲头；同样也不难理解，缪塞的作品为何具有不朽的意义。

“有天才的人：诗人、哲学家、画家、音乐家，都有一种无以名之的特殊的、隐秘的、难以下定义的心灵品质。”（狄德罗语）

天才诗人缪塞的心灵，恰恰具备这种品质，他才创作出绚丽多彩的不朽作品，描绘出一代青年幽微隐秘、奥秘深曲的心灵世界。他的笔下一个最富于幻想的青年形象方达西奥就感叹道：

> 嗨！人们之间的谈话，全都一模一样；他们交换的思想，几乎总是老调重弹。然而，在各自的躯体深处，有多少隐衷秘思，有多少暗道密室！每个人都自成一洞天地！啊！每洞天地，旁人莫知，悄悄地自生自灭，永远藏在各人的心底！

这就是为什么，缪塞弹的是多弦琴，发出各种腔调和不同的声音。在他的作品中，不管是人物还是叙述者“我”，总是不断地异化裂变，出现相互激烈冲突的两个或多种声音。心理独白化为名副其实的对话，即使诗歌也如此，更不必说戏剧和小说了。《四夜歌》中诗人与缪塞的对话，诗人与幻影的对话；《牧歌》中讨论爱情的问题，则出现两个观点对立的青年。总之，诗人设一个对话者，便从心理的沉默中走出来，具声具象地表现他的矛盾心理。

这一特点，在他的剧作中尤为突出。在其他作家的剧作中，都有主人公，即作者的“代言人”。缪塞的戏剧则不同，只有角色，没有这种意义上的主人公。《任性的玛丽亚娜》中的赛利奥和奥克塔夫，是两个既相互对立又相互补充的角色。一个说：“你疯疯癫癫，有多幸福”；另一个回答：“你不感到幸福，岂非疯癫”。他们都不是作者的独家代言人，各自传达作者矛盾的心声，体现缪塞二重性格的两极。有时，一个人同时扮演多种角色，一个角色发出多种声音。方达西奥忽而世纪儿，忽而哲人，忽而梦幻者，忽而放荡的青年，忽而厌世的文人，从而构成了一个多维多向的复杂性格。他颇为得意地说：“谁能够一语猜中，断定我是幸福还是痛苦，是善良还是邪恶，是悲伤还是欢乐，是愚蠢还是聪明？”取任何一点，都会以偏赅全：缪塞和他的人物身上，这些都兼而有之。

在众多的人物中，没有哪个比罗朗萨丘的性格更复杂更深刻的了。如果说罗拉·奥克塔夫、方达西奥这些人物，以及本书《提香之子》中的皮波、《两情妇》中的瓦朗丹、《爱梅丽娜》中的诗人吉贝尔等，这些青年的放荡行为还有几分顽皮的孩子气的话，那么罗朗萨丘的淫邪中，却蕴含着悲壮的青年豪气：要以铲除暴君的惊人之举，第一次承担起社会责任。他不仅是人世的诅咒者，还要成为社会的改造者。以这种方式承担社会责任，恰恰表明不是归顺社会，而是要一展青年的伟大抱负。

然而，伟大抱负，又不以理想的意愿为转移，无可避免地成为悲剧。罗朗索（罗朗萨丘是他的恶名）怀着无比炽热的激情，立志做一件惊天动地的壮举，为接近暴君而戴上恶人佞臣的假面具，他的真实自我和生活之谜，完全维系于他最后的举动，进难得善终，退更要身败名裂，都远离他的初衷。不幸的是，在他这得志小人的假相面前，所有假面具都脱落了，人类露出赤条条的畸形体，让他看清了世人的真面目。因此，他感到了理想的危机、信念的危机，尤其感到心灵的危机。果不出所料，他刺杀了暴君，大功告成，而共和派无所作为，他的壮举提供的变革社会的时机，却被那些野心家利用，另立新君，实现利益和权力的再分配，复萌社会的故态。唯独罗朗索死无葬身之地，落个永世骂名。

罗朗索这样极端的形象，从作者灵魂深处生发出一个来就足够了。其他的故事，尤其是爱情故事，可以变换体裁，变换角色，变换花样，反复地讲述，但是各具魅力，绝不雷同。本书各篇小说同样是缪塞这个青春方舟的乘客，不过方舟之主只给予二等乘客的待遇，这是为什么呢？

缪塞在《诗人堕落》中给出了答案。

缪塞母亲早故，全家人靠父亲的终身年金，生活还算富裕。不料父亲患上霍乱，1832年猝死。当时，缪塞还未满二十二岁，就不得不独自支撑整个家庭，照顾残疾的祖母和两个妹妹，他没有分文的进项，就不得不靠写作谋生了。

他不能让生活击倒，勇敢地去见一位出版商，即大型文学杂志《两世界》的经理。他向出版商推荐诗歌，对方认为这种商品正在走低，销路不好，"假如我愿意向他提供小说，他就给我每册二十苏的版税"。

缪塞冒险做了，这就是诗人写小说的缘起。缪塞直言不讳地说："我无意欺骗你们，因而不会对你们说，开头我感到一种极大的耻辱。如果说我所写的毫无价值的话，那么我所依托的思想却是好的：谋生就是一位缪斯，谋生的勇气就能产生诗意……我写的什么无关紧要，我不过是个正派的匠人，干自己的行业，大体上既谈不上更快乐，也谈不上更悲伤。"

《诗人堕落》是缪塞青年时期的小传。"我曾经是诗人、画家和音乐家"，足见缪塞不仅是个天才诗人，在绘画和音乐方面也有天赋，但是他浅尝辄止，未能成为他谋生的手段。他在最困难的时期，靠写小说谋生就绝非偶然了，即使做个"匠人"，也需要受人欣赏，得到别人认可。而且，谋生的勇气确实能产生诗意，这几篇小说，都有诗人的影子，更有诗意的氛围。

《白乌鸫的故事》就是一篇充满诗意的美妙故事。乌鸫世世代代都是黑羽毛，忽然生出个白乌鸫来，不但一身白羽毛，鸣叫也违反所有习惯和规则，因此它被赶出家门。白乌鸫在世间漂泊，想弄清自己是什么鸟儿，结果证明它既不是乌鸫，也不是鸽子，也不是俄罗斯鹊雀，也不是斑鸠，也不是鹦鹉，最终明白它是白乌鸫，"我遇不见同类，是应该伤心：这就是天才的命运，这是我的命运！原先我要逃避世界，现在我要让世界大吃一惊！既然我是这只独一无二的鸟儿……"由此生发许多有趣的事来，读来妙趣横生，真像一篇寓言式的"自传"。

《提香之子》也可以说是缪塞的小说式"自传"。大画家提香之子，一个昵称皮波的青年，少小极为聪颖，富有想象力，可望继承父业。谁知长大嗜赌，挥霍光了父亲和兄长留下的两份遗产。忽然有一天，他收到一个神秘女子的钱袋。二人相会多次，那女子终于摘下面具，皮波惊为天人，方始得知她是大家闺秀——威尼斯行政官的年轻遗孀，两个贵族家庭的继承者贝娅特丽丝。她内心设定计划，激励皮波展现绘画才能，要求他必须给她画一幅肖像，她才肯同他结婚，从此双方开始较量……收到一位女子钱袋的情节，取自缪塞的一段亲身经历。艺术和生活的这场较量，也反映作者的生活历程。剧作《逢场作戏》的情节，也有事关钱袋的影子。

《雅沃特的秘密》同样写得神神秘秘：一位风流女子，一只手镯的赠予和索取，牵动着真假爱情的阴谋，青年特里斯唐身不由己陷入圈套，同人决斗送了性命；而雅沃特终于遂了心愿，进了歌剧团。

缪塞说，“我写的什么无关紧要”，青年方舟上的二等乘客，似乎无需验明身份。不管怎样，不管缪塞怎么表明诗人写小说就是“堕落”，这些二等乘客确给青春方舟增添了不少别样的生趣，其艺术价值也不至于羞于启齿。《一滴天露》中，青年艺人普雷旺同路易斯充满诗意的海阔天空的对话，《皮埃尔和卡蜜儿》两个聋哑人的身世与恋情等等，读来都令人深长思之。缪塞发表的第一部中篇小说《爱梅丽娜》，立即得到巴尔扎克的高度评价，认为是“现代中篇小说”的一篇杰作。

在缪塞的笔下，实有的青春总伴随虚幻的青春。缪塞一定有幻视的特异功能，在各个时期都能看到自身的幻影，另一种青春的幻影，因此，他总让他的人物去追寻内心的神话世界，即虚幻的青春。梦想与现实固然不同，但唯其不同，梦想才更具价值。这对缪塞和他的青年们不啻为一种学说，或可解释怪诞的行为，或可成为纵欲的庇护所。

缪塞极擅离题发挥，将直接的感受和深沉的思考充实进去，甚至将滑稽幽默扩大到悲剧中。他说：“在我身上，几乎时刻有一个人在笑，有一个人在哭。我发出的嘲笑戏谑，有时令我极度难过，而我深沉而忧伤，又往往使我忍俊不禁。”

应当指出，缪塞在学习期间，哲学课成绩非常出色。因此，他的人物滑稽而不浅白，往往妙语连珠，引人对已存的价值秩序进行思考，改变看问题的眼光和角度。

缪塞笔下人物发出的人生感悟，带有丰富的象征意蕴和哲理意蕴，使他的作品弥漫着形而上的氛围。轻佻放荡的青春，包涵着人类永恒的追求；滑稽可笑的喜剧人物性格，则包含着崇高的悲剧性。缪塞以青春的激情和哲学的深沉，思考着人的命运，尤其是青年的命运。这种思考，既批判了波旁王朝复辟时期的法国社会现实，又肯定了人类缅怀真实和纯洁的永恒理想，在社会历史深层结构中，表现了青年面临成人世界这一人类发展史中的永恒性矛盾。这就决定了缪塞作品的超时代的永恒价值。

2012 年 10 月 30 日

于北京花园村

目　录

爱梅丽娜[①]

一

杜瓦尔小姐的婚事，夫人，您一定还记得。她的婚事，在一定范围可算是一件轰动的事件，尽管像所有事情一样，在巴黎只热议了一天。如果我记得不错的话，那该是一八二五年。杜瓦尔小姐十八岁时，离开了修道院，享有八万利弗尔年金。可是，娶她的德·马尔桑先生只拥有爵衔，还有一点有朝一日进入贵族院的希望，那要等叔公去世后才有可能，但那希望也随着七月革命而破灭了。此外，他没有一点家产，只有青年相当放荡的生活。据说，他离开位于四层楼配家具的公寓房，领着杜瓦尔小姐到圣罗克教堂举行婚礼，然后便同她回到圣奥诺雷街的一座最漂亮的公馆。这桩奇异的婚姻，表面上看来相当轻率，引起了各种各样的说法，可是没有一种说法符合事实，因为没有一种说法简单明了，大家都竭力要为一个不寻常的事件找出一种异乎寻常的缘由。这里需要谈一些细节，以便把事情说清楚，同时也让你们大致认识一下我们的女主人公。

爱梅丽娜童年时很爱动，勤奋好学，但是多病又执拗。到十五岁时，她长成了一个大姑娘，身材修长，脸蛋儿白里透红，性格完全独立了。她那平和的性情无与伦比，整天无忧无虑，唯独在涉及感情的问题上，才表现出自己的意志。她无拘无束，总是独自待在自己的书房，学习也仅凭兴趣，并不遵守什么规则。她母亲非常了解女儿，

① 《爱梅丽娜》是缪塞所作的第一篇小说，于1837年8月1日发表在《两世界》杂志上。这篇小说深得巴尔扎克的赞赏，称之为“现代短篇小说”的精品。

也懂得如何爱她，让她享有充分自由。这种自由固然缺乏方向，但是也能得到弥补：对于天生的好脑瓜儿，自发的学习兴趣和对智慧的热忱就是最好的教师。在爱梅丽娜的思想里，严肃与活泼平分秋色；不过，她毕竟正值花季，活泼的特质显得更为突出。她特别爱思考，在考虑最严肃的问题过程中，思路会被突发的一个戏谑念头所打断，继而便完全沿着问题的滑稽一面发展下去。时常能听见她独自一人格格大笑；就是在修道院里，有时在半夜她的欢笑声还把邻室的同学吵醒。

她的想象力极为灵活多变，很容易彰显热情奔放的特色。她整天不是绘画就是写东西，假如头脑里萌生喜爱的乐向，她就立即放下手中的一切，坐到钢琴前，用各种调式，上百遍地弹奏心爱的曲子。她与人接触非常审慎，根本不相信人，绝不流露友谊的情感，而且，她身上的廉耻心也阻碍她表达自己的感情。她喜欢自己解决在世间处处碰到的小麻烦，能从中得到相当奇特的乐趣，而她周围的人对此当然毫无察觉。不过，她的好奇心总能适度，就是不失一定的自尊，下面便是一个事例。

她终日学习的厅里，有一个很大的玻璃书柜，大约藏有三千部图书。柜门钥匙就插在锁眼里，但是爱梅丽娜曾许诺过不碰这些书。她总恪守自己的诺言，这种行为值得赞扬，因为她求知欲极强，什么都想学。好在拿眼睛吞噬这些书籍不在禁止之列，于是，她就一排排，一格格依次看下去，为了看清最高处的书名，她就把椅子放到桌子上；因此，那些藏书的书名她都烂熟于胸，假如有人要看什么书，她闭着眼睛，伸手就能摸出来。她是通过书名而喜爱作者的，而以这种方式决定好恶，唯免出现巨大的偏差。不过，这并不是问题所在。

这间书房有一扇大窗户，随着一座相当幽暗的院子，一张小桌就摆在窗前。她母亲的一位朋友发出感叹，才让爱梅丽娜发现她的房间有些凄清；可见，她的情绪从不受外界事物的影响。那些把物质条件舒适看得很重的人，就被她纳入怪癖者之列。她从不戴帽子，头发乱蓬蓬的，不怕风吹日晒，在外面被雨淋湿了回来，就高兴极了。她到了乡下，进行各种剧烈活动，就好像在乡村她才能尽情生活。骑马跑上七八法里，对她来说不过是小意思；如果步行，她敢向任何人挑战。奔跑，爬树，她无所不为，甚至认为只是出于对人的尊重，才行走在街道上而不是围墙，下楼才走楼梯而不是踏着栏杆。她住在母亲家中的时候，最喜欢独自跑到野外，在田野里四处张望，不见一个人。这种孩子般独来独往的喜好，天气越恶劣越往外跑的乐趣，她说这是由于她确信不会有人借散步之机来找她。她总受这种奇怪念头的束缚，不顾有多么危险，就跳上漂在水中的一只小船，离开有一条溪流穿过的园子，也不管漂到哪里去。怎么能由着她的性子，冒这么大危险呢？我只管说事儿，不负责解释。

爱梅丽娜除了爱发疯，还喜欢捉弄人。她有个叔叔，长得圆滚滚的，笑起来还傻乎乎的，是个大好人。爱梅丽娜居然说服叔叔相信，她从长相到思想，都跟叔叔一模一样，这套鬼话所列举的理由能让人发笑。这位可敬的叔叔便对侄女产生了无限温情。她同叔叔就像跟孩子一样玩耍，一看见他就扑到他的脖子上，还爬上他的肩膀，这种嬉戏闹到多大年龄才是个头？这一点我也不会向您说明。这个小淘气最开心的事，就是拿一本书，让叔叔高声朗读。这可难为他了，叔叔是个相当严肃的人，一向认为书上写的都毫无意义，听他朗读中间如何断句，就可以明了这种见解：他总在句子中间大喘气，断句的唯一尺度，就是他呼吸的节奏。您可以判断，他朗诵出来的是什么乱七八糟的东西，逗得小女孩差点乐昏过去。我还不得不补充一点，这小姑娘在剧院里，上演悲剧时会笑得前仰后合，看最欢快的喜剧时，往往会感动得流泪。

对不起，夫人，童年生活的这些细节，也只是勾画出一个娇惯的小女孩形象。但是要明白，这种性格的人，长大了行事一定会与众不同。

爱梅丽娜十六岁时，她那位叔父去瑞士，也带上她了。她一看见高山，就欢欣雀跃，简直乐疯了。她尖叫着冲下马车，非要把小脸儿扎进从石缝儿中流出的清泉里。她想要攀登悬崖，还想要下到湍流的深涧；她又是捡石块，又是拔苔藓。有一天，她走进山中一间小木屋，就再也不肯出来了，几乎是强拉硬拽，才算把她带走；她上了车，还哭喊着对那些农民说："喂！朋友们，你们怎么忍心放我走！"

入世之初，她身上毫无矫揉造作的痕迹。在投入人生道路的时候，自身没有清规戒律的约束，这难道是坏事吗？我说不好。另一方面，想规避反而陷入危险境地，这种情况不是经常发生吗？就拿那些可怜的人为例，她们听信了别人对爱情极为可怕的描述，怀着恐惧的心理进入一座沙龙，心弦紧绷着，可是听人微微叹息一声，心弦就像竖琴弦那样回响了。关于爱情，爱梅丽娜还一无所知，她倒是看过几本小说，挑出了一些章节，她称之为感情的傻话，完全当做消遣之物。她还暗下决心，在生活中仅仅做个观赏者。因此，她丝毫也不考虑自己的言谈举止，衣着打扮，就是要去参加舞会，也随便往头上插一朵花，不管效果如何，穿上薄衣裙好似穿起猎装，穿戴完毕，也没耐心多照一照镜子，就欢快地出门去了。

您能感觉出来，凭她的财产（母亲在世时，她就有一大笔嫁妆），每天都有人来提亲。她不相看就不会拒绝任何人，这样一个个相看下来，对她不过是参观一场漫画展览。她从头到脚打量那些求婚者，泰然自若的神态通常不是她的年龄所具备的。到了晚上，她就关起门来，向好友女伴描述白天相亲的情景。她天生模仿能力强，十分滑稽地再现了相亲的场面。这个人一副窘态，那个人自命不凡；一个人说话鼻音重，另一个人则行错了礼。她手上拿着叔父的帽子，大大咧咧走进相亲的屋子，端然入座，开始谈天说地，就像对待初次造访的生客，话题渐渐涉及婚姻问题，然后突然抛掉扮演的角色，格格大笑起来，给予求婚者的答复，当然是斩钉截铁的。

然而有一天，她对着镜子往头上戴花，要比往常讲究一些。那天，她要去参加一个盛大的晚餐会，使女已经给她换上一件新衣裙，她觉得不够高雅，想起了童年时摇她睡觉唱的一首古老歌谣：

一旦要讨情人欢颜，
心中的欲火就快点燃。

她这样哼唱歌谣，猛然感到一阵异常的激动。整个晚上，她却精神恍惚，而且别人头一次发现她神情忧伤了。

德·马尔桑先生来自斯特拉斯堡，他所在的团驻扎在那里。他是当时所能见到的最漂亮的青年，一副高傲的样子，稍显得粗暴，这您是了解的。我不知道爱梅丽娜穿新衣裙参加的那次晚宴，他是否也去了，但是可以肯定，他应邀参加了杜瓦尔夫人府上组织的一次狩猎。杜瓦尔夫人在枫丹白露附近有一片非常出色的猎场。爱梅丽娜也参加了那次活动，她刚进入树林，号角声响起，所骑的马受惊了。她了解这匹马的任性的习气，让它平静下来之后，又想惩罚一下，就给了它一鞭子：这一鞭子抽得太重，险些要了她自己的命。受惊的马穿过一片田地，要把冒失的骑手带进一道深沟；当时，德·马尔桑先生已经下了马，他急忙冲过去，拉住受惊的马，但是自己被马撞倒，一条胳臂摔骨折了。

从那一天起，爱梅丽娜的性格似乎完全变了。原先欢声笑语，现在怪怪的，一副心不在焉的样子。不久，杜瓦尔夫人去世了，那份田产也已变卖。有人说，当一个英俊的青年骑马去香榭丽舍大街，经过圣奥诺雷街的时候，杜瓦尔小姐在临街的公馆里总是拉起百叶窗。不管怎么说，一年之后，爱梅丽娜向家人宣布了她那不可动摇的意图。无需我对您说，当时众口一致反对，人们为了劝阻她而吵闹不休。家人该说的话都说了，该做的事都做了，僵持了半年之久，只好退让，杜瓦尔小姐便成为德·马尔桑伯爵夫人了。

二

婚结了，快乐的情绪复归了。这种现象相当有趣：一个女人结了婚之后，又返回童年;爱梅丽娜的生命似乎被爱情一度阻断,一旦如愿以偿,她的生命就如断流的小溪,又继续流淌了。

现在,她那些童趣十足的小把戏,已不是在从前那个昏暗的小房间,而是德·马尔桑公馆,在最严肃的沙龙里每天上演了。您想象得出,她的行为会产生什么效果。伯爵不苟言笑,有时神色黯然,也许不适应他这种新处境,有些拘谨吧。他陪同年轻的妻子去散步,也是一副不太开心的样子,而他妻子却见什么都笑,什么也不想。人们起初觉得奇怪,继而窃窃私议,后来便习以为常,如同对待所有的事物一样。在婚姻大事上,一般人认为德·马尔桑先生并不是最佳人选,但却是个很好的丈夫。况且,面对爱梅丽娜善气迎人的欢乐,就是还想苛求的人也不好意思开口了。杜瓦尔叔父还特意抢先宣布,关于财产的条款,婚约没有将他侄女置于受他人支配的境地。大家听了当事人肯向他透露的这种秘密,也就只好作罢了。置于先前究竟发生了什么事,导致了这桩婚姻,有人说这是一时的心血来潮,饶舌者就拿来编故事。

不过,有人还是嘀咕这事,一个男人要有何等超常的品质,才能迷住一位富有的女继承人,并且是她决意这样贸然行事。那些命运不佳的人也很难想象,如无超自然的原因,怎么就能把两百万搞到手。他们哪里知道,如果说大部分男人首先看重财富,而一位少女往往意识不到金钱的重要性,尤其是她生在富人家,又没有见过父亲是怎么发家的。爱梅丽娜恰恰是这种情况。她嫁给德·马尔桑先生,只因为喜欢他,又没有父母出面阻碍;至于贫富悬殊,她连想都没有想过。德·马尔桑先生能够赢得她的芳心,靠的是男人的外在品质——英俊和力量。他在这位少女面前,为了救她,做出了唯一让她心跳的举动。一种欢乐的习性,有时就同一种浪漫气质相融洽,因为这颗未经世事的心就为之狂热了。疯疯癫癫的伯爵夫人极爱自己的丈夫,在她眼前,只有她丈夫才是美男子,一挎上他的胳臂,就什么也不值得扭头去看了。

婚后头四年,在巴黎就很难见到小两口的身影。他们在塞纳河畔的乡间,默兰附近租了一处住宅。那地方有两三个村子,都叫迈伊。他们租的农舍建在一座磨坊的旧墟上,因而被当地称为“迈伊磨坊”。这处乡居风光秀丽,十分宜人。有一大片高地,雄踞塞纳河左岸,附带着椴树林。从园子下到河边,要经过一个绿树成阴的丘岗。住宅后面有一座大建筑,正中辟出一间专门饲养山鸡。房子周围的园子无比阔大,一直连到罗歇特树林。您熟悉那片树林,夫人,还记得“长叹小径”吧?我始终不知道这名字的由来,但我一直认为这名字起得好。当阳光射到窄窄的林阴小径上,当中午炎热而独自乘凉沿小径漫步时,只见这长长的走廊不断延伸,你独步林间,既陶醉又隐隐不安,不由自主地进入遐想的空间。

爱梅丽娜不喜欢这条小径,认为它容易惹人伤感,有人一提起来,她就想起嘲笑修道院的戏言。反之,家禽饲养场倒成为她流连忘返的地方,每天她都去那里,和农家的孩子们待上两三个小时。我若同您说起来,还真担心您会觉得我们的女主人公太幼稚可笑了:前去探望她的客人,有时就会看见她站在草垛上,操动着一把巨大的叉子,头发上沾着草屑;不过,她会像鸟儿一样跳到地上,不待您看清惯坏了的女孩,伯爵夫人已经迎到您面前,欢迎您光临,那么热情好客,会使您原谅那一切。

如果她不在饲养场,要想见到她,您就得走进园子深处,来到乱石中间的一个绿色小土丘,那是地地道道孩子的僻静之所,如同卢梭在艾尔莫农维尔的隐居地。那里只有三块石头和一丛欧石楠,她就坐在树阴下,一边高声歌唱,以便看博须埃[1]的《诔词》,或者看另外一部同样严肃的作品。如果到那儿还找不见,那她就是骑马在葡萄园奔跑呢,催着一匹农家驾马强行跨越壕沟与篱笆,那么沉着冷静地驱赶着可怜的畜生而自得其乐。如果到葡萄园,在清静的家禽饲养场都找不见她,那她大概就坐在钢琴前,探着脑袋,眼睛十分兴奋,双手微微颤抖,正在读一篇新乐谱。看她那全神贯注的样子,准是因希望而激动起来,以为就要发现她喜爱的一首曲子、一个乐句。然而,如果钢琴也同样寂静无声,那么您就会看到女主人正在壁炉前,坐在垫子上,确切地说蜷缩在那里,拿着火钳正拨弄火呢。她的眼神恍惚,在炉壁大理石的纹理中找寻人物、动物、风景等各种想象的图像,完全陷入沉思,直到烧红的火钳灼痛了脚趾才猛醒。

您要说了,我讲的这些全是名副其实的荒唐行为;不过,夫人,我这可不是在编造小说,往下您就会明白的。

爱梅丽娜尽管行事颇为荒唐,却很有思想,没承想经过一段时间,她周围就聚拢了一些有思想的人物。一八二九年,德·马尔桑先生必须前往德国,处理一件不会带给他一点收益的遗产继承事务。他不愿意携夫人前去,便请他姑妈,德·埃纳里侯爵夫人,住在迈伊磨坊来照顾他妻子。德·埃纳里夫人一副上流社会贵族的做派,在帝国时期的美好时光,她也曾是数得上的美人,走路的架势非常夸张,就仿佛身后拖曳着长裙。她手上总拿着一把缀有闪光片的旧扇子,一时兴起来个黄色段子时,她就用扇子半遮住脸;而且,她遮羞的手段可以信手拈来:扇子放下来时,眼皮也随之垂下来。她看人行事的方式,说话的方式,起初令爱梅丽娜诧异的程度难以想象;因为,这位伯爵夫人行事虽然冒冒失失,但始终保持着一种难得的单纯。姑妈讲的那些好笑的事,她对待婚姻的态度、谈起别人时的那种似笑非笑、讲到自己时的连声叹息,这一

---

① 博须埃(1627—1704):法国神学家和散文作家,《诔词》收集了他所作的十一篇著名悼词(1667—1686)。

切弄得爱梅丽娜时而严肃，时而惊愕，时而乐疯了，简直就像读一本童话故事。

这位老妇人看到长叹小径，不用说，非常喜欢。爱梅丽娜顺从姑妈的意思，陪同去散步。正是走在这条林间小径上，姑妈讲起无聊事滔滔不绝，侄媳妇才从中窥见事物的本质，拿规范的法语来说，就是巴黎人的生活方式。

一天上午，两人单独散步，边走边聊，来到罗歇特树林。一路上，德·埃纳里夫人费尽心机，也没能让伯爵夫人讲出她的恋爱史；她还变着法儿追问，在那神秘的一年，那里都发生了什么事，德·马尔桑先生是怎么追求杜瓦尔小姐的，并且嬉笑着问她，订婚前二人是否幽会过几次，是否亲吻过，总之，是怎么热恋起来的。关于这个话题，爱梅丽娜终生都守口如瓶；也许我会弄错，但是我认为，这种缄默的原因，还是她无论谈什么，总改不了戏谑的口吻，而她不愿拿自己的感情开玩笑。简言之，老妇人看到自己白费了心机，话锋一转，又问她结婚四年了，这种奇特的爱情是否还存在。

“还像第一天那样，”爱梅丽娜回答，“而且会存活到我生命的最后一天。”

德·埃纳里夫人闻听此言，便打住话头，一本正经地亲吻一下侄媳妇的额头，说道：

“亲爱的孩子，你的幸福是应得的，而你所爱的男人，幸福当然也就有了保障。”

她口气夸张地讲完这句话，整个身子往上一挺，又献媚地补充道：

“我倒觉得，德·索尔格先生常向你抛媚眼吧？”

德·索尔格先生是一个时髦青年，酷爱骑马和打猎，经常光顾迈伊磨坊，但他是冲伯爵，而不是冲伯爵夫人而来的。不过，说他向伯爵夫人抛媚眼，倒也基本符合事实；要知道，在远离巴黎十二法里的地方，哪个无所事事的男人，见到漂亮女人不会多看上几眼呢？爱梅丽娜一向没有怎么注意他，只是尽地主之谊，不想怠慢了客人。她根本就不在乎这个年轻人，可是姑妈一指出了这一点，她却不由自主，隐隐地对他产生了怨恨。也是鬼使神差，她们刚从树林散步归来，恰好看见院子里停着一辆马车，爱梅丽娜认出那辆车的主人正是德·索尔格先生。过了一会儿，这个青年一登门拜访，就深表遗憾，说他到乡下消夏，来晚了而没有见到德·马尔桑先生。或许由于奇怪，或是由于反感，爱梅丽娜一看见他，就难以掩饰一股冲动，不由得脸红，而德·索尔格先生观察到了这种反应。

德·索尔格先生在歌剧院订了包厢，每月还拿出一百路易金币供养两三名末流女演员，因此他自以为很富有，也只好撑着这种门面。去用晚餐时，他想弄清楚自己到底有多迷人，便拉住了德·马尔桑夫人的手。她从头到脚浑身一抖，产生了一种从未有过的感觉，这足以让一个自命不凡的人大喜过望，得意忘形了。

在这一个月期间，姑妈就确定，德·索尔格先生是一位“追求者”了；这是一个永不枯竭的话题，用上了那些老掉牙的蠢话和双关语，简直让爱梅丽娜受不了，不过，她天生好性子，受不了也得忍受。要说明老迈的侯爵夫人出于什么缘故，认为这个追求者可爱，又出于别的什么缘故而不太喜欢他，这实在无法写清楚，也无从揣测，这是一种不幸的，或者不幸中的万幸的事。这样的思想，当然要搭配上从现代历史中选取的事例，再搭配上那些像舞蹈教师一样作为有教养者的全部原则，这样的思想对爱梅丽娜产生了什么影响，倒能容易推测出来。我认为在一部题目就涉及两性关系的同样危险的书[①]中，有一种见解，人们对其深刻性还认识不足。书中这样写道：

"一位年轻女子认为自己应该尊敬的人堕落了，再也没有什么东西比这种念头使她堕落得更快了。"

德·埃纳里夫人的谈话，在她侄媳妇的心灵中唤醒了另一种感情。爱梅丽娜心中暗道：世界既然是这个样子，那么我算什么呢？一想到丈夫不在身边，她就很苦恼。她在壁炉旁胡思乱想的时候，多么希望丈夫能在身边；她至少可以问问丈夫，究竟真相如何。丈夫应该知道真相，因为他是男人，她还感到从丈夫口中讲出来的真相，不可能令人担心。

于是，她决定给德·马尔桑先生写信，告他姑母一状。信写好，也封上了，正准备寄出时，她那性格又犯了毛病，笑着将信投入炉火中。她怀着惯常的快乐心情，自言自语：何必庸人自扰呢，不就是一位漂亮的先生多瞟了我几眼吗？

恰好这时，德·索尔格先生走进来，这个自命不凡的家伙，显然在路上做了一个胆大包天的决定，他一进屋，就猛地关上房门，一句话也不说，走向爱梅丽娜，一把搂住她就亲吻。

爱梅丽娜惊呆了，她做出的全部反应就是摇铃叫人。德·索尔格先生是个情场得意而有身份的人，他见势不妙，就慌忙逃掉。当天晚上，他就给伯爵夫人写了一封长信，此后再也没有在迈伊磨坊露面。

三

这个意外事件，爱梅丽娜没有告诉任何人，她只把这看作对自己的一次教训，并

---

① 指长篇小说《危险关系》。

进行了反思。她的情绪也没有受到妨碍，只不过，当天晚上，德·埃纳里夫人回房安歇之前，还像往常一样拥抱她时，伯爵夫人不由浑身战栗一下，面失血色了。

爱梅丽娜并没有像刚出事作出的决定那样，告姑妈的状，现在只想跟她套近乎，引她多讲一讲。她认为追求者一离去，也就没有危险了，头脑里只剩下难以满足的好奇心。侯爵夫人有过人们所说的暴风雨似的青春，而且充分体现了这种说法的含义。她那种经历，哪怕透露三分之一的事实真相，就会让人非常开心了；而晚饭后，她同侄媳妇在一起，有时甚至能透露一半事实。不错，每天早晨醒来时，总打算再也不往外说什么了，把讲过的话全收回来。然而不幸的是，她那些绯闻情事却像巴汝奇的羊群①：随着一天时光的进展，讲述的隐私也就翻倍增长，结果到了午夜的钟声响起，那根时针似乎数过了老太太逸事的数量。

爱梅丽娜身子缩在太师椅里，一本正经地聆听；在此无需补充一句：这种一本正经的态度，时时会被一阵大笑，或者被令人捧腹的问题所打扰。德·马尔桑夫人透过姑妈不可避免的顾忌和保留，就像试读一部有许多页的珍贵手稿，一点一点认识了这位老夫人，而缺失的页码，读者就凭聪明才智补全吧。这样一来，爱梅丽娜再看世界，就是一种全新面貌；她明白了，要想让木偶动起来，必须学会操纵提拉线。她想到这里，就对别人采取了一种她始终保持的宽容；的确，似乎并没有什么冒犯她，她对待朋友的那种严肃程度不亚于任何人，这是由于她仅凭经验，自视与众不同，总善意地嘲笑别人的弱点，自然不肯去模仿别人。

正因为有这场经历，她回到巴黎，才真正成为大家经常谈论的、很快就赶时髦的德·马尔桑伯爵夫人，再也不是杜瓦尔那个疯丫头了，再也不是那个爱闹好动的，头发几乎总是乱蓬蓬的新娘了。她有意志，仅仅经过一次考验，就突然发生变化，判若两人了。现在她已是一位既有头脑、心肠又好的女人，既不期望婚外情，也不想去征服别的男人；她的智慧得到公认，总有办法处处受人欢迎。她似乎已经想通了："世界既然如此，那好吧，我们就顺其自然！"她揣摩透了生活，您还记得吧，在那一年当中，凡是她不到场，聚会的气氛就很沉闷。我也知道，别人有什么想法，私下里怎么议论，说是这样一种异乎寻常的变化，只能是爱情促成的，他们把伯爵夫人新的光彩归功于新的恋情。如此仓促作出判断，也就大谬不然！爱梅丽娜的魅力，在于她采取的态

---

① 巴汝奇（Panurge）：法国文艺复兴时期著名作家拉伯雷（1483/1494—1553）的长篇讽刺小说《巨人传》中的人物。巴汝奇是新兴的资产阶级代表人物，具有进取和冒险精神，无所不为，反对旧的生产方式和生产关系。有一次在船上，为了教训一个牧羊主，花高价买了头羊，赶下海去，其他羊随之跳海，牧羊主拦也拦不住。这成为新兴市民机智狡猾的典型事例。

度:绝不攻击任何人,自身也就无懈可击。一位诗人说过:“我因好奇而生活。”这句美妙的话,如果可能用在哪个人身上的话,那就非德·马尔桑夫人莫属了。这句话完全概括了她。

德·马尔桑先生回来了。此行收效甚微,他心情欠佳。他的计划成为泡影,又发生了七月革命[①],他连军衔也丢掉了,真是祸不单行。但是,他忠于自己所效命的政党,便很少出门,只是偶尔到圣日耳曼大街去探望朋友。在这样苦闷的氛围中,爱梅丽娜病倒了,而且久病不起,她那娇弱的身体完全垮了,于是想到了死。一年之后,她脱了相,别人几乎认不出她了。她叔父带她去了意大利,直到一八三二年,她才和可敬的叔父回到尼斯。

我对您说过,爱梅丽娜周围形成了小圈子,她返回巴黎,又与小圈子的人相聚了;不过,她从前那么活跃,那么爱动,现在却深居简出了。敏捷的身躯似乎离她而去,只剩下灵活的思想了。她同丈夫一样极少外出,夜晚从她的窗下经过时,极少见黑灯的情况。这里经常有几个朋友相聚,况且人以群分,来这里的都是精英,德·马尔桑先生的公馆很快成为了一个非常愉快的聚会场所。踏进这个门槛既不是很难,也不那么容易,这里注重常情常理,不会变成枯燥思想的办公室。德·马尔桑先生过惯了动荡的生活,一天无所事事,就会感到实在无聊:空谈和清闲从来就不大合他的口味。伯爵夫人这里的聚会,起初很少看见伯爵,渐渐地连他影子也不见了。甚至有人说,他厌倦了自己的妻子,早已有了情妇。由于没有证据,我们就按下不表。

当时爱梅丽娜只有二十五岁,也渐渐感到忧伤情绪在增长,却不明白自己到底怎么了。她又忆起“长叹小径”,孤独之感使她心神不宁。她似乎感到有一种欲望,可是想想自己缺少什么呢,却想不出缺少什么东西。她从来没有产生过一生可以爱两次的念头;在这方面,她认为自己的爱之心已然耗尽,而德·马尔桑先生是她的唯一占有者。她聆听玛丽伯兰[②]演唱时,就觉得一种不由自主的恐惧攫住她。看完演出回到家,她就关起门来,有几次独自唱了通宵,从她嘴唇发出的音符甚至颤颤巍巍了。

她以为沉迷于音乐,就足以使自己幸福了。她在意大利歌剧院有一间包厢,还让人用丝绸包了厢壁,布置成一间小客厅。装饰这间包厢费尽心思,在一段时间里,她终日想的就是这件事,还亲自挑选布料,让人送去一面她喜爱的哥特式小镜子。这种孩子般的乐趣,她不知道该如何延续下去,就每天往里添置点东西:包厢里的一个搁

---

① 法国1830年革命,发生在7月28、29、30日三天,史称“光荣三日”,“七月革命”导致国王查理十世下台。

② 玛丽伯兰(1808—1832):西班牙裔法国著名歌唱家,享年二十四岁。缪塞写了著名的诗篇《献给玛丽伯兰》,悼念她的早逝。

脚凳的衬面,是她亲手绣出来的,堪称一件精品。最后,凡是想到的都圆满完成,再也搞不出什么新花样了,一天晚上,她独自待在称心如意的小窝,面对着莫扎特歌剧《唐璜》的演出。台上鲁比尼、海恩菲特夫人和松塔小姐,这个表演假面具三重唱,博得了观众喝彩,被要求再唱一遍。爱梅丽娜全神贯注地聆听,已经心醉神迷,待到清醒过来,她发觉自己的手臂伸向旁边的一张空椅子,手中紧紧握住了一块手帕,而不是朋友的手。此刻她不是奇怪为什么德·马尔桑先生不在身边,而是奇怪为什么她在这里独自一人,这个念头搅得她意乱心烦。

她回到家中,看到丈夫在客厅中正同一位朋友下棋。她在远处坐下,几乎不由自主地注视起伯爵来,观察那张高贵面容的每一种表情,想当年他奋不顾身,冲向她受惊的马时,他才十八岁,在她眼里那张面孔多么英俊。德·马尔桑先生输了棋,眉头皱起来,那种表情可不文雅。他突然又微笑了,眼神也明亮起来:他的棋运好转了。

“您非常喜爱下棋?”爱梅丽娜微笑着问道。

“下棋跟听音乐一样,就是打发时间。”伯爵回答道。

他连看也没有看他妻子,还继续下棋。

“就是打发时间!”德·马尔桑夫人回到卧室,准备上床安歇时,还自言自语重复着。这句话让她难以入睡,心里思忖道:“他英俊,勇敢,他爱我。”这工夫,她的心剧烈跳动;她听着挂钟的响动,就觉得无法忍受钟摆滴答作响的单调声音,她起身想停止钟摆,可是又想道:“我这是干什么?我硬让这座小钟停止发声,难道就能让时间停下来吗?”

她定睛望着挂钟,想沉下心来思考,但是思绪还没有涌上来。她想到过去、未来,想到她这人生的迅疾,不禁发出疑问:我们为什么来到世上,来到这世上做什么,等待我们的又是什么结局呢。她在心中搜索,仅仅找到一天她真正生活过,就是她感到自己萌生爱情的那一天。其余的日子,仿佛是一场朦胧的梦境,一天天持续不断,全部一模一样,犹如钟摆的运动。她抬手放到额头,感到一种不可抗拒的需要,要生活,照我说是要吃苦吧?有可能。此刻,她宁愿痛苦,也不要忧伤。她心下暗想,不惜一切代价,她也要改变目前的生活。她想出了上百个出游计划,可是没有一个国家能让她喜欢。她要去寻求什么呢?她的种种欲望都无从说起,这样不明确的状态难以忍受,也让她惶怖。有一阵她觉得自己发了疯,跑到钢琴前,想弹奏假面具三重唱曲,可是刚弹几个和弦,便泪如泉涌,一下子泄了气,陷入了沉思。

四

德·马尔桑公馆的常客中间，有一个叫吉贝尔的青年。夫人，我感到您一向提起他，就涉及一个敏感点，如何顺利通过，我还没有多大把握。

半年以来，每周有一两次，他来拜访伯爵夫人。他在女主人身边所感受的，也许还不能称之为爱情。不管怎么说，爱情，就是希望。至于爱梅丽娜，正如她的朋友们所了解的那样，即使她激发了别人的欲望，她的操行和性格也绝不会给予鼓励。在德·马尔桑夫人面前，吉贝尔从未谈及过这类问题。他喜欢伯爵夫人，是因为她的谈话、她看问题的方法、她的趣味、她的才智，以及表现小聪明的一点狡黠。离开她之后，无数记忆纠缠住他：一个眼神、一抹微笑、偷偷瞥见的某种美，我知道还有什么，这一切不停地追逐他，如同听了一场音乐会之后，总有一些乐段挥之不去，在耳畔余音缭绕。然而，一见到伯爵夫人，他就又恢复了平静，也许经常见到她不是难事的缘故吧，他也就不再奢求了，须知往往知道失去所爱的时候，才能感受到自己爱得有多深。

晚上去德·马尔桑公馆，几乎总是看到爱梅丽娜周围簇拥着客人。吉贝尔一般十点钟左右才到，这是聚会时人最多的时候；而且，到了午夜时分，如有特别开心的事，兴致很高，或许再晚一点，大家都同时告辞，谁也不会最后落单。因此，这半年以来，吉贝尔虽然去得很勤，却根本没有同伯爵夫人单独相处的机会。不过，他非常了解伯爵夫人，也许超过一些最亲密的朋友，他是凭借天生的洞察力，还是有其他什么原因，我都应该对您讲一讲。他同伯爵夫人一样喜爱音乐；要知道，一种突出的兴趣能说明许多事情，他就是通过这方面，揣摩透了伯爵夫人：一段浪漫曲的某一乐句、一支意大利乐曲的某一乐段，就是他用来打开心灵宝库的钥匙。乐曲演奏完，他的目光投向爱梅丽娜，很少有不同她的目光相遇的时候。不管是一部新书，还是头一天晚上演出的一出戏剧，只要有一个人表达了看法，另一个人就会点头表示赞同。如果听人讲一件逸闻趣事，他们会在同一处，不约而同笑起来；如果听人讲一种感人的义举，他们会同时扭过头去，唯恐暴露出过分的激动。用一句老话就能完全说透：他们之间灵犀相通。你要说这就是爱情；不过，请耐心点儿，夫人，爱情还谈不上。

吉贝尔常去意大利歌剧院观看演出，有时也到伯爵夫人的包厢，一起观赏一幕。也是天缘巧合，有一天正好演出《唐璜》。德·马尔桑先生也在包厢里。演出三重唱时，爱梅丽娜不由自主地瞧了瞧身边，想起自己紧握手帕的情景。可是这一次，倒是吉贝尔沉醉在低音忧伤的和声中，他全神贯注，凝望着松塔小姐的嘴唇，而没有经历过同样感受的人，就很可能以为他疯狂爱上迷人的歌剧演员了。这个青年的双眼炯炯放光，长长的黑发半遮住他那张稍微苍白的脸，而脸上呈现出他感受的喜悦；他的嘴唇半张开，颤抖的手在护栏的丝绒上轻轻地打着拍子。爱梅丽娜微笑起来。此刻，我不得不承认，此刻，坐在包厢后面的伯爵正在酣睡。

人世间这种偶然的机遇，总有重重阻碍，可遇而不可求，正因为如此，才会给人更鲜明的印象，留下更为长久的记忆。贝吉尔甚至都没有觉察到爱梅丽娜隐秘的想法，以及她可能做出的比较。然而有些日子，他在内心深处会发出疑问：伯爵夫人幸福吗？他一提出这个问题，就认为她并不幸福；可是再一细想，又不得要领了。两个人接触的人几乎相同，也生活在同一个圈里，彼此必然有许多机会，为一点小事也写写信。这些书信纯属礼尚往来，尽是客套话，不过，也总有办法夹带一句半句、一点想法，能引起遐想。吉贝尔将德·马尔桑夫人的信笺展在桌子上，经常会出神一个上午，有时还不由自主地投上两眼。他那激发起来的想象力，要从毫无意义的话语中找出一种不同寻常的含义。爱梅丽娜有时用意大利文签名："Vostrissima"，吉贝尔怎么看也不仅仅是朋友间的套话，总在心里念叨，这个词的真正含义是："完全属于您"。

贝吉尔虽非德·索尔格先生那种情场得意的男人，总还是有过情妇，可也不像一般年轻人那样，在女人问题上故作早熟状，摆出一副轻蔑的样子以为时髦，而他有自己考虑问题的方式，只能说在他看来，德·马尔桑伯爵夫人是一种例外，对他的想法我也不可能向您作出别种解释。毫无疑问，许多女人都很明智，嗳，我说错了，夫人，不是许多，而是所有女人都很明智，仅仅明智的表现方式不同罢了。爱梅丽娜正值花样年华，既富有又美丽，还有点忧伤，在某些方面非常狂热，在另一些方面，又满不在乎到了极点，才智过人，喜爱娱乐，周围全是高朋益友。在这个青年看来，这一切都是明智的奇异表现。"她还那么漂亮！"吉贝尔在八月温煦的夜晚，走在意大利林阴大道上，心中暗道，"无疑她爱自己的丈夫，但那不过是友爱，情爱已成为过去。没有情爱她能够生活吗？"他这样想着，转念又一想，这半年来，自己也过着没有情人的日子。

有一天，他出门访友，经过德·马尔桑公馆，便叩门求见：此举一反往常，当时刚刚三点钟，他希望伯爵夫人独自在府上；这种偶然幸会的念头，他还是头一次产生，不由得心中暗暗称奇。门房回答说，夫人外出了。他不免沮丧，只好回自己的住所，一路还像往常那样自言自语。他心中想些什么，我也没有必要向您重复。他一路行来，神游体外，不知不觉离开了原路。我想他是走到布西十字街头的拐角处，迎面同一行人撞了个满怀，那行状至少很怪异，因为他正高声讲出一句话："我可否向您讲出来，我对您的爱？"却突然发现自己面对的是一张陌生的面孔。

自己的行为如此荒唐，他不禁失声大笑，满面羞愧，赶紧溜之大吉。不过，他发觉这句话虽然可笑，却不失为一句相当得体的诗。他念中学时，也曾作过几首诗，现在又诗兴大发，试图寻觅韵脚，终于找到，等一下您就能欣赏他的诗作了。

第二天星期六，正是伯爵夫人会客的日子。德·马尔桑先生那样独来独往，也开始有些厌倦，因而伯爵府上，这天宾客如云，只见灯火辉煌，房门全部敞开；壁炉前围了一大圈人，一边是女客，另一边是男宾。这里可不是传递情书的好地方。吉贝尔费了半天劲，总算靠近了女主人，他同伯爵夫人以及她身边的女客闲聊了一刻钟，随后便从衣兜里掏出一折叠的纸，拿在手上摆弄着玩。这张纸不管怎么揉搓，还是看得像一封信，他期待引起人注意。果然有人注意了，但不是爱梅丽娜，他只好又放回兜里。过一会儿，他又取出来；伯爵夫人终于投来一瞥，问他手上拿着什么。

"这是一首诗，"吉贝尔回答道，"是我为一位美丽的夫人创作的。要我拿给您看，您得向我保证：您若是猜出来为谁而作，可不能设身处地来嘲笑我。"

爱梅丽娜接过这页诗稿，读到下面的几节诗：

赠妮侬

可否对您讲出来，我对您的爱？
碧眼棕发的美人，您会不会怪？
要知道这爱造成极大的痛苦：
您本人也怜悯这无情的伤害，
可您也许还要对我施加惩处。

可否对您讲出来，沉默的半年
隐藏多久煎熬，多强烈的心愿？
您无比聪慧，妮侬，表面无所谓，
却如同仙女，早已看出了发端，
也许会回答：这事我心中了然。

可否对您讲出来，有一种痴情，
使我亦步亦趋，变成您的身影？
您也知道，妮侬，有一小段乐曲，
忧伤而疑虑，却使您更加美丽；

也许您会否定,说您并不相信。

可否对您讲出来,我在心灵里
带起了我们夜谈的一言一语?
要知道,夫人,受了冒犯的目光,
将碧眼化为两道雷火的闪电;
也许您要下禁令,不准再见面。

可否对您讲出来,我夜不成眠,
每天都要跪着祈祷,以泪洗面?
妮侬,您可知道,当您嫣然一笑,
蜜蜂就把您的朱唇当做花瓣;
也许您要讪笑,可我如实相告。

但您将一无所知,我来到府上,
在灯下同您闲聊,什么也不讲,
聆听您的声调,呼吸您的模样;
您尽可以怀疑,猜测甚至微笑,
却看不到什么对我少些馨香。

我偷偷采撷一些神秘的花朵:
夜晚在您身后,聆听钢琴之歌,
您和谐的双手,在琴键上演奏,
我们欢快的华尔兹形成漩涡,
您在我的手臂中芦苇般轻柔。

深夜我回到家中就关门上锁,
整个世界便将我们遥遥相隔,
我形同嫉妒者,抓住种种回忆,
面对上帝,独享悭吝者的快乐,
打开我藏宝而装满您的心扉。

我爱，但也善于应付，毫不在意；
我爱，毫不表露；我爱，唯我心知；
这秘密对我宝贵，痛苦也珍视；
我心下已明誓，不抱希望去爱，
但也不乏幸福；见到您就足够。

不，我生来无缘这天大的幸福：
生活在您脚下，死在您的怀抱，
一切都表明，唉，甚至我的痛苦……
果真表白我对您的爱，天晓得，
碧眼棕发的美人，您会说什么？

爱梅丽娜看完了诗稿，什么也没有讲，便还给了吉贝尔。过了片刻，她又把诗稿要回来，重又看了一遍，然后就留在手上，但是还像刚才那样，脸上毫无表情；这时有个人走过来，她站起身，就没有再留意把诗稿还回去。

五

请问，处理这样的事情，我们有谁能如此轻而易举呢？吉贝尔去参加这天晚会，出门时高高兴兴，而回来时却像秋叶一样浑身颤抖。他的诗中有点夸张的成分，有点“超越真实”的成分，一旦经过伯爵夫人之手，就变成真的了。然而，她毫无反应，当着那么多人的面，又不可能盘问她。她受到伤害了吗？如何解释她的沉默呢？再次见面她会开口责怪吗？她能说什么呢？她那形象出现在吉贝尔的脑海里，时而冷淡严肃，时而温和欢笑，让人捉摸不透。吉贝尔实在受不了，一夜未眠，第二天又去拜访伯爵夫人；可是府上回说，夫人刚刚动身，乘驿车去迈伊磨坊了。

吉贝尔想起不几天前，他偶然问起伯爵夫人，是否打算去乡下，伯爵夫人回答说没有做这种打算。想起这件事，他猛然一惊，便自言自语：“她这次出行，肯定是因为我的缘故：她怕见我，她爱我呀！”最后这句话一出口，他就站住了，胸口一阵发紧，呼吸都困难了。我不知道他怕什么，吓成那样；他一想到这么快就打动了一颗无比高尚的心，就不由得浑身颤抖起来。伯爵府上百叶窗紧闭，庭院里空荡荡的，只有几名仆人正往一辆大车上装行李。走得如此匆忙，就跟逃跑一样，这种情景搅乱了他的思绪，令他惊诧。他缓步走回家。仅仅一刻钟，他就变了一个人。他再也预测不了什么了，再也打算不了什么了，不知道昨天晚上自己做了什么，也不知道是什么情况把他引到了这一步。不过，在他的思想里，没有一点自豪感的位置，整个这一天，他甚至没有考虑以什么办法利用自己的新环境，也没有考虑去看爱梅丽娜。此刻在他的心目中，爱梅丽娜既不温和，也不严肃了，只见她坐在平台上，又重读她留下的诗稿。他反复念叨："她爱我呀！"同时扪心自问，他是否配得上。

吉贝尔还不满二十五岁，他的道德心讲过了话，他的年龄也发言了。第二天，他就乘车去枫丹白露，当晚到达迈伊磨坊。仆人通报他来访时，爱梅丽娜恰巧独自一人，她接待吉贝尔时的神态，明显不大自然，一见他把房门关上，便想起德·索尔格先生的行为，不由得面失血色。可是，等吉贝尔一开口说话，她就看出这个青年不比她镇定自若。吉贝尔还一反往常，这次没有吻她的手，落座时样子也比从前更加胆怯，更加拘谨了。他们单独待了约一小时，交谈中根本没有提及那首诗，也没有说到诗中所表达的爱情。这时，德·马尔桑先生散步回来了，吉贝尔的额头便掠过一片阴云，他暗自懊恼白白糟蹋了头一次单独交谈的机会。

爱梅丽娜则不然，看到吉贝尔的敬重态度，她深受感动，不禁陷入最危险的遐想中，她已然明白吉贝尔爱她，一确认这一点，她心中立时萌生了爱意。

第二天，爱梅丽娜下楼进餐时，又青春焕发，光彩照人了，脸上和心里都一下子年轻了十岁。尽管天气恶劣，她非要出去骑马不可，还挑选了一匹不容易驾驭的英俊牝马，就好像要玩命似的。她格格大笑，在发毛的牝马头上挥动着鞭子，无法抗拒那种不该打也要抽打坐骑的特殊乐趣。她感受到胯下的骏马发怒地腾跳，抛着满嘴的白沫，这工夫，她瞧了瞧吉贝尔。年轻人一个箭步冲上去，要抓住马缰绳。"别管，别管，"她笑着说，"今天上午我摔不下来。"

总得谈谈那首诗，他们二人确实谈了很多，不过仅仅用眼睛说话：眼神的语言完全抵得上另一种话语。吉贝尔在迈伊磨坊待了三天，时刻都想要跪到爱梅丽娜的脚下。他看着爱梅丽娜腰肢的时候，便激动得发抖，恨不能一把搂住；然而，只要她迈动一步，他就急忙闪身让她过去，仿佛生怕拂着她的衣裙。第三天的晚上，他宣布次日早晨要辞行，当时正谈到华尔兹舞曲以及拜伦关于华尔兹舞曲的颂歌。爱梅丽娜注意到，要想如此激烈地谈论，就必须引起持不同看法的诗人的强烈兴趣，于是，她去找来一本书，用以支持她的说法，为了让吉贝尔同她一起阅读，就凑到他身边，而且靠得极近，头发都拂着他的面颊了。对这种轻微的接触，年轻人产生一阵快感，如果德·马尔桑先生不在场的话，他是无法抗拒的。爱梅丽娜觉察出来，不由得脸红了，随即把书合上。这是吉贝尔此行所发生的全部情况。

您瞧，夫人，这个恋人是不是挺怪呢？有一句谚语说得好：晚得不等于丢掉。一般来说，我不太喜欢谚语，因为谚语这类鞍子，能安放在各种马匹上。没有一条谚语找不到它的反论，不管什么行为，他总能搬出一条来充当根据。不过，坦白地讲，我刚才引的这条谚语，我看在运用中能错上百回，顶多会碰对一次，那还得是既耐心又隐忍，既隐忍又无所谓的人。这种话还是拿到天堂上去，让那些圣徒相互说晚得不等于丢掉，那好极了，这条谚语适用于那些有永恒的未来，可以虚掷时间的人。然而，我们这些可怜的凡人，我们可没有那么长时间等机会。因此，我的这个主人公是何等样人，我要向您如实道来。况且我也认为，他若是完全换另一种方式行事，那就会得到德·索尔格先生那样的待遇。

德·马尔桑夫人周末返回巴黎。一天傍晚，吉贝尔早早就来到府上。天气溽暑蒸人，他看到爱梅丽娜独自躺在小客厅里的长背靠椅上，身穿薄衣裙，手臂和脖颈都袒露着。小客厅里摆了两只花篮，插满的鲜花满室生香；对着花园的门敞着，吹进来暖融融、甜丝丝的空气。整个氛围都让人疏懒。然而，一种奇特的、不同寻常的戏弄，却贯穿着他们的谈话。我对您说过，他们总能同时，用同样的话语来表达他们的看法与感受；可是这天晚上，他们处处都不一致，因此，两个都在闹别扭。爱梅丽娜谈起她认识的几位女士，吉贝尔越是热情地赞美，爱梅丽娜就越是贬低。天色暗下来，二人沉默一阵。一名仆人端进来一盏灯，德·马尔桑夫人说不要，吩咐将灯放到大客厅去。她刚吩咐完了，马上就后悔了，有点尴尬地站起身，朝钢琴走去。“过来瞧瞧，”她对吉贝尔说道，“这是我放在歌剧院包厢里的脚凳，我刚让人改了改，现在就当琴凳坐坐，让我初次试用，给您弹一段音乐。”

她轻抚琴键，先弹几节模糊的旋律，吉贝尔很快就听出是她偏爱的乐曲，贝多芬的《欲望》。爱梅丽娜渐渐投入，指下弹出激情四射、急促得令人心跳的乐章，继而戛然停止，就仿佛音调拨得太高，她一时喘不上来气，就任其止息了。这样一种音乐语言所表达的激情，任何话语都永难比拟。吉贝尔站在一旁；她那双漂亮的眼睛，不时抬起来察看他的反应。吉贝尔靠在钢琴角上，二人都在同激动不已的心情搏斗，不料突然发生一个近乎可笑的小故事，才把他们从神思恍惚的状态中拉出来。

小凳突然散了架，爱梅丽娜一下子跌在吉贝尔的脚下。吉贝尔慌忙伸手去扶，她抓住吉贝尔的手，笑着站起来。吉贝尔吓个半死，脸色都白了，生怕她摔伤了。“好了，”她说道，“给我搬来一把椅子吧。总不至于说，我是从六楼上摔下来的吧？”

她又开始弹奏一支四组舞曲，边弹琴边打趣，说他刚才吓得什么样子。

“看见您摔倒我吓慌了，这不是很正常吗？”吉贝尔回答。

“好了，”她又说道，“真是神经质，您不会以为我会感激您吧？我承认，我摔了一跤挺可笑；可是我觉得，”她口气相当冷淡地又加了一句，“我觉得您那样害怕却更加可笑。”

吉贝尔在房间里转了几圈，爱梅丽娜弹奏的四组舞曲越来越不欢快了。她感到自己本想跟他开玩笑，却伤害了他。吉贝尔太激动了，连话都说不出来了。他又回到原先的位置，靠在钢琴角上，鼓鼓的眼睛对着她，泪水快要噙不住了。爱梅丽娜立刻站起身，走到房间里端，坐到昏暗的角落里。吉贝尔跟了过去抱怨她心太狠。现在，轮到伯爵夫人无言以对了。她坐在那里一言不发，心乱如麻的状态难以描摹。吉贝尔拿起帽子想要告辞，一时又下不了决心，于是回身在她旁边坐下来。爱梅丽娜转过身，伸出手臂，似乎示意让他走；吉贝尔却趁势抓住，将她紧紧搂在怀里。恰好这时有人敲门，爱梅丽娜急忙跑进旁边一间小屋里。

第二天，可怜的年轻人走到了公馆，才发觉自己是来德·马尔桑夫人府上。他凭经验，发生了那种情况，他真怕爱梅丽娜受到冒犯，态度变得严厉起来。他却想错了，只见伯爵夫人既平静又宽容，头一句话就说她在等他。不过，随后她就口气坚决地告诉他，他们必须停止见面了。“我并不后悔自己所犯的错误，”她说道，“也不寻找什么理由为自己辩解。尽管我引起您的痛苦，也造成我自己的痛苦，但我们之间毕竟还有德·马尔桑先生。我不能说假话，您就忘记我吧。”

吉贝尔惊呆了，话说得如此坦率，令人信服的语气也不容一点质疑。碰到这种情况，一般人总要说些俗不可耐的话，并且要寻死觅活相威胁。这种行径，吉贝尔当然不屑，他力图也像伯爵夫人那样勇于面对现实，这样至少能向她证明，他多么尊重她。他回答说一定遵从她的意愿，要离开巴黎一段时间。爱梅丽娜问他打算去哪里，并且要他答应给她写信。她想让吉贝尔对她有个全面了解，便用几句话扼要地向他讲述了自己的一生，描绘了自己的处境和心情，她没有装出比实际上还要幸福的样子。她还把诗稿还给吉贝尔，感谢他给她带来一段时间的幸福。“我不愿意不加考虑，就投到这种幸福中，”她说道，“我确信，这是不可能的，我只能止步；而可能实现的幸福，我就抵制不了。但愿在我的行为中，您不会看出根本不存在的卖弄风情的成分。我本来应该多为您着想，不过我认为，您这种爱还没有到不能自拔的程度。”

“坦率地讲，”吉贝尔答道，“我不清楚到了什么程度，但是我不认为能够自拔。您的才智和性格，比您的美貌更为打动我。由于不见面和随着岁月的推移，如果说一副美丽的形象可能淡漠的话，失去您这样一个人，却还是终身不可挽回的损失。当然，我表面上会解脱的，几乎可以肯定，过一段时间，我又将恢复往常的生活；然而，甚至理性也会时时对我说，您本可以给我的生活带来幸福。您交还给我的这首诗，虽是一时冲动的即兴之作，但是表达了我自认识您以来内心的感情。而且当时，我只有勇气通过这种准确而持久的表达方式，来掩饰这种感情。今后我们二人，谁也不会幸福了，我们将为别人作出一种无法弥补的牺牲。”

“我们要作出牺牲，”爱梅丽娜接口说道，“但不是为别人，而是为我们自己，说得再准确些，您是为我作出了牺牲。我无法容忍说谎，昨天晚上您走后，我差一点全部告诉德·马尔桑先生。”她又快活地补充一句：“好了，朋友，好自为之吧。”

吉贝尔恭恭敬敬地吻了她的手，二人就此分手了。

六

爱梅丽娜刚作出这种决定，他们就感到不可能执行。这一点，他们无需多做解释，彼此都心知肚明。吉贝尔忍了两个月，没有去拜访德·马尔桑夫人。就在这两个月期间，两个人都食不甘味，夜不成寐了。吉贝尔挨过了这段时间，一天晚上实在烦闷无聊，便戴上帽子，也不知道自己在做什么，就按往常的时间来到伯爵夫人府上，好像什么事情也没有发生似的。伯爵夫人也不想责怪他言而无信，看到他第一眼就明白，他忍受了多大痛苦。同样，吉贝尔见她脸色如此苍白，整个人变化如此之大，便后悔自己没有早些来看望。

爱梅丽娜的心中，现在既不存有任性妄为，也不怀有激情，只是本性在向她大声疾呼，她需要一次新的爱情。她没有认真考虑过吉贝尔的性格，但是吉贝尔讨她喜欢，而且近在眼前，还向她表白对她的爱，爱她的方式又完全不同于德·马尔桑先生。爱梅丽娜深藏在心中的精神、聪慧、奔放的想象力，以及所有高尚的品质，在她不知不觉中却受压抑之苦。她抛洒的泪水忍也忍不住，她原以为无缘无故，现在却迫使她追究其中的动因了。于是，周围的一切：她的书籍、音乐、鲜花，乃至她所喜爱的一切和孤独的生活，都在向她说明：必须去爱，去抗争，否则就得混日子等死。

德·马尔桑伯爵夫人以勇敢的高傲姿态，面对即将坠入的深渊。当吉贝尔第二次拥抱她的时候，她举头望天，仿佛要说上天为她的错误和即将付出的代价作证。吉贝尔理解这种忧郁的目光，他估量了自己所担负的任务多么巨大，要对得起朋友这颗高尚的心。他感到，给她新生，还是永远毁了她，这种权利就操控在自己手中。这个念头引起他的喜悦远远超过得意，他暗自发誓，要为她付出一切，并且感谢上帝赐给他爱情。

不过，迫不得已说谎，让这位少妇深感悲哀。但是，她把这种苦恼藏在心中，不再跟她的情人讲了。况且，她连想也没有想自己能坚持多久，总有坚持不住的时候。可以说，她也掂量了吃苦头和获得幸福各有多大可能性，大胆地将自己的生命当做赌注押了进去。吉贝尔又回来了，爱梅丽娜就不得不去乡下住三天。吉贝尔恳求她，动身之前再给他一次见面机会。

“您若是愿意，我会安排的，”她回答道，“不过，我恳求您容我一点时间。”

第四天，将近午夜时分，一位青年走进英国咖啡馆。“先生要什么？”侍者问道。“挑你们最好的拿上来吧。”那青年回答，他那副喜形于色的样子引起所有人的目光。与此同时，在德·马尔桑公馆的深宅，一扇百叶窗半开着，从窗帘透出了灯光。德·马尔桑夫人身穿睡衣，独自坐在卧室一张小巧的椅子上。身后的房门已经插上了，她自言自语：“明天我就属于他了。他呢，会属于我吗？”

爱梅丽娜无意拿自己的行为同其他女人作比较。此时此刻，她心中既没有痛苦，也没有愧疚，一心念着明天，其余的一切全部沉默了。她心中在想什么，我怎么好告诉您呢？这样一位美丽而高尚的女子是我所认识的最富于感情、最正派的女子，在她要犯下唯一该自责的错误的前夕，在那种严重时刻，我怎么好写出是什么令她惴惴不安呢？

她在想自己的容颜。至于爱情、忠诚、心灵坦荡、坚贞、情趣的痛感、恐惧、危险、悔恨等等，全被最强烈的担心所驱逐，所摧毁了；她在担心自身的魅力、自身的姿容。我们看到的光亮，正是她手上擎着的蜡烛。她对着穿衣镜审视，回过头去倾听，周围没有一个人，也没有一点声音；她半解开薄纱睡衣，犹如在神话中的牧人面前，维纳斯羞怯地裸露身姿。

至于次日所发生的情况，最好还是把爱梅丽娜写给她妹妹的信抄给您，看看她在信中如何描述自己的感受。

> 我成为他的人了，神魂颠倒取代了事前的心神不宁。我被摧垮了，我喜欢这种折腾。这个夜晚，我是在梦幻中度过的，看见一些朦胧的形影，听到一些遥远的声音；我分辨出：“我的天使，我的生命！”而我还在下沉，继续往下沉。我的记忆只剩下这种半睡半醒的状态，作为我要选择的在天堂的感觉，我的头脑一次也没有重温前一天的不安情绪。我好似新生儿一般，睡得香甜。早晨醒来，模糊地记起昨夜的事情，周身血液便迅速涌入心房。我一阵心跳，立即坐起来，听见自己高声说道：全完了！我的脑袋伏到双膝上，我冲向自己灵魂的深处。我还是头一回萌生这种担心的念头：他会对我产生

不好的看法。我这么轻易地委身于他，就可能引他产生这种评价。尽管他有头脑，懂得深浅，我还是担心那是世人一次不道德的尝试。他的行为，会不会仅仅是一时心血来潮，要干成一件难做的事情呢？当时我受到极大的震撼，过于激动，受各种感情的支配，已经六神无主，就没有很好观察他的感情。想到这些，我不由得害怕了，呼吸也急促起来。好吧！我勇敢地自言自语，总有一天，他会认识我，就要付出代价。突然，甜蜜的回忆又完全驱散心头的阴云。我感到唇边又泛起微笑，仿佛回到前一天，又看到他那整个形象特别英俊，那种表情是我在任何场合，甚至在绘画大师的杰作上也未曾见过的：我从那种表情中看出爱情、尊重、崇拜，以及强烈的欲望、生怕得不到的那种疑虑和担心。对于女人来说，这是千金难买的时刻，我的心情就这样平和下来，赶紧起床穿衣。在等待情人时，梳妆打扮真是无穷的乐事。

七

爱梅丽娜花了整整五年时间，才发现头一次选择未能给她带来幸福，她为此痛苦了一年，又坚持半年时间抗拒新生的恋情，再花两个月抗拒已然袒露的爱情，最后终于屈服了，而她的幸福持续了半个月。

半个月，时间很短，对不对？我开始讲这个故事时，并没有考虑这一点；现在看来，我萌发写作的念头，拿起笔来的时候，除了幸福太短暂之外，也没有什么可挑剔的。这种幸福，我如何向您描绘呢？无法表述的东西，就连世界上最伟大的天才都缺少话语，只能留在他们作品中让人猜测的东西，我怎么来向您叙述呢？当然，您不会有这种期待，我也不会冒这种大不韪。发自心灵的情感可以描写出来，而心灵本身都是无法表述的。

况且，仅仅半个月，一个人就算幸福了，难道有时间去发觉吗？幸福来了，爱梅丽娜和吉贝尔还在惊讶，不敢相信这是真的，只是觉得心中充满柔情蜜意而惊叹不已。他们不约而同地想道："我们的目光相遇的时候，怎么可能会无动于衷呢？"

"怎么！"爱梅丽娜说道，"我看着你的时候，难道泪水没有蒙住我的眼睛吗？我听你说话时，难道不是在吻你的嘴唇吗？你跟我说话，就像对别人说话一样，而我回答你的话，不是向你表明我爱你吗？"

"是的，"吉贝尔回答，"你的目光、你的声音，都暴露了你的内心。上帝啊，你的目光和声音浸透了我的心田！是我，受胆怯的阻遏，我们相爱很晚，完全是我的过错。”

于是，二人的手紧紧握在一起，仿佛在无言地相互劝慰：“我们要平静些，过分激动会要命的。”

他们刚刚开始习惯于秘密幽会，刚刚开始玩味偷情的恐惧；吉贝尔刚刚熟悉这张新面孔：女人投入情人怀抱时突然显现的面孔；爱梅丽娜透过泪水刚刚绽开笑容；两个人刚刚山盟海誓终身相爱；可怜的孩子啊！他们对自己的命运那么信赖，毫不畏惧地投入命运的安排，还在慢慢地品味他们确认彼此希望没有落空的欢喜；他们还在相互说：“我们将要多么幸福啊！”恰好这种时候，他们的幸福却风流云散了。

德·马尔桑伯爵性格坚毅，目光敏锐，看重大问题从未走过眼。有一段时间，他看出妻子很忧伤，就以为她不像从前那么爱他了，也就没有把这事放在心上。后来他发现妻子心事重重，心神不宁，便决定不能任其下去。他一旦费心去探究其原因，很容易就找到了。他刚提头一个问题，爱梅丽娜就慌了神儿，紧接着第二问，她就准备全部供认了。德·马尔桑伯爵根本不想听这种性质的隐私，他也没有向任何人透露，就径直去他结婚前住的公寓，租下一套配备家具的房间。晚上，他妻子要回家安歇时，伯爵身穿便袍走进来，坐到她对面，对她大致说了如下一番话：

“亲爱的，您相当了解我，知道我不是爱嫉妒的人。我曾经非常爱您，无论现在还是将来，我对您的敬重和友谊不会改变。到了我们这种年龄，又一起生活了这么多年，我们相互宽容很有必要，以便能够继续和睦地生活下去。我这方面，要利用起一个男人应有的自由，而且我认为，您同样这么做也是正当的。假如我给这个家庭带来相同数量的财产，我就不会这样对您讲话了，这意思您去理解吧。然而，我一无所有，在我签订的婚约上，我也坚持财产合理，保持我的贫穷地位。换另一个人，无非是宽容或者理智的态度，对我而言就可能是卑劣的表现了。私通的行为再怎么拘谨小心，从来就守不住秘密，迟早会惹人议论。到了那一天，您应该有所感觉，我不可能名列宽宏大度的丈夫类别，甚至连戴绿帽子的可笑丈夫都算不上，只会被人看成为了金钱什么都能容忍的可怜虫，以我的性格，我不会闹起来，那样不管闹成什么结果，都要损害两个家庭的名誉。我既不恨您，也不恨任何人，正是基于这种原因，我来向您宣布我的决定，以免引起不必要的惊诧。从下周起，我就要住进我结识您母亲时所居住的公寓。实在遗憾，我没有钱旅行，还得留在巴黎。我也总得有个栖身之所，那栋公寓我还算中意。看看您有什么要求，如能办得到，我会尽力而为。”

德·马尔桑夫人在听丈夫讲这番话的过程中，越来越惊愕了，一时呆若木雕。她看出丈夫主意已定，但还是不相信这种事实，几乎不由自主地扑到丈夫的脖子上，高声说她绝不会同意分离。不管她说什么，德·马尔桑先生只是漠然以对。爱梅丽娜痛哭流涕，跪倒在地，想要忏悔自己的过错；德·马尔桑先生当即制止了她，拒绝听她讲，还极力劝她冷静下来，一再对她说，自己对她毫无怨恨的情绪。然后，不管爱梅丽娜如何哀求，他还是走了。

第二天，他们没有见面。爱梅丽娜问仆人，伯爵是否在房间，仆人回答说伯爵一大早就出门去，白天不会回来。爱梅丽娜想等他，就独自关在德·马尔桑先生的套房里，一直待到晚上六点钟，终于丧失了勇气，只好返回自己的房间。

又过了一天，午饭时分，伯爵换上一身马服下楼来。仆人开始为他收拾行李，走廊上堆满了杂乱的旧物品。爱梅丽娜见丈夫进来，便迎上去。伯爵吻了吻她的额头，二人默默地入座。他们是在伯爵夫人的房间共进午餐，伯爵夫人从对面的穿衣镜中，恍若看见自己的幽灵。镜中的形象头发蓬乱，面容憔悴，似乎在责怪她的过错。她的声音颇不自信地问伯爵，他是否一直打算住在公寓区。伯爵回答说他正是这种打算，定于下星期一搬走。

“难道就没有任何办法推迟搬走吗?”她语气恳求地问道。

“既已决定，就不能更改了，”伯爵回答道，“您呢，考虑过打算怎么办吗?”

“您想让我怎么办呢?”爱梅丽娜反问道。

德·马尔桑先生没有应声。

“您要怎样呢?”她重复道，“我能有什么办法让您回心转意吗? 您要我如何赎罪，作出什么牺牲，您才肯接受呢?”

“这只有您自己知道。”伯爵回答。

伯爵不再多说一句话，起身走了。不过，当天晚上，他又来到妻子身边，脸色也稍有缓和了。

这两天，爱梅丽娜弄得筋疲力尽，脸色苍白得可怜。德·马尔桑先生见此情景，便油然而生了恻隐之心。

“喂！亲爱的，”他问道，“您这是怎么啦?”

“我在想，”爱梅丽娜回答，“看来什么也不可能了。”

“这么说，您非常爱他啦?”伯爵问道。

尽管他那表情显得很冷漠，爱梅丽娜从他这一问中，还是能看出一种嫉妒的情绪。她认为丈夫走这一步，很可能只有一个意图：同她重新拉近感情。她想到这一点，心中很别扭，心中暗道：“所有男人都一个德性，他们鄙弃所拥有的东西，一旦由于自己的过错而丧失了，又要热烈地追回来。”她想了解自己的猜测准到什么程度，便口气高傲地回答道：

“是的，先生，我爱他，至少在这个问题上，我不会说谎。”

“这我想得到，”德·马尔桑先生又说道，“我在这里要想同任何人过不去，就太不识趣，我既没有这种手段，也没有这种愿望。”

爱梅丽娜当即明白，自己估计错了，想申辩几句，一时又无语。的确，伯爵这样行事，又好说什么呢？发生了什么情况，他猜测得一清二楚，而所作出的决定，既不残忍又很适当。爱梅丽娜刚开口说话，便泣不成声。德·马尔桑先生语气温和地对她说：

“您冷静点儿，想一想您犯了一个错误，但是您有一个朋友，他知情了，会帮助您纠正。”

“这位朋友，”爱梅丽娜说道，“如果同我一样富有，他会怎么做呢？就因为这种可恶的财产问题，他就决定离开我吗？假如我们的婚约不存在，您会怎么做呢？”

爱梅丽娜随即站起身，走到写字台前，从抽屉里取出婚约，凑近桌子上的蜡烛销毁了。伯爵冷眼旁观，一直看着她做完这件事。

“我理解您。”伯爵终于说道，“您这种举动赢得尊敬，尽管没有实际意义，因为公证人还掌握副本，我还是得感谢您。不过，您要想一想，”他拥抱并亲了一下爱梅丽娜，又补充道，“您要想一想，在这件事情上，如果仅仅是废除一种手续这么简单，那么我只需利用我的优势就行了。我知道，您大笔一挥，就能使我变得和您同样富有，然而我不会同意，今天就更不会同意了。”

“您太骄傲了，”爱梅丽娜气急败坏，高声说道，“您为什么要拒绝？”

德·马尔桑先生拉起她的手，轻轻地握住，答道：

“因为您爱他。”

八

秋季一天晴朗的上午，阳光灿烂，似乎在送别奄奄一息的绿色。在香榭丽舍大街后身一条僻静的小街，吉贝尔趴在三楼一扇小窗户上，嘴里哼着歌剧《诺马尔》[①]的一段乐曲，全神贯注地看着街上过往的每辆马车；一发现有辆马车停在街角，嘴里就停止哼唱，然而，那辆马车又朝前驶去，还得等下一辆。这一天，驶过的马车很多，可是，

① 《诺尔马》：意大利剧作曲家贝利尼1831年创作的歌剧。

没有一辆车里坐着那位头戴意大利小草帽、面罩黑纱的人。钟声敲过一点，又敲了两点，时间太晚了。吉贝尔不知看了多少次怀表，在房间里也不知道转了多少圈，时而伤心，时而放心，转换的频率更快了，他终于下楼，来到街上，游荡了一阵。他返回住所时，还问门房是否有他的信件，得到了否定的回答。他产生了不祥之感，这一整天都心神不定。将近晚上十点钟，他怀着忐忑的心情登上德·马尔桑公馆的宽大台阶。公馆里没有灯火，他很惊诧，又深感不安。他拉了铃，却没人来开门，他推了推，大门就开了，他走到餐厅便站住，问一名迎上来的使女能否进去。“我去问一问。”使女回答。她走进客厅，吉贝尔从打开的两扇门中，听见一个他熟悉的颤抖声音极低地说道：“就说我不在。”

在他毫无思想准备的时刻，在黑暗中讲的这短短一句话给他的伤害，要超过刺进胸口的一剑，这是吉贝尔亲口对我说的。他走出公馆，心中不胜诧异，无以言表。“她明明在家，”他不禁想道，“她也肯定看到我了。究竟发生了什么事？难道跟我说句话，至少给我写封信，她都不能了吗？”一个星期过去了，既没有来信，也见不到伯爵夫人。他终于收到一封信，内容如下：

“别了！您一定记得自己的旅行计划，也一定能履行您对我的诺言。噢！此刻我做出一种巨大的牺牲。本来我已经有了轻生之念，只是您对我讲的那句话深深打动了我，才使我在黄泉路上止住脚步。我还会活下去。但是心系一念，不能完全消除，唯独此念方可赋予我表面的平静。我的朋友，请允许我把这个念头仅仅置于远处，并且附加条件：举例来说，如果我在您的心中，完全是一种无足轻重的位置了；——如果，您一旦回来，心肠变硬了，不再来看我了；——如果我的形象、我的爱不在您的脑海中浮现了……那么，我这种忍受煎熬的生活就不可能继续下去了。最不幸的是留下来的人，因此，要走还是您走吧。您手头的事务能都放下？还是您希望我走，而我却不知道去哪儿。回答我吧，您有这种能力，而我却无能为力了，您就当可怜我吧。您说吧，我哪儿知道会怎么样？说您能够解脱，但这不是真的！不管怎么样，您就尽管说吧。您动身之前要避免同我见面：我需要勇气，又不知道从哪里汲取。整整一个星期，我不停地哭泣，不停地给您写信，写出来的信全投进火炉里。您会收到的这封信，也是前言不搭后语。德·马尔桑先生全知道了：我是说不了谎话的，况且，他已然知道了。不过，这封信远未能表达我的感情与理智的冲突。这几天，您要参加社交活动，您将要出行的消息传扬出去，以免让人认为您这是一时的冲动。近日，我不可能出门，也不会接待客人。我随时都可能失声。您会给我写信吧，对不对？您不可能不给我写几行字就走了。出行吧！……还是您出行吧！”

突遭不幸，吉贝尔就觉得是一场噩梦。他还想去公馆，向德·马尔桑先生寻衅闹事。他瘫软在自己房间的地板上，止不住流下最苦涩的泪水。用这种不明不白的方式，向他宣布这一事故，他实在不甘心，决定不惜一切代价，也得去见上一面，要求伯爵夫人作出解释。于是，他跑到德·马尔桑公馆，不要任何仆人通报，径直往里走，一直来到客厅。走进客厅又停下脚步，转念一想，这会连累他所爱的女人，也许会因自己的错误举动而毁了她。这时，他听见有人走过来，便急忙闪身躲到窗帘后面：走进来的是伯爵。等到只剩他一个人了，吉贝尔就走上前去，微微推开一扇门，里面是带玻璃窗的小房间，只见爱梅丽娜躺在床上，丈夫守在旁边。床脚下放着沾满血迹的床单，而医生正在擦手。这景象把吉贝尔吓坏了，一想到自己的鲁莽行为又会给他的情人痛上加痛，于是他踮着脚退出公馆，没有被人瞧见。

他很快得知，伯爵夫人曾有生命危险，后来收到一封信，他才了解到详细情况。“我们放弃见面，”爱梅丽娜在信上写道，“这是不可能的，连想都不要想。这个令您伤心的念头，我一刻也不能接受，因此丝毫也不会引起我的痛苦。不过，我们分离半年，一年，这会让我痛哭流涕，心如刀绞，因为只有这样暂时分离才是可行的。”她在信中还补充道：他动身之前，要见她一面的愿望如果特别强烈，她也会同意的。吉贝尔没有接受见面的建议，他需要积蓄全部勇气；可是，他尽管确信自己必须远行，还是未能作出任何决定。没有爱梅丽娜的生活，对他来说就是一句空话，也可以说是一句谎话。然而，他暗自发誓一定照办，不惜一切代价，如果需要，就牺牲自己的性命，也要保证德·马尔桑夫人的宁静。他安排好自己的事务，同朋友们告别，向所有人宣布他要去意大利。一切就绪，护照也拿到手了，他却关在家中，每天晚上都下决心明天一定启程，又以泪洗面度过白天。

您能想得到，爱梅丽娜也同样没有勇气面对现实。她的身体刚能忍受旅途的劬劳，便乘车去了迈伊磨坊。德·马尔桑先生形影不离，在爱梅丽娜生病期间，他表现出了兄长般的情谊和母亲般的照顾。自不待言，他已经原谅了妻子，看到妻子痛不欲生的样子，他也放弃了分手的打算。他只字不提吉贝尔了，而且我相信，这期间他单独跟妻子在一起的时候，也没有说到这个名字。吉贝尔宣布了旅行计划，他听说之后，既没有显得高兴，也没有表现出悲哀。从他的言行中不难猜测出，他由衷地认识到不该疏忽了妻子，极不关心她的幸福，自己是有罪责的。爱梅丽娜挽着他的手臂，漫步在长长的“长叹小径”上，他那神情与妻子几乎同样伤悲，爱梅丽娜感激他从不试图提起夫妻旧情，也不诋毁她的新恋。

爱梅丽娜忍痛作出牺牲，焚毁了吉贝尔写来的所有信件，仅仅保留了她情人亲笔写的一行字：“为了您，可以赴汤蹈火。”她重读这行文字，不忍心销毁：这是可怜的小伙子的诀别；于是，她就拿剪子将这行字剪下来，长久地放在胸口。“万一有一天，我不得不同这些文字分开，”她在信中对吉贝尔说，“那么我就吞下肚去。现在，我的生活不过是一撮死灰，而且注视壁炉的时间稍微一长，眼泪就要流下来。”

也许您会问，这是她的真心话吗？难道她丝毫也没有尝试再见见情人吗？她作出了牺牲难道没有半点悔意吗？她下了这种决心，难道就从未试图翻悔过？不然，夫人，她确曾翻悔过，我无意把她说得比实际更好，更有勇气。是的，她试图说谎，欺骗她丈夫；她不顾发下的誓言、作出的保证，也不顾痛苦和内疚，又去同吉贝尔幽会，同他一起度过销魂的两小时。她回到家中，感到自己既不能欺骗，也不会说谎；我还要告诉您，吉贝尔也感到了事情会如此，就没有要求她再来幽会。

然而，吉贝尔还没有启程，也不再提起旅行的事了。几天之后，他就已经说服自己，他的心情趋于平静，留下来也没有任何危险了。他在信中还力图让爱梅丽娜同意他留在巴黎过冬。爱梅丽娜犹豫不决，她一方面放弃爱情，另一方面又开始谈论友谊。他们二人都在千方百计延长他们的痛苦，至少可以说看着对方受折磨。会走到哪一步呢？我也不知道。

九

我似乎对您说过，爱梅丽娜有一个妹妹。那是一个漂亮的女孩子，身材修长，而且心地善良。也许是过于腼腆，或者由于别种原因，她遇到吉贝尔时，同他说话一向极其拘谨，甚至有几分反感。吉贝尔行事冒冒失失，还有他那种说话的方式，尽管朴素而自然，往往会伤害十分谦谨、十分腼腆的女孩子。小伙子虽直率，性格豪爽，却不大可能赢得严厉的萨拉（这是爱梅丽娜妹妹的名字）的好感。因此，他们只是偶尔讲几句客套话，萨拉唱歌时，吉贝尔恭维几句，二人也时而跳一场四组舞，这就是他们的全部交往，没有进一步发展友谊关系。

正是在这种情况下，吉贝尔收到德·马尔桑夫人一位女友的舞会邀请函，为了顺从他的情人的意愿，他认为应该去参加舞会。正好萨拉也去了，他就坐到萨拉的身边。他知道伯爵夫人同她妹妹的关系很亲密，这对他是一次难得的机会，可以向能够理解他的人，谈一谈他的所爱。爱梅丽娜近来的病正可以作为由头，而打听爱梅丽娜的身体状况，就等于了解自己的爱情。这次萨拉一反常态，态度和蔼而诚恳，回答了他的问题。他们正谈话的工夫，乐队演奏起四组舞曲，舞伴来请萨拉跳舞，萨拉一口回绝，称自己疲倦了。

舞场上乐曲欢快，人声嘈杂，吉贝尔和萨拉谈话就更自由了。吉贝尔开始明白，这位姑娘了解爱梅丽娜的病因。她谈到姐姐的痛苦，讲述她所见的情景。吉贝尔低着头听她讲述，头抬起来时，只见两行热泪滚下面颊。萨拉身体突然颤抖起来，她那双蓝眼睛也开始模糊了。她对吉贝尔说："没想到您这么爱她。"从这一刻起，她对吉贝尔的态度发生了一百八十度的转弯，向他承认她早就发觉他们之间的事情，对他态度之所以冷淡，是由于她认为吉贝尔是个轻薄的公子哥儿，追所有女人，根本不考虑给人造成多大伤害。这时，她讲话像妹妹，像朋友，既热情又坦率。她强调指出，务必让伯爵夫人得到休息，她的声调情真意切，给他的强烈震动超过此前的所有劝阻：仅仅一刻钟，他便看清了自己的命运。

大家准备跳花式舞[1]了。"我们坐到圈子里去吧，"吉贝尔说道，"以免显得突出，我们还可以交谈，不会惹人注意。"萨拉同意了，他们到圈儿里坐下来，接着谈论爱梅丽娜。不过，时而有跳华尔兹的人硬拉萨拉加入跳舞的行列，她就只好站起身，抓起一条头巾，或者花束和扇子，吉贝尔仍然坐在椅子上，湿润的眼睛望着漂亮的姑娘欢跳和微笑，自己则陷入沉思。萨拉跳完舞又回到他身边，二人继续令人伤心的话题。吉贝尔恋爱的最初日子，正是伴随着这种德国华尔兹舞曲，现在，他就在这乐曲声中发誓出行，忘掉这段恋情。

到了该告辞的时间了，他们俩颇为庄重地站起身。姑娘说道："我有了您的许诺，救我姐姐的性命，也就指望您了。假如您走了，"她又加了一句，同时抓住吉贝尔的手，毫不顾忌会惹人注意，"假如您走了，我们有时会是两个人想念可怜的游子。"

讲完这句话，他们就分手了，而第二天，吉贝尔果真上路了。

① 花式舞：十八世纪法国流行的舞蹈，是一种早期的交谊舞。

两情妇

一

夫人，您相信一个人可能同时爱上两个女人吗？这样的问题，如果有人向我提出来，我就会回答绝不相信。然而，这种事情，还真发生在我的一个朋友身上，请听我讲一讲他的故事，您自己再来判断吧。

要说明一个人何以产生双重爱情，通常的办法，首先就是借助于反差：一个女子个子高，另一个则矮小；一个才十五岁，另一个已经三十了。一言以蔽之，总想证明两位女子无论年龄、容貌还是性情，都大相径庭，方能同时引发两种不同的恋情。我所讲的事却没有向我提供这种情由，两位女子反而有些相像。诚然，一位女子结了婚，而另一位是寡妇；一位富有，而另一位相当贫穷。但是，她们俩年龄相仿，个子矮小，都有一头褐色秀发。二人既非亲姐妹，也不是表姐妹，看上去却像一家人：都有一双黑色大眼睛，都长得同样娇小，简直就是一对孪生姐妹。您不必担心这个字眼，夫人，这个故事的两个人物不会弄混。

在进一步介绍这两位夫人之前，先得谈一谈我们的男主人公。一八二五年前后，有个生活在巴黎的年轻人，往后我们就叫他瓦朗丹。他是个相当古怪的青年，生活方式很奇特，作为研究人的材料完全可以提供给哲学家。这么说吧，他身上体现出两种不同的人格。您哪天若是碰见他，准以为他是摄政时期[①]的一个花花公子。他言谈轻

① 摄政时期：1715 年至 1723 年，法国奥尔良公爵摄政的时期。

浮，歪戴着帽子，一副纨绔子弟的快活神情，您见了准能想起当年某个穿“红跟鞋”[1]的形象。第二天再见到他，腋下则夹本书，步履匆匆，又是一副外省的朴实学生的模样。今天，他可以乘坐豪华马车，挥金如土；明天，要吃顿饭，就只能掏四十苏对付了。除此以外，凡事他都追求尽善尽美，绝不尝试有欠缺的东西。要娱乐就完完全全地娱乐，他可不是那种为了消愁解闷而买乐子的人。假如有个包厢看戏，那么他出门乘坐的马车必得舒适，晚餐必得美味可口，不准有任何不快的念头搅了他的雅兴。然而，他也会走进乡间小酒馆，心情愉快地喝一杯劣等酸酒，也会排队等候，坐到剧场池座看戏。这种时候，他完全是另外一个人，一点也不挑剔。不过，他的行为虽然怪诞，还是有一定逻辑，他身上固然体现出两个不同的人，但是两者并不混淆。

这种怪异的性格源于两种原因：家境不够殷实，又酷爱享乐。瓦朗丹的家庭生活还算小康，只能勉勉强强维持体面，再无余力了。每年收入一万两千法郎，全家人都赖此生活，花销必须有计划而节俭，可以温饱而不至于饿死，但是也没有闲钱用来娱乐。然而，瓦朗丹却是一次艳遇的产儿，喜爱享乐的程度，不亚于贵族大少爷的儿子。常言道：父亲吝啬鬼，生个败家子；父母越节俭，孩子越花钱。天意如此，却引起所有人啧啧称赞。

瓦朗丹攻读了法律，自然当了律师，而律师这行，如今已经成为普通职业了。除了父亲定期给的钱，瓦朗丹不时还能挣一些，日子本来可以过得相当滋润，可是他就喜欢一下子全挥霍掉，哪管第二天囊空如洗。夫人，孩子们拿着矢车菊玩，是怎样一片一片往下揪叶子，您还记得吧？他们揪下第一片叶子，就说：“真好玩”；揪下第二片叶子时又说：“还凑合”；等揪下第三片叶子则说：“没劲透了”。瓦朗丹就是这样打发他的日子的，但是绝不“凑合”，他受不了那种日子。

为了让您更好地了解瓦朗丹，我得给您讲一种他童年时的行为。那时，瓦朗丹十一二岁，睡在他母亲卧室后面的一间小屋。这间小屋有玻璃窗，看样子颇为冷清，堆满了蒙着灰尘的衣柜；在破旧的衣物中有一幅旧肖像画，镶在镀金的大镜框里。天气晴朗的早晨，阳光照射到画像上，小瓦朗丹跪在床上，满心欢喜地凑近画像。父母还以为等老师来上课之前他在睡觉，殊不知他有时额头抵着画框边角，保持那种姿势已经好几个钟头了。强烈的阳光照射在金色画框上，形成一个光环将他罩住，他那赞赏的目光就在光环中游弋。他心醉神迷，以这种姿态沉入千百种梦想。阳光越是强烈，他越发心花怒放。他凝视着这强烈的反光，直到疲乏而不得不移开目光，合上眼睛，好奇地追随那种长时间注视强光之后，留在眼前的红点逐渐淡化的不同色调。继而，

---

① 红跟鞋：十七世纪法国贵族穿红色后跟鞋，红跟鞋即贵族，后又泛指风流雅士。

他回到画像框，重又开始，越发起劲了。他亲口对我说过，正是在那里，他迷恋上了黄金和太阳，况且，这的确是两件绝妙的东西。

瓦朗丹进入生活的最初脚步，是受天生激情本能的指引。上中学时，他只挑比他有钱人家的孩子交朋友。他这样做是出于爱好，并非出于高傲。他在学习上也思想早熟，比起自尊心来，一种出人头地的愿望更能推动他学习。星期六如果没有得到荣誉座位，他就会坐在教室里流泪。他努力学习，修完人文学科时，一位夫人，母亲的女友送给他一枚绿松石戒指。于是，他上课就不够专心听讲，总想看看手指上的戒指闪闪发亮。这种对黄金的喜爱，当然还是一个孩子所能产生的好奇心使然。可是，孩子一旦成年，这种危险的倾向很快就会带来后果了。

瓦朗丹完成学业，刚刚有了自由，就不假思索一意孤行起来，毫不考虑自己的家境。他生性乐观，毫不忧虑未来，连想也未想自己贫穷，似乎都没有意识到。不过，世道让他明白了这点。他仰仗姓氏，还可以同那些比他富有的青年称兄道弟；然而，被他们接纳之后，又该如何效仿他们？瓦朗丹的父母住在乡下，他借口修习法律，却在杜伊勒里公园和林阴大道上消磨时光。只有在这种场合，他才感到轻松自如；可是，一旦朋友们离开他去骑马，而他仍然不得不徒步，剩下他一个人，就不免有些沮丧了。做衣服固然可以赊账，可是囊中羞涩，漂亮服装又能顶什么用呢？四分之三的时间，他都处于这种状态，但他自尊心极强，绝不做寄生的食客，假借理智力图掩饰隐秘的动机，傲慢地拒绝那些他消费不起的娱乐活动，专等自己省钱的日子过后才同富人打交道。

这种角色难以维系，在父亲的意志面前不攻自破：瓦朗丹必须选择一种职业。他进入一家银行做事。可是，他不喜欢职员这种行业，更不喜欢日常的工作。他每天上班无精打采，不得不同时放弃朋友和自由；倒不是觉得丢了脸面，而是感到无聊。正如安德烈·舍尼埃[①]所说，到了发薪水的日子，他不禁欣喜若狂。手上一有了金银，他立刻就晕头转向了，根本顾不上考虑有什么债务要还清，有什么必需品要购买。这种稀有金属，他一看见到手的一点闪闪发亮，心就狂跳起来，如果天气好的话，只想出去跑跑。我说跑跑，用词不当：发薪水的当天，有人会看见他乘坐一辆漂亮的出租马车，向康卡尔岩石餐厅[②]驶去。他半躺在车座靠垫上，畅快地呼吸，或者叼着雪茄，任由马车轻轻地摇晃，决不考虑明天。其实明天，还是平平常常，又得变回银行职员，这都无所谓，只有不惜任何代价，才能满足自己的奇思异想。一个月的薪水，一天之内就这

---

① 安德烈·舍尼埃(1762—1794)：法国诗人。

② 康卡尔岩石餐厅：巴黎蒙托盖伊街的高级餐馆。

样化为乌有。瓦朗丹自有说法，坏日子他就梦想，好日子他就实现梦想：时而在巴黎市区，时而在乡下，总有人看见他招摇过市，不过几乎总是独来独往，表明他的行为不是出于虚荣心。况且，他那放诞的行为十分单纯，就像贵族大老爷的一次任性妄为。您会说，这才是个好职员呢；也正因为如此，老板把他炒掉了。

五花八门的诱惑，又随着自由和无所事事而纷至沓来。一个人富有欲望，又富有青春，唯独缺钱时，就有极大可能干蠢事。瓦朗丹就干过相当愚蠢的事。他总要把梦想变为现实，受这种怪癖的驱使，他甚至萌生过最危险的梦想。据我猜测，他的脑海里一定浮现过这样的念头：应该尝试尝试每年收入十万法郎的人是怎样生活的。我讲的这个冒失鬼就是这样，摆了一整天谱，不折不扣充当一回那种阔佬。您想想看，人聪明一点儿，好奇一点儿，就可能被这种怪癖引向何处。不过，瓦朗丹这种生活方式的逻辑还是蛮有趣的，他声称每个人来到世上，都有权得到一份享乐。他将这种享乐比作斟满的一杯酒，节俭的人要一点一点喝下去，而他则是畅饮，几大口干掉。他说：我计算快乐，而不计算日子，一天花掉二十五枚路易金币，我就觉得自己享有十八万两千五百利弗尔的年金。

瓦朗丹干这么多荒唐事，心中还顾念一种情感，不得不有所收敛，那就是他深爱自己的母亲。不错，母亲总是溺爱他，据说，这是一种错误，这我说不好，不管怎样，这也是世间最美好、最自然的错误。给了瓦朗丹生命的这位杰出女子，也竭尽全力要让他生活美满。如您所知，这位母亲并不富有，但她私下里往爱子手里塞的钱，如果全收集起来，那会堆积成一座小山。瓦朗丹放纵起来，唯一能遏制他的，就是想到不要让母亲伤心，而且，这个念头无处不伴随他。从另一方面来看，这种挚爱大有益处，能使他的心向善，向所有诚实的情感敞开。没有这把社会的钥匙，也许他就无法了解社会了。不知道是谁头一个说过，一个有人爱的人，永远不是个不幸者；说此话的人还可以加上一句："爱自己母亲的人，永远不会是个恶人。"瓦朗丹恣意妄为，干了一件蠢事之后，回到了家中，"收起爪子并耷拉着翅膀"[①]，母亲就过来安慰他。那种细心体贴、看似简单的关心、内心那些小小的快乐，谁能计算得出来呢？母亲就是通过这一切默默地表达，使孩子的生活甜美而轻松了。这里顺便举个事例。

有一天，这个冒失的小青年去了赌场，身上的钱全输光了，回到家里垂头丧气。他臂肘支在桌子上，双手捂着头，陷入愁苦的思绪中。母亲走了进来，手里捧着一只插有一大束玫瑰花的水瓶，轻轻放到儿子旁边的桌子上。瓦朗丹抬起眼睛表示感谢，

① 这句诗引自法国诗人拉封丹的寓言诗：《两只鸽子》。

母亲就微笑着对他说:“只花了四苏钱。”您瞧,这束花很便宜,但是美极了。屋里只剩下瓦朗丹一个人,他感到花的芳香直透激愤的大脑。我不知道该怎么对您讲,一种如此温馨的享受,来得如此容易,又如此出乎意料,对他产生了什么影响;他会想到输掉的那笔钱,不由得心中盘算,母亲花一点点钱就安慰了他,那笔钱若是在母亲手中,能办多少事情。于是,他忆起不久前忘记的穷人的欢乐,心里十分难受,痛苦便化作泪水了。

穷人的那种欢乐,瓦朗丹认识越深,就越觉得难能可贵。他爱自己的母亲,因而也喜爱那种欢乐。他逐渐环顾一下周围,既然自己什么都尝试过一点儿,就自认为能感受一切。这是一种长处吗?我还不能断定。享乐的机会,痛苦的机会。

如果我对您说,瓦朗丹在生活的道路上越往前走,就变得更加理智,也更加放纵了,就好像我是在开玩笑,然而,这是不折不扣的事实。他身上发展着双重存在的人格。一方面,贪图享乐的思想要将他拖走,另一方面,他的心已将他挽留在家中。他决意赋闲在家,闭门不出,用手摇风琴奏一曲华尔兹,不料经过窗前往外一张望,就又全搅乱了。于是他又走出家门,照习惯去追欢逐乐,路上碰见一个乞丐,在一出流行剧的喧闹声中偶尔听到一句感人的话,他若有所思,就赶紧回到家中。可是,他坐下来,拿起鹅毛笔准备写作时,又漫不经心,在稿纸边上勾勒一幅肖像轮廓,是他在舞会上邂逅的一位漂亮女子。碰巧一帮快乐的青年在一个朋友家聚会,邀请他去吃夜宵,他笑着举起杯,喝下一杯昂贵的佳酿;继而,他翻了翻衣兜,发现忘记带家门钥匙,回去晚了还得叫醒母亲,便匆忙脱身,回家来呼吸他那心爱玫瑰的芳香。

瓦朗丹就是这样一个青年:纯朴而轻率,腼腆而高傲,温柔而敢为。天性使他富有,偶然使他贫穷。他并不选择,两者皆认可。他身上的耐性、思考与顺从的特点再怎么明显,也克制不了对享乐的喜爱;反之,他丧失理智的最重大的时刻,也难以泯灭他的心灵。他即不同心灵抗争,也不抵御吸引他的享乐。他就是这样变成了双重人格,始终生活在自相矛盾之中。不过,您会说这是他的弱点。唉,上帝啊!是这样,我们面对的不是一个罗马人,这里也不是罗马。

我们是在巴黎,夫人,而且事关两桩爱情。不过,对您来说,刻画我的两位女主人公的形象,好在要比刻画男主人公快得多。请您翻过这一页,她们马上登场。

二

我对您讲过，这两位夫人，一位富有，另一位贫穷。您已经在揣摩，出于什么原因，瓦朗丹会同时爱上她们两个。想必我也对您讲过，她们一位结了婚，另一位孀居。德·帕尔纳侯爵夫人（即结婚的那位），是侯爵的女儿，又嫁给了一位侯爵。这桩婚姻更有利的一点，是让她十分富有；还要有利的一点，她十分自由，只因她丈夫在荷兰做事。德·帕尔纳侯爵夫人还不满二十五岁，就成为昂丹大街幽深处一个小王国的王后。这个王国便是一个小小的公馆，建筑风格极有品位，坐落在一个大庭院和一座美丽的花园之间。这是侯爵夫人过世的公公，一位有点我行我素的大老爷所做的最后一件荒唐之举。老实说，建筑风格透着旧主人的癖好，不像一位少妇在丈夫外出期间的隐居之所，更像从前所谓的"娱乐宫"。花园中央有一座圆轩，与主楼分开，只建一层，也只有一间屋，完全装饰成宽敞的小客厅，陈设豪华而高雅。德·帕尔纳夫人住在公馆，普遍认为她的行为十分端正，据说从不去那座圆轩。不过，有时也有人看见圆轩里泻出灯光。出色的女伴、高档的晚餐、轻快的马车、成群的仆役，一言以蔽之，高雅的名声很响亮，这就是侯爵夫人的府邸。再说，侯爵夫人受过良好的教育，多才多艺，除了才智以外，具备全部取悦于人的本领，也自有显示才智的办法。一位必不可少的姑母，去哪里都随身带着她；每当有人提起她丈夫，她就说侯爵快回来了，谁都不会想到讲她的坏话。

德洛奈夫人（即那位寡妇）青春丧夫，她和母亲相依为命，仅靠一笔微薄的补助金过日子。这笔补助金得来不易，只能勉强维持生活。到了普拉代丹街，必须爬上四楼，才能见到靠窗刺绣的德洛奈夫人。除了刺绣她别无所长，可见她所受的教育极其有限。小小的客厅是她的全部领地，吃晚饭时，就把白天放在过道的胡桃木桌子推到客厅。晚上睡觉，则打开框式凹室，里面摆着两张床铺。家具很简陋，但是维护得十分洁净。德洛奈夫人虽然生活在这样的环境里，却还是喜欢交际。她常穿着蝉翼纱衣裙，去赴丈夫生前旧友举办的小型晚会。这种小型聚会常年都有，大家都不是富人，也就不分季节了。德洛奈夫人贫穷、年轻、美丽而正派，这不是人们所说的难得的长处，但毕竟还是长处。

我告诉您瓦朗丹爱上这两位女子，并不是断言他同样爱这两个人。这么说也许就明白了，他爱一个而渴望另一个，不过，我丝毫也不想探究这其中的奥妙：说到底，无非两个女人他都想得到,除此之外,这种奥妙毫无意义。最好还是照直给您讲讲他的心理活动。

首先,是什么动机促使他常去这两个家庭,说起来相当卑劣:无论这一位还是那一位,丈夫都不在。在这种情况下,勾引年轻女子,看来轻而易举,这是千真万确的,即使仅仅从表面上看这问题。瓦朗丹受到德·帕尔纳夫人的接待,别无他故,只因她与许多人交往,一位朋友将瓦朗丹介绍给她。要去拜访德洛奈夫人,就不这么容易了,她不接待任何人。瓦朗丹曾和德洛奈夫人相遇,那是在我刚才对您讲的一次小型晚会上。要知道,差不多哪儿都有瓦朗丹的身影,且说他见到德洛奈夫人,就格外注意,邀请她跳了舞,终于有一天,他设法给她送去她渴望看的一本新书。登门拜访了第一次,再去就无需借口了。三个月下来,瓦朗丹就成了她家的常客,事情往往如此。一个年轻人经常出入一个无人涉足的家庭,有谁若是感到奇怪的话,那么再若得知他是用怎样微不足道的借口进入这个家庭的,就会更加诧为奇事了。

瓦朗丹有了这种打算,夫人,您也许会感到奇怪。可以说,这是机缘的杰作。整个冬天,瓦朗丹按照自己的习惯,过得相当放浪而又相当快活。夏天来临,他像蝉一样毫无准备[①]。他的那些朋友全去度假了,有一些去了乡间,另一些则前往英国或者海滨:有些年头就是大逃亡,所有朋友都消失了,让一阵风给吹跑了,突然间,孤零零只剩下一个人了。如果平时,瓦朗丹更加理智些,他也能像其他人那样去度假了;怎奈娱乐消费太高,钱袋掏空了,他不得不留在巴黎。他缺乏远见,十分懊恼,伤心的程度,也只像二十五岁的青年通常那样。他想去度假,如果可能的话,那也是尽情玩乐,而不是情愿去履行职责。一天晴朗的上午,瓦朗丹走出家门,凡是年轻人,也不知道为了什么就往外跑;他寻思一下,只想出两处地点还可以去:德洛奈夫人家和德·帕尔纳夫人府。他实在贪婪,两位夫人一天就全拜访了,结果第二天就无事可干了;总得过几天才能再次登门拜访,心里便合计哪天才合适;然后,他又情不自禁,回想在那两个小时对他变得珍贵的拜访,他都讲了什么话,听到了什么话。

我对您说过,两位夫人长得挺像,但是他起初注意到,仅微微一笑,始终没有觉得惊诧。他只是奇怪,两位年轻女子处境如此不同,彼此全然不知对方的存在,而看上去却像姊妹俩。瓦朗丹凭着记忆,比较两个人的长相、身材和智慧,而他对两个人的感觉却轮番地此消彼长。德·帕尔纳夫人爱卖弄风情,活泼,娇媚而诙谐。这些特点,德洛奈夫人也都具备,但是仅仅在舞台上,而不是天天表现出来,还保持一定分

① 取自拉封丹寓言诗《蝉与蚂蚁》的创意:蝉唱了一夏天,入冬断了口粮,便向蚂蚁去借点准备过冬的食物,遭到蚂蚁的拒绝。

寸,可以说更加温和。贫穷当然是其原因。不过,寡妇的眼睛有时特别明亮,仿佛孀居集聚了激情的火焰;而侯爵夫人的目光,好似转瞬即逝的明亮火花。瓦朗丹心想,这是同一个女人,也是同一种火焰,在那里于快乐的炉灶上欢舞,在这里则掩盖在灰烬下面。逐渐地,他越比越细了,想到一位白皙的双手轻抚着象牙琴键,想到另一位略微瘦削的双手疲倦地放在膝上。他又想到人家的脚,感到奇怪的是,贫穷的那位穿得最好:穿着自己做的护脚套。瓦朗丹看到住在昂丹大街的侯爵夫人躺在长椅上,呼吸着清爽的空气,从早晨起就裸露着臂膀,他不免心想,德洛奈夫人穿的那件印花布衣袖里的臂膀,是否也同样秀色可餐呢?不知道为什么,他想象德洛奈夫人裸露臂膀的样子,不由得浑身一抖。继而,他又回忆起德·帕尔纳夫人那浓密的黑色秀发,想起德洛奈夫人在谈话中,插进发辫里的编织针。瓦朗丹拿起铅笔,试着在纸上勾画出萦绕他心中的双重形象。经过反复摸索和涂改,终于画成了一幅,但不是逼真的肖像,而是他在奇思异想中有时满意的一种不相似的形象。他一勾勒出来,便停下笔,琢磨这幅画像更像她们俩的哪一位呢?他本人也无法断定。这幅画像随着他的胡思乱想而变幻,时而像这个,时而又像那个。他心中暗道:“命运真是神秘莫测!在这表面的背后,谁晓得这两个女人哪一个更幸福呢?是最富有的那个,还是最美丽的那个呢?或许是将来最受宠爱的那个吧?不对,应该是最会爱的那个。她们明天早晨醒来,如果互换了位置,又该是什么反应呢?”瓦朗丹忽然想起醒着睡觉的人,却没有意识到自己就是在做白日梦,建造了无数空中楼阁。他决意带着画像,明天就去拜访两位夫人,看一看还有什么缺点;与此同时,他又添加几笔,多画一个发卷、一道裙褶,把眼睛再画大一些,轮廓也再细腻些。他重又想到脚,接着想到手,继而想到雪白的臂膀,还想到许许多多别的事情,想到最后,坠入了情网。

三

坠入情网容易,向人家表白就难了。第二天,瓦朗丹带上画像,早早就出了门,先去拜会侯爵夫人。也是天缘凑巧了,比希望的还难得,侯爵夫人这天的姿态,正是他前一天所幻想的那样。当时正值七月份,一棵漂亮的忍冬鲜花盛开,树下的长木椅上铺了几块新垫子,肌肤白皙的伊莎贝尔·德·帕尔纳侯爵夫人身穿晨衣,裸露着臂膀,半躺在上面,在瓦朗丹看来,正如维吉尔牧歌中所描述的一个牧人眼中的仙女。侯爵夫人温柔地笑了笑,算是向他打了招呼:有一口漂亮牙齿的人,冲人笑一笑就太平常了;她还若不经意地给他指了指一张离她很远的小圆凳。瓦朗丹并没有坐下,而是拿起小圆凳,想要移近些;他正在寻找合适的地点,侯爵夫人却问道:“您这是要去哪儿呀?”

瓦朗丹心想,自己简直热昏了头,殊不知现实很难驾驭,不会那么快就能满足欲望。他止住脚步,又把小圆凳放到比原来还要远点的地方,坐下来又不知该说什么好。这里要交代一句:侯爵夫人面前站着一个身材高大的男仆,态度傲慢而又面目可憎,他端给夫人一杯滚热的巧克力饮料;侯爵夫人怕烫着嘴唇,特别注意,小口小口喝着,反而冷落了来访的客人,再加上有第三者在场,这种情景很难让人开口。于是,瓦朗丹庄重地从兜里掏出画像,眼睛凝望德·帕尔纳夫人,轮番审视本人和肖像。侯爵夫人问他在那儿干什么,他站起身,将肖像交给侯爵夫人,一言未发,又坐回原处。侯爵夫人刚看一眼,便皱了眉头,正如人寻找相似之处时的那种反应;接着,她又歪向一边,正如人找到相似之处时的样子。侯爵夫人大口喝下杯中余下的饮料,男仆便退下,雪白的牙齿随同微笑重又出现。

“画像比我本人漂亮,”侯爵夫人终于开口说道,“您这是凭记忆画的吗?您是怎么做到的?”

瓦朗丹回答说,如此美丽的一张面容,无需摆姿势就能让人画下来,他已经装在心里了。侯爵夫人微微点头致谢,瓦朗丹趁势往前挪了挪小圆凳。

德·帕尔纳夫人一边闲聊,一边看画像。

“我觉得这幅画像上的容貌不是我,”她又说道,“看上去倒像画了一位长得像我的人,但是要画的恐怕不是我。”

瓦朗丹不由得红了脸,以为内心深处自己爱的是德洛奈夫人,而侯爵夫人所指出的这一点,在他看来就是证明。他重新审视画像,再审视侯爵夫人,随即想到那位年轻寡妇,心中暗道:我所爱的女人,就是这幅画像最像的那个,只因我的心引导了我的手,我的手又将向我解释我的心。

谈话还在继续(我想话题是关于前一天演武场上的赛马)。

“您坐得有一里远。”德·帕尔纳夫人说道。

瓦朗丹站起身,朝她走过去,经过树下时,说了一句:“这棵忍冬真美。”

侯爵夫人伸手折了一枝花,亲切地赠给他。

“给您,”她说道,“拿着,告诉我实话,您真的是在画我,力求画得像些,还是画的另外一位女子,偶然发现像我呢?”

瓦朗丹打了个得意的小手势,并没有接过这枝花,而是笑着将自己衣服上的扣眼凑向侯爵夫人,以便让她亲手将花给他戴上。侯爵夫人倒是乐意给他戴花,但是颇费周折才插进扣眼里；这工夫，瓦朗丹站在那儿，望着我向您提过的那座小圆轩，只见一扇百叶窗半拉开了。想必您还记得，大家认为德·帕尔纳夫人从不去那里。她甚至装作有点鄙视那间香艳而精致的小客厅，认为那不是个好去处。然而，瓦朗丹仿佛看见漆金的扶手椅和闪光的帷幔都一尘不染。在那些华而不实的、全是帝国时期制造的希腊式家具中间，一张显然是现代长椅，在昏暗中隐约可见。我不知道为什么，一想到美丽的侯爵夫人时而使用这座小圆轩，瓦朗丹就心动不已。没错儿，不是为了去轩里坐坐，那张长椅为什么放在那儿呢？瓦朗丹抓住一只正在给他戴花的白皙的手，轻轻地举到唇边。对此侯爵夫人作何感想，我一无所知。瓦朗丹望着长椅，而侯爵夫人看着瓦朗丹的画像；瓦朗丹双手握住德·帕尔纳夫人的手，而侯爵夫人也并不把手抽回去。这时，一名仆人出现在台阶上，禀报来了一位拜访者。瓦朗丹放开侯爵夫人的手，而侯爵夫人（事情颇为奇怪）却突然关下了百叶窗。

来访的客人进来了，瓦朗丹有点不自在，只因他看见侯爵夫人好似漫不经心，扔下手帕，遮掩他的画像。这可不是他的期望：他干脆一下子掀起手帕，抓起画像；对他这举动，德·帕尔纳夫人略有吃惊的表示。

“我还要改一改，”瓦朗丹高声说道，“请允许我把这带回去。”

德·帕尔纳夫人没有坚持，瓦朗丹便带着画像离去。

瓦朗丹又来拜访德洛奈夫人，见她正在做绒绣，身边坐着她母亲。可怜的女人，窗台上只有几盆花，就当做她的花园了。她没有晨衣，总穿同一件衣服，颜色发暗了。任何多余的物品都是财富的标志，然而，追求美的一点点愿望却适得其反；她戴了一对难看的耳环、一条金色青铜项链。而且，她的头发还乱蓬蓬的，又总是一副疲倦的样子，您应该承认，此刻她给人的头一眼印象，一定要落下风。

当着她母亲的面，瓦朗丹不敢出示他带来的画像。家里没有女仆，三点钟敲过之后，老太太就出去做饭了。年轻人等的就是这一时刻，他重又拿出画像，尝试第二次体验。这位年轻寡妇不是很敏感，没有认出来画的是她。瓦朗丹颇为尴尬，不得不向她解释，他想画的就是她。德洛奈夫人的神情，先是显得惊讶，随后非常欣喜。她以为这不过是瓦朗丹送给她的一件礼物，就过去摘下挂在壁炉上的一个白木小镜框，取出从 1810 年就镶在里面的、已经发黄而极难看的拿破仑肖像，准备将她的画像镶进去。

起初，瓦朗丹就由她做去，他委实下不了决心，打断这种天真欢喜的举动。可是，他想到德·帕尔纳夫人准会再次向他索取画像，就不免神色明显转为黯然。德洛奈夫人看出来了，以为自己做事太冒失了，便尴尬地停下，拿着镜框不知如何是好。瓦朗丹也感到自己做了一件蠢事，不想给人家就不该出示这幅画像，要摆脱这种窘境又无计可施。经过一阵尴尬和犹豫之后，镜框和画像都撂在桌子上，挨着被废黜的拿破仑，德洛奈夫人又拿起了针线活。

“我在想，”瓦朗丹终于开口说道，“把这幅小画像留给您之前，要带回去再临摹一幅。”

“我觉得自己太鲁莽了，”年轻寡妇回答，“这幅画像是您的，您既然看重就留着吧。不过，我猜想，您不会挂在自己的卧室，也不会给您的朋友看的。”

“当然不会了。我是为自己画的，就不愿意完全失掉。”

“您既然明确对我说，您不会给别人看，那么留着有什么用呢？”

“用来看您啊，夫人，而且，我不敢当面对您讲的话，有时就可以对着您的画像说一说。”

充其量，这不过是一句献殷勤的话，但是语气很恳切，德洛奈夫人听了，不禁抬起眼睛，瞥了年轻人一下：那眼神虽非严厉，但是很严肃。瓦朗丹说了这句话，已经有点激动了，接受这一瞥就更加心慌意乱。他卷起画像，正要装回兜里，不料德洛奈夫人站起身，带着几分羞怯的戏谑神态，一把从他手中抢过去。瓦朗丹笑起来，动作敏捷，又把画像抢回来。

“夫人，您有什么权利夺走属于我的东西呢？这画像难道不是我的吗？”

“不是您的，”她相当生硬地回答，“没有征得模特的同意，任何人都无权给她画像。”

说完这句话，德洛奈夫人重又坐下。瓦朗丹看出她有点激动，胆子更大起来，又凑到她面前。或许悔不该让瓦朗丹看到她刚一开始所感受的喜悦，或者由于失望，抑或因为不耐烦了，德洛奈夫人的手抖动起来。瓦朗丹刚刚吻过德·帕尔纳夫人的手，也没有让那只手颤抖，他不再考虑，就拉起年轻寡妇的手。德洛奈夫人不禁惊诧，注视着他，这还是瓦朗丹第一次同她如此随便。不过，她见瓦朗丹俯下身，嘴唇伸向她的手时，便站起身，也不抗拒，任由他在露指手套上留下长长一吻，然后极其温柔地对他说：

“亲爱的先生，我母亲需要我帮帮手，非常抱歉，失陪了。”

德洛奈夫人不等他回答，更不给他时间拉住她，讲完这句客气话，丢下他就走开了。瓦朗丹非常担心，真怕伤害了她，拿不定主意该不该走，只好站在原地等她回来。重新露面的却是那位母亲，瓦朗丹一见老夫人，怕他的不慎举动惹了大麻烦，结果什么事也没有：老夫人满面笑容，过来陪他，说女儿正在熨连衣裙，晚上要去参加小型舞会。瓦朗丹想再等一等，一直希望赌气的美人能原谅他，然而，那件连衣裙仿佛大得无边，到了该离开的时间，瓦朗丹只能告辞，不知道自己的命运如何。

我们这位冒失鬼回到家中，这一天过得还不算太没劲。两次拜访的全部情景，他在脑子里又细细过了一遍，好似一个猎人逐出了鹿，就算计在哪里埋伏，同样，这个坠入情网的青年也在估计有几分胜算，理一理自己的奇思异想。谦虚不是瓦朗丹的缺点，他开始与自己达成共识：侯爵夫人属于他了。的确，德·帕尔纳夫人对他丝毫不严厉，丝毫也不抗拒。不过，他同样考虑到，正因为如此，这其中卖弄风情的成分，很可能就不只是一点点了。世上有一些非常美丽的妇人允许别人吻手，正如教皇允许教徒吻他的白拖鞋：这是一种施舍的俗套，能通过这种途径上天堂再好不过了。瓦朗丹心想，归根结底，比起侯爵夫人的自由放任来，年轻寡妇的假正经也许包含更多的许诺。不管怎样，德洛奈夫人并不那么刻板，她只是轻轻地把手抽回去，去熨她的连衣裙了。想到连衣裙，便联想起小型舞会正是当天晚上举行，瓦朗丹决定去参加舞会。

瓦朗丹一边梳洗打扮，一边在房间踱步，越想象心里越激动。他要去看的是小寡妇，此刻心里想的正是她。他瞧见桌子上有一个小画夹，相当难看，是他一次买奖券时中的彩。画夹封皮上有一幅风景水彩画，颇为精致地镶在玻璃下。他灵巧地取下风景画，换上德·帕尔纳侯爵夫人的肖像，我弄错了，应该说换上德洛奈夫人的画像。画像装好了，他就将画夹收进兜里，打算到适当的时机拿出来，给他即将征服的女人欣赏。“她会说什么呢？”瓦朗丹心想，“我又该怎么回答呢？”他又思忖道。他嘴里嘟哝着事先想好的话，而这类话，一般人总是记在心里，从不讲出口；他却正在念念有词，忽然想到一个简单得多的主意：干脆给小寡妇写一封合乎格式的情书。

于是他操起笔，很快写满了四页。众所周知，一个人经不住诱惑，将一种也许转瞬即逝的感情定格在纸上，这种时刻的心情该是多么激动万分。敢于讲出自己的爱恋，夫人，这样做既甜美，又很危险。第一页，瓦朗丹写得语气颇冷静，字迹过分清晰，标点符号各就各位，分行分段明确，无处不表明没有什么爱意。第二页就已经不大规范了，到了第三页，一行行字越来越拥挤，而第四页呢，应当承认，满是错别字了。

瓦朗丹封上这封信时，是什么怪念头占据他的心，怎么对您讲呢？信是写给那位寡妇的、是向她讲述他的爱、他上午吻手的举动、他的担心，以及他的渴望；然而，他要写地址时又重读一遍，发觉信中没有任何特指的情节，不免微微一笑，心想何不寄给德·帕尔纳夫人呢。也许在他不知不觉中，有一种隐藏的动机，驱使他实施这种怪异的念头吧。他从内心深处感到，给侯爵夫人再写不出这样一封信来，而他的心也同时告诉他，如果愿意的话，他能给德洛奈夫人另写一封信。因此，他不再迟疑，就利用这个时机，把写给那位寡妇的情书，寄往昂丹大街的公馆了。

四

小型舞会的举办地点，是在一个名叫戴安德利斯的前公证人家中，瓦朗丹去那里，就能见到德洛奈夫人。正如他所期望的，果然在那里见到了德洛奈夫人，觉得她更美丽、更有风韵了。她虽然戴着那种项链和耳环，打扮却近乎朴素，只有一个变色的蝴蝶结，映衬着她那娇好的脸庞，一条同样色彩的带子紧紧系住她那柔软的细腰。我说过，她身材娇小，一头棕褐色秀发，有一双大眼睛。她身子偏瘦，这一点与德·帕尔纳夫人有差别。德·帕尔纳夫人肌肤丰腴，线条极为优美，是晶莹洁白的纱网披肩所掩盖不住的。这里要用艺术工作室的一种说法来表达我的思想，德洛奈夫人的整体形象还"模糊不清"，也就是说，她全身毫无突出之点：头发不太黑，肌肤又不太白，那样子就像一个克里奥尔[1]女郎。德·帕尔纳夫人则不然，就如同画上的人：粉红的脸蛋，显得闪烁的明眸格外有神；一头浓密的黑发环抱着美丽的双肩，令人叹为观止。然而，我现在做事，看来也像我的主人公了：应该谈德洛奈夫人时，我却想起了德·帕尔纳夫人。别忘了，侯爵夫人根本就不参加公证人的晚会。

瓦朗丹请德洛奈夫人和他跳一场四组舞，但是他得到一句干脆的回答："我有舞伴了。"我们的冒失鬼对此早有所料，就佯装没有听见，随即回答："非常感谢。"说罢，他朝前走了几步，害得德洛奈夫人赶紧追上去，告诉他听错了。"既然这样，"他当即问道，"您答应和我跳哪一场舞呢？"德洛奈夫人脸红了，不好意思拒绝，于是翻开记录舞伴姓名的小本子，迟疑地说道："是这记事本把我弄糊涂了，很多名字该划掉而没有划掉，把我的记忆搅乱了。"这正是掏出画夹的好机会，瓦朗丹没有错过，他说："您拿着，在这画夹的第一页上写上我的名字，这样对我就更加宝贵了。"

这回德洛奈夫人认出了自己，她接过画夹，瞧了瞧自己的肖像，在第一页上写上瓦朗丹的名字。然后，她把画夹还给瓦朗丹时，挺伤心地对他说道："我得跟您谈谈，有几句话一定得对您说；还有，我不能同您跳舞。"

说完，德洛奈夫人就走进旁边的牌室，瓦朗丹跟了进去。德洛奈夫人的神态显得极度为难，她说道："我要问您的话，您听了也许觉得很可笑，而我也认为您这么想也

---

① 克里奥尔人：生活在中美洲安的列斯群岛等地的白种人后裔。

有道理。今天上午您来看我，您还拉起……我的手，”她很羞涩地补充道，“我不是小孩子了，也不那么傻，连这点小事都不懂：这种事毫无意义，也不会惹恼任何人。在上流社会，在您生活的圈子里，这不过是一种简单的礼节；然而，我们是单独在一起，您又不是刚到，也不是要告辞。您应当承认，说得再准确些，您也许会明白，出于对我的友谊……”

她住了口，半是由于害怕，半是由于说得费力而厌烦了。这样的开场白，瓦朗丹听了担心得要命，正等待德洛奈夫人说下去，却突然产生了一个念头。他想也不想自己要干的事，一冲动就高声说道：

“让您母亲看到了吧？”

“没有，”寡妇不失尊严地回答，“没有，先生，我母亲什么也没有看见。”

她刚讲完这句话，四组舞就开始了。她的舞伴过来找她，于是，她就消失在跳舞的人群中了。

您能想象得出来，瓦朗丹心里有多焦虑，等着这场舞结束。终于到了期待的时刻，然而，德洛奈夫人却回到自己的座位，无论瓦朗丹怎么靠近，都难以同她交谈。她并不犹豫还要说什么话，只是考虑如何讲。瓦朗丹在心里虚拟了无数问题，全部导致同一个结果：“她是想恳求我不要再去她家了。”可是，以如此微不足道的借口，就将人拒之门外，瓦朗丹再想想就不免恼火，觉得这种做法何止于可笑，简直严厉得出了格，不然就是假正经，急于抬高自己的身价。瓦朗丹心中暗道：“她是个假正经的女人，要不就是个卖弄风骚的女人。”瞧瞧，夫人，二十五岁的人就是这样判断事物。

德洛奈夫人完全清楚年轻人头脑里想的是什么，事先也多少预料到了一点儿，只是见到瓦朗丹时，她又丧失了勇气。她无意完全拒绝瓦朗丹登门拜访，其实，她虽然才智不高，心地却很善良，上午的事，她清清楚楚地看出不是开玩笑，而是要向她发起攻击。女人都有某种直觉，战斗迫近能得到警示。她们当中大多数甘冒风险，或因自恃有所戒备，或因就要以冒险为乐。对于无所事事的美人来说，爱情游戏就是消磨时光。她们善于自卫，如果愿意的话，总有这种消遣的机会。德洛奈夫人则不然，她一天忙到晚，深居简出，社交活动极少，做的针线活儿极多，而做针线活儿时就可以想入非非，有时也引人想入非非。总之，她太清贫了，不能撂下活计让人吻手。她自觉面临危险，也不是在于今日，如果明天，瓦朗丹要跟她谈情说爱，那又该出现什么情况呢？在这段时间，她的活计能有进展吗？到了晚上，能完成打算绣的针数吗？（这一点我以后再向您解释。）可是，归根结底，又能说些什么呢？一个近乎独自生活的女子，比别的女人更容易招惹是非。她不应该采取更严厉的态度吗？德洛奈夫人思忖，与其成为笑料，还不如趁早打发走瓦朗丹，以免被他打扰了平静的生活。她倒是愿意谈谈，然而她是女人，而他就在那儿，“在场的权利”是最有力的权力，也最难以战胜。

上面扼要指出的所有这些动因，一时间涌上她的心头；她站起身，瓦朗丹就在对面，二人的目光相遇了。一个小时以来，年轻人到一旁独自思索，也从旁观察德洛奈夫人大眼睛里闪动的每一个念头，一阵焦急之后，便忧伤起来。他心中发出疑问，她果真是个假正经的女人，或者是个卖弄风情的女人吗？他越是在记忆中搜寻、越是审视眼前这张腼腆而若有所思的面孔，就越是感到油然而生几分敬重。他心中暗道，他的鲁莽之举，恐怕比他原以为的要严重。这时，德洛奈夫人向他走来，他知道人家会向他提出什么要求。瓦朗丹想让对方省去这份麻烦，但是他觉得她太美了，又太激动了，还是让她把话讲出来为好。

德洛奈夫人虽然拿定了主意，心里还是很乱，终于要把话全讲明白了。女性的自尊心，在这种情况下要受到极大的伤害。应当承认自己有所感觉，但是没有显露出来；应当说自己全明白了，但是仿佛什么也未领会；总之，害怕的起因又多么微不足道！德洛奈夫人刚讲了几句话就感到，要想表现得既不软弱，也不假正经，既不可笑，也不卖弄风情，唯一可行的办法，就是讲实话。于是，她实话实说了，而她讲的一番话可以概括为这么一句：“请您离开这吧，我真害怕爱上您。”

等她住了口，瓦朗丹还注视着她，那表情既惊讶，又伤心，同时还显露出一种难以描摹的欣喜。我不知道他的内心是何等骄傲：感到心跳总有一种快意。他张了张嘴要回答，可是涌上来无数话语。面对一位敢于这样同他讲话的女子，他心情十分激动，不免陶醉了。他要对她说他爱她，又想跟她诉诉自己的痛苦。总之，他的头脑里如翻江倒海，汹涌着无数相互矛盾的念头、无数痛苦和欢乐。不过，在这种纷乱的思绪中，他几乎按捺不住，要高声说出：“其实，您爱我呀！”

他正这样犹犹豫豫，大厅里又跳起加洛普舞，那是一八二五年流行的舞蹈。有几伙人投入进去，往各个房间兜圈子。德洛奈夫人站起身，还一直等着年轻人的答复。看到跳舞的队列欢快地从眼前经过，瓦朗丹忽然受到一种奇特的诱惑，他说道：“那好吧！可以，我向您发誓，您这是最后一次见到我。”他这样说着，一把搂住德洛奈夫人的腰身，似乎用眼睛表示：“不过这回，我们还是朋友，要跟随他们跳舞。”德洛奈夫人默默无言，任由他拖走；但是，他们很快就像两只鸟儿，伴随音乐之声起飞了。

时间已晚，客厅里的人几乎空了，打牌的几张桌子依然满座。要知道，公证人的住宅，去餐厅要经过几间卧室，而现在餐厅空无一人。跳加洛普舞的队列并未走远，他们围着牌桌绕圈儿，然后再回到客厅。事有偶然，瓦朗丹和德洛奈夫人同样穿过餐厅时，却发现没有一个跳舞的人跟上来，他们在舞会中突然落单了。瓦朗丹迅速朝身后扫了一眼，确认无论从哪面镜子、哪扇门都不会有人窥见他们，他这才紧紧把年轻寡妇搂在胸前,也不对她讲一句话,双唇就按在她的裸肩上。

德洛奈夫人哪怕极轻地叫一声,就会闹出一件大丑闻。所幸这个冒失鬼的舞伴相当谨慎;但是,她不可能同时表现得很勇敢,如果不是被瓦朗丹托住,她就会瘫倒了。瓦朗丹扶住了她,回到客厅时,她的身子靠着他的手臂停下脚步,呼吸都很困难了。如能计数这颗颤抖的心跳动的次数,要瓦朗丹付出什么都愿意啊!然而,舞曲结束了,应该走了,这时无论瓦朗丹说什么,德洛奈夫人都根本不想回答。

五

我们的主人公曾经担心,认为侯爵夫人麻木不仁的判断未免失之仓促,其实他丝毫没有看错。第二天,他还在前夜舞会和睡梦之间游荡,就收到一封便函,上面大致这样写道:

"先生,我不知道是谁赋予您这样措辞给我写信的权利。如果不是误会,那必是打赌或是放肆之举。无论哪种情况,我都要把信退还:您这封信本不该寄给我。"

瓦朗丹的脑子里还充斥着其他更为鲜明的记忆,一时想不起来自己曾给德·帕尔纳夫人寄过情书。便函看了两三遍,他才弄明白其中的含义,头一个反应是相当羞愧,徒然地思考他应该如何回答。他起床揉一阵眼睛,思路才清晰些,觉得这样的话不是一个受冒犯的女人写的。德洛奈夫人就不会这样表达。他又读了一遍退回来的信,没有发现任何一处值得大发雷霆。这封信充满激情,也许异想天开,但是很诚恳,也很恭敬。于是,他将便函丢在桌上,决意置之不理了。

这样的决心维持不了多久。假如便函的语气并不严厉,而是温柔的,或者仅仅是有礼貌的,也许他真就不会再想了,因为昨晚的舞会在这个年轻人的心上留下深深的印痕。然而,愤怒能够传染,瓦朗丹先是用便笺擦拭刮胡刀,接着又把信笺撕碎,扔到地下;接着把他的情书也烧了,接着就穿好衣服,在房间里大步来回走;接着又叫来早餐,可是吃不下又喝不下;最后,他戴上帽子,径直前往德·帕尔纳夫人府。

门房告诉他,侯爵夫人外出未归。瓦朗丹想了解是否属实,便答了一句"好,我知道",随即快步穿越庭院。他也不理会在身后追赶的门房,看见使女便迎上去,把她拉到一旁,也不知会一声,当即塞给她一枚金币。德·帕尔纳夫人还在府上;瓦朗丹就和侍女统一口径:谁也没有瞧见瓦朗丹,他是趁大家疏忽进来的。于是,瓦朗丹走进主楼,穿过客厅,看见侯爵夫人独自在卧室里。

说到底，侯爵夫人远不如信上所言那么气愤。不过，您可以料得到，一见面她就责备起瓦朗丹的行为，非常冷淡地问他，怎么贸然就进来了。瓦朗丹十分自然地回答说，他没有遇见为之通报的仆人，而他前来请罪，为他的行为表示最诚挚的歉意。

“您能表示什么歉意呢？”德·帕尔纳夫人问道。

那封便函上有个“误会”一词，偶然跳进瓦朗丹的记忆中，他觉得以此为借口讲出事实，倒是很有意思。他随即回答说，侯爵夫人怨恨的那封放肆的信，并不是写给她的，而是错送到了她手上。出了这样一件事，不容易说服对方相信，这情况您完全能想得到。姓名和地址怎么会写错呢？瓦朗丹所作的说明，德·帕尔纳夫人相信了还是佯装相信，究竟是何缘故，我就不给您解释了。侯爵夫人想不到，瓦朗丹会如此坦率，向她讲述他爱上一个年轻寡妇，而且天缘凑巧，那位寡妇长得很像侯爵夫人；他常去看她，昨天晚上还见到她了呢；总之，能讲的他全讲了，仅仅略去那女子的姓名，以及您能猜得到的几个细节。

初恋者编造这类故事来掩饰自己的痴情，不是没有这种先例。自己爱上的一位女子，各个方面都与她相像，这种必要时所采取的浪漫手法，能给人以谈论爱情的权利；不过我认为，要使用这种计谋，相关的女子必须配合一点才行：侯爵夫人是这样理解的吗？我不得而知。驱使瓦朗丹的，与其说是爱情，不如说是受伤害的虚荣心；平息德·帕尔纳夫人气恼的，与其说是爱情，不如说是受到恭维的虚荣心。关于他爱上的那位寡妇，侯爵夫人甚至还问了年轻人几个问题；对于他所讲的她们二人如何相像，她也感到惊讶，说她真想亲眼判断一下。她还问道：“她有多大年龄啦？她比我矮还是比我高？她有智慧吗？难道我不认识她吗？”

瓦朗丹一一回答这些问题，而且尽量讲真话。瓦朗丹这样坦诚，每一句话都成了一种婉转的恭维。他说道：“她既不比您高，也不比您矮。她的身材跟您一样苗条，纤足跟您一样无与伦比，美丽的眼睛也跟您一样充满热情。”这种口气的谈话，不会惹侯爵夫人不快。她一副超然的神态，却不时用眼角余光照照镜子。老实说，这种小伎俩倒让瓦朗丹十分反感；他搞不懂一个女人何以这样半正经又半虚伪，何以为了一句坦诚的话恼怒，却听任别人移花接木地谈论自己。看到侯爵夫人孤芳自赏，不时朝镜子抛媚眼，瓦朗丹就真想和盘托出，将那位女子的姓名、住址以及舞会上的吻全告诉她，以此全面报复他收到的那封便函。

德·帕尔纳夫人一个问题就化解了年轻人心头的恼怒。她以戏谑的神情问瓦朗丹，他能否讲出那位寡妇的洗礼名。“她叫朱莉。”瓦朗丹借口回答，毫不犹豫，特别干脆，颇令德·帕尔纳夫人惊讶。“这个名字很好听。”她应了一句，谈话便戛然而止。

有时候，一件事情也许难以解释，而理解起来也许挺容易。侯爵夫人一旦确信，那封令她恼火的情书并不是真的写给她的，就流露出深为诧异的神色，几乎就像受了伤害。假如瓦朗丹爱上另一个女人，那么在错送情书这件事情上，或者瓦朗丹的轻率未免太过分，或者她悔不该表现得那么气愤，于是她陷入沉思，心里感觉怪怪的，既恼火，又要卖弄风情。她想收回对瓦朗丹的谅解，一边琢磨怎么找茬儿，一边坐到梳妆台前，解开系在脖颈上的带子，随后又系上；她抓起梳子，似乎对自己的发型不满意，在一侧重做一个发卷，又将另一侧的发卷放下来；她正自整理，不料梳子从手中滑落，长长的黑发散落到肩上。

"您要我摇铃吗？"瓦朗丹问道，"要唤来使女吗？"

"不必，"侯爵夫人答道，她焦躁地一把撩起披散的头发，将梳子插进去，"我那些仆人不知都在干什么，一定是全出去了，今天早晨我吩咐过，不准放进任何人。"

"既然如此，"瓦朗丹说道，"我实在太冒昧了，这就告辞。"

他朝房门走了几步，就要出去，这时候侯爵夫人转过身来，似乎没有听见他的话，对他说道：

"劳驾，请把壁炉上的盒子递给我。"

瓦朗丹照办了。侯爵夫人从盒子里取出发卡，将头发别起来。

"对了，"她问道，"您画的那幅肖像呢？"

"不知道随手放哪儿了，"瓦朗丹回答，"我会找到的。如果您允许的话，我修改好了就送给您。"

一名仆人送来一封要回复的信，侯爵夫人开始写信回复。瓦朗丹起身走进花园，经过小圆轩时，看见门敞着，他刚到时碰见的那名使女正在里面擦拭家具。瓦朗丹不免好奇，便走进去，要就近查看一下这间据说弃置不用的神秘小客厅。使女一见是他，就格格笑起来，如同所有参与一件秘密之后的仆人，显出一副保护者的神态。这名使女很年轻，相当俊俏。瓦朗丹毫不犹豫，走到她跟前，一屁股坐到一张扶手椅上。

"夫人有时候来这儿吗？"瓦朗丹一副漫不经心的样子，问道。

使女显得迟疑，没有回答，她还继续整理房间，在经过一张我想对您提过的现代式样的长椅时，使女压低嗓音说：

"这就是夫人坐的椅子。"

"那么为什么夫人说，她从不来这里呢？"瓦朗丹又问道。

"先生，"使女回答，"那是因为老侯爵，恕我冒昧，曾在这轩里干过不少风流事。这圆轩在本街区名声不好，本街区只要听见有喧闹声，人们就说：'又是帕尔纳府的圆轩。'因此，夫人就舍弃不用了。"

"那夫人还来这里做什么？"瓦朗丹又问道。

使女没有回答，只是耸耸肩膀，仿佛表示：没干什么坏事。

瓦朗丹从窗户张望，看看侯爵夫人是否还在写信。刚才他一边闲聊，一边伸手摸摸背心的口袋，此刻正巧有财运，于是心血来潮，头脑里闪现窥秘的念头；他从兜里掏出一枚崭新的两路易面值的金币，放在阳光下金光闪耀，对使女说道：

"把我藏在这里。"

根据情况判断，使女认为瓦朗丹在她女主人的眼里不错。她必须确保他是受到欢迎的人，才能准许其进入一个女人的房间。而瓦朗丹闯入府后，在夫人的房间里待了半小时，这意味什么，做仆人的心里自然明了。尽管如此，这种提议也太大胆了：躲藏起来偷窥，这是恋人的念头，而不是情人的想法。两路易金币不管多么金光闪闪，还抗拒不了被赶出府去的担心。"不过，归根结底，这样热恋，就差不多成为情人了。谁知道呢？我不但不会被赶出府去，也许还能受到酬谢呢。"使女这样想着，便叹了口气，接过两路易金币，笑着指了指一个宽大的壁柜，瓦朗丹便闪身躲进去了。

"您在哪儿呢？"侯爵夫人来到花园，问道。

使女回答说，瓦朗丹从小客厅出去了。德·帕尔纳夫人左右瞧了瞧，似乎要确认瓦朗丹走了，然后走进小圆轩，扫了一眼，随即锁上门走了。

夫人，也许您认为，我是在给您虚构一个故事。我认识一些聪明人，他们在这个没有诗意的时代，会非常严肃地肯定这种事情不可能，自从革命以后，谁也不会躲藏在一座圆轩里了。对这些怀疑者，只有一个回答：他们一定是忘记了他们坠入了情网的时刻。

小圆轩里一旦只剩下瓦朗丹了，他就非常自然地想到，这一天时间恐怕要在这里度过了。他不慌不忙，检视了吊灯、窗帘、靠墙的蜗形脚桌，好奇心得到满足之后，面对一罐糖和一瓶水，他胃口大开。

我对您说过，他上午接到便函，连饭都没吃下去；然而此时此刻，他就毫无理由不吃饭了。他吞下两三块糖，想起一个老虎的故事：有人问那老农是否爱女人，老人家回答说："我挺喜欢漂亮姑娘，不过，我更喜欢一块香喷喷的猪排。"瓦朗丹想到使女所说的宴会，这圆轩就是见证。他看见房间中央摆着一张漂亮的圆桌，情愿招来已故侯爵的幽灵及其小型夜宵。"在这里该多舒服啊，"瓦朗丹心中感叹，"一个晚上，或者夏天一个夜晚，敞着窗户，拉上百叶窗，点起蜡烛，满桌摆好酒菜！我们祖先的时代多幸福啊，他们只要在地板上跺跺脚，就会从地下冒出一顿美餐！"瓦朗丹这样说着，也跺了跺脚，可是得到的回应，只有屋顶的回声，以及竖琴松弛的琴弦的和鸣。

忽听钥匙插进锁眼开门的声响，瓦朗丹急速躲回到壁柜中。是侯爵夫人还是使女来了？使女来了，可以放他出去，至少也可以给他送来一块面包。假如我对您说，这时候他不知道希望哪一个进来,您又会指责我玩浪漫了吧?

进来的是侯爵夫人。她来干什么?瓦朗丹好奇心太强烈了,所有念头都烟消云散了。德·帕尔纳夫人刚吃完饭,她进来所做的事,恰恰是瓦朗丹刚才所想象的:她打开窗户,拉上百叶窗,点亮两支蜡烛。天色暗下来,她将手上的一本书放到桌子上,哼唱着走了几步,然后又坐到长靠背椅上。

“她来干什么呢?”瓦朗丹心里反复念叨。尽管使女说没什么事,他还是忍不住希望发现一点隐私,心想:“谁知道呢?也许她在等什么人吧?真若是进来个第三者,我可就有好角色扮演了。”侯爵夫人随意翻开书,继而又合上,继而又似乎在思考什么。年轻人觉得她在朝壁柜这边看。他从柜门缝儿往外张望,注视侯爵夫人的一举一动。他的头脑忽然闪过一个怪念头:莫非使女讲了?侯爵夫人知道他在这儿?

您又要说了,这简直是胡思乱想,尤其是这不大可能。侯爵夫人刚刚写了那种便函,怎么能设想她知道了年轻人在这屋里,却不叫人把他赶出去,或者至少亲自把他赶走呢?请您放心,夫人,起初我也和您想法一样;但是,我也得补充一句,为了问心无愧,不论以什么借口,我都不负有说明这种念头的责任。有人总爱推测,也有人从不推测。一位历史学家的责任,就是叙述史实,并且让那些找乐子的人随便去想。

我所能讲的无非是,德·帕尔纳夫人接到瓦朗丹的情书,显然很反感,后来可能就不再想这事儿了;她很可能以为瓦朗丹已经走了,她也更可能美餐了一顿,于是来到她的小轩小憩;可以肯定的是,她先把一只脚放到长靠背椅上,接着另一只脚也放上去,接着头枕上靠垫,轻轻地合上眼睛;这一切后,我似乎就很难认为她没睡觉了。

正如瓦尔蒙所讲的那样,瓦朗丹也很想让侯爵夫人把他当做一场梦幻。他推了一下壁柜门,发出咯吱一声,吓得他浑身一抖。侯爵夫人睁开眼睛,抬头四下看了看。您能猜得到,瓦朗丹一动也不动。德·帕尔纳夫人听着没动静了,什么也没看到,便重又入睡。年轻人踮着脚走上前去,他屏住呼吸,心剧烈地跳动,像魔鬼罗伯那样,一直走到似已入睡的伊莎贝尔跟前。

人处于这种境况,就不能正常思考了。在瓦朗丹看来,德·帕尔纳夫人显得异常美丽,微张的双唇似乎更加红润,粉红的面颊更加鲜艳,大理石般的酥胸罩着轻纱网扣,随着均匀而平静的呼吸微微起伏。米开朗琪罗就是用意大利的卡拉尔大理石,也雕不出来如此美丽的夜天使。如此娇艳的一位女子,即使被冒犯,也应该宽恕她所激发的情欲。这时,侯爵夫人微微一动,吓住了瓦朗丹。她睡着了吗?一产生这种奇怪的疑虑,瓦朗丹不由得心就慌了。“有什么关系?”他心中暗道,“莫非是陷阱?什么怪癖!什么荒唐的念头!爱情一旦发现被分享,为什么就丧失了价值呢?还有什么比这种令人猜疑的半真半假更真实,更容易默许的呢?还有什么比她的睡容更美丽呢？还有什么比她佯装睡着更可爱呢？”

瓦朗丹站在原地不动，心里这样嘀咕着，忍不住要想方设法探个究竟。他受这个念头的驱使，便拿起他吃剩下的一小块糖，自己躲到侯爵夫人身后，将糖块扔到她手上，她没有动弹。他又挪动一把椅子，先是轻轻的，接着稍微用点力，还是没有反应。他伸出手臂，将德·帕尔纳夫人放在桌上的书弄掉地下，以为这回能惊醒侯爵夫人，就赶紧蜷缩到长靠背椅后面。然而，侯爵夫人仍旧一动未动。于是，瓦朗丹站起身，便过去小心翼翼地关上开着的百叶窗，只因那里能窥见安睡的侯爵夫人。

您明白，夫人，当时我不在圆轩里，百叶窗既然关上了，后来发生的情况，我就无法看到了。

六

这件事发生之后还不到两周，有一次瓦朗丹离开德洛奈夫人家，将手帕遗忘在一张扶手椅上。年轻人走了之后，德洛奈夫人拾起手帕，偶然瞧了一眼标记，看到细工刺绣的 I 和 D 两个字母，而这并不是瓦朗丹姓名的缩写。这块手帕是谁的呢？在普拉代丹街，瓦朗丹从未提起过伊莎贝尔·德·帕尔纳这个姓名，因此，这位寡妇就只能胡乱猜测了。她翻过来倒过去看这块手帕，瞧瞧这个角，又看看那个角，就好像期望从哪儿发现手帕主人的真正姓名。

您又会问我，一件如此普通的事情，为什么引起这么强烈的好奇心呢？将一块手帕借给一位朋友，这种事情天天都有，丢了就丢了，这再平常不过，有什么可大惊小怪的呢？然而，德洛奈夫人仔细检查了这块细麻布手帕，嗅出一股女人的味道，不禁摇了摇头。她在刺绣方面很内行，看这图案如此花俏，恐怕不是出自一个小伙子的衣柜。一个意想不到的迹象向她暴露了真相。她从手帕的皱褶认出，一个角打过结当做钱袋用，而您了解，这纯粹是女人包钱的方式。她发现这一点，脸色刷地白了，眼神发愣，凝视手帕良久，不得不用这手帕擦拭流到面颊的一滴眼泪。

一滴泪！您会说，已经流泪啦！唉！是的，夫人，她哭了。究竟发生了什么事儿？听我给您讲述；不过，先得回头交代点情况。

要知道，那次舞会的第三天，瓦朗丹来到德洛奈夫人家。她母亲给瓦朗丹开了门，对他说女儿外出了。此前，德洛奈夫人曾给年轻人写了一封长信，回顾了他们的上次会面，并且恳求他不要再来看她。她相信他的许诺、他的信誉和他的友谊。她没有表示自己曾被冒犯，也没有提起加洛普舞发生的事。总之，瓦朗丹从头至尾读了这封信，觉得一点也不多，一点也不少，他很受感动，如果不是看到最后一句话，他就要遵照而行了。不错，这最后一句话已经擦掉了，但是擦得极轻，反而更加显眼了。寡妇这样结束她的信："别了，祝您幸福。"

对一个遭受拒绝的情人说："祝您幸福"，对此您有何想法，夫人？这不等于对他说"我不幸福"吗？星期五到了，瓦朗丹犹豫再三，要不要去公证人家参加舞会。他虽然年轻、冒失，但是绝难容忍伤害了什么人的想法。他正不知如何是好，又喃喃重复"祝您幸福"这句话，便当即赶往戴安德利斯先生家中。

为什么德洛奈夫人也在那里呢？我们的主人公走进客厅，就看见她皱起眉头，表情古怪。至于她那举止神态，也确有几分妩媚。不过，平心而论，比起德洛奈夫人来，谁也不那么单纯，那么缺乏经验了。她面临危险，能够试图大胆地自卫，然而，一旦展开搏斗，她就没有必要的武器进行抵抗了。一个机智的女人会随机应变，利用种种狡狯的手段，时而疏远，时而召唤情人，将爱情控制在临界点上。可是，这些手段，德洛奈夫人一窍不通。当瓦朗丹吻她的手时，她心中暗道："这是个坏家伙，很可能我会爱上他，必须马上让他走开。"可是，她在公证人家中，看到瓦朗丹脚步轻快地走进来，整齐地扎着领带，嘴角挂着微笑，不顾她的禁令，姿态优雅地向她致意，她心里不免想到："这个男人比我固执，也比我狡猾，我不是他的对手；他既然又来了，也许是爱我吧。"

这次瓦朗丹邀请跳四组舞，德洛奈夫人没有拒绝；而且，刚交谈了几句，瓦朗丹就发觉，她表现出极大的忍耐和极大的不安。这颗胆怯而正直的灵魂深处，不免感到生活有点无聊：一方面渴望安宁，另一方面又厌倦了孤独。德洛奈先生年纪轻轻便过世，他生前根本就不爱他妻子，当初娶她当夫人，不如说是找个佣人；尽管她没有嫁妆，他娶她还是造成所谓的基于利害关系的婚姻。节俭、等级、审慎、公众的舆论、丈夫的友情、仆人的品德，总之，这就是她在世上所了解的东西。在戴安德利斯先生的沙龙里，瓦朗丹拥有任何身穿高级服装的青年在公证人那里所能有的名声。大家谈起来，完全把他当做一个"风流雅士"，托儿托尼时装师的一个常客；那些小女友则窃议，将已经过世的人的风流韵事安到他头上，说他从烟囱下去，进入一位男爵夫人的卧室，又说他爬上六楼，从窗户进入一位公爵夫人家中，如此等等，一切皆因爱而起，又安然无恙……

德洛奈夫人太通常理，不会去听这些蠢话；也许她最好听一听，偶尔听见只言片语是不够的。这世上往往都以衣帽取人。用学生的话来说，瓦朗丹比德洛奈夫人强。德洛奈夫人等他来请求原谅，再指责他为什么又来了。您想得到，瓦朗丹才不会走这一步呢。假如他正是她所认为的那种人,即情场得意的人,那么在她身上,他也许就不能得手了,因为她会觉出他太机灵,也太自信了。可是,瓦朗丹一接触她时,就禁不住有点发抖:这种爱的体现,再加上一点畏怯,就同时搅乱了年轻女人的头脑和心灵。这一切无关乎在公证人餐厅里发生的那一幕,他们两个似乎都把那件事忘了。不过,当加洛普舞发出信号,瓦朗丹上前邀请德洛奈夫人跳舞时,那一幕情景当然要从记忆中浮现。

瓦朗丹肯定地对我说,他上前邀请德洛奈夫人跳舞时,一生也没有见到更美的容颜了。她的面颊和额头全红了,血液从心脏全部涌到黑色大眼睛的周围,仿佛要从眼里喷出火焰。她略微欠起身,准备接受又不大敢,双肩微微战栗,不过这次,她的双肩没有裸露。瓦朗丹拉起她的手,轻轻握住,似乎对她说,再也不用害怕了,我感到您爱我。

一位女子原谅别人偷吻时的态度,您有时考虑过吧?她肯忘却的时候,几乎就等于说她允许别人吻她。瓦朗丹大着胆子,责备德洛奈夫人几句,说她不该气恼,还抱怨她太严肃,同他那么疏远。他还难免犹豫,最终向她提起他住宅后面有个小花园,是个僻静的地方,树阴浓密,任何人都无法偷窥。而且,一帘清澈的瀑布潺潺落下,能够保护谈话;僻静无人,也能够保护爱情。没有一点嘈杂之声,没有人能看得见,也没有任何危险。在大庭广众之中,在音乐的伴奏声中,在一场舞会的漩涡里,向一位女子谈论这样一个地方,而她听着,既不接受也不拒绝,只是微笑着任由人说下去……啊!夫人,以这种方式谈论这样一个幽会地点,也许比身临其境更为美妙。

瓦朗丹毫无保留地倾诉着,而寡妇则毫不思考地倾听着。对于那种热切的渴望,她也不时胆怯地表示一点异议,不时还佯装没有听懂,如果漏掉一个词,她就红着脸要求重复一遍。她希望由年轻人握住的这只手冰冷而一动不动,可是它却滚烫而忐忑不安。偶然总是协助情侣,他们经过餐厅时,又像上次那样落了单。然而,瓦朗丹连想都没有想去打扰舞伴的沉思冥想;德洛奈夫人则看到了爱情,而不是欲望。怎么对您说呢?这种尊重、这种胆量、这个房间、这场舞会,还有时机,全都聚拢起来,同心协力来诱惑她。她半眯起眼睛,叹息一声……却没有任何许诺。

夫人,这就是为什么,她发现侯爵夫人的手帕时便潸然泪下。

七

瓦朗丹失落了这块手帕，并不能因此就认为，他兜里不会有另外一块手帕。

德洛奈夫人在那边哭泣时，我们的冒失鬼在这边却一无所知，远远没有流泪的心情。他在一间镶了木围、涂成金色的小客厅里，厅里陈设十分雅致，洒了麝香香水。用过美餐之后，他正坐在紫缎衬面的太师椅上，喝着上好的咖啡，听着韦伯的《华尔兹邀请舞曲》，还不时地看一眼德·帕尔纳夫人雪白的颈项。德·帕尔纳夫人盛装打扮，正如霍夫曼[1]所说，因喝了一杯甜茶而异常兴奋，一双美丽的手正认真地弹琴。说句公道话，这不是俗曲小调，而她弹得也十分出色。我不知道哪一个更值得赞美，是德国的情感音乐大师，还是聪明的演奏者，还是埃拉尔[2]出色的钢琴，以响亮的声音回应了激发它的双重灵感。

一曲弹完，瓦朗丹站起身，从兜里掏出一块手帕，说道："给您，多谢了；这是您借给我的手帕。"

侯爵夫人的举动，同德洛奈夫人一模一样。她一接过手帕，细嫩的手就感到布料粗糙，绝非是她的，便马上瞧一眼标记。她在刺绣方面也很内行，再少的蛛丝马迹，也足以表明这是女人之物。她翻来覆去看了两三遍，又小心翼翼地凑近鼻子，再瞧一眼，便把手帕扔给瓦朗丹，说道："您拿错了；您还给我的这块，是您母亲哪个女仆的手帕。"

瓦朗丹粗心大意，错拿了德洛奈夫人的手帕，他一眼便认出来，感到一阵心跳。"为什么是女仆的?"他反问道。可是这工夫，侯爵夫人重又坐到钢琴前，她才不在乎一个用粗布手帕擤鼻涕的情敌呢。她佯装没有听见瓦朗丹的话，又弹起华尔兹舞曲的急板。

这种无动于衷的态度激怒了瓦朗丹。他在房间里转了一圈，拿起了帽子。

"您这是去哪儿?"德·帕尔纳夫人问道。

"去我母亲那里，把她的女仆借给我的手帕还回去。"

---

① 霍夫曼(Hoffmann,1776—1822):德国作家、作曲家和画家。他谱写了歌剧《曙光女神》(1811)、《水中女仙》(1816);创作了短篇小说集《卡罗特式的幻想篇》(四卷)。

② 埃拉尔(Erard):法国第一架钢琴的制造者。

“明天能见面吧？我们还有一点音乐，很高兴您能来用晚餐。”

“不行，一整天我都有事儿。”

瓦朗丹继续在房间里走来走去，一时下不了决心走掉。侯爵夫人站起来，朝他走去。

“您这人可真怪，”她说道，“您希望看到我嫉妒。”

“我吗？绝没有那个意思，嫉妒是我憎恶的一种情感。”

“那么，我觉得这块手帕有一种前厅的样子，您为什么生气呢？究竟是我的错，还是您的错呢？”

“我根本就没有生气。我觉得事情简单得很。”

瓦朗丹这样说着，转过身去。侯爵夫人轻轻走上前，一把抓住德洛奈夫人的手帕，又走近一扇敞开的窗户，将手帕扔到街上。

“您这是干什么？”瓦朗丹叫起来。他随即冲上要抓住手帕，可是太迟了。

“我倒要看一看，”侯爵夫人笑道，“这块手帕您珍视到何等程度；我也很好奇，瞧您会不会下去找回来。”

瓦朗丹犹豫片刻，被逗弄得满脸通红；他本想报复，回敬几句话刺激侯爵夫人，怎奈他一气恼，往往就昏了头。德·帕尔纳夫人笑得更厉害了。瓦朗丹一下子将帽子扣到脑袋上，边往外走边说：“我这就去找回来。”

他果然找了许久，可是失落的手帕很快就被人拾走了，他徒劳地从街头走到街尾，往返十来趟。侯爵夫人站在窗口，一直笑着观看他寻找。瓦朗丹面子上有点下不来，终于厌倦了，佯装没有发觉侯爵夫人在观察他，连头也不抬就走掉了。不过，走到街头的拐角处，他又转身望去，只见侯爵夫人不再笑了，目光却一直追随着他。

瓦朗丹漫无目的地往前走，不知不觉走上前往普拉代丹街的路。天空澄净，暮色很美。寡妇也站在窗前，度过了伤心的一天。瓦朗丹一进门，她劈头就问道：

“我就要个准话儿，您丢在我这儿的手帕究竟是谁的？”

有的人善于欺骗，却不善于说谎。经这一问，瓦朗丹显然慌了神，谁也不会看错，因此，不等他回答，德洛奈夫人又说道：

“听我说，现在您知道了我爱您。您认识很多人，而我不见任何人；您若是有兴致，很容易就能把我的一举一动了解得清清楚楚，而我却不可能得知您在做什么。我不能监视您，又不能终止爱您，因而您就可以随心所欲，欺骗我而不受惩罚。我恳求您，请记住我要对您说的这句话：迟早一切都明了，这是件伤心的事，请相信我这句话。”

瓦朗丹想要打断她的话，她拉住年轻人的手，接着说道：

“我还没有说透:这不是一件伤心的事,而是世间最最伤心的事。如果说,幸福的回忆比什么都温馨,那么发现过去的幸福是场骗局,就比什么都更凄惨。您从来就没有想过,恨自己曾经爱过的人是什么滋味吗?您能想出比这更糟糕的事情吗?您考虑考虑吧,我恳求您了,那些以骗人为乐的人,通常都很得意,想象这表明自己比那些受骗者高明几分;但这种优越感是短暂的,会导致什么后果呢?干坏事比什么都容易。您这种年龄的男人,可以欺骗自己的情妇,只为打发光阴;然而时光流逝,真相大白,还剩下什么呢?一个受骗的可怜女人,原以为自己得到了爱,得到了幸福,她曾把您当做她唯一的欢乐;您想一想,她若是不得不憎恨您的时候,那会落到什么境地啊!”

这番话非常质朴,深深地打动了瓦朗丹的心。

“我爱您,”他对德洛奈夫人说道,“不要怀疑,我只爱您一人。”

“这话能让我相信才好,”寡妇回答道,“您说的果真是实话,那么我们永远不再提起我今天感受的痛苦。不过,请允许我再多说一句,我一定得告诉您:我见过我父亲六十岁时,突然得知一个发小在一桩生意上欺骗了他。他发现了一封信,那个朋友在信中讲述了背信弃义的行为,可悲地炫耀他如何机灵,多得了几张钞票,让我们吃了亏。我看见父亲低头读信,神情愕然,痛苦极了;他同样感到羞愧,就好像自己有罪。他擦掉流到脸上的一滴泪,将信丢进火中,高声说道:‘虚荣和利益都一钱不值!而失去一个朋友,太让人痛心了!’当时您若是在现场,一定会发誓,今生今世绝不欺骗任何人。”

德洛奈夫人讲这番话时,流下了眼泪。瓦朗丹坐在她身边,并不答话,只是把她揽过去。德洛奈夫人把头偎在他肩上,从围裙的兜里掏出来侯爵夫人的手帕。

“这手帕真漂亮,”她说道,“绣得这么精美,您就把它留给我吧,好不好?手帕的女主人不会发觉丢了的。有这样一块手帕,就会有许多。我呢,只有一打,而且不怎么好。您带走的那一块还给我吧,您拿着也有失身份;不过,这一块我留下了。”

“留它干什么?”瓦朗丹接口说道,“您又不用。”

“用啊,我的朋友。我应该庆幸在这张扶手椅上发现它,正好用来擦眼泪,直到不再流泪为止。”

“就让这个吻擦干泪水吧!”年轻人高声说道。他夺过德·帕尔纳夫人的手帕,扔出了窗外。

八

六周过去了，看来男人很难了解自己，瓦朗丹就不知道两个情妇他更爱哪一个。尽管有时他很坦诚，心中的激情将他带到德洛奈夫人身边，他却割舍不了前往昂丹大街公馆的那条路。尽管德·帕尔纳夫人漂亮、风趣、优雅，尽管他在这府上得到各种乐趣，他也不能放弃普拉代丹街的那个小房间。瓦朗丹的小花园就是见证者，瓦朗丹轮流接待寡妇和侯爵夫人，她们挽着年轻人的手臂散步，而小园瀑布单调的流水声，掩盖了同样热情一再重复又一再背叛的誓言。难道应当相信即使情不专一，也能有忠诚的爱情那些乐趣吗？当德洛奈夫人戴着面纱，脚步胆怯地出现在街口的时候，有几次还能听见匿名的德·帕尔纳夫人不带仆从，乘坐马车离去的声响。

瓦朗丹躲在百叶窗后面，笑那两个相遇的情妇，而自己毫不愧疚，还沉浸在变换的危险诱惑中。

习惯于冒某种风险的人，最终迷上了这种风险，这几乎是不可避免的一件事。始终处于双重诡计会被偶然识破的危险境地，不得不扮演一个必须不断说谎、绝不能败露的高难度角色，我们的冒失鬼对这种奇特的处境感到自豪：他的心习以为常之后，他的自负也习以为常了。当初困扰他的担心、阻止他的顾忌，现在对他变得反而宝贵了：他就赠给两位女友同样的戒指，还说服德洛奈夫人换下金色青铜项链，戴上他选择的细条金项链。他觉得让侯爵夫人也戴上这样的项链很有趣，有一天还劝说侯爵夫人同意，戴着这种项链去参加舞会，无疑这是侯爵夫人爱他的最好证明。

德洛奈夫人受爱情的蒙蔽，不可能相信瓦朗丹朝三暮四。可是有些日子，在她看来，事情突然显得明白无误，于是发作了，她泪流满面，高声责备瓦朗丹，还要寻死觅活；可是，情人一句话就把她哄骗了，握一握手就安慰了她，她回到家中，又幸福又安心了。侯爵夫人则受骄傲心理的蒙蔽，她什么也不想发现，什么也不要去了解，心里总这么思忖：“一定是个旧情人，他不忍心离开。”她不屑于降低身份，要求瓦朗丹割舍旧情。在她看来，爱情不过是消磨时光，而嫉妒是可笑的。况且，她也认为，自己的美貌是什么也抗拒不了的法宝。

夫人，我在故事的开篇力图向您描述的这位主人公的性格，您若是还记得，就会理解，也许会原谅他的行为，尽管他那行为理应受到谴责。他感受的，或者以为感受的这种双重爱情，可以说是他整个生活的写照。他总是追求极端，同时品味穷人的乐趣和富人的乐趣，在这两个女人身边找到了他喜爱的反差，就在同一天内，他真正富有而又贫穷了。从七点钟到八点钟，如果在夕阳晚照中，在香榭丽舍林阴路上，有两匹灰色骏马轻轻拉着双座四轮轿式马车小跑，您就会看到在装饰成小客厅的车厢里，有一张鲜艳而风骚的面容隐藏在大风帽下面，正冲懒洋洋躺在她身边的一个年轻人微笑：他们正是晚饭后出来兜风的瓦朗丹和侯爵夫人。在清晨太阳初生的时候，如果您偶然到罗曼维尔美丽的小树林一带，您就可能遇见一对恋人，在一家小咖啡馆的绿丛中窃窃私语，或者一起读拉封丹的寓言诗：他们正是踏完露水归来的瓦朗丹和德洛奈夫人。今天晚上，您去参加奥地利使馆举办的大型舞会了吗？在一群亮丽的年轻女子的圈子里，您见到一位美人，比其他所有女子都更高傲，更受人趋奉，更无视别人吧？她那颗迷人的脑袋戴着金色无檐帽，优雅地摆动着，宛若微风摇曳着的一朵玫瑰：她正是众人赞美的侯爵夫人，她因得意而更加美丽，但似乎心不在焉。瓦朗丹在不远处，靠着一根柱子注视她。谁也不知道他们之间的秘密，谁也不去解释那投去的目光，也不去猜测这位情夫的欣悦。大吊灯耀眼的光亮、音乐的声响、人群的低语、鲜花的芳香，无不沁入他的心脾，令他兴奋不已；而且，他那美丽的情妇光艳照人的形象，也令他目眩神摇。他几乎怀疑起自己的这种幸福，怀疑这稀世珍宝属于他这个人。他听到周围的男人啧啧称赞："多么亮丽啊！那微笑多有魅力！那女人真是无与伦比！"他就跟着低声重复这些话。夜宵时间到了，一名年轻高官高兴得红头涨脸，将手臂递给侯爵夫人。大家如众星捧月，簇拥追随着她，人人都想靠近，都力图获得她那芳唇惠顾一句话。可是，她从瓦朗丹身边经过时，就对着他耳朵说了一句："明天见。"这样一句话里，包含多少享乐啊！然而第二天，夜幕降临时，这个年轻人却摸着黑爬楼梯，费了好大劲儿才爬到四楼，轻叩一扇小门。房门是开着的，他走进屋，看见德洛奈夫人独自坐在桌前，正一边干活一边等他。瓦朗丹坐到她身旁，她看着他，拉起他的手，感谢他还仍然爱她。只有一盏孤灯，微弱的光线照着简朴的房间；可是，这盏灯下有一张朋友的面孔，安详而善气迎人。这里既没有趋奉的见证、没有赞美之声，也没有得意之形；然而，那个上流社会，瓦朗丹岂止不留恋，他已经忘得一干二净。老太太过来了，坐到安乐椅上；于是，一到十点钟，就要听老人家讲述陈年往事，瓦朗丹边听还要边抚摩汪汪叫的小狗，还要重新点亮快熄灭的灯火；有时候，还得鼓起勇气，念一本新出版的小说，瓦朗丹就故意让书掉到地上，趁捡书的工夫摸一摸情妇的纤足；有时候，要陪老太太打牌，筹码为两个苏，他必须多加小心，不能打得太好。从德洛奈夫人家出来，年轻人步行回家。昨天夜宵他喝的是香槟酒，哼唱的是四组舞曲；今天夜宵他喝了一杯奶，为女友写了几行诗。这期间，侯爵夫人因瓦朗丹失约而气得要命。一名戴着扑粉假发的高个子仆人送来一封便函：信笺散发着麝香的芳香，写满了温柔的责备话语。拆开便函，打开窗户，天气很好，德·帕尔纳夫人就要来了。这就是我们的冒失鬼的所作所为了，他总是这样同自身过不去，找到实现真实自我的办法，却从来做不到坦诚，侯爵夫人的情人，不是寡妇的那个情人。

“为什么要选择呢?”有一天我们散步时，他试图为自己辩解，“爱，为什么非得专一不可呢? 我这年龄的一个男人，爱上德·帕尔纳夫人，谁会谴责呢? 大家不是都赞赏她、艳羡她吗? 不是都赞美她的才智和魅力吗? 甚至理智也为她狂热。另一方面，德洛奈夫人那么善良，那么温柔，那么纯真，被她所感动的人有什么可指责的呢? 难道她没资格给一个男人快乐和幸福吗? 她没有那么美，难道就不能成为一位可贵的女友吗? 这样一位女子，世间还有比她更可爱的情妇吗? 如果这两个女子都值得爱，那么我爱上她们俩又何罪之有呢? 我果真相当幸运，成为她们生活中的一部分，那么我要使一个幸福，为什么只能造成另一个不幸呢? 美丽的寡妇因为我在面前，嘴唇有时泛起的温柔微笑，为什么非得以侯爵夫人的一滴泪为代价呢? 如果说偶然把我抛到她们的人生路上，我接近她们，而她们又允许我爱，这能是她们的过错吗? 我选择哪一个才不算不公正呢? 在什么方面，这一个就比另一个更值得喜爱或者抛弃呢? 当德洛奈夫人对我说，她的全部生命都属于我时，您让我怎么回答呢? 一定要拒绝她，让她醒悟，让她留下沮丧和悲伤吗? 当德·帕尔纳夫人弹着钢琴，而我坐在她身后，注视她激发心灵高尚的情感，当她的才智提高我的智慧，激励我，促使我通过感应，更好地领略聪慧的最美妙的享受时，我一定要对她说她错了，对她说如此温馨的怡悦是一种罪恶吗? 我一定要转而憎恨，或者鄙视这样美好的回忆吗? 不，我的朋友，我若是对其中一位说我不爱她了，或者根本就没有爱过她，那才是谎言呢。我能有勇气两个全失去，也没有勇气在她们之间作出选择。”

您瞧，夫人，我们这个冒失鬼的做法，同所有男人一样，改不掉自己的荒唐行为，还试图披上理性的外衣。不过，也有些日子，他的心不顾他的意愿，拒绝他扮演的双重角色。于是，他尽可能少去打扰德洛奈夫人的安宁；然而，高傲的侯爵夫人太过任性，难以容忍。有时瓦朗丹提起她来，就对我说：“这个女人只有聪智和骄傲。”也有时候，他离开德·帕尔纳夫人的沙龙之后，寡妇的天真令他微笑，但他又觉得她太缺乏骄傲和才智。他还抱怨自己缺少自由，时而赌起气来，就不赴约，拿上一本书，独自跑到乡间用晚餐。时而他又诅咒偶发的情况阻碍了他要求的会面。在内心深处，他更爱德洛奈夫人，但是自己却毫不觉悟，而这种犹疑不决的奇怪状态也许会持续很久，倒是表面看来微不足道的一件事，突然让他看清他的心之所属。

时值六月，花园的夜晚赏心悦目。侯爵夫人坐在人工瀑布旁边的长椅上，这天觉得椅子太硬了。

“我要送给您一张椅垫。”她对瓦朗丹说道。

次日上午，德·帕尔纳夫人果然派人送来礼物：一张华丽的椭圆形双人靠背座椅，并配有漂亮的绒绣垫子。

也许您还记得，德洛奈夫人做绒绣。一个月以来，瓦朗丹看见她总在做一件活计，绣这样一张椅垫，图案他十分赞赏。其实，那图案毫无特别之处，我想，就是一个花环，同其他绒绣一样，只是颜色非常悦目。况且，我们所爱的人做出来的活计，哪一件我们不认为是杰作呢！晚上，在灯前，不知有多少回，年轻人的眼睛跟随寡妇灵巧的手，在绣布上穿针引线；也不知有多少回，在热烈的交谈中，瓦朗丹住了口，遵守一种虔诚的静默，看着德洛奈夫人数着针数；同样不知有多少回，他拉住这只刺绣疲惫的手，用亲吻加以鼓励。

侯爵夫人送来的双人座椅，瓦朗丹让人安放在紧邻花园的小客厅里，他下楼审视这件礼物，仔细查看椅垫，就觉得似曾相识；他拿起来，翻转过来瞧瞧，再放回原处，心里琢磨在哪里见过。“我简直疯了，”他自言自语，“椅垫都差不多，这个也没有什么特别的。”然而，椅垫白底儿上有个小污点，突然吸引住他的目光。没错儿，这个污点，是瓦朗丹自己弄上去的：一天晚上，德洛奈夫人做活儿，他在旁边写东西，不小心一点墨水滴到绣布上。

您想得到，这一发现让他惊诧不已。“怎么，会有这种事儿？”他心中诧异道，“侯爵夫人送给我的垫子，怎么会是德洛奈夫人做的呢？”他瞧了又瞧，毫无疑问，正是同样的花，同样的颜色。他认出了色彩的鲜艳、图案的布局。他摸了摸垫子，以便确认这不是幻觉，随后便愣在那里，不知道如何解释眼前的事实。

我只能说上千种推测，一起涌现在他的脑海，但是一种比一种不靠谱。他时而猜想，寡妇和侯爵夫人可能不期而遇，二人便串通一气，共同决定将这个垫子送给他，好让他明白他的背信弃义的行为已经败露；时而又思忖昨晚在花园里的谈话，一定是让德洛奈夫人无意听到了，于是为了羞辱他，她就要替德·帕尔纳夫人履行了许诺。不管怎样，他认为自己暴露了，被他那两位情妇抛弃了，至少被其中一位抛弃了。这样胡乱猜测了一小时之后，他决定摆脱这种拿不准的状况，便前往德洛奈夫人家。德洛奈夫人还像往常那样接待他，只是看到他这么早登门，脸上流露出一点诧异的神色。

受到这种接待，瓦朗丹首先就放下心来，他聊了一会儿无关紧要的事情，继而又受不安心理的控制，就问寡妇她那件绒绣活儿是否做完。“做完了。”德洛奈夫人回答。

“放在哪儿啦？”瓦朗丹又问道。

这一追问，德洛奈夫人不禁有点慌神儿，脸也红了。

“在经销商那里。”德洛奈夫人说得相当快，随即又改口，补充一句：“我送去装一装，还会给我送回来的。”

瓦朗丹认出了椅垫，如果说感到吃惊的话，那么他提起绣花垫子，看到德洛奈夫人慌了神儿，就越发吃惊了。他怕自己说漏了嘴，就不敢再追问了，告辞离去，随后又赶到侯爵夫人府。然而，这次探访更是没有探出任何情况；当他提起椭圆形双人座椅时，德·帕尔纳夫人微笑不答，只是点点头，似乎说：您能喜欢那张座椅我很高兴。

我们的冒失鬼回到家中，固然不像出门时那么担心了，但是就好像做了场梦。这件奇怪的礼物，究竟包藏着什么奥秘，或者什么机缘巧合呢？“一位绣了椅垫，而另一位将绣好的椅垫送给我；一位绣椅垫花了一个月时间，而另一位成了椅垫的主人。这两个女人从未见过面，却似乎在毫无觉察的情况下，联袂向我玩了这一手。”这种事的确让人百思不得其解，年轻人受这个谜团的折磨，千方百计要寻找打开的钥匙。

瓦朗丹又查看椅垫，终于发现了出售的商店地址，在垫子的角上有一小片纸，上面写着：多菲内街，“父亲之家”。

瓦朗丹一看到这种字样，就确信能了解事情的真相了。他赶到“父亲之家”商店，指明一种绣垫，并由活计确认后，便询问当天上午是否将这种绣垫卖给过一位夫人。然后，他又要了解椅垫是从哪儿进的货，是谁绣制的；不知是店方回答有所保留，还是不认识刺绣的女工——商店里有许多这类的物品——总之不肯透露过多情况。

商店伙计在回答询问时虽然有所保留，瓦朗丹还是很快捕捉到一个秘密，他没有揣想到，好多人也不知晓的一个秘密：巴黎有许多贫困的妇人、小姐，在社会上有一定地位，有的还挺高贵，她们却偷偷地做活计以维持生计。商人就廉价使用这些巧手女工。许多家庭请人来喝茶，其实他们生活很简朴，要靠女儿们支撑；别人看见她们手上总是拿着针线，但是她们没钱穿自己做的衣裙，绣好的绫罗绸缎要卖掉，再买细棉布。那位小姐祖先是大贵族，她的出身和爵衔都引以为自豪，手帕上绣有标志；你在舞会上赞赏的这位小姐，人活泼，风情万种，轻浮放肆，可她得绣花，干活挣钱养活母亲。另一位小姐，稍微富裕一点儿，还得想法儿挣点钱添置服饰。商店货架上摆的这些帽子、这些绣花小包，路人闲着没事儿拿着讨价还价，这些全出自于陌生之手，是秘密地、有时还怀着一颗虔敬之心制作的。极少男人肯从事这种职业，他们甘愿受穷也不能丧失自尊；极少女人在生活拮据的情况下拒绝干这种活儿，谁也不会因此而脸红。时有这种事情发生：一位少妇碰见童年的女友，女友生活不富裕，缺钱花，而她又无力帮助，就告诉女友挣钱之道，举出事例，并鼓励她去做，还带她到经销商那里，让她成为一个小客户。过了三个月，女友日子宽裕了，并以同样的方式帮助另一位女友。这种事情天天发生，但是外人一无所知。这样最好，因为，有人以劳动为耻，又爱饶舌，很快就会设法诋毁世间最正当的行为。

“绣一个像我对您说的这种椅垫，”瓦朗丹又问道，“大约需要多长时间？做活儿的女工能挣多少钱呢？”

“先生，绣这样一个椅垫，”商店伙计回答道，“恐怕要花两个月，六个星期吧。做活儿的人当然要自己买毛线，相应就挣得少点。英国产的毛绒漂亮，每斤十法郎，深红色、桃红色得花十五法郎。这样一张椅垫最多用一斤半毛线，巧手女工能卖到四十至五十法郎。”

九

瓦朗丹回到住所，重又面对椭圆形双人座椅时，他刚得知的秘密就产生一种意想不到的效果。他想到德洛奈夫人花了六周时间，绣成这个靠垫，才挣两路易金币，而德·帕尔纳夫人散步时就把它买走了。命运在这两个女人之间造成的差异，以完全可以触摸的形态向他展示出来，不能不会令他心酸。侯爵夫人就要来了，要坐到这张长椅上，裸露的臂膀要在寡妇的泪痕上蹭来蹭去，年轻人想到这里，就忍无可忍，一把抓起垫子，放进衣柜里，心中暗道：“她爱怎么想就怎么想吧，这个垫子实在可怜，我不能让它放在这儿。”

不大一会儿，德·帕尔纳夫人就到了，她奇怪，没有看见她送的礼物。瓦朗丹也不找理由，干脆回答说他不想要，绝不肯用这个垫子。他说话语气很生硬，脱口而出，未加思索。

“为什么呀？”侯爵夫人问道。

“就因为我不喜欢。”

“哪点儿招您讨厌了？今天上午，您对我说的话正好相反。”

“可能吧，不过，现在我讨厌这个垫子了。您花了多少钱？”

“好奇怪的问题！”德·帕尔纳夫人说道，“您想到哪儿去啦？”

要知道这几天来，瓦朗丹从德洛奈夫人的母亲之口得知，她现在非常窘迫，要交付一个季度的房租，吝啬的房东威胁说晚一点儿也不行。瓦朗丹一点点忙都帮不上，即使拿钱，人家也不会接受，他别无他法，只能暗暗地担忧。根据“父亲之家”的伙计所讲，卖垫子的钱还不足以给寡妇解忧。这并不是侯爵夫人的过错，然而，人的思想有时就是怪得很：瓦朗丹几乎怨恨起德·帕尔纳夫人，怪她买绣垫出价太低，而他却没有意识到他这问题很不适当。

“您花了四五十法郎，”他辛酸地说道，“这个绣垫多长时间做好的，您知道吗？”

“我当然知道，”侯爵夫人回答道，“是我亲手做的。”

“您做的！”

“是我呀，为了您，我花费了两周的时间；您瞧，该不该向我表示点谢意。”

“两周时间，夫人？那得用两个月呀，两个月还得抓紧干，才能做完这样一件活儿。这活儿让您干，要干半年才可能完成。”

“看来您还挺懂行。这么多实践经验，您是从哪得来的？”

“我认识一个女工，她告诉我的肯定没错。”

“好哇！那个女工也没有全对您讲。您却不知道，这种活儿最重要的部分，就是绣花。在商店能买到半成品的绣花底布，最花工夫、最烦人的部分已经绣好，有待完成最难的部分——绣花。我就买了这样一个垫子，甚至花了不到四五十法郎，因为，绣花底布算不了什么，是件粗工活儿，有毛线和一双手都能做。”

“粗工活儿”这个字眼，瓦朗丹听着刺耳。

“非常遗憾，”他接口说道，“无论绣底布还是绣花，都不是您做的。”

“那是谁做的？想必是您认识的那个女工吧？”

“也许吧。”

侯爵夫人似乎犹豫片刻，又要生气，又要发笑。她还是笑起来，于是兴致大发，高兴说道：

“那就请您告诉我，告诉我好吧，您那个女工叫什么名字，她能向您提供多准确的情况。”

“她叫朱莉。”年轻人回答。

瓦朗丹的眼神、声调，都让德·帕尔纳夫人想起，他对她说他爱一个寡妇的那天，就向他提过同一个名字。那时他回答，态度就显得很诚实，引起侯爵夫人的疑虑。她还依稀记得那个寡妇的故事，当时还以为只是一种借口，现在这个名字重又提起，看来就该认真对待了。

“您告诉我的，如果是一个隐私，”侯爵夫人说道，“那么您这样做既不机智，也不礼貌。”

瓦朗丹没有应声，他意识到自己头一个举动太出格了，便开始反思。侯爵夫人等待解释，一时也沉默下来。瓦朗丹却在想法儿避免解释，想来想去，终于决定开口说话了，也许试图要收回自己所讲的话，侯爵夫人那边已失去耐心，霍地站起身。

“这是吵架还是决裂？”她问道，口气十分激烈，致使瓦朗丹也不能保持冷静了。

“随您便吧。”他回敬一句。

“很好。”侯爵夫人说罢扬长而去。

不过，五分钟之后，有人敲门。瓦朗丹开门一看，只见德·帕尔纳夫人裹着头巾，叉着肘臂，靠墙站在楼梯平台上，脸色苍白得吓人，眼看就要晕倒。瓦朗丹上前抱住她，将她放在双人座椅上，极力安抚她，请她原谅他这恶劣的心情，恳求她忘掉这种难堪的局面，并且自责是他焦躁的情绪造成的，可他又不便说明原因。

“也不知道我今天上午怎么了，”瓦朗丹说道，“我收到一个坏消息，心里非常恼火，我就无端向您找茬儿吵架。我刚才对您讲的话，您别再想了，就当我一时发神经。”

“别说了，”侯爵夫人缓过神儿来，说道，“去把那靠垫给我拿来。”

瓦朗丹勉强照办了。德·帕尔纳夫人将椅垫扔到地下，上脚去践踏。您猜得出来，这种行径，年轻人看着不会高兴，不由得皱起眉头，心想自己到底一时心软，在女人的做戏面前退让了。

我不知道他是否有道理，也不知道侯爵夫人何以固执到幼稚可笑的程度，不遗余力，非要赢得这一小小的胜利不可。一个女人，甚至一个有头脑的女人，碰到这种情况不肯善罢甘休，也不是没有先例；但是，她这样做就有可能失算了，殊不知男人顺从之后，又要后悔自己太迁就了。事情就是这样：一旦傲慢的情绪掺杂进来，一种幼稚的举动就变得严重了，有时会因为比绣垫还小的事就反目了。

德·帕尔纳夫人又恢复亲热的样子，掩饰不住内心的喜悦，而瓦朗丹还目不转睛，注视着绣垫。老实说，那绣垫不是做来当脚蹬用的，侯爵夫人又一反往常，是徒步来的，寡妇的绣垫很快就踢到屋子中间，上面踏满了高帮皮鞋的脏印。瓦朗丹拾起垫子，擦了擦，放到一张扶手椅上。

“我们还吵架吗？”侯爵夫人微笑道，“我倒以为，您由着我的性子做，我们也就讲和了。”

“这个垫子是白净的，为什么要把它踩脏呢？”

“为了用啊，这个垫子脏了，朱莉小姐还会给我们做的。”

“请听我说，侯爵夫人，”瓦朗丹说道，“您十分清楚，我不是那么愚蠢，不会把一次任性，也不会把这类小事看得有多重。您这么做使我不快，这不快如果确实可能有什么缘故，您不得而知，也不要深究下去了，这样最为明智。刚才您要晕过去，我不问您这种昏迷程度如何；您得到了渴望得到的，就适可而止吧。”

“同样，您可能也清楚，”德·帕尔纳夫人回答道，“我也不那么愚蠢，对这件小事不会比您看得还重。如果说我这么抓住不放，您还应该明白，我就是要了解清楚，这件小事小到什么程度。”

“好吧，作为对您的回答，我倒要问问您，促使您这么做的，是傲慢还是爱情。”

“两者均有。您还不知道我是什么人：我和您的关系行为轻浮，使您对我产生想法，随您怎么想吧，因为您不会同任何人议论；随您怎么高兴看我都行，您觉得好也可以不忠诚，但是要当心别冒犯我。”

“此刻大概是傲慢在说话，夫人，您总该承认这不是爱情。”

“我一无所知。如果说我不嫉妒，可以肯定是出于轻蔑。我只承认德·帕尔纳先生有权监视我，同样，我也不想监视任何人，可是，您应该缄默的名字，怎么敢对我讲了两次呢？”

“您既然问我，我为什么不能讲？这个名字，既不给她本人丢脸，也不会让讲它的人脸红。”

“那好吧！就此打住，不要再提这个名字。”

瓦朗丹犹豫片刻。

“好吧，”他回答，“我不再提起这个名字，出于对她本人的尊重。”

话说到这份上，侯爵夫人便站起身，紧了紧大披巾，语气冷淡地说道：

“我想该来人接我了，您就一直送我上马车吧。”

德·帕尔纳夫人不止骄傲，她还特别傲慢。从童年起，她怎么任性，都能得到满足，已经习以为常，结婚后被丈夫忽视，但是受姑母的溺爱，又赢得周围人的逢迎，在一种极其危险的自由中，唯一引导她的顾问，就是这种天生的、甚至能够战胜情欲的高傲。回到府上，她便伤心落泪了，并且闭门谢客，专心考虑她该怎么办，决意不再委屈自己了。

第二天，瓦朗丹去看德洛奈夫人，路上就觉得有人跟踪。他确实被人跟踪了，侯爵夫人很快得知寡妇的住址、姓名，以及年轻人前去频繁的拜访。她还不肯就此罢手，的确，不管多么令人难以置信的办法，她都敢使用出来，而且得逞了。

早上七点钟，她拉铃唤来使女，吩咐那姑娘拿来一条粗布连衣裙、一件罩衫、一块棉布手帕和一顶宽大的帽子。她压低帽子，尽量把脸遮住，这样乔装打扮好了，便挎上篮子，走向圣婴菜市场，这是德洛奈夫人通常去买菜的时刻，伯爵夫人知道寡妇长得像她，没有找多久，很快就看见一位女子正在讲价买樱桃。那女子同她身材相仿，也有一双黑色大眼睛，但是举止很稳重，伯爵夫人走上前去。

“请问，”她问道，“我是否荣幸在跟德洛奈夫人讲话？”

“是的，小姐，您有什么事儿？”

伯爵夫人并不回答，她随心所欲，好奇心一旦得到满足，就不在乎别人惊讶与否。

她那好奇的目光，从头到脚飞快地打量一下情敌，然后一转身便消失了。

瓦朗丹不再去德·帕尔纳夫人府了，他收到侯爵夫人的一份印刷的舞会请柬，认为出于礼貌应该去参加。他走进府邸，看见只有一扇窗户亮灯，不免诧异。侯爵夫人独自一人等他到来。

“请原谅，”侯爵夫人对他说道，“为了请您来，我略施小计。我想如果给您写信，要求一刻钟的会面，恐怕您不予理睬。我要对您说一句话，恳请您坦率地回答。”

瓦朗丹天生不记恨人，在他身上，怨恨的情绪，来去都非常迅疾。他想让谈话的语气轻快些，便开始拿侯爵夫人臆想的舞会调侃。侯爵夫人却打断他的话，对他说道：

“我见过了德洛奈夫人。”

她见瓦朗丹脸色变了，随即补充道：

“您别害怕，我是看见她了，她却不知道我是谁，也不会认出我来。她很美，的确长得有点像我。坦白地告诉我，您把写给她的信给我寄来那时候，已经爱上她了吗？”

瓦朗丹犹豫不答。

“说呀，不必担心，说呀，”侯爵夫人追问道，“您要向我证明对我还有几分尊重的话，这是唯一的办法。”

她讲这话时极为伤心，瓦朗丹为之感动。他坐到侯爵夫人身边，原原本本向她讲述他心里的全部活动。

“那时我已经爱上她了，”最后瓦朗丹对她说道，“我仍然爱她，这是事实。”

“我们之间没有一点可能性了。”侯爵夫人站起身，回应了一句。

她走到镜子前，向自己抛了一个媚眼。

“我为了您，做出我一生中唯一什么也不考虑的行为。我并不懊悔，不过，我还是希望，不是我一个人时而回忆起这段经历。”

说着，她从手指上摘下一枚镶有海蓝宝石的金戒指。

“给您，”她对瓦朗丹说道，“为了对我的爱，您戴上戒指，这颗宝石像一滴泪。”

她将戒指递给年轻人时，瓦朗丹想要亲吻她的手。

“当心，”她说道，“别忘了，我见过您的情妇；我们也别过早想起这件事。”

“唔！”瓦朗丹答道，“我仍然爱她，可是我感到，我会永远爱您。”

“这我相信，”侯爵夫人接口道，“也许正是这个原因，明天我要动身去荷兰，同我丈夫相聚。”

“我会追随您，”瓦朗丹高声说道，“您别不信，假如您离开法国，我就和您同时动身。”

“您别那么做，那样会毁掉我，您就再也休想见到我了。”

“我不在乎。我跟随您，可以保持十法里的距离，这样至少能向您保证，我爱您是真诚的，您不信也得信。”

“我不是跟您说我信吗。”德·帕尔纳夫人狡黠地微微一笑，回答道，“别了，别干这种傻事。”

她向瓦朗丹伸出手，又将卧室的门推开一条缝儿，准备进去了。

“别干这种傻事，”她语气轻快地补充道，“再不然，您碰巧果真做出事来了，也请往布鲁塞尔写封短信，告诉我一声，因为，从那里可以改变路线。”

说罢，她便关上房门，丢下瓦朗丹一个人；他走出府门，心绪极度烦乱。

一夜未能成眠，第二天已经破晓了，他该如何行动，还没有拿定一点主意。他刚起床，就收到德洛奈夫人的一封信，信中相当感伤的内容，虽未使他作出决定，也给了他很大震动。想到要离开德洛奈夫人，他心痛欲碎；然而，一想到乘坐驿车，追随胆大而风情的侯爵夫人，又因这种欲望而感到浑身颤抖。他遥望天边，听着隆隆的马车声，脑海重又浮现从前的荒唐行为。怎么对您说呢？他想到意大利，想到那种乐趣、那种一点点绯闻，还想起装扮成驿车夫的洛赞。另一方面，他那不安的记忆，又念起一天晚上，德洛奈夫人天真地向他表示的惶恐。他要给她留下多么惨痛的记忆啊！他在心中反复念叨寡妇所讲的话：“真会有那么一天，我要憎恨您吗？”

整整一天，他关在房间里，穷尽了他所能想象的所有任性妄为、所有离奇的计划。“我究竟要怎样呢？”他反躬自问，“如果，我想要在这两个女人之间作出选择，为什么还这样游离不定呢？如果我同样爱她们二人，那么我为什么主动置身于两难境地，必须失去一个呢？我是疯了吗？我还保持理智吗？我这是背情弃义，还是真诚坦率呢？我是太缺乏勇气，还是太缺少情义呢？”

他坐到桌前，拿起当初的画像，仔细看这幅像他两个情妇的失真肖像。两个月来发生的一切，又浮现在他的脑海里：小圆轩和小房间、雪白的臂膀和印花布连衣裙、丰盛的晚餐和家常便饭、钢琴和编织针、两块手帕、绒绣垫，一幕幕全过了一遍。他生活的每一时刻，都给他出不同的主意。“不过，”他终于想到，“我并不是要在两个女子之间，而是要在同一时光的两条道路之间作出选择。这两条道路不能引向同一个目的：一条引向疯狂和欢乐，另一条引向爱情。我应该走哪一条路呢？哪条路通往幸福呢？”

这个故事一开篇我就对您讲过，瓦朗丹有个他深爱的母亲。他正在冥思苦索的时候，母亲走进他的房间，对他说道：“我的孩子，今天早晨，我看见你很忧伤。你怎么了？我能帮帮你吗？你缺钱花吗？我即使帮不上忙，至少可以了解一下你忧愁的事，也好安慰你吧?”

“谢谢您,”瓦朗丹回答,“我本来打算去旅行,可是心里还在琢磨,什么能使我们幸福,是爱情还是欢乐。我却把友谊丢在脑后了。现在,我不会离开我的国家了,而我愿意向她敞开心扉的唯一女子,正是能与您分享这颗心的女子。”

雅沃特的秘密

一

去年秋天一个晚上，约摸八点钟，两名青年打猎回来，骑马走在离卢扎尔什不远的努瓦西大道上，管猎犬的仆人则骑马跟在后面。太阳西沉了，把远处美丽的卡奈勒树林染成一片金黄——那正是已故的波旁公爵当年喜欢打猎的地方。两名骑手当中最年轻的那个，年龄约二十五岁，他骑着马欢快地小跑，跨越绿篱；另一个则魂不守舍，仿佛心事重重，他忽而不耐烦地挥鞭催马，忽而又戛然止住，总是落在后边，仿佛陷入沉思，不怎么爱答理同伴，任凭对方说笑，讥讽他的沉默。总之，他似乎沉浸在学者和恋人所特有的遐思，而每逢这种情况，他们往往不知身在何处了。到了一个十字路口，他跳下马，走到沟边，拔出一条扎在沙子里相当深的小柳枝，摘下一片叶子，不让别人瞧见，偷偷塞进胸襟里，随即又跨上马，对仆人说道：

“皮埃尔，你走客栈那边，经过村子去克利涅，我和弟弟从禁猎区回去；因为我看，这匹茨冈今天可不老实，万一路上碰见赶回农场的羊群，它就可能毛了。”

仆人遵命，带领狗群走岩石间小路。小阿尔芒·德·贝维尔(弟弟的名字)见此情景，不禁哈哈大笑，说道：

“真的，我亲爱的特里斯唐，今天晚上，你也小心得出格了。你是不是害怕这匹茨冈会让一头绵羊给吞啦？算了，你白费劲儿，我敢打赌，这匹可怜的牲口，虽然平时特别温驯，不出半小时准会给你搞个恶作剧，你再怎么小心也不行。”

“这是为什么？”特里斯唐问道，口气生硬，几乎有点恼火。

“当然有原因了。”阿尔芒回答，同时凑近哥哥，“看样子，我们要经过乐农瓦尔林阴路，你这匹骒马一见到那道铁栅门，就欢蹦乱跳。”他笑得更厉害了，又补充道：“幸好德·维纳日夫人还在那儿。即使茨冈把你摔成一条腿骨折，她家总会给你摆上一副餐具。”

“嚼舌头，”特里斯唐有点无奈地微笑道，“你这开玩笑挖苦人的坏习惯，怎么才能改掉呢？”

“一点也不是开玩笑，”阿尔芒又说道，“就算开玩笑，又有什么不好呢？那位侯爵夫人，她挺有才智，喜爱镶边的军服，她这年龄的女人全如此。你不是在黑轻骑兵团为国王效过力吗？假如她再喜欢打猎，觉得在阳光下，你的号角在红外套上格外好看，难道这是什么滔天大罪吗？”

“听我说，没头脑的家伙，”特里斯唐说道，“你若是高兴，就在我们之间这样开开玩笑，这再好不过；然而，如果有第三人在场，你就得认真想想自己要说的话。德·维纳日夫人是我们母亲的朋友，她的家是我们在当地消愁解闷的唯一场所。这里生活单调，你这没有官司可打的律师，倒是自得其乐，而我若是长此下去，非憋闷死不可。我们的熟人不多，侯爵夫人又几乎是唯一的女性……”

“也是最讨人喜欢的。”阿尔芒加了一句。

“随你怎么说都成。可是你本人，每次我们接到邀请，你也并不讨厌去乐农瓦尔。我们总不能图一时痛快，讲句俏皮话，同那些人闹翻了；这也不是危言耸听，你再这样信口开河，迟早会造成这种后果。你完全了解，我要讨德·维纳日夫人欢心的愿望，并不比别人更强烈……”

“当心你这茨冈！”阿尔芒高声说，“瞧它耳朵竖得多高；告诉你，离一法里远，就能感觉到侯爵夫人了。”

“好了，别开玩笑了。记住我嘱咐你的话，要认真想一想。”

“我想，”阿尔芒又说道，“非常认真地想，侯爵夫人非常适合穿平袖衣裳，而黑色配她简直妙极了。”

“你这话指的是什么呀？”

“指的是袖子。照你的想象，在这世界上，别人什么都看不见吗？那天在船上闲聊，难道我没有清清楚楚地听你说，你偏爱黑色吗？而那位好心的侯爵夫人不是特意上楼回房间，殷勤地换了她那条最黑的衣裙，才下楼来的吗？”

“这有什么大惊小怪的？要吃饭时换换装，不是极其自然的吗？”

“跟你说，当心你的茨冈，它一冲动起来，可不管你愿意不愿意，驮着你径直跑到乐农瓦尔马厩。上周那次聚会，还是这位侯爵夫人，她始终穿着黑色衣裙，不是觉得非常自然地把我安置在四轮敞篷大马车上，同我的狗和本堂神甫在一起，而她不惜裸露大腿，登上你的双轮马车吗？”

“这又表明什么呢？我们二人，总得有一个承担这份苦差使。”

“对，可这‘一个’，却总是我。我不抱怨，我也不嫉妒；就说昨天吧，在打猎地点约会，她灵机一动便离开马车，要骑我的马，我不是完全无私地让给她，以便让她与军官先生并肩在树林里驰骋吗？你就嫌怨我吧，我可是你的保护人；平心而论，你不该一味否认，而应当信赖我，把你的秘密全向我交代了。”

“就你这冒失鬼，怎么能让人信赖呢？而你这样胡编乱造，毫无真实性可言，又能让我告诉你什么秘密呢？”

“当心茨冈，哥哥。”

“你总唱这老调，简直让我听烦了。就算我心血来潮，今天晚上去乐农瓦尔拜访，这又有什么了不得的呢？我求你陪我一同去也好，让你独自回家也罢，还用找什么借口吗？”

“当然不用。同样，即使我们碰巧见到德·维纳日夫人在她的林阴道上散步，也没有什么可惊讶的。你带我走的这条路，固然是最长的；不过，比起永恒来，长半里短半里，又算得什么呢？侯爵夫人大约听见了我们的号角声，她到大路上来透透气，也完全是正当的，还有那位形影不离的崇拜者和邻居——德·拉勃列托涅尔先生陪伴。”

“我承认，”特里斯唐巴不得换个话题，说道，“那位德·拉勃列托涅尔先生让我烦透了。一位像德·维纳日夫人这样聪颖的女子，让一个傻瓜给纠缠住，走到哪儿都像拖个影子，这看着得体吗？”

“毫无疑问，”阿尔芒答道，“那人非常蠢笨，不好处置。他是个地道的乡绅，从严格意义上讲，创造出来投在世上，就是充当邻居的角色。与人为邻，就是他的命数，甚至可以说是他的学问，因为他的为邻之道与众不同。我从未见过，一个人在别人家中，能像他那样泰然自若。如果在德·维纳日夫人家里吃饭，他就陪末座，坐在孩子中间。他同女管家窃窃私语，给小孩喂粥。但要注意，他绝非一般的传统食客，不必在女主人讲了一句俏皮话时就赔笑；他若是有胆量的话，倒是什么都责怪，什么都阻拦。假如计划去野游，他总不失时机地指出晴雨表不稳定。假如有人讲一件趣闻或新奇事，他总说见过更妙的，但又不屑于讲出来，只一味地摇头，那种谦虚的态度，恨得别人真想扇他耳光。十足的讨厌鬼！老实说，他若是在场，大家聊不到一刻钟，他那颗惊慌不安的脑袋保准就插进来，把侯爵夫人和你们隔开。毫无疑问，他长相不佳，头脑也贫乏，同人在一起，大多时间一言不发，但是多亏了上天的特别恩惠，他只用看别人说话的那种眼神，就设法在沉默中比饶舌时还讨人嫌。不过，这对他又有什么关系？他并不生活，而是列席生活，力图妨碍别人，泼冷水，惹人不耐烦。尽管如此，侯爵夫人还是能容忍他，还发善心听他说话，并且给予鼓励；真的，我认为侯爵夫人爱他，永远也不会摆脱他。”

听到最后这句话，特里斯唐颇为不安，便问道：

“你这话是什么意思？你认为女人能爱上这样一个人吗？”

阿尔芒摆出一副又嘲弄又不经意的神气，接着说道：

“不是发自爱情。但是不管怎么说，这个可怜的人也不是个魔怪。他独身生活，家境又很富裕。他同我们一样，有一座小庄园，有一小群猎犬，还有一辆老式大马车。然而，他比起其他任何人来，有一种无可比拟的优势，那是在侯爵夫人身边守了十年，每日纠缠所赢得的。一个新来乍到的人，请让我低声对你说，一名度假的军官，可能一时光艳照人，讨人喜欢，而另一位，正如巴齐尔所说的，就以每天厮守的身份，也必胜无疑，且不说动用心计了。”

兄弟二人这样聊着，渐渐远离树林，进入葡萄园，在土岗上已经望见乐农瓦尔村的钟楼了。阿尔芒继续说道：

“德·维纳日夫人有许许多多好品质，但她毕竟是个喜欢卖弄风情的女人。她表面上虔诚，在墙上搁板挂了一串念珠，但她也爱听甜言蜜语。恕我直言，我看这个女人城府很深，相当危险。”

“这倒有可能。”特里斯唐附和一句。

“甚至很可能，”兄弟又说道，“你同我想得一样，倒不扫我的兴，我还情愿对你说：我们要严肃认真地谈一谈。我有机会，早就认识她，并仔细观察过。你来这儿只住几天，你是个英俊的小伙子，她是个漂亮聪明的女人；你喜欢她，不知道该怎么办，向她表白了，她也由着你说下去。可是我呢，无论冬天还是夏天，无论在巴黎还是在乡下，我都能见到她，也就有点信不过；这一点她心里清楚，因此她骑上我的马，把我和本堂神甫先生丢下。她那双乌黑的大眼睛，有时极为严肃而谦恭地垂视地面，但我确信当你们在树林里跑马的时候，那眼睛也会抬起来看你，而我也应当承认，这女人确实很有魅力。据我所知，她扭头理睬过三四个可怜的小青年，弄得他们几乎神魂颠倒。不过，你愿意听听我的想法吗？我要以斯库德里①的风格对你说，走进她心房的门厅，还比较容易，然而内室的门却始终关闭，也许是因为里面根本没有人。”

“假如你说得不错的话，”特里斯唐说道，“这种性格就相当丑恶了。”

---

① 乔治·德·斯库德里(1601—1667)：法国作家，剧作家，其风格求雅而失于矫揉造作。

"在我看来不然。别人有什么可指责她的呢？有人爱上她，难道是她的过错吗？她虽然才不过三十岁，守寡之后就放弃了世间的乐趣，只想骑骑马，祈祷上帝，在庄园里过平静的日子，她也把这种想法告诉肯听她说话的人。她施舍，去做忏悔；要知道，凡有个忏悔师，又不真心诚意信教的女人，就是文明培育出来的最糟的风骚娘们儿。这样一个女人，非常自信，还有几分姿色，情愿享受美貌赋予她的小小特权，善于不断地妥协，可惜不是向她的良心，而是向她下一次忏悔让步。她爱听悄悄的奉承，就在她显得最亲热，听得最忘情的时候，她也要瞧一瞧自己的脚尖是否让裙摆遮严了，还计算让人吻她戴着露指手套的手什么部位，才不算罪过。你会说，何必如此呢？她若是缺乏信仰，为什么不痛痛快快地风流呢？她若是有信仰，为什么又要招蜂引蝶呢？就因为她敢于面对诱惑，寻寻开心。其实，很难说她坦率还是虚伪；她就这样，而且讨人喜欢；在她面前失意的人，一个个过去而消失了。沉默不语的拉勃列托涅尔很可能一直到死，也守在圣殿的门口，而那个大眼睛的斯芬克斯，则在圣殿里宣布神谕，享受香火。"

就在他兄弟这样讲的时候，特里斯唐已经勒住马。乐农瓦尔庄园的铁栅栏只有百十来步远了。不出阿尔芒所料，德·维纳日夫人果然在铁栅栏前的草坪上散步，但她一反往常，只是一个人。特里斯唐脸色突然变了。

"听我说，阿尔芒，"他说道，"我向你承认我爱她。你是个男子汉，很有魄力；但是，你我都非常清楚，在热恋面前，什么法则，什么规劝，都等于零。以这种口气向我谈论她，你还不是头一个。这套评语，有人对我讲过了，可是我根本不相信。这女人把我征服了，她多么美丽，多么可爱，多么迷人，如果她愿意……"

"这我完全清楚。"阿尔芒说道。

"不，"特里斯唐高声说道，"我无法相信那么优雅，那么温柔，那么虔诚，因为她毕竟如你所说的向人施舍，履行职责，我不能、也不愿相信她表面上完全真诚、完全和善，却会是你所想象的那种样子。不过，这也无所谓；我早就想找个理由让你回去，我一个人留下来；我还是相信你的许诺。我去乐农瓦尔，你回克利涅。我们的好母亲没看见我和你在一起，如果担心的话，你就对她说，我打猎没打成，我的马病了，随你怎么讲。我只想匆匆拜访一下，立刻就回去。"

"既然如此，何必搞得这样神秘呢？"

"因为，侯爵夫人也认为这样最明智。当地人喜欢饶舌，又愚蠢又讨人嫌，就像聚在一起的三个小城镇。替我保密，晚上见。"

特里斯唐没等回答，就催马跑去了。

只剩下阿尔芒一人了，他就抄近路回家了。可以想见，他望着哥哥跑远，难免怏快不快，甚至有几分担忧。他年龄不大，却很老成，早早谙熟世事。阿尔芒·德·贝维尔，表面往往给人浮嚣的印象，其实很有头脑和理智。特里斯唐则不同，他是出色的军官，随军去阿尔及利亚建功立业，有时好出轨冒险，去追求丰富而狂热的想象。阿尔芒待在家中陪伴老母亲，特里斯唐时常嘲笑他喜欢家里蹲，戏称他神甫先生，并说若是没有一七八九年的革命，他作为兄弟，就得剃发修行了，也不会因此而沮丧。他常这样回敬：去争取头衔吧，但是把封地给我。他们的母亲，德·贝维尔男爵夫人，孀居多年，她冬天住在巴黎沼泽区[①]，春暖花开之后便到克利涅远处的小庄园。这庄园不够富裕，支撑不起大排场。可是，年轻人喜欢打猎，而男爵夫人又宠爱自己的孩子，就派人从英国买来几条"猎狐犬"；左近几家庄园主效法这种榜样，于是，几家小小的猎犬群合在一起，就有相当规模，能在卡奈勒森林外围的树林中打猎了。这样一来，克利涅居民和周围两三家庄园之间，很快就建立起友好的、近乎亲密的关系。如我们所见，德·维纳日夫人是这一地区的王后。从德·弗朗孔维尔先生、德·博维法官，直到有点落伍的时髦人物德·卢扎尔什，甚至努瓦西的本堂神甫，无不赞美漂亮的侯爵夫人。乐农瓦尔是蓬图瓦兹地区名流聚会的地点。所有人都像特里斯唐这样，一致颂扬这位女庄园主的优雅与和善。谁也抵御不了她对所谓人心的巨大影响；正因为如此，阿尔芒有点恼火：哥哥不肯同他回家吃晚饭。

不难找个借口说明还没回家的原因，他可以对男爵夫人说，特里斯唐到一个庄户那儿停一下，商谈一块土地的转手事宜。每逢孩子去打猎，德·贝维尔夫人就把晚饭时间推到九点钟，等孩子回来，全家共进晚餐。阿尔芒同所有卖了力气的猎手一样，回到家饿得要死，渴得要命，显然不大满意硬性推迟用餐的时间。也许他还暗暗担心，去乐农瓦尔拜访的时间会拖长。不管怎样，晚饭前他得先垫补点儿，以便添充几分耐心，然后去瞧瞧猎犬，以主人的目光瞥一眼马厩，回屋便躺在长沙发上，因劳累了一天，不觉昏昏欲睡。

天黑了，骤然下起暴雨。德·贝维尔夫人像往常一样，坐在绒绣架前，她看看挂钟，又望望流淌雨水的窗户。半小时缓慢地过去了，随即不安起来。

"你哥哥到底干什么呢？"男爵夫人说道，"时间这么晚了，又是这种天气，他在路上不可能停留这么久；大概出什么事儿了，我得派人去迎一迎。"

"不必，"阿尔芒答道，"我向你保证，他的身体同我们一样健康，也许比我们还要好。他看下了雨，一定是进了努瓦西的一家酒馆，点了晚餐，却让我们干等着。"

---

① 现在巴黎的第三和第四区。

雨越下越大，时间也过去了。大家等腻了，便上菜吃晚饭，可是餐桌上气氛十分沉闷。让母亲这样挂心焦虑，阿尔芒不免自责，他也认为无此必要，但既已许诺，就不能失言。德·贝维尔夫人也不难看出，儿子的脸上神色不安，虽猜不出其中的缘故，但表象却逃不过她的眼睛。她深知阿尔芒一贯体贴母亲，甚至能讲知心话，感到这次他一直缄默，必是迫不得已。是什么原因呢？她不得而知，但她尊重这种保留态度，同时心里又不免难受。她抬起眼睛看他，那是一副担心的、几乎是恳求的神态，继而，她又倾听隆隆的雷鸣。她竭力控制自己，要显得平静些，双手反而不由自主地发抖。随着时间推移，阿尔芒感到越来越没有勇气信守诺言了。吃罢晚饭，餐具已撤掉，母子单独相对，俯在餐桌上待了许久，相互理解而又不开口。

将近十一点钟，男爵夫人的贴身女仆送来蜡烛盘。母亲祝儿子晚安，便回房间照常祈祷去了。

“这个昏了头的小伙子，到底干什么呢？”阿尔芒一边想着，一边脱下猎装，宽衣上床，“丝毫也无需担心，情况很可能如此：有德·拉勃列托涅尔在场，他只好噤声，仅仅脉脉含情地看着德·维纳日夫人。这一点有把握吗？我倒觉得在这种时刻，拉勃列托涅尔肯定坐在车上，要回去睡觉了。当然，特里斯唐可能也在路上；不过，这一点我有些怀疑，路不好走，又下这么大雨，很难骑马赶路。再说，乐农瓦尔那儿有非常舒服的床铺，一位那么好客的侯爵夫人，一定会让突然遇雨的一名上尉留宿。总的看来，特里斯唐很可能等明天才回家。这就糟了，有两方面的原因：首先令母亲担心，其次，在女邻居家借宿总是件危险的事情。在一位漂亮的女人家中过宿，绝不会生出什么好主意，在日思夜想的人家中绝睡不安稳，有时根本无法成眠。特里斯唐若是干脆迷上了这个风流女人，那又会怎么样呢？他有两个人的胆量，那就自找倒霉吧。侯爵夫人会觉得很容易耍弄他，也许太容易耍弄了，但愿如此，对待这样一个忠诚的人，恐怕她也不屑于弄虚作假。不管怎么说，”阿尔芒吹灭蜡烛，心中又暗道，“他随便什么时候回来，始终是又英俊又勇敢的小伙子。他在君士坦丁[①]都安然无恙，在乐农瓦尔也会平安无事的。”

整个庄园安歇了，四周田野一片寂静。过了许久，大道上忽然传来马蹄声响。已是凌晨两点钟了，一个急切的声音喊人开门，马夫跑去，一个接一个拉起几道铁门栓时，狗照例叫起来，发出悠长的吠声。阿尔芒正在酣睡，一下子醒惊，猛地看见他哥哥手擎烛台站在面前，身上披的斗篷还往下淌雨水。

---

① 在征服阿尔及利亚的战争中，法军在君士坦丁城遭受重挫(1836年)。

“你这时候回来?”阿尔芒对哥哥说,“这也太晚了,或者说太早了。”

特里斯唐凑近前,同他握了握手,几乎怒不可遏地对他说:

“你那会儿说得对,她是最可恶的女人,这辈子我也不见她了。”

说罢,他掉头就走了。

二

特里斯唐回到家来,对阿尔芒说了那种莫名其妙的话,无论他兄弟怎么盘问,他一句也不肯解释。第二天,他向母亲宣布他有要事,必须去巴黎几天,并相应地吩咐下去,打算当天晚上就动身。

“应当承认,”阿尔芒说道,“你有点拿我不当回事儿了。你把秘密告诉我一半,就要带着另一半随时走开。你这样说走就走,叫我怎么说呢?”

“随你怎么说吧,”特里斯唐答道,他那样坦然、满不在乎的神气,显然不是故意装出来的,“你只能白费劲。不错,为了小小不言的事,我一时发了火。为了虚荣心争执,赌气,随你怎么说好了。拉勃列托涅尔令我厌烦,侯爵夫人情绪很糟,大雨又扫了我的兴,我都不知道为什么回来了,也不知道对你讲了什么。如果你非想了解,我可以承认,我和侯爵夫人之间有点冷淡;然而,一有机会再见面,你就会看到我同她还像从前一样友好。”

“这样当然很好,”阿尔芒反驳道,“你夜里对我说‘她是最可恶的女人’,讲的可不是谜语呀。仅仅是情绪不好是站不住脚的,一定发生了什么事儿,你瞒着我。”

“你说我能出什么事儿呢?”特里斯唐问道。

听这一问,阿尔芒低下头,不做声了。因为,在哥哥绝口不提的情况下,任何推测,即使当做开玩笑,也可能容易伤人。

将近中午时分,一辆敞篷马车驶进克利涅庄园的院子。一个身着盛装、身材不太雅观的矮个儿男人,立刻下了车,亲自放下踏板,再伸手去扶一位衣着朴素而高雅、身材高挑而漂亮的女人。那正是德·维纳日夫人和拉勃列托涅尔,前来拜访男爵夫人。他们登上台阶,却见德·贝维尔夫人迎上来。阿尔芒有点吃惊,特别注意观察哥哥的脸。然而,特里斯唐却面带笑容地看着他,仿佛对他说:你瞧,什么事儿也没有。

特里斯唐和侯爵夫人交谈几句,显得很自然。客气中虽有几分冷淡,但毫不勉强。看样子昨天晚上,他们之间的确没有发生特别的事情。侯爵夫人给爱鸟儿的德·贝维尔夫人送来一窝红喉雀。大家一起到园子去看大鸟笼。自不待言，拉勃列托涅尔让男爵夫人挎上手臂，两个年轻人则走在德·维纳日夫人的身边。侯爵夫人似乎比往常高兴些，信步左右乱窜，一点也不爱护男爵夫人的黄杨，一路采了一束鲜花。

“喂，先生们，我们什么时候去打猎?”她问道。

阿尔芒就等这一问，好听特里斯唐宣布要出行。特里斯唐果然宣布了，他的口气十分平静，但说话的同时，他注视侯爵夫人的那种锐利目光，几乎带着冷峻和冒犯的神色。侯爵夫人好像根本没有留意，甚至没有问他打算什么时候回来。

“既然如此，”她又说道，“阿尔芒先生，您就成为我们在乐农瓦尔见到的贝维尔家的唯一代表了，因为，我想您一定会接受我们的邀请。拉勃列托涅尔说，他用我那护院的望远镜，发现一头野猪，长的胡子就像鸟儿的羽毛……”

“根本不对，”拉勃列托涅尔说道，“那是一头中国猪，黑色皮毛，名叫东京。那种动物离开饲养场，一旦习惯树林中的生活……”

“对，”侯爵夫人说，“它们净吃橡栗，就变野了，獠牙也从嘴角长出来了。”

“千真万确，”拉勃列托涅尔说，“当然不是第一代，甚至不是第二代，但存在这种事实就足够了。”他得意扬扬地补充道。

“这是毫无疑问的，”德·维纳日夫人又说道，“一个男子汉若是打算效法那些东京夫人，住到森林里边去，那么他的子孙头上就会长出角来。这就证明，”她用花束拍打着特里斯唐的手，继续说道，“装出一副粗野的样子，就大错特错了;这样做，任何人也不会成功。”

“这也是千真万确的，”拉勃列托涅尔附和道，“粗野是一种大毛病。”

“总还比驯化强吧。”特里斯唐回答。

拉勃列托涅尔睁大眼睛，拿不准是不是应当发火。

“对，”德·贝维尔夫人对侯爵夫人说道，“您讲的完全对。替我说说这个狠心的小伙子，他总是在大路上奔波，今晚又要离开我们去巴黎。您劝阻他吧。”

刚才听特里斯唐说要走，德·维纳日夫人没有讲一句劝阻的话，现在求到头上，便立刻施展自己拿手的妩媚之态，一再恳求挽留。她换上最温柔的目光、最甜美的微笑，对特里斯唐说那是开玩笑，巴黎根本没有事情要办，猎东京猪肯定比世上什么事情都有趣。最后，她还正式邀请他次日去乐农瓦尔吃午饭。特里斯唐听着她的恭维，只是微微颔首，这种毫无意义的动作，是不知如何对答的人发明出来的:显而易见，他的耐心受到了极大的考验。德·维纳日夫人料到会遭拒绝，她一讲完话，未待对方回答转身就去干别的事了，恰如排练一出喜剧时演完了角色那样。

"这究竟是什么意思呢?"阿尔芒心里一直嘀咕,"究竟是谁怪罪谁呢?是我哥哥,还是拉勃列托涅尔呢?侯爵夫人干什么来了呢?"

德·维纳日夫人的行事确实难以让人理解。她对特里斯唐时而特别冷淡,时而又比往常亲热得多,大献殷勤。她对特里斯唐说:

"请为我将那根枝折下来,再给我找几朵铃兰。今天晚上招待客人,我要全身都是鲜花,打算身穿花草衣裙,头顶一座花园。"

特里斯唐只好遵命,不大工夫就弄来一大束花,可是没有一朵侯爵夫人能看上眼。她说道:

"您真外行,是一个差劲儿的园丁;您把什么都毁了。您手指头刺破了,就自以为干得很好;其实不然,您还不会选择。"

她这样说着,随手揪下一片片叶子,又将枝子丢在地上,双脚踏着走过去。她那种毫不在乎的轻蔑态度,有时完全无意中会给对方造成极大的伤害。

园中有一条小溪,溪上一座小木桥早已断裂,但是还搭着几块桥板。拉勃列托涅尔按照自己的癖好,声称过桥有危险,必须回头走另一条路。侯爵夫人却要过去,已经踏上桥头,忽听男爵夫人也对她说,木桥确实让虫蛀坏了,她有坠落的危险,后果相当严重。

"嗳!"德·维纳日夫人说道,"您诽谤桥板,是要夸耀您这溪水的深度;我若是照孔代[①]那种做法,又会出现什么情况呢?"

在骑马回去之前,她手里拿着一条领巾,便隔水将领巾抛到一个小岛上,又说道:

"先生们,我的指挥棒落入敌手,你们当中谁去夺回来?"

"这非常冒失。"拉勃列托涅尔说道,"这条领巾倒是非常漂亮,割绒的领结那么精细。"

"至少给点什么像样的奖赏吧?"阿尔芒问道。

"算了吧!"侯爵夫人高声说道,"您还跟荣誉讨价还价!您呢,骑兵军官先生,"她转身又对特里斯唐说道,"您看呢?能过去一趟吗?"

特里斯唐仿佛犹疑不决,倒不是怕危险,也不是怕出丑,而是有一种反感情绪,不愿意为这样的小事受人挑战。他皱了皱眉头,冷淡地答道:

"不,夫人。"

"唉!"德·维纳日夫人叹道,"我那可怜的法诺尔若是还在世,他早就把我的领

---

① 孔代:波旁家族的旁支,其中大孔代(1621—1686),曾率军征战西班牙、瑞士等,屡建战功。

巾取回来了。”

拉勃列托涅尔用手杖试探并观察木桥,一副沉思的样子。侯爵夫人则若无其事地靠着已经断裂的横栏杆,好玩似的踏弯桥板,并在水上摇摆。突然,她窜过桥去,那种敏捷轻盈令人赞叹,上了岛子就跑起来。阿尔芒本想劝阻,却被哥哥拉住了。哥哥拉他大步走开,走上一条林阴路。只有兄弟二人了,特里斯唐才说道:

“我真要失去耐心了。希望你不会认为我那么傻,因为开玩笑而发火;然而,这次开玩笑是有用心的。你知道她来这儿干什么吗?她来同我叫阵,戏弄我生气,看看我对她的放肆能容忍到什么程度;她知道她那样冷嘲热讽意味着什么。恶毒的心肠!可鄙的女人,她不但不尊重我的缄默,任由我悄悄地远离开她,反而到这儿炫耀她那小小的虚荣心,把别人好心守密当成她的胜利!”

“你解释一下,是怎么回事儿?”阿尔芒问道。

“全告诉你,你是我兄弟,因此也与此事有关。昨天傍晚,我们在路上聊天,你把这女人说得很坏。走到岩石十字路口时,我下了马,从地里拔出一根柳条,没有让你看见。那根柳条,是德·维纳日夫人上午散步时插在沙子里的。刚才她取笑,让我折了一些树枝;但是那根柳枝有寓意,表示家庭教师和侯爵夫人的孩子不在家,去了博蒙她叔父家,拉勃列托涅尔不去吃晚饭,而我离开乐农瓦尔会晚些,如果怕打扰下人,可以把我的马放在杜·埃卢瓦老人那里。”

“好家伙!”阿尔芒说道,“一根柳枝表明这么多意思!”

“对,但愿我用脚践踏了那根柳枝,就像她刚才践踏我摘的鲜花那样;可是,我对你说过,而且你也看出来了,当时我爱她,被她迷住了。多怪啊!是的!昨天我还一片痴情,一心爱她,可以为她贡献自己的生命,而今天……”

“哦!今天怎么样?”

“听着,要让你理解我,首先得让你了解去年我意外碰到的一件小事。要知道,在歌剧院的舞会上,我遇见一个制帽女工模样的姑娘,也不知道是干什么的。我认识她纯属偶然,情况也很特别。她坐到我身旁,丝毫也没有引起我的注意。圣欧班那人你认识,他走过来向我问好,恰好这时,我身旁的姑娘仿佛受了惊吓,头躲到我的肩膀后面,她还对着我的耳朵说,她恳求我给她解围,让她挎着我的手臂绕场转一圈儿。我不好拒绝,便同她站起身,我也就离开圣欧班。姑娘这才告诉我,圣欧班是她情人,特别爱嫉妒,她害怕他,就尽量躲避他。就是这么偶然,在圣欧班的眼中,我突然扮演了得意情敌的角色;因为,他认出了他那轻佻的女工,满面愠色地跟在我们后面。怎么对你说呢?我倒觉得碰到这种机会挺有趣,还颇为认真地扮演这一角色,带那姑娘去吃晚饭。次日,圣欧班来找我,想冲我发火。我却嗤之以鼻,没有怎么费劲就让他听进去道理。他心悦诚服了，承认没什么必要为一个姑娘相互割脖子：那姑娘躲到化装舞会，不过是要逃避她情人的嫉妒。这事儿一笑了之，就置于脑后了。你瞧，这也不算什么大过错。”

“当然了，这可没有什么不得了的。”

“可是现在却来事儿了。你也知道，圣欧班有时能见到德·维纳日夫人。他到乐农瓦尔这儿来过。昨天夜晚，侯爵夫人坐在我身边，端着王后的架子，听我讲述脑子里产生狂热爱情的各种蠢话，微笑着试戴这枚戒指；谢天谢地，戒指还戴在我的手指上。你想象得出，她忽然对我说什么？她说听人讲了舞会上那件事，消息来源准确，圣欧班特别喜欢那个姑娘，失去她非常痛苦，想要出这口气，找我来理论，而我退却了，这样一来……”

特里斯唐讲不下去了。兄弟二人默默地走了几分钟。

“你是怎么回答的？”阿尔芒终于问道。

“我回答得非常简单，直截了当地对她说：‘侯爵夫人，一个男子容忍另一个男子朝他举起手，而不回敬报复，就叫做懦夫，这一点您十分清楚。然而，一位女子知道，或者相信这件事，还做这个懦夫的情妇，也有个名称，就无需对您说了。’说罢，我就操起帽子。”

“她没有挽留你吗？”

“挽留了。首先她想把这当做开玩笑，说我为子虚乌有的话发火。接着，她又请我原谅，说是无心冒犯我；我甚至拿不准她是不是要流下眼泪。对这一切，我一句话也没有回驳，只说我毫不在乎，这种污蔑损害不了我，她怎么看怎么想，那是她的自由，我绝不想费一点心思去打消她的看法。我还对她说，我当了十年兵，我的战友都了解我，他们很难相信你们讲的故事，因此我嗤之以鼻，根本不放在心上。”

“你真的这样想吗？”

“那还用问，如果说，有时我不知道该怎么办，那也恰恰因为我是军人，没有两种可能供我选择。一个毫无心肝的女人，今天拿我的名誉开玩笑，明天又去重复她那可笑的故事，告诉给她圈子里的一个风流娘儿们，或者如你所说被她弄昏头脑的一个小青年，难道你让我听之任之吗？难道你能容忍我的姓氏，你的姓氏，我们母亲的姓氏，成为人所讥笑的对象吗？天主啊！这真叫人不寒而栗！”

“不错，”阿尔芒说道，“那些贵妇人为了消愁解闷，就编造这类美妙的小笑话，将一件无聊的事改编成黑色故事，改编成丑闻，这就是她们空虚头脑的极大乐趣。不过，现在，你打算怎么办呢？”

“打算去巴黎，今晚就动身。圣欧班也是军人，是个勇敢的人。上帝保佑！我绝不会以为这种由贴身女仆制造出来的寓言故事,能是他一句话启发出来的;但是,我肯定要把他拉到这儿来,让他高声讲一讲真相,这总不会比我当面听听还为难。我要进行的这一活动,毫无疑问,又棘手又困难。去见一个朋友,对他说:有人指责我没有勇气,这的确是件可悲的事。管他呢。碰到这种情况,怎么做都有理,怎么做都应当允许。我再向你重复一遍,我要保卫的是我们的姓氏。我从这件事里摆脱出来,如果不能像纯金一样,那么我自己就要揪下胸前戴的十字勋章。侯爵夫人必须当着我的面,听圣欧班澄清,别人传给她的是个胡编的故事,现在当事人出面来揭穿了。侯爵夫人听完他的解释,还得听我说几句。我要同她面对面,非常谨慎地,并以非常礼貌的措辞,给她一次永远忘不掉的教训;我也要尝点小乐趣,明明白白地告诉她,我如何看待她的傲慢态度和可笑的假正经。我并不想效仿比西·当布瓦兹,冒着生命危险去找回他情妇的那束花,再摔到她脸上;我要做得更文雅一些。不过,一句妙语能发挥效果,用什么方式讲出来就无关紧要了。我向你保证,用不了多久,侯爵夫人就不会这么傲慢,不会这么风骚,也不会这么虚伪了。”

“走,回到大拨人那儿去,”阿尔芒说道,“今晚我同你一道去巴黎。我让你独自行动,这是毫无疑问的;我呢,你若是允许的话,就待在幕后。”

等兄弟二人再次露面的时候,侯爵夫人准备回家了。她大概猜测出他们的谈话涉及她,可是,她脸上非但不动声色,反而显得从未如此沉静,从未如此得意。前面说过,她是骑马走的。特里斯唐尽地主之谊,走上前捧着脚扶她上马。侯爵夫人散步时走在潮湿的沙地上,高帮皮鞋湿了,在特里斯唐的手套上留下脚印。等她一走,特里斯唐便脱下手套,扔到地下:

“若是昨天,我就会吻这手套。”他对弟弟说道。

到了晚上,两个年轻人同乘驿车,前往巴黎去了。德·贝维尔夫人一直担心,又始终宽容,不失一位真正的慈母,佯装仍相信他所说的此行的理由。可以想见,次日一早,他们要做的头一件事,就是去找德·圣欧班先生。那位龙骑兵上尉每逢休假,总住在圣奥古斯丁新街配备家具的旅馆里。

“上帝保佑我们找到他!”阿尔芒说道,“他所在的军营也许很远。”

“哪怕他在阿尔及利亚,”特里斯唐答道,“他也得讲话,至少得写信。如果需要,我就花上半年时间,反正得找到他,让他解释解释。”

旅馆伙计是个英国人,这对维多利亚女王的那些渴望参观巴黎的随从,也许方便多了,可是对巴黎人却相当麻烦。特里斯唐刚说一句话,那伙计就答以纯英国式的感叹:

“唔!”

“说得真好，”阿尔芒比哥哥耐心，又问道，“德·圣欧班先生住在这里吗？”

“唔！No。”

“他不是住在这楼里吗？”

“唔！Yes。”

“他出去啦？”

“唔！No！”

“您说明白点儿。我们能同他谈谈吗？’

“No，先生，不可能。”

“为什么不可能？”

“因为他……用你们的话怎么说呢？”

“他生病啦？”

“唔！No，他死了。”

三

特里斯唐兄弟二人，一听说他们极度渴望找到的人已死，那种惊愕简直难以描摹。不管怎么说，死，从来不是一件无所谓的事儿。面对死不能没有勇气，目睹死也难免恐惧。一个临死的人即使得到一大笔遗产，那张惨沮的脸能否真的笑逐颜开，也实在令人怀疑。不过，死亡突然从我们手中夺走一点财富或一点希望，死亡插手我们的事务，夺去我们满以为掌握的东西，那就尤其令人感到它的强大，感到人在永恒的寂灭面前只能缄默。

圣欧班在阿尔及利亚的一次侵袭中丧生。经过一再询问，旅馆的人好歹讲述了出事的情况，兄弟二人无精打采，回到他们在巴黎的寓所。

“现在怎么办？”特里斯唐说道，“我原以为要摆脱这件尴尬事，只需一个正派人出来说句话就成了，不料他又不在了。可怜的小伙子！我真怪自己在对他的哀悼中，还掺杂着个人的考虑。他是个勇敢而出色的军官；我们一同宿过营，一起喝过酒。活到三十岁，一生没有什么可指责的，相貌很和善，腰间挎着马刀，却跑去中了埋伏，让一个贝督因人[①]给杀害啦！全完了，我什么也不想了，现在要哭一个朋友，就不管这段闲话了。世上所有侯爵夫人加在一起，想说什么就说什么吧。”

“你这样悲伤，也在情理之中，”阿尔芒答道，“我与你有同感，尊重你的悲伤。惋惜一个朋友，蔑轻一个风流娘儿们。但是与此同时，什么也不应当忘记呀！人世还存在，有它的规律，既看不见你的蔑视，也看不见你的眼泪；必须用它的语言回答。或者，至少迫使它沉默。”

“我能想出什么法子呢？让我去哪儿找个见证人，找点什么证据。找个人或一件东西能替我讲话呢？要知道，圣欧班作为情郎，找我解释一个姑娘的轻佻行为，并没有带去一团人马。事情只是在我们二人之间进行，如果话不投机，情况恶化了，那当然会有证人在场；然而，我们却握手言和了，又共进午餐，根本没有必要邀请任何人。”

“可是，这种性质的争执与和解，”阿尔芒又说道，“不大可能完全密不透风。双方总会有几个共同的朋友了解情况。想一想，好好搜索一下你的记忆。”

“何必呢？我极力回想，就算想起一个人还记得这段老故事，难道要我去找那个不相干的人出证，以证明我不是个懦夫吗？同圣欧班打交道，我无需担心，朋友之间什么都好说。可是，在现在这种时候，如果去对我们的一个同伴说：您还记得去年那个小姑娘、那场舞会、那次争执吗？那么我算扮演什么角色呢？人家会嘲笑我的，而且完全有道理。”

“这话不错；然而，眼看着一个女人，一个受了冒犯而要报复的傲慢女人，信口雌黄而不能予以惩罚，这真是件可悲的事。”

“不错，是很可悲，这怎么说也不过分。受到一个男人的侮辱，可以用剑回答。无论什么类型的诬蔑，公开或不公开的……甚至仅仅印成文字，都可以起而自卫；然而，一个女人存心损害你，在暗地里嘀嘀咕咕，含沙射影地诽谤，又能有什么办法对付呢？懦弱的行径，就是这样得逞的。一个十分恶毒的女人满口谎言，无耻妄为而又绝对安全，就是这样用别针刺杀你的！她就是这样说谎，表现出宵小报复的那种十足的倨傲和幸灾乐祸；她就是这样从容不迫，往一个受她哄骗的傻瓜耳中，灌输一种经过反复推敲和添枝加叶的谤毁；而且，这种谤毁不胫而走，到处扩散与品评，就因为这样一件微不足道的小事，一个军人的荣誉、财富、先辈的遗产、子孙的家业，全都成了问题！”

特里斯唐若有所思，停了一会儿，才又半认真半开玩笑地说道：

“我很想同拉勃列托涅尔决斗。”

---

① 贝督因人：住在北非与西亚的种族。

“凭什么理由?”阿尔芒忍不住笑了,“在这件事的过程中,这个可怜的家伙把你怎么啦?”

“把我怎么啦,他很可能了解我的事,他天性比较好奇,相当了解内情;侯爵夫人把他当做心腹,我丝毫也不会感到奇怪。”

“至少你应当承认,如果有人向他讲述一个故事,总不能说是他的过错,由他负责。”

“哼!他若是编造者呢?这家伙一贯庸人自扰,是个醋坛子,守着德·维纳日夫人,比当了丈夫还要嫉妒百倍;假如侯爵夫人向他讲述了给我捏造的这段美妙故事,你认为他有兴趣保守秘密吗?”

“就算这样吧,那也得首先确知他会乱讲,即便如此,我看他也只是重复听来的话,找这样一个人的麻烦也不大适当。况且,把拉勃列托涅尔吓破了胆,又有多大光彩呢?可以断言他不肯决斗,坦率地说,他也有权拒绝。”

“非得让他决斗不可。那小子妨碍我,很讨厌,他在这世上是多余的。”

“真的,我亲爱的特里斯唐,你现在说起话来,就好像不知怪谁好的一个人。听你这样说话,别人会以为你寻衅决斗,以便恢复名誉,或者像德国大学生那样,需要一道刀伤给你的情妇看。”

“可是,也的确因为我处于无法忍受的境地。别人指责我,毁坏我的名誉,我却无法雪耻!我若是真的相信……”

两个年轻人走在大马路上,这时经过一家首饰店。特里斯唐又突然站住,瞧橱窗里摆的一副手镯。

“这事可真怪。”他说道。

“什么事儿啊?你还要同那站柜台的姑娘决斗吗?”

“这倒不是,你那会儿建议我搜索记忆。这不,我想起了一件事。你看见了,这副金镯子虽然没有什么特别的:一条蛇形圈镶了两颗绿松石。圣欧班同我发生争执的时候,刚好在这家店铺定做了这样一副手镯,要送给那个受他照顾却险些使我们反目的姑娘。我们的争吵化解了,又共进了午餐;圣欧班笑着对我说:‘真的,你夺走了我所思所想的王后,我还正要送给她一件礼物呢;不过,这回她可得不到了。假如你愿意送给她,我就让给你;你既然受到青睐,就必须出点血。’我回答说:‘我们干得再漂亮点儿,你原打算送给她的礼物,我们各占一半。’他又说道:‘有道理。镯子上已经刻了我的名字,把你的名字也刻上,为了表示亲密的友谊,再加上日期。’说到做到,刻有日期和两个姓名的手镯送给了那位小姐,现在肯定还在什么地方,如果没有卖了钱下馆子,那就还属于雅沃特小姐(这是我们女主人公的名字)。”

“好极啦!”阿尔芒嚷道,“你要找的证据就等于找到了。现在,必须让这副手镯重新面世。必须让侯爵夫人瞧一瞧两个签名,以及特定的日期。必要时,还得让雅沃特小姐亲自证明事情的真相、手镯的真实性。这不就足以清清楚楚地证明,圣欧班和你之间没有发生任何严重的事情吗?两个朋友为了寻开心,把这样一件礼物送给他们争夺的一个女子,当然不可能反目了,这情况就变得一清二楚了……”

“对,这非常好,”特里斯唐说道,“你的头脑比我来得快;不过,要实施这个大计划,在找到那副极为珍贵的手镯之前,你看不是应当先找见雅沃特小姐吗?可惜,发现此人此物这两件事,似乎都同样困难。一方面,如果说那姑娘容易遗失自己的东西,另一方面,她本人也很容易迷失。事隔一年了,再去寻找丢在巴黎马路上的那个姑娘,找出丢在那姑娘的抽屉里一件金属制的爱情信物,在我看来是人力所不及的,是无法实现的梦想。”

“为什么?”阿尔芒接口说道,“总可以试试嘛。你瞧,你需要的线索,偶然机会就马上提供给你了:那副手镯,你早已忘到九霄云外去了。这种偶然却几乎又把它放到你面前,至少提醒你想起来。你要找人证物证,它就是,而且不容置疑。这副手镯什么都说明了,说明了你对圣欧班的友谊、他对你的敬重,也说明了这件事多么无足轻重。亲爱的,机缘好比女人,如果主动前来,就必须利用。想一想吧,你也只有用这种办法堵住德·维纳日夫人的嘴了;雅沃特小姐和她那副绿松石蛇形手镯,是独一无二的解脱途径。不错,巴黎很大,但是,我们有时间,不要耽误时间了,先说说看,那位小姐从前住在哪儿?”

“坦白地讲,我一点也不知道了,好像是在一条小巷,类似小街心公园,是座公寓楼。”

“我们进首饰店打听打听。商人的记忆有时令人难以置信;他们见的人,尤其是压价的人,几年之后还记得。”

特里斯唐由他兄弟拉着,一同走进店铺。让这商人回想很久以前售出的一件不值钱的首饰,不是件容易的事;然而,他却没有忘记。因为两个姓名刻在一起有些奇特。

“不错,我想起来了,”他说道,“去年冬天,是有两个年轻人向我订做了一副小手镯,我还认出来有这位先生。不过,要问那副手镯的下落,在谁手里,这就不好说了。”

“当初是给一位雅沃特小姐的,”阿尔芒说道,“她可能住在一条小巷里。”

“等一等。”首饰店老板又说道。他打开登记簿翻看,想了想,又仔细查阅,终于说道:“正是这个,但登记在这簿子上的姓名,绝不是雅沃特,而是德·蒙瓦尔夫人,住在牧人公寓四号楼。”

"您说得对,"特里斯唐说道,"她是这么称呼;德·蒙瓦尔这个姓名我忘在了脑后;也许她有权姓这个姓,想必雅沃特只是她的绰号。她还时常在您这儿订做首饰吗?她还买过别的东西吗?"

"没有,先生,她反而卖给我一条断了的银项链。"

"没有卖手镯吗?"

"没有,先生。"

"蒙瓦尔的情况就这样了,"阿尔芒说道,"非常感谢,先生。我们这就去牧人公寓区。"

"我想最好叫一辆出租马车。"特里斯唐离开首饰店时说道,"我有点担心,德·蒙瓦尔夫人已数次易居,我们要跑很长的路。"

这种预测有根据。牧人公寓女门房告诉兄弟俩,德·蒙瓦尔夫人早已搬走,现在改称杜朗小姐,是裁缝女工,住在圣雅克街。

"她生活富裕吗?靠什么生活呢?"阿尔芒问道,他始终担心那副手镯被卖掉。

"唔!富裕,先生,她花销很大;原先,她在这里租一大套房间,有红木家具和全套金属的厨房用具。她同许多军人交往,全都佩戴勋章,穿戴非常漂亮的。她还时常举行晚宴,在瓦谢特咖啡馆订菜送来。那些先生都非常快活,其中有一个人嗓子特别好,唱歌赶上歌剧院的演员了。还有,先生,德·蒙瓦尔夫人一贯很好,真的没有什么可说的。她也在学习,要当演员。当时是我给她打扫房间,她出门一贯坐轿车。"

"很好,"阿尔芒说道,"我们去圣雅克街。"

"杜朗小姐不住在这儿了,"第二处的女门房答道,"她是半年前搬走的。我们不大清楚她现在住的什么房子,恐怕不是大公馆,因为,她走时没有雇车,也没有带走什么东西。"

"那么她生活很苦吗?"

"噢!上帝啊,生活很穷吧。那位小姐,日子过得不大宽裕。当时她就住在过道的那头,窗户朝院子,在水果店后身儿。她全天干活,挣不了多少钱,过得挺艰难,一早去菜市场,回来自己在小炉子上做饭吃。不能说她生活很马虎,可是她房间里总有一股青菜味。上次来了一位服丧的太太,是她的一个姨妈,把她带走了;据我们的估计,她进了耶稣修女院。那边的服装用品店老板娘也许能向你们提供这些情况,是那老板娘雇佣过她。"

"我们去那服装店吧,"阿尔芒说道,"不过,青菜味可不是好兆头。"

第三次了解雅沃特,开头所得到的情况,也不比头两次强多少。由于她家设法出了一小笔钱,她确实进了耶稣修女院,在里面待了将近三个月。她表现好,又得到几位慈善者的保护，因此嬷嬷们容纳了她，对她特别和蔼，一致称赞她温顺。服装店老板娘还介绍说，可惜的是，这个可怜的姑娘头脑太活跃，不能消消停停地待在一个地方。被修女接受为住宿生，这对她是一种特殊照顾。大家都讲她的好话，她也按时完成宗教的功课，同时干活也很出色，因为她是个熟练工人。然而，她的思想突然又飞走了：她请求离去。您也知道，先生，在这年头，修院可不是监狱。人家给她打开门，她人就飞走了。

"您不了解她后来情况如何吗？"

"不完全了解。"老板娘笑着答道，"我这儿的一位小姐在兰拉歌舞厅碰见过她。现在她名叫阿梅莉娜·罗桑瓦尔。我想她是住在勃雷达街，在游乐剧场充当群众角色。"

特里斯唐开始泄气了，他对弟弟说：

"这事儿就算了吧，照这样下去，永远也没个头儿。谁知道杜朗小姐，德·蒙瓦尔夫人，罗桑瓦尔夫人是不是在中国，或者在坎佩尔-科朗坦那里呢？"

"应当去瞧瞧。"阿尔芒总是这么说，"我们已经做得太多了，不能中途而废。你怎么就知道，我们不会马上发现这位爱移动的姑娘呢？不管是工人还是艺术家，不管是修女还是群众演员，我一定要找到她。从前有个人打赌，能赤足走过一月份冰冻的水池，走到中途觉得太冷，又原路返回了；我们可不能学那个人。"

这回让阿尔芒说对了：到勃雷达街终于发现了罗桑瓦尔夫人本人；然而，在离开修女院之后的这个新住址，既没有青菜味儿，也不去什么兰拉游乐剧场了。罗桑瓦尔从群众角色，一跃而成为外省一家剧院的"头牌"[①]，这也是时来运转，多亏了那位前任省长，一个重要人物和艺术的保护者。这一段时间，她住到法国南方的一座比较大的城市，她的才华虽然刚被发现，但是受到热情的鼓励，赢得驻军的赞赏，也给当地的内行人带去了欢乐。这次她途经巴黎，如果可能，就签约留在京城。两个年轻人听说人家不一定接待他们，不过到了那里，一名贴身女仆还是把他们让进去，并说女主人正在梳洗打扮，请德·贝维尔先生稍候，她一会儿就出来接待。这套房屋相当阔气，但装饰的风格不大庄重，摆了几尊小雕像，镶了几面镜子，墙上糊了混凝壁纸，简直像个咖啡馆。

"现在我要丢下你了。"阿尔芒对哥哥说，"你瞧，我们这场征战到头了，剩下来就是你的事儿了。你要说服罗桑瓦尔夫人把手镯还给你，让她亲手写一张字条附上，以

① 原文为拉丁文。

便增加这件归还物的分量；你带着这样真正的证据一回去，我们就可以嘲笑一番侯爵夫人了。”

阿尔芒说罢就走了，特里斯唐独自留下，在雅沃特豪华的客厅里走来走去。过了有一刻钟，卧室的门才打开，走出一位肥胖高个子的先生。那人头发已经花白，戴着眼镜，是一副有吊链的夹鼻眼镜，还露出怀表链上的小饰物，全都是金子的。他举止庄严，走上前来，和蔼地对特里斯唐说道：

“先生，听说您是罗桑瓦尔夫人的亲戚。您若是愿意，就劳驾进去吧，她在书房等您呢。”

那人微微颔首，便抽身走了。

“见鬼！”特里斯唐心中暗道，“雅沃特现在交往的人，看来比圣雅克街林阴道那儿接触的人强多了。”

他按照戴金链眼镜的先生的指点，撩起一道丝绸门帘，走进一间墙壁镶着粉红细布的小客厅。罗桑瓦尔夫人仰在长沙发上接待他，一副漫不经心的样子。重又见到自己爱过的女人，总是件乐事，管她叫阿梅莉娜，还是叫雅沃特，尤其是经过千难万难才找到，因此，特里斯唐非常殷勤地吻了他旧情人雪白的手，然后在她身边坐下，按照常情恭维了她一番，说她更美了，说这次见面，觉得她比以往任何时候都更迷人了，等等（所有这类话，可以讲给任何重逢的女子，哪怕她变成了丑八怪）。

“亲爱的，”他还说道，“请允许我祝贺您。看来您经营的事有很大的起色，住在这里比得上一位显贵。”

“您说话总要这么刻薄吗，德·贝维尔先生？”雅沃特回敬道，“这一切都极其自然，此处不过是暂时落脚之处；要知道，我栖身的地方非常遥远，在那里为自己作了点安排。”

“对，我听说您演戏了。”

“上帝啊，是的，我下了决心。您也知道，古典音乐，严肃音乐，是我一生的追求。刚才出去的男爵先生，想必您见到了，他是我的一位好朋友，那时非逼我签合同不可。有什么办法呢？我就任其安置了。我们什么都演，正剧、演稽剧、歌剧等等。”

“这我听说了。”特里斯唐又说道，“我这次来，是要同您谈一件比较严肃的事情。您的时间一定很宝贵，我最好抓紧这次机会，尽快讲给您听听。您还记得有一副手镯……”

特里斯唐嘴上讲着，目光不经意地投向壁炉，注意到的第一件东西，就是插在镜框上的拉勃列托涅尔的名片。

“您认识那个人吗？”他惊奇地问道。

"认识,他是男爵的一位朋友,我时而能见到他,我甚至认为,今天他还要来吃晚饭。对了,请您讲下去呀,我听着呢。"

四

在哲学家或心理学家看来,走神儿也许是个有趣的课题,值得研究。设想一个男子讲的事情,直接关系到他最害怕或最渴望的人,如公证人、一位女子或一位大臣,而他正在讲话中间,突然被别针刺痛,或者一个扣眼儿撕裂了,或者旁边有人吹起笛子,这对他会产生多大的影响呢?一名演员正在讲一大段独白,猛然看见观众席上坐着他的一个债主,他会有什么反应呢?总之,人能在多大程度上控制自己,一面说一件事,一面又想另一件事呢?

特里斯唐就碰到类似的境况。一方面正如他说过的,时间紧迫。戴金链眼镜的那位先生随时可能回来;况且,一位听你说话的女子,那耳朵的注意力好比要捕捉的飞蝇,稍纵即逝;而特里斯唐又相当看重他来向雅沃特讨还的东西,因而施展他的全部口才;此举越显奇异而非同寻常,就越要一蹴而就。然而另一方面,他眼前又摆着拉勃列托涅尔的名片,目光盯在上面,他继续讲自己来意的时候,心中却在反复嘀咕:我到处都要碰到这家伙吗?

"您到底有什么事儿啊?"雅沃特说道,"您这样神不守舍,就好像来了灵感的诗人。"

毫无疑问,特里斯唐绝不想讲他的隐秘动机,也不想说出侯爵夫人的名字。

"我还不能向你解释什么,"他答道,"只能对您谈一件事,就是圣欧班和我给您的那只手镯,如果您还保存着,并且还给我,我就无限感激了。"

"可是,您要那手镯干什么呀?"

"绝不会去干给您添麻烦的事,这一点我向您保证。"

"这我相信您,贝维尔,您是个重信誉的人。我不相信才见鬼呢。"

罗桑瓦尔刚刚发迹,说话还保留着一丝青菜味儿。

"我真高兴,"特里斯唐说道,"您没有忘记朋友,还这么清楚地记得我。"

"忘记朋友?绝不会!您在社交场上遇见我的时候,我身无分文,我乐于承认这一点。那时我只有两双长袜,轮换着穿。那时,我用木盘子喝汤。现在我吃饭,用的是实心银餐具,身后站着一名仆人,面前摆好几只小火鸡;然而,我这颗心始终还是原来的样子。您知道吗,我们那年轻的时候,玩得该有多么开心!您还记得吗,有一天……在蒙莫朗西……不对,那不是您,我记混了;无所谓,反正特别有趣。啊!那么香甜的樱桃!我们在杜瓦尔老爹那儿吃的小牛排,那是在狩猎古堡,那只老公鸡,可怜的咯咯还上桌啄面包渣吃!可是,两个愚蠢的英国人给可怜的公鸡灌烧酒,结果把它弄死了。这些事儿您知道吗?"

雅沃特这样比较自然讲话的时候,就滔滔不绝,一旦又端起架子,她就会突然拉长语调,换上一副若有所思而心不在焉的神态了。

"不错,的确如此,"她接着说道,那声音就像患了感冒的公爵夫人,"我总是乐于回忆一切同过去有关的事儿。"

"好极了,我亲爱的阿梅莉娜;可是,您行行好,回答我的问题。那副手镯您还保存着吗?"

"哪副手镯,贝维尔?您究竟想说什么呀?"

"我要圣欧班和我给您的那副手镯,行吗?"

"呸!送的礼物还要回去!亲爱的,这可不够绅士派头啊。"

"这事同绅士派头毫无关系。我对您说过了,是让您帮我一个大忙。请您考虑一下,然后严肃地回答我。如果说您只是舍不得手镯,那我保证每个手臂给您打一副,换取我需要的那副。"

"您这么做倒很雅量高致。"

"不,这不是雅量的问题,而是极其自然的。我对您讲的事,完全符合我的利益。"

"不过,首先嘛,"雅沃特站起身,摇起扇子,"正如我对您说的,我必须了解您要那副手镯干什么。我不能信赖一个信不过我的人。喏,您的事儿对我讲讲吧。这事儿背后一定有个什么女人,一定是弄虚作假。听着,我敢打赌,肯定是您的或圣欧班的老情人,想把我的用品都剥夺光了。也可能跟谁闹翻了,谁上来醋劲儿,说了难听的话。好了,您讲讲吧。"

"我的用意,如果非得告诉您不可,"特里斯唐想摆脱这些问题,回答说,"事实上圣欧班已经死了,您也知道,他和我关系非常密切,我很想留那手镯当念心儿,在那上面我们俩名字刻在一起。"

"哦!您给我编造什么故事呀!圣欧班死啦?什么时候死的?"

"他在非洲遇难,死了不久。"

"真的吗?可怜的小伙子!我也非常喜欢他。他心肠很好,我还记得那时候,他管我叫玫瑰美人。'我的玫瑰美人来了。'他总这样说。我觉得这名字非常美。我们到埃姆农维尔那天,他表现得多有趣,您还记得吗?我们住在旅店里,把东西全砸了,连一只碟子也没有剩下，我们把椅子从玻璃窗扔出去；不料次日早晨，碰巧来了一大家子，是来游览自然风光的善良的外省人，他要请他们喝牛奶咖啡，连个杯子都找不到。”

“浮躁的脑袋！”特里斯唐说道，“您就不能偶然有这么一次，注意听听别人对您说的话吗？那副手镯，您有还是没有？”

“我根本不知道要做什么事儿，我也不喜欢这样急茬儿的。”

“可是，我估计，您总有一只箱子、一个抽屉，或者什么地方，存放您的首饰吧？您给我打开抽屉或者箱子看看，我也没有什么过分的要求。”

雅沃特仿佛思考了一下，又回到特里斯唐身边坐下，拉起他的手说道：

“听我说，您要知道，那手镯也不算什么，如果您的确需要，我也不会把住不放。我对您还是挺友好的，贝维尔。您要我帮什么忙都可以。不过，您也应当明白，我处在这种地位，也必须尽一些职责。说不定哪儿，我有可能进入歌剧院合唱队。男爵先生向我许诺，他将运用他的全部影响。像他那样一位前省长，在大臣面前说话还是有分量的；还有，德·拉勃列托涅尔先生，他那方面……”

“拉勃列托涅尔！”特里斯唐不耐烦了，嚷道，“真见鬼，他掺和什么？看来他有分身术，同时在巴黎和乡下两个地方。他在乡下不离开我们左右，我到您这里又见到他！”

“我对您说，他是男爵的一位朋友。德·拉勃列托涅尔先生是个杰出的人。不错，他有一处庄园，离您的庄园很近，他经常去一个人家里，那人您大概认识，是一位侯爵夫人或者伯爵夫人，姓名我想不起来了。”

“他向您谈起那位夫人？究竟是怎么回事？”

“他当然向我谈起了。他天天同她见面，不对吗？那夫人餐桌上有他一份餐具，她叫维纳日，或者差不多这个称呼；我们私下讲讲，男女邻居，谁都知道是怎么回事儿……咦！您这是怎么啦？”

“该死的事实！”特里斯唐说着，一把抓过拉勃列托涅尔的名片，放在手里搓烂，“就这两天，我非得叫他明白明白！”

“嗳！嗳！贝维尔，您发火了，亲爱的。看得出来，维纳日那女人让您动心了。那好吧！我们交换一下：您的秘密换我的手镯。”

“这么说，手镯还在您这儿？”

“这么说，您爱那位侯爵夫人？”

“别开玩笑。还在您这儿吗？”

“不是，我没有这么讲。再重复一遍，我的地位……”

“多优越的地位！您这是戏弄人啊！假如您去歌剧院，假如您扮演群众角色，每天挣二十苏……”

“群众角色！”雅沃特气愤地高声说道，“请问，您把我当成什么人啦！要知道，我是要当歌唱演员！”

“比我强不了多少。别人会说您穿着紧身衣，戴着无边帽，在扈从的队列里，跟着伊莎贝尔公主，或者说星期天给一小笔赏钱，就把您从《气精仙女》[①]芭蕾舞的轮舞末端拉走。您这地位又如何看呢？”

“我看，我也肯定，无论如何，也不能让男爵先生看到，我的姓名同一件坏事连在一起。您也清清楚楚地看出来，为了接待您，我说您是我的亲戚。我不知道您要那手镯派什么用场，而您又不愿意告诉我。男爵先生只了解我叫德·罗桑瓦尔夫人；罗桑瓦尔是我父亲卖掉的一块田产的名称。亲爱的，我有教师，还在学习训练。我不愿意出一点事儿，影响我的前程。”

雅沃特一再推托，态度极为轻浮，越这样谈下去，特里斯唐越受不了。显而易见，手镯还在，也许就在这房间里，可是，在哪儿能找到呢？有时，特里斯唐真想动硬的，像强盗那样，用威胁的手段达到目的。不过，转念又一想，还是来软的，耐心一点儿为好。

“我可怜的雅沃特，”他说道，“我们不要闹翻了。我完全相信您对我说的每句话。我也一样，绝不想连累您；到歌剧院去唱吧，尽情地唱吧，您若是愿意，甚至可以跳舞。我的意图绝不是……”

“跳舞！我，扮演过塞莉梅娜[②]的人！不错，老弟，去外省之前，我在美丽城[③]演过塞莉梅娜，而剧院经理普皮奈尔先生看了演出，立即聘我为喜歌剧中的第三角色。后来我又担任第二角色，又成为女主角，挂头牌，非常走红，为首席歌唱女演员，是男高音勃罗夏尔设法把我辞了，而扮演拉吕埃特的古斯塔夫，同我一道去奥弗涅，我们演出《奈勒塔楼》[④]和《阿道尔夫与克拉拉》[⑤]，能收入四五百法郎。无论到哪儿，我们只演这两出戏。您还以为我会去跳舞！”

“我们不要闹翻了，我的美人儿，我求您不要这样。”

---

① 法国第一出浪漫派芭蕾舞，1832 年首演。

② 塞莉梅娜：莫里哀剧作《恨世者》中的女主人公。

③ 美丽城：位于巴黎东部的一个区。

④ 《奈勒塔楼》：大仲马和加雅代创作的五幕话剧(1832 年)。

⑤ 《阿道尔夫与克拉拉》：马索利埃作词、达莱拉作曲的喜歌剧(1799 年)。

“您知道我与弗雷德里克[1]同台演过戏吗？是的，在外省，我与弗雷德里克同台，为一个文人募捐义演过。当然，我演的不是大角色，在《卢克莱丝·波尔吉亚》中扮演少年侍从，但总归是与弗雷德里克同台演出过。”

“这我并不怀疑，您绝不会去跳舞，请您原谅。不过，亲爱的，这么长时间，您回答许多问题，唯独不谈我向您要的东西。如果可能，我们就结束这场谈话。告诉我：您能允许我立刻去佛伞珠宝店，买一副手镯、一条项链、一枚戒指，总之您觉得好玩的、您能喜爱的首饰，给您寄来，或者给您送来，悉听尊便，换回我向您要的那件小东西，给我寄回来或者还给我好吗？那东西反正您也不在意。”

“谁知道呢？”雅沃特口气缓和了一些，说道，“我们这些人啊，珍视的东西不多；我倒是喜爱自己的物品。”

“可是，那只手镯不值十路易金币，而且在您看来，并不因为刻了字就更加宝贵了吧？”

一方面是男性的虚荣心，另一方面是女性的卖弄风情，这两件极其自然的事情，总能够一拍即合。因此，特里斯唐问这话的时候，就身不由己地靠近雅沃特，伸出手臂轻轻搂住他旧友曼妙的腰身，雅沃特的头则俯向扇子，微笑着低声叹口气。而这工夫，年轻的轻骑兵军官的胡子已然拂着她的金发；她想起从前的情景，又想到新手镯，不免怦然心动。

“说吧，特里斯唐，”她说道，“要开诚布公。我是个好心肠的姑娘，您不必担心，告诉我这青蛇手镯要弄到哪儿去？”

“唉！我的小家伙，”年轻人答道，“我全部向你供认了吧：我坠入情网。”

“她漂亮吗？”

“您更美，而她好嫉妒，要这只手镯，不知道她怎么听说我爱过您……”

“说谎！”

“不，这是事实。亲爱的，您那时多么温柔，多么鲜艳和俏丽，现在还是一样，是一朵小鲜花：您的牙齿就像落在玫瑰花里的珍珠，您的眼睛、您的脚……”

“怎么样呢？”雅沃特说道，她一直轻轻叹息。

“怎么样，”特里斯唐接口道，“我们的手镯呢？”

雅沃特也许正要以最温柔的声调回答：“好吧！我的朋友。去佛伞珠宝店吧。”然而，她猛地嚷道：

“当心，您划了我啦！”

---

① 弗雷德里克·勒麦特尔（1800—1876）：法国著名演员。

特里斯唐手里还攥着拉勃列托涅尔的名片，硬纸角的确触到罗桑瓦尔夫人的肩膀。与此同时，有人轻轻敲门，门帘一挑，拉勃列托涅尔本人走进来了。

"没错儿，先生。"特里斯唐掩饰不住厌恶的情绪，高声说道，"您准到来，如同三月的封斋节。"

"如同四季的战神马尔斯①。"拉勃列托涅尔答道，他十分得意自己的文字游戏。

"那就试试看吧。"特里斯唐又说道。

"随您什么时候都可以。"拉勃列托涅尔答道。

"明天，您就听我信儿吧。"

特里斯唐站起身，将雅沃特拉到一旁，低声对她说道：

"这事就拜托您了，对不对？过一小时，我就派人送来。"

他再也没有别的客套话，扬长而去，同时还重复一声："明天见。"

"这是什么意思？"雅沃特问道。

"老实说，我也莫名其妙。"拉勃列托涅尔答道。

五

可以想见，哥哥迟迟不回，阿尔芒都等急了，想了解同雅沃特谈话的结果。特里斯唐兴冲冲地回到住所。

"胜利啦！亲爱的，"他嚷道，"这一仗我们打胜了，而且大获全胜，因为明天，我们能同时尝到所有的乐趣。"

"哦！"阿尔芒问道，"究竟怎么样？你一脸高兴的样子，看了真叫人喜欢。"

"这不是无缘无故的，也不是没费周折。雅沃特犹豫好久，她喋喋不休，听得我简直要睡着了；但是我确信，她终究要让步；这事儿就指望她了。今天晚上，我们就能收到那副手镯。明天上午，我们去开开心，同拉勃列托涅尔决一雌雄。"

"又是那个可怜的家伙！你就那么恨他？"

"其实不然，我不再怨恨他了。我遇见了他，将他打发了，我再给他一剑就饶恕他。"

---

① 法语中的三月 mars 和战神 Mars 同形同音。

“在哪儿遇见的？在你情人那儿？”

“我的上帝，不错，那家伙怎么到处乱窜呢？”

“是怎么争执起来的？”

“根本没有争执。告诉你，只两句话，是件小小不言的事。我们以后再说吧。先去佛伞珠宝店，给雅沃特买件首饰，说好了跟她交换。要知道，什么东西也不会白给，叫雅沃特的人如此，不叫这名字的人也一样。”

“走吧，”阿尔芒说道，“你达到了目的，能让你的侯爵夫人哑口无言了，我同你一样高兴。不过，亲爱的朋友，走在路上，我们考虑考虑，求求你，想一想你报复计划的第二部分，我觉得不可思议。”

“打住，”特里斯唐说道，“这一点已经解决了。我对还是错，都无所谓：今天早晨，我们还不妨讨论，而现在，瓶塞已经打开，酒就得喝下去。”

“我要不厌其烦地向你重复，”阿尔芒又说道，“我无法理解，像你这样一个被公认为勇敢的军人，怎么无缘无故有兴趣进行这种决斗：这类儿童的游戏，这种学童式的英勇，也许从前时髦过，而今天人人都嗤之以鼻了。党派之争，因主张不同而决斗，这在政治危机中还是可以理解的。一名共和党人，只因同一名保王党人狭路相逢，也许觉得用剑与之决斗很有意思；那是狂热情绪在起作用，什么举动都是可以谅解的。可是，这次我却要劝阻你，要责备你。如果你的打算是认真的，那么我毫不犹豫地告诉你，在这种情况下，我要拒绝给我最好的朋友当证人。”

“我不求你帮这个忙，只求你住口。我们去佛伞珠宝店吧。”

“你随便去什么地方，我也不会阻拦。怨恨一个碍手碍脚的人，这种情况谁都会碰到：躲避或者嘲笑那个人，也说得过去；然而要杀掉人家，那就太极端了。”

“跟你说，我不会结果他的性命，这一点我答应你，向你保证。用剑刺破一点儿，仅此而已。我拿了那轻佻姑娘的手镯，要恭恭敬敬地献给侯爵夫人，同时也要让那骑士手臂缠着绷带为她效劳。”

“想一想嘛，这毫无必要。如果想洗刷耻辱，为名誉而决斗，那么你弄来手镯干什么？如果有手镯就足够了，那么你又为何去争斗呢？你若还爱我一点儿的话，不要那么干。”

“我非常爱你，可是就要那么干。”

兄弟俩这样说着话，到了佛伞珠宝店。为了使这次交易不让雅沃特感到后悔，特里斯唐给她选了一条美丽的大环项链，仔细包装好，打算亲自送去，即使人家不接待，他也立等回答。阿尔芒头脑里想着别的事情，见他哥哥越发快活，想必拿到手镯会尽快赶回去，也就没有提出陪同前往。二人约定晚上见。

他们正要分手的时候，一辆敞篷马车忽然驶过来，发出很大的响声。车轮紧擦着黎塞留街的人行道。车夫那身引人注目的号服令行人回头观看，车中只懒洋洋地半躺着德·维纳日夫人，她瞧见这两个年轻的兄弟，便以保护人的懒散态度，颔首向他们致意。

“嗬！”特里斯唐不禁面失血色，说道，“对手似乎亲临现场观察了。这位美丽的夫人，竟然放弃了一场虚张声势的打猎，来到香榭丽舍兜风，呼吸巴黎的尘土。祝她一路顺风！她来得正是时候。在这里见到她，我真是喜出望外。我若是个自命不凡的人，就会以为她是来探询我的消息的。其实不然，瞧瞧她那贵妇派头，多么随便，甚至超过雅沃特的那种满不在乎的态度；她注意到我们，还真算给面子。咱们打个赌，她准不知道自己来干什么；这种女人好冒险，就像飞蛾扑烛光一样。但愿今天夜晚，她的睡眠轻些！明天一早，我就前去拜访，我们会有好戏看的。我真盼望着用这种武器，战胜如此傲慢的态度。我手中掌握了给一个小妞儿的一个小礼物，于是就有权对她说：您的芳唇说了谎，您的亲吻有诽谤的意味。她若是知道我有这一手，会怎么说呢？也许她就不那么趾高气扬了，但还是那么漂亮。……再见，亲爱的，晚上见。”

阿尔芒没有进一步劝阻哥哥决斗，并不是说他认为劝阻不了，但他深知哥哥脾气太暴躁，尤其在这种时候，难以理喻，莫不如另想办法。拉勃列托涅尔是老熟人了，在阿尔芒看来，性情更为平和，容易打交道，在打猎时显得很谨慎。阿尔芒决定去找他，看看他那方面有没有转寰和解的余地。拉勃列托涅尔独自在房间里，周围全是一捆捆文件票据，好像是在清理。眼看一句话（他说他还不知道讲的是什么），就把两个勇敢的人引向决斗场，再从那儿引向监狱，阿尔芒向他表示十分遗憾。

“您是怎么冒犯我哥哥啦？”阿尔芒问道。

“老实说，我也莫名其妙，”拉勃列托涅说着就站起身，重又坐下，神态有点尴尬，但极力保持一贯的庄严，“我觉得很久以来，令兄就看我不顺眼；不过，要我坦率地对您讲，那我得向您承认，我根本就不知道为什么。”

“你们之间没有争什么吗？您没有追求哪位女子吗？”

“没有，真的，我这方面，我没有追求任何女人。我看令兄毫无正当理由对我如此失礼。”

“你们从来没有争吵过吗？”

“从来没有，只有一次例外，那是流行霍乱的时候：大家在餐桌上吃甜食时闲谈，德·贝维尔先生认为，但凡传染病都是流行性的，说是别人确定‘流行性’一词和‘地方性’一词，就是基于这一原则。但这一原则是站不住脚的，我当然不能苟同，对不对，我明确向他指出，流行病症即使隔绝起来，也可能变得十分危险。我们这种争论未免有点太激烈了，这我承认……”

“就这些吗？”

“我所能回想起来的就这些。也许有件事伤害了他：已经有一段时间了，他想要我的两条矮腿猎犬，但我让给了我的一个亲戚。有什么办法呢？那位亲戚偶然来看我，我让他瞧瞧我的猎犬，他觉得那矮腿猎犬……”

“即便如此，如果只是这事儿，那也没有必要反目啊。”

“我认为没必要，我承认这一点；因此，我开诚布公地告诉您：我丝毫也不理解，他为什么向我挑战。”

“如果说您没有追求任何女人，可是他，有可能爱上我们一起去打猎的那位侯爵夫人吧？”

“这有可能，但是我不相信……据我回忆，我从未看到德·维纳日侯爵夫人能容忍，或者鼓励该受谴责的殷勤。”

“谁告诉您有什么可该谴责的？爱上一个人，难道有什么不好吗？”

“我不想争论这个问题，只想对您说，我绝没有恋爱，因此不可能成为任何人的情敌。”

“既然如此，您就不会决斗啦？”

“请您原谅，我受到明目张胆的挑衅。他见我进屋，就说我像三月的封斋节一样到了。这种话是不能容忍的，我要求纠正。”

“您为一句话就要拼命吗？”

“这种情况很严重。我一点也看不出，是什么原因导致这场决斗；我大惑不解，因为我觉得这很荒唐，不过，我别无办法，只能接受挑战。”

“这样一场决斗，怎么可能呢？其实，您并不疯癫，贝维尔也一样。瞧您，拉勃列托涅尔，咱们讲讲道理嘛。你们这样胡闹，您以为我看着会开心吗？”

“我不是个懦弱的人，但也不是残暴的人。令兄如向我恰当而有效地道歉，我就准备接受。否则的话，这就是我正在写的遗嘱，这也是必要的。”

“您说有效的道歉是什么意思？”

“这意思……很明白。”

“说明白点好吗？”

“恰当的道歉。”

“大致如何，总可以说一说嘛。”

“好吧！他对我说，我像三月的封斋节一样到了，我认为自己恰当地回敬了他。他必须收回这句话，当着证人的面，只说我这个德·拉勃列托涅尔先生到了，就可以了。”

“我想，他若是讲道理的话，就不会拒绝您这一要求。”

阿尔芒谈完话出来，虽说不完全满意，但不像来时那么担心了。他同哥哥约好，半夜十一二点在根特大街见面。他见特里斯唐情绪激动，正大步走来走去，他刚要按照拉勃列托涅尔要求的话进行调解，特里斯唐却抓住他的手臂，高声说道：

“全落空啦！我让雅沃特耍了，没有拿到那副手镯。”

“为什么？”

“为什么？我怎么知道？一个轻浮的念头呗。我径直去她的住处，仆人说她出门了。我验证了，她的确不在，于是我又问，她是否给我留下什么东西了，那女仆一时目瞪口呆。我一再追问，才得知罗桑瓦尔夫人同两个人共进晚餐，一个是戴眼镜的男爵，另一个当然是那个该死的拉勃列托涅尔；饭后他们分了手：拉勃列托涅尔回住所去了，雅沃特和男爵去了剧院，不是到观众席中，而是到舞台上；还有一些话我也听不懂，从头至尾掺杂着女仆式的废话：‘夫人得到一个好消息；夫人看来非常高兴；她特别急，他们连吃甜心的时间都没有，不过，事先倒派人下酒窖取了香槟酒。’我还是从兜里掏出佛伞店的小匣，交给女仆，请她当晚悄悄转交给她的女主人。我无法了解，也就不想弄明白是怎么回事，只好匆匆写了一张字条，附在我的礼物上。然后我就回来，在这儿一分钟一分钟地计数，还没有得到答复。事情就到这一地步。现在，我不知道那姑娘脑袋里想什么，怎么改变主意不帮我的忙了呢？究竟是什么风吹了那风信旗呢？”

“要知道，”阿尔芒说道，“演出很晚才结束，总得容那个风信旗一点时间看字条，写回信，找出那副手镯，再派人送来。等一会儿，我们在你的房间就会看到。想一想嘛，只有交换，雅沃特才能心安理得地接受你的礼物。至于决斗，连想都不要想了。”

“唉！上帝啊！我都忘到脑后了，我这就去……”

“你疯啦！不考虑考虑我们的母亲？”

特里斯唐垂下头，无言以对，兄弟二人回到住处。

雅沃特也并不像人想的那么坏。这一天发生的事情，她大惑不解：要讨回那手镯，且非讨回不可，又打算决斗，她觉得就像做梦一样，简直无法理解。想想自己该怎么办，还是感到最明智的办法，就是保持漠不关心的态度。反正这些事情与己无关。不过，虽说罗桑瓦尔夫人具有舞台王后那种十足的傲慢，但是其实雅沃特却有一副好心肠。贝维尔又年轻又可爱，那位侯爵夫人的名字也牵连进来，事情这么诡秘，欲言又止，仅仅透露几分，这一切能激发人的想象力，特别合乎这个得志的年轻姑娘的口味。

“如果他确实还有点爱我，引起一位侯爵夫人的嫉妒，”她心中暗道，“那么我交出手镯，会冒多大风险吗？无论男爵还是别人，都不会有所觉察，我从未戴过；如果损害不着任何人，何不帮这个忙呢？”

她这样想着，便摘掉挂在脖子上的钥匙，打开一个小写字台的柜门，里面格子上胡乱堆放着她的荣誉的所有宝物：演《奈勒塔楼》用的金属箔做的王冠、几条假项链、一些借着灯光才闪亮而一看就知道是玻璃造的绿宝石。她从这中间取出特里斯唐的手镯，仔细端详刻在底面上的两个名字：

“这只蛇环镯挺漂亮。”她说道，“贝维尔想要回去，究竟打什么主意呢？不知道那个女人是谁，如果她认识我，我就会受到牵连。贝维尔当初对我的感情，如果只是一时心血来潮，难道这是讨回去的理由吗？……嗳！他还会另给我一只手镯；一定很有趣。”

雅沃特这样想着，也许要把手镯送去，但她的思路却突然被门铃打断。是戴金链眼镜的先生进来了。

“小姐，”他说道，“我来告诉您成功的喜讯：您进入歌舞团了。乍一看，这还算不上一件特别辉煌的事：要知道，三十苏，可是这又有什么关系呢？这只芳足已经登上马镫。今天晚上，您就穿上一件带风帽的长外衣，参加化装歌舞《古斯塔夫》的演出。”

“真是个好消息！”雅沃特高兴得跳起来，“进歌剧院当歌唱演员，马上成为歌唱演员！我刚好练完歌，嗓子正好；今天晚上，演出《古斯塔夫》！……啊！上帝啊！”

罗桑瓦尔夫人陶醉一阵之后，又恢复一名歌剧演员所应有的严肃态度。

“男爵，”她说道，“您是个可爱的人。现在客人只有您，而我也感到自己的志向；咱们共进晚餐，再一道去歌剧院，去露脸儿，一同回来吃夜宵。您先走吧，我已经躺在荣誉上了。”

没有等多久，这位客人又回来了。二人匆忙吃了饭，雅沃特照例要走得特别早。她从演员的门进去，走在也许是名演员曾走过的昏暗破旧的小走廊里，心怦怦直跳。这台歌舞赢得观众的热烈掌声，而罗桑瓦尔夫人穿的是粉红色斗篷，以为大大有助于演出的成功。她回到住处非常激动，沉醉到胜利的喜悦中，早把特里斯唐抛到九霄云外了。这时，贴身女仆交给她精心包装的佛伞首饰盒，她在所附的字条上看到这样的话，“您在欢乐中，不应当忘记一个需要帮忙的老朋友。请您像从前一样善良。我焦急地等待您的答复。”

“可怜的小伙子！”罗桑瓦尔夫人说道，“我早把他丢在脑后。他给我送来一条大环项链，上面有几颗绿松石……”

雅沃特上床了,但是难以成眠,不过她想的主要是进入歌剧院的光辉的前程,而不是特里斯唐的请求。等到次日早晨,她又有了乐于助人的念头。

“好了,”她说道,“必须实施了。昨天我很幸运,应当让大家都满意。”

早晨八点钟,雅沃特戴上手镯和帽子,披上披肩,满心欢喜地出了门,几乎还像个轻佻的小女工。到了特里斯唐的住所,她看见门房前站着一位满脸泪痕的胖女人。

“德·贝维尔先生在吗?”雅沃特问道。

“唉!”胖女人回答。

“请问,他在吗? 他住在这儿吧?”

“唉! 夫人……他决斗了……刚刚拉回来……他死了……”

次日,雅沃特参加歌剧院第二场演出,她为自己选了第四个名字,阿马尔迪夫人。

提香之子[①]

一

1580年2月的一天，拂晓时分，威尼斯城皮亚泽塔河上走过一个青年。他衣冠不整，无檐高筒帽压在耳朵上，帽子上飘动着漂亮的红色羽饰。他大步朝对岸埃斯克拉翁走去，身后拖着佩剑和斗篷，双脚相当不肖地跨过睡在地下的渔民。到了草桥，他停下脚步，游目四望，月亮落到朱德卡河后面，而曙光把公爵府染成了金黄色。毗邻的一座府邸不时冒出一股浓烟，透出一道强光。监狱运河里壅塞了各种废弃物，有梁木、石头、大块的大理石。近来一场大火，焚毁了建在河中间的一座贵族的宅第。时而还升起一团火星，在这种灾难的光亮中，只见一名高度警惕的士兵看守着废墟。

然而，无论是火灾后的景象，还是绚烂的曙光点染天空的美色，似乎都没有让这个青年惊讶注目。他远眺了一会儿，仿佛要养一养被强光晃花的眼睛。不过天光好像也引起他的反感，只见他用斗篷裹起身子，跑起步来继续赶路。不大工夫，他跑到一府邸门前，重又停下脚步，敲了敲大门。很快来了一名仆人，手举火炬给他开门。这青年进门的当儿，回头又望了一眼天空，高声说道：

"酒神明鉴，我这狂欢之夜花了多少钱！"

这个青年名叫蓬波尼奥·菲力波·维塞利奥。他是提香[②]的次子，小时候极为聪

---

① 《提香之子》于1838年5月15日发表在《两世界》杂志上，素材取自作者的一段艳遇，缘起正是一位女子派人给缪塞送去一个钱袋。

② 提香(Titian 1490—1576)：意大利的伟大画家，在意大利和世界艺术中占有崇高地位，他在肖像画、宗教和神话题材的绘画方面取得惊人成就，始终不渝地追求和复兴古希腊的艺术理想。名作有《乌尔宾诺的维纳斯》、大型壁画《圣母升天》等。

慧，富有想象力，曾让他父亲格外寄予厚望；谁知他长大了嗜赌，生活一直搞得一团糟。伟大的画家及其长子奥拉齐奥几乎同时去世，给小皮波留下了两份遗产；可是仅仅过了四年，这巨额财产他就已经挥霍掉大半。他非但没有培育自己的天赋才能，支撑他这门庭的荣耀，反而白天酣睡，夜晚到奥尔西尼伯爵夫人那里去赌博。那位伯爵夫人，至少自称伯爵夫人，所从事的行当，就是专门促使威尼斯青年倾家荡产。每天晚上，她那里都聚集一大群人，皆是贵族子弟与交际花；他们在那里吃夜宵和赌博，由于吃夜宵不花钱，要给女主人补偿回来，骰子当然责无旁贷。金币哗哗堆成小山，塞浦路斯红葡萄酒哗哗流淌，媚眼则往来穿梭，而那些倒霉蛋冒失加轻率，将他们的金钱和理智全丢在那里了。

我们刚才看到本篇故事的主人公离开的地方，正是这样危险的场所，而且，夜晚在那里他已经不止一次赌输了钱。他玩“十点”[①]掏空了所有口袋不说，他完成的唯一的油画，也在最近道尔菲诺府的火灾中焚毁了。他这幅油画，得到所有行家的赞赏，表现历史题材既大胆又富有激情，笔力几乎不亚于提香本人，画卖给了一位富有的参议员，结果遭到许多珍贵作品的同样命运：一名仆人不小心，就把这些宝贵财富化为灰烬。不过，皮波丝毫也没有把这事放在心上，背运异乎寻常地纠缠他，他只想到掷骰子输了钱。

他回到家中，第一件事就是掀开桌布，数数抽屉里还剩下多少钱；然后，他让人给自己宽了衣，身穿便袍伫立窗前，可见他天性乐观而无忧无虑。他看到天已大亮，便思忖究竟该关上百叶窗上床睡觉，还是该像所有人那样醒来。他很久没有朝太阳升起的方向观望了，现在觉得天空比平日更加赏心悦目。他在决定醒来还是睡觉之前，一边同困倦搏斗，一边站在阳台上喝巧克力早茶。他的双眼只要一合上，就恍若看见一张赌桌、许多忙碌的手、几张苍白的面孔，还恍若听见摇掷骰子的角状杯的哗哗声响。“运气太背了！”他自言自语，“掷出十五点还输了，真让人难以置信！”他眼前又浮现他那对手的形象：维帕西亚诺·梅莫那个老家伙，竟然掷出了十八点，将台布上的金币全搂了过去。他猛然又睁开眼睛，要挥去这场噩梦，注视街上行走的女孩子，仿佛看见远处有一位戴假面具的女人，不禁感到奇怪：即使在狂欢节期间，穷人也不戴假面具，而一大清早，一位威尼斯贵妇独自步行出门，则是不可思议的[②]。继而他才看清，他所以为的面具，其实是一张黑人妇女的脸。不大工夫，他看见那女人走近了，觉得她身材不错。那女人走得很快，一阵风刮来，她的花衣裙便兜住臂部，突显优美

① 十点：一种用三只骰子赌博的形式，赌客要掷出十点以上，最高为十八点。

② 从前在威尼斯，只要是狂欢节期间，有身份的人总要戴面具出门。——作者原注

的线条。皮波在阳台上俯瞰,不免吃惊地看到,黑人妇女在敲他家的门。

门房迟迟未去开门。

“你找谁呀?”年轻人喊道,“是找我吗,棕发女郎? 本人姓维塞利奥,如果门房让你久等,我就亲自下去给你开门。”

那黑人妇女抬起头:

“您就叫蓬波尼奥·维塞利奥吗?”

“对,或者就叫我皮波,随你便。”

“您就是提香的儿子吗?”

“正是在下,有什么事能为你效劳吗?”

那黑人女郎好奇地迅速瞥了皮波一眼,随即倒退几步,手拿纸包的小木盒,敏捷地投到阳台上,然后飞快地跑开,不时还回头望望。皮波拾起小木盒,打开发现,里面装着一个裹着棉花的漂亮的钱袋。棉花下面一定会有张字条,向他解释这件事的来由,他猜得不错,在棉花下面果然找见字条,但是字条同样神秘莫测,只有这样短短两句话:

“不要过分轻率地花掉我这里装的钱。你每次出门,只往我这里面放一枚金币,这足够一天用了;到了晚上如果还剩点儿,不管多少,你也要找个会感激你施舍的穷人。”

年轻人翻过来掉过去看这小木盒,再检查钱袋,又朝街道张望,终于明白他不可能了解更多情况了,心中暗道:“应当承认,这件礼物怪得很,而且来得不是时候,反倒很残忍。给我的劝告固然很好,可是,对那些沉入亚得里亚海中淹死的人讲这种话,未免太迟了。见鬼,这能是谁送给我的呢?”

皮波不难确认,那名黑人妇女是佣人;他开始搜索记忆,会是哪位女子或许男友能送给他这袋钱,但他没有因为谦虚而丧失判断力,确信这应该是一位女子,而非他的男友。钱袋是绣金天鹅绒的,他觉得做工极为精巧,不会是从商店买来的。于是,他在脑海里过了一遍威尼斯的贵妇,首先是那些最美丽的,然后是那些姿色稍差的;不过,他就此打住,开始琢磨有什么办法发现他这钱袋的来路。他在这件事情上,做起了最大胆、最温柔的美梦,心怦怦直跳,力图辨认笔迹:有一位波洛尼亚王妃就写出这样的大写字母,还有布雷西亚的一位漂亮夫人也是类似这样的手迹。

在这样的美梦中间,突然钻进一个讨厌的念头,这比什么都让人扫兴,近乎在鲜花盛开的草地上散步,不料踩着一条蛇的那种感觉。皮波猛然想起一个叫莫娜·比扬希纳的女人,就有类似的感觉,这个女人近来死缠着他。皮波是在假面舞会上同她有一段艳遇,她的容貌还相当姣好,可是皮波根本不爱她。莫娜·比扬希纳则相反,对他一见钟情，甚至他纯粹礼貌的举动，她也竭力看成是爱情的表示；她热恋着皮波，经常给他写情书，没完没了委婉地责备他。皮波烦透了，有一天从她家门出来，暗自发誓永远不再踏进这个门槛，他也恪守自己的誓言。他这会儿想到，莫娜·比扬希纳很可能给他绣了一个钱袋，并且给他送来。这种疑虑一扫他的兴致与幻想，他越考虑越觉得这种猜想符合事实。他的心情一下子坏了，关上窗户决定睡觉。

然而他睡不着，尽管很可能是莫娜·比扬希纳，他也不会放弃满足他的自豪感的其他可能性。他不由自主地继续梦想，时而要把钱袋置于脑后，时而甚至否认莫娜·比扬希纳的存在，以便更加放开来搜寻。他已经拉上了窗帘，面向小街躺在床上，避开阳光；可是，他突然跳下床，唤来仆人。他刚刚有了一个很简单的想法，开头却没有想到这一点。莫娜·比扬希纳并不富有，她只有一个女仆，但不是黑人，而是乔亚的一个胖姑娘。她这次要送钱袋，怎么可能弄来一个皮波从未在威尼斯见过的陌生人呢？他高声说道："祝福你这张黑面孔，以及晒黑你这张面孔的非洲太阳！"事不宜迟，他吩咐人拿紧身上衣，将凤尾船划过来。

二

皮波决定去拜访多罗蒂夫人，她是执政官帕斯瓜利戈的妻子。这位贵妇年事已高，在威尼斯共和国属于最富有、最聪慧的女人；而且，她还是皮波的教母，由于威尼斯有头有脸的人她无不认识，皮波期望教母能帮助他解开占据他心头的这个谜。不过他想，现在去拜见他的保护人为时过早，还要等一等，先在执政长官的官邸一带转一圈儿。

也是天缘巧合，他正好碰见了莫娜·比扬希纳。莫娜·比扬希纳正在布店里讨价还价，皮波便走了进去，随便交谈几句之后，他心里没有准谱，就对女友说：

"莫娜·比扬希纳，今天早晨您给我送来一件礼物，还给了我一个忠告，我要衷心地感谢您啊。"

他说得这样肯定，也许是要当即消除搅得他心神不宁的疑虑。可是，莫娜·比扬希纳也颇为精明，不看准是否对自己有利，绝不会流露出惊讶的神色。实际上，她没有送给年轻人任何东西，尽管如此，她还是看出有办法骗骗他。不错，她回答说不知道他指的是什么，但是她讲这话时，有意神秘兮兮地微微一笑，十分谦抑地红了脸。皮波还真被这种表演蒙住了，他确信钱袋就是莫娜送的了，于是又问道：

“您从什么时候起,雇用了那个美丽的黑人女仆呢?”

莫娜·比扬希纳一下子被问住了,她不知道该如何回答,犹豫片刻,继而格格大笑,突然抛下皮波扬长而去。皮波独自愣在原地,大失所望,他放弃原打算的拜访,回到家中,将钱袋扔到角落里,不多花心思去想了。

几天之后,皮波凭口头赌博,又输了一大笔钱。他准备出门还赌债,觉得用这个钱袋很方便,既装得多,系在腰带上也好看,于是拿了钱袋走了。当天晚上,他又赌博,还是输掉了。

“您还接着玩吗?”执政官府邸的老公证人维帕西亚诺先生见他没钱了,便问道。

“不玩了,”皮波回答,“我不想再凭口头押钱赌了。”

“我可以借给您呀,多少都行。”奥尔西尼伯爵夫人高声说道。

“我也可以借给您啊。”维帕西亚诺先生也说道。

“我也可以借给您啊,”一个温柔而清亮的声音附和道,正是伯爵夫人众多侄女中的一位,“不过,维塞利奥少爷,您再打开钱袋看看,里面还有一枚金币。”

皮波微微一笑,果然在他钱袋底部发现漏掉的一枚金币。“好吧,”他说道,“再赌一把,不过,我不够下赌注了。”他拿起摇骰子的角形杯,掷出骰子,结果赢了,接着再赌,而且赌注加倍。总之,一个小时赌下来,他把昨晚和今晚输的钱全捞回来了。“您还接着玩吗?”皮波见维帕西亚诺面前一枚钱币也没剩,也同样问道。

“不玩了!看来我是个大傻瓜,居然让一个只拿一枚金币碰运气的人给赢光了。这只钱袋真可恶!里面肯定装着什么巫术。”

公证人气急败坏,走出了客厅。皮波也准备跟出去,忽听给他提过醒儿的那位姑娘笑着对他说道:

“既然多亏了我,您才有这样的好运气,那么,您就把帮您赢钱的那块金币送给我吧。”

这枚金币有一个小记号,容易辨认。皮波找了一会儿便找到了,已经伸手要给漂亮的姑娘,忽然又高声说道:

“对了,我的美人儿,这枚金币不能给您;不过,为了向您表明我并不吝啬,这有十枚金币,请您收下。至于这一枚,我要听从最近有人给我的建议,把它赠送给老天。”

他说着,便把金币扔到窗外。

他回家的途中还在想:“莫娜·比扬希纳的钱袋,真可能给我带来运气吗?如果一件东西本身另我讨厌,却给我带来好运气,这是偶然性的大玩笑,简直滑天下之大稽。”

他不久便发现,每次使用这只钱袋,果然就赢钱。他往钱袋装一枚金币的时候,不由自主地产生一种颇为迷信的虔敬，有时还不禁思索，他在小木盒底部发现的字条上的话多么真实可信。他心中暗道：一枚金币总归是一枚金币，很多人每天连一枚金币也没有。他有了这种想法，行事就不那么冒失了，也控制了一点自己的花费。

不幸的是，莫娜·比扬希纳还没有忘记她在布店同皮波的谈话。为了加深她引导皮波的错误判断，她不时送给他一束鲜花，或者别的什么小礼物，还写上几句话。我已经说过，皮波非常厌倦莫娜的纠缠，早就下决心不予理睬。

可是，总遭到冷遇，莫娜·比扬希纳忍无可忍了，她便搞了一次大胆的尝试，惹得年轻人极为不快。她趁皮波出门后来到他家，给一名仆人几个钱，就让人把她藏在房间里。皮波回来发现她，不得不直截了当地对她说，他根本就不爱她，请她别再来打扰。

我说过这个比扬希纳人长得挺漂亮，脾气很大，当即雷霆大发，对皮波好一通指责，这回可一点也不温柔了。她说皮波跟她谈情说爱是他欺骗了她，自认为名誉被他毁了，总之她要报复。皮波听她拿话威胁，也同样火冒三丈，向她表明他毫不惧怕，逼着她立刻拿走她早晨送来的一束鲜花，由于钱袋就在手边，他还对她说道："给您，把这个也拿走。这只钱袋是给我带来了运气，但就是要让您明白，我什么也不愿意要您的。"

皮波一怒之下还了钱袋，马上就后悔了。莫娜·比扬希纳却多了个心眼儿，并不揭穿给他制造的假象。她虽然满腔怒火，还是能装模作样。她接过钱袋就走了，暗暗决定要让皮波后悔以这种方式对待她。

当天晚上，皮波还像往常一样去赌博，结果输了钱。随后几天，他的赌运一直不佳，而维帕西亚诺先生手气总那么好，赢了他几大笔钱。他还不服气，固执地对抗自己的运气和迷信，输了又输。有一天他离开奥尔西尼伯爵夫人府，走在台阶上，终于忍不住高声说道：

"上帝宽恕我吧！看来是这个老疯子说得对，我那只钱袋有魔力，因为我还给了那个比扬希纳之后，就再也没有掷出一把说得过去的点数。"

这时，他看见前面飘动着花裙，下面露出两条灵活的细腿，正是那个神秘的黑人女郎。皮波加快脚步赶上去，问她是何许人，给谁做事。

"谁知道呢？"黑人女郎答道，同时狡黠地微微一笑。

"我想，你知道呀，莫娜·比扬希纳？"

"不是；她是谁呀，莫娜·比扬希纳？"

"喂！上帝明鉴，就是那天派你给我送小木盒的那个女人，您投得非常准，一下子就投到我的阳台上。"

“嗳！阁下，我不相信有这事儿。”

“我知道了，你就别装了，是她亲口对我讲的。”

“如果她对您这么讲……”黑人女郎接口答道，一副犹豫的样子。她耸了耸肩略微一思索，随即用扇子轻轻戳了一下皮波的脸蛋儿，撒腿跑掉，边跑边对他嚷道：

“我的帅哥儿，人家戏弄你呢。”

威尼斯的街道纵横交错，跟迷宫一样复杂，变化多端，总出人意料；那黑人姑娘一跑开，皮波就找不见了。他非常尴尬，意识到自己犯了两个错误：一错是把那个钱袋给了比扬希纳，再错是没有拉住那位黑人姑娘。他在城里漫无目的地游荡，几乎不知不觉朝多罗蒂夫人府走去，自己后悔没有按照不久前的打算去拜访教母。他已经形成习惯，凡事都向教母请教，每每求助而没有受益的情况极为罕见。

多罗蒂夫人独自在花园里，皮波上前吻了吻教母的手，对她说道：

“我的好教母，您来判断一下我刚刚干的蠢事。就在几天前，有人给我送来一个钱袋……”

他的话还没说完，多罗蒂夫人便格格笑起来，对他说道：

“怎么啦！那钱袋难道不漂亮吗？红丝绒上金线绣的花，看上去效果不是很好吗？“

“什么！”年轻人高声说道，“情况您可都了解啊？”

恰好这时，几位元老院议员走进花园，老妇人便起身接待，不理睬皮波在惊讶中一再向她提出的问题。

三

等几位元老院议员告辞之后，不管她这教子再怎么恳求和纠缠，多罗蒂夫人就是不肯进一步解释了。她有点懊恼，开头自己不该那么高兴，等于向他承认她知道自己本不想插手的一件秘事。她见皮波一再坚持，便对他说道：

“亲爱的孩子，我只能对你说，我若是告诉你为你绣钱袋的那位女子的姓名，也许确实会帮你大忙，因为她是威尼斯最高贵、最美丽的女子。你知道这一点就该满足了，我心里再怎么想帮你，也必须守口如瓶，不能泄露唯独我掌握的一件秘密，等我受人之托时，就可以正大光明地告诉你了。”

“正大光明，我亲爱的教母？可是，您只透露给我一个人，总不会认为……”

“我明白，”老妇人截口说道，她尽管身份尊贵，还是免不了要耍点花样，又补充说道，“你既然时常写写诗，那就以此为题，写一首十四行诗如何?”

皮波看出他再也问不出什么了，就不再坚持了。不过可以想见，他的好奇心无比强烈。他留在执政官帕斯瓜利戈府上用晚餐，还下不了决心离开教母，期望到晚上，那位隐藏身份的美丽姑娘也许会来拜访。可是，他只见到了元老院议员、官员以及共和国最严肃的人物。

日落时分，年轻人离开众宾客，走到一小片树林里坐坐，考虑他该怎么办，决定了两件事：争取比扬希纳同意把钱袋还给他，然后遵从多罗蒂夫人笑着给他出的主意，就他的奇遇写一首十四行诗。此外，他还决定，诗一作好就送给教母，而教母一定会出示给那位美丽的姑娘。事不宜迟，他当即就开始实施这两个计划。

他整了整紧身衣，又仔细摆正了帽子，对着镜子端详，看看自己是不是精神，因为他头一个念头，就是虚情假意地表白爱情，重新迷住莫娜·比扬希纳，以软语温存让她信以为真。可是，他很快又放弃了这种打算，考虑到那样一来，他又会重新点燃那个女人的激情，再次遭受纠缠之苦。于是，他作出相反的决定，火速跑到莫娜·比扬希纳那里，就好像他气急败坏，打算跟她大闹一通，要吓得她从此往后安分守己一些。

莫娜·比扬希纳这种威尼斯女子，金发黑眼，一旦心生怒恨，就被人视为时刻危险的人。自从上次皮波那么发狠无情地对待她之后，他就再也没有收到她的任何信息：她一定是在悄悄地准备她发出威胁的报复。因此，这一击必须一了百了，以免更为严重的后患。年轻人来到时，她正要出门，正好在楼梯相遇，皮波挡住去路，迫使她回到房间。

“可恶的女人!”皮波嚷道，“你干了些什么？您毁了我的全部希望，终于报仇雪恨啦!”

“仁慈的天主！您出了什么事儿?”莫娜·比扬希纳不胜惊愕，急忙问道。

“您还问呢！那只钱袋放哪儿啦？您竟然说是您送的，现在您还敢对着我一口咬定这种谎言吗?”

“我说不说谎有什么关系？我可不知道钱袋哪儿去了。”

“你要找死啊，还不把钱袋还给我!”皮波嚷道，就扑向莫娜·比扬希纳。他也不顾可怜的女人刚穿上的新衣裙，猛然一把扯开遮护她胸脯的纱巾，将匕首对准她的心脏。

比扬希纳以为没命了，就开始喊救命，可是，皮波团起手帕，没等她喊出一声，就把她的嘴塞住了。还好，那只钱袋完好无损保存着，皮波先是逼使她换回钱袋，然后就警告她：

“你损害了一个势力很大的家庭，搅了威尼斯一个最显赫家庭生活的安宁！你发抖吧！这个可怕的家族盯住你了，无论你还是你丈夫，现在哪怕走一步，也会有眼睛监视你们。夜巡警察老总把你列入黑名单；想一想，公爵府的地牢吧。你凭着狡狯猜中的可怕秘密，胆敢透露出一句，你全家人就要从世上消失！”

说罢这番话，皮波便离去。众所周知，在威尼斯，不可能讲出比这更吓人的话了。La corte maggiore[①] 残酷无情的秘密逮捕，在社会上造成极为恐怖的气氛，以致有些人哪怕仅仅觉得成了被怀疑的对象，就事先认为自己死定了。比扬希纳的丈夫，奥里奥先生，听了她大致讲述的情况，皮波如何威胁她，他的反应恰恰如此。不错，这件事，莫娜·比扬希纳并不知道始末根由，其实皮波本人也不知道，整件事不过是一种传奇，然而奥里奥先生却慎重地认为，引起最高法院的震怒，无需了解是何缘故，最重要的是赶紧溜之大吉。他不是威尼斯本地人，父母都居住在内地，次日他就携妻登船，一去再无消息了。皮波就是这样摆脱了比扬希纳这女人的纠缠，加倍回敬了她戏弄他的恶作剧。莫娜·比扬希纳终生都以为，她要骗取的那只钱袋，真的关联一桩国家秘密，而且对她而言，由于这个奇特的事件完全笼罩在神秘的气氛中，自始至终她只能胡乱猜测。奥里奥先生的父母也专门跟两个孩子议论了这个事件，提出了种种假设，最终创造出一个尚属可信的故事。他们说道：“一位身份很高的夫人，爱上了提加奈洛，也就是提香的儿子，而提加奈洛又爱上了莫娜·比扬希纳，他当然在那位夫人身上也就白费了心思。那位尊贵的夫人并非寻常之辈，正是睿治夫人，她亲手给提加奈洛绣了那只钱袋，却得知提加奈洛竟然把爱情的信物赠给比扬希纳，可以想见她该有多么气愤！”这就是在巴图城小小的奥里奥住宅里，大家重复的家庭传闻。

我们的主人公第一件事得手之后，十分满意，又想尝试做第二件事，为那位他不知其详的美丽姑娘作一首十四行诗。他自己表演的这出奇特的喜剧，不由得感动了自己，真有几分灵感和激情，一动笔很快就写出几行诗。希望、爱情、神秘，诗人通常所有热情的表现方式，一齐在他的头脑中涌现。不过他又想，教母对我说过，我要赞美的是威尼斯最高贵、最美丽的一位女士，诗中的语气必须有分寸，对她表示更多的敬重。

他抹掉已经写出来的几行诗，从一个极端走到另一个极端，会集了一些响亮的音韵，颇为费力地尽量套进切合他那位贵人的思想，亦即他所能找到的最美最高尚的思想。他以战战兢兢的疑惑替代了过分大胆的希望；他舍弃神秘和爱情，大谈敬意和感

---

① 意大利文，意为“高等法院”。

激。他无法赞美一位他从来未见过的女子的魅力，只好尽量巧妙地使用了一些适合所有面孔的泛泛之语。总之，他思考并创作了两个小时，写出了十二行说得过去的诗，非常和谐，却毫无意义。

他将诗誊写在一张漂亮的羊皮纸上，又在空白边上画了花鸟，仔细涂了颜色。可是，他的作品一完成，再读一遍自己的诗作，当即就从窗口扔出去，投进从他家旁边流过的运河里。"我这是干什么呢?"他扪心自问，"如果我的内心不讲话，那么何必继续这件奇事呢?"

他操起曼陀林，在房间里踱来踱去，边弹边唱，弹的是一支为彼特拉克[①]一首十四行诗谱的旧曲子。弹唱一刻钟，便停了下来，心跳加快了。他不再考虑什么分寸，也不想可能产生什么效果了。钱袋就放在桌子上，是他从那个叫比扬希纳的女人手中夺取，作为战利品带回来的。他注视着钱袋，心中暗道：

"为我制作这个钱袋的女子，一定爱我，也懂得爱。这样一件活计很难做，要花很长时间；这些细线、这些鲜艳的颜色，都要用很大工夫，她做活时就在想我。赠送这只钱袋的附言很短，就是朋友的劝告，没有一句模棱两可的话。这是一位大胆的女子所下的爱情战表，当时也许就想到我有一天必会勇敢地接受挑战。"

于是，他重新开始创作，又拿起笔来，就觉得又疑惧又希望的心情，比他掷骰子豪赌时还要强烈。他不多加思索，不停地疾书，很快写出一首十四行诗，大致翻译如下：

孩童时读过彼特拉克的诗章，
我发下心愿，要共享几分荣耀。
他从诗人爱恋，又以情人歌唱，
神灵的语言唯独他用得巧妙。

唯独他啊熟练掌握这种诀窍，
能随时专注转瞬即逝的心慌，
构思出的意象，那么粲然微笑，
再用金刻刀雕在纯质钻石上。

您哟寄给我一句友好的话语，

① 彼特拉克(1304—1374)，意大利诗人，欧洲文艺复兴时期人文主义先驱之一。

昨天刚写得，明天就可能忘记，
您可否记得我，我总心存感激。

我生来就具有彼特拉克之心，
而无天赋。走在这红尘我只能
伸手给叫我并爱我生命的人。

次日，皮波又登门拜访多罗蒂夫人。一等到单独跟她在一起的时候，他就将十四行诗放在尊贵的夫人膝上，对她说道："这是给您那位女友的。"老妇人开头露出惊讶的神色，继而看了这首诗，发誓说她绝不接受委托，拿给任何人看。皮波则一笑置之，他确信事情会相反，于是告辞，并且向教母保证，他在这方面丝毫也不会担心。

四

然而，接下来一个星期，他是在极度不安的状态中度过的。不过，这种不安也不乏几分魅力。他足不出户，可以说不敢动弹，就好像为了让运气更好地安排。他才25岁，在这件事情上，比一般同龄人表现得更加理智，而青年人往往急不可待，总想超速达到目的，欲速反而不达。运气要让人自助，让人善于及时抓住它，按照拿破仑的说法：运气是女人。不过，正因为如此，运气要摆出一副样子，好像使他给予人们从它那里夺取的东西，这也就必须容它张开手的时间。

到了第九个天头，傍晚时分，出没无常的女神才敲年轻人的门，等一下您就会看到这可不是一件无所谓的事。皮波亲自下楼开门，只见那个黑人姑娘站在门口，手上拿着一朵玫瑰花，送到皮波的唇边。

"吻一下这朵花。"黑人姑娘对他说道，"这花上有我女主人的一吻。她能来同您见面而没有危险吗？"

"她若是白天前来，就未免太冒失了，"皮波答道，"我的这些仆人一定会瞧见她。夜晚她能出门吗？"

"不行，换了谁敢这么做？她既不能夜晚出门，也不能在她家接待您。"

皮波沉吟了片刻。

"你的主人能早起吗？"他又问黑人姑娘。

“出太阳的时候能起来。”

“那好！听我说，平日我很晚才起床，因此，全家上下都睡懒觉。假如你的主人能在天亮的时候光临，我就会等她，她可以进来，不会被任何人瞧见。事后怎么送她出去，就由我来管了，假如她在我这里真能一直待到天黑的话。”

“她会的。您看在明天好吗?”

“明天拂晓。”皮波答道。他往送信姑娘的领饰里塞了一把金币，也不再多问就回到自己房间，关起门来，决定一直守到天亮。他先是吩咐人给他宽了衣，好让人相信他要上床安歇了。等到独自一人时，他就点旺炉火，换上绣金花的衬衣、一条香衬领，再穿上中国缎子袖的白丝绒紧身外衣。打扮停当，他就坐到窗户附近，开始想象他这场奇遇。

他心仪的女子这么快就同他约会，也许别人会有看法，而他可没有往坏处想。首先不应当忘记，这个故事发生在16世纪，那个时期，爱情发展得比我们现在要快。根据最为真实可信的证据，可以确认我们所说的不检点，当时则被认为是直率的表现，甚至还有理由这样想，今天所称道的品德，那时就显得虚伪了。不管怎样，一位女子爱上一个漂亮的男孩，没有长谈过就赴约会，这个男孩并不会因此减少几分对她的好感，他觉得是自然而然的事情，任何人也不会想到脸红。在那个时代，法兰西朝廷的一位贵族在帽子上系了他的情妇的一只丝袜作为翎饰，他回答那些到卢浮宫来见他这副装束而感到奇怪的人，说这是他爱得要死的一个女人的袜子。

况且，皮波就是这种性情，哪怕生在本世纪，他在这点上的看法或许也不会完全改变。尽管他生活放荡，干了许多荒唐事，有时他固然能对别人讲谎话，可是他却从来不蒙骗自己，我这话的意思是说，他喜爱什么东西，不是图外观，而是物有所值；一方面他能巧言令色，另一方面，只有当他真正渴望的时候，他才会施展诡计。在送给他钱袋这件事上，如果说他想到有一时心血来潮的成分，那么至少那只钱袋绣得那么细心精致，做成要花很长时间。

他浮想联翩，正徜徉在许诺给他幸福的前头，忽然忆起土耳其人结婚的情景。有人对他讲过，东方人娶妻，直到婚礼之后，才能看见新娘的容貌，此前新娘蒙着盖头，出现在新郎和众人面前。他们信赖父母对他们讲的情况，凭着父母的话就结婚了。婚礼结束了，年轻女子才露出真容，丈夫这才得以亲眼检验这笔交易合适不合适；由于反悔为时太晚，或者说，他没有更好的办法，就只能觉得合适了。不过，大家也看到，比起另种方式来，这种方式的婚姻并没有造成更大的不幸。

皮波所处的境况，恰恰类似一个土耳其新郎：诚然，他并不期望他心仪的陌生女子是处女，而且这方面也不难得到宽慰。此外，还有这种对他有利的差异：这种关系并不是那么郑重其事，需要他签订契约。他可以尽情享受期待和惊喜的美妙，不必恐惧会引起什么麻烦；这样一衡量他就觉得够了，足可以弥补他可能缺失的东西。于是他想象，今夜就是名副其实的新婚之夜，而在他这种年龄，这个念头引起他一阵狂喜，也就不足为奇了。

对于活跃的想象力来说，新婚之夜的确应当是人间最大的一种幸福，因为事前没有任何磨难了。不错，哲学家主张，磨难能赋予伴随而来的欢乐以更浓的味道；可是皮波却认为，一种坏调料不能使鱼的味道更加鲜美。因此，他喜爱轻而易举的享乐，但是不要粗俗的；而不幸的是，高雅的消遣要付出高昂的代价，这几乎是一条不变的法则。然而，在这条规律上，新婚之夜却是例外，这是人生独一无二的境遇，能同时满足男人两种最宝贵的爱好：懒惰和贪欲。新婚之夜将一位头戴花、还不了解爱情的小女子引入一个年轻男子的房间。须知15年来，一位母亲极力调教，使她的心灵高尚，头脑丰富。为了得到这个美人的青睐，也许要恳求她一整年的时间；可是新婚之夜，母亲走开了，丈夫只需张开手臂，就能拥有这个宝贝了。上帝本身都允许这样。如果从这样一场美梦醒来，自己还没有结婚，那么谁不愿意每天晚上都做这样的美梦呢？

当时一句话也没有问那个黑人姑娘，皮波倒也不后悔；因为在这种情况下，一名使女不可避免地要赞美自己的女主人，哪怕女主人是个丑八怪。有多罗蒂夫人脱口而出的两句赞语就足够了。皮波只想知道他这位陌生女子的头发，究竟是棕褐色还是金黄色的。知道一位女子长得很美，要想她的容貌有个大体的轮廓，最重要的莫过于了解她的发色。皮波在两种发色之间犹豫良久，终于想象她的秀发是栗色的，以便让他的思想得以休息。

不过，他却不知道如何确定她眼睛的颜色，如果她长一头棕褐色秀发，他就可以推测她有一对黑眼睛；如果她满头金发，那么必定是蓝眼睛。他设想她那双眼睛是蓝色的，不是那种时而呈灰色，时而呈浅绿色，难以确定的淡蓝色，而是像天空那样澄净的湛蓝色，到特别激动的时候，色调就加深，变成乌鸦翅膀一般的暗黑色了。

这对迷人的眼睛及其温柔而深沉的目光刚一出现，皮波的想象力就在其周围佩上洁白如雪的前额、艳红如阿尔卑斯山巅阳光的面颊。在赛似蜜桃一般的甜美的面颊之间，他似乎看到一只秀气的鼻子，如同人称希腊爱神的古雕像上的模样。在鼻子下方，一张朱唇的口，既不太大也不太小，露出两排珍珠，呼出性感十足的香气。下颏儿匀称，略呈圆弧形；面容清纯，但是带着几分高傲；脖颈稍长，白皙亚光色，没有一丝条纹，上面轻轻摆动的头优雅而善气迎人，宛若茎上的一朵花。他畅想创造出来的一副美丽形象，只差眼见为实了。皮波心想，她就要来了，天亮的时候，她就会来到这里。他在奇思异想中同样令人诧异的是，他在无意当中，没承想忠实地描绘出了他未来情人的形象。

守护海港入口的国家战舰鸣炮报早晨6时,皮波看出他的灯光发红了,而他的玻璃窗染上淡淡的蓝色。他立刻走到窗口,这回,他可不是半眯缝着眼睛环视周围了;尽管通宵未眠,他却感到前所未有的自由和精神饱满。曙光初现,但是,威尼斯还在睡梦中,这个懒散的寻欢作乐的国度,一大清早不会醒来。我们这里商铺开门,行人熙熙攘攘,马车隆隆行驶的时候,威尼斯那里,晨雾还在荒凉的潟湖上缭绕,像帷幔一般罩住寂静的府邸。清风在水面微微吹起涟漪,几片风帆在远处富西纳方向出现,为海洋王后送来一天的食物。圣马可教堂钟楼上的天使,独自守在睡梦中城市的制高点,首先走出夜色,披上灿烂的曙光,镀金的翅膀上闪烁着第一缕阳光。

这工夫,威尼斯无数教堂重重敲响早祷的钟声。共和国的鸽子受到钟声的警示,它们有出色的本能,会数敲几下钟,振翅疾飞,成群穿过埃斯克拉翁河岸,到大广场上去觅食:每天这个时候,大广场上总有人撒食物喂鸽子。雾气逐渐消散,太阳出来了,几名渔夫抖了抖头篷,开始清洗自己的小渔船。一名渔夫以清亮而纯净的嗓音,唱起一段当地小调;从一只商船深处传出应和的男低音,还有一个人从更远处加入第二段的副歌。很快就形成合唱,每个人边干活边歌唱,一支美妙的晨歌迎接太阳的光芒。

皮波的住宅坐落在埃斯克拉翁堤岸,距纳尼宫不远,就在一条小运河的拐弯处。此刻,在这条幽暗运河的远处,有一只单橹轻舟的锯齿形凤尾闪闪发亮。船尾只有一名船夫,但是小船劈开水波,疾如利箭,仿佛在厚厚的镜子上滑行,而平板的橹叶有节奏地切入水中。快要钻进运河和大潟湖之间的小桥时,凤尾轻舟停住了。船上下来一个戴着面具、形体苗条而高贵的女子,径直走向堤岸。皮波立刻走下堤岸迎上去。“是您吗?”他小声问那女子。那女子没有应声,只是抓住他伸出的手,跟随他走了。府上没有一名仆人起床,二人踮着脚穿过游廊,只见门房还在那里睡觉。进了年轻人的房间,那女子坐到长沙发,待了半晌,仿佛有所思虑。她终于取下面具,皮波这才确认多罗蒂夫人没有骗他,在他面前的果真是威尼斯最漂亮的一个女人,贝娅特丽丝·诺尔达诺,威尼斯行政长官多纳托的遗孀,两个贵族家庭的继承者。

五

贝娅特丽丝一显露真容,游目扫视一下周围,那副美丽的形象,用语言是无法描摹的。她虽然守寡有一年半了,年龄也才不过24岁;尽管在读者看来,她这种行为未免太大胆了，但是有生以来，她是头一遭做出这种事，可以肯定在这之前，她只爱过她丈夫。因此，她走出这一步，心乱如麻，极度不安，必须竭尽全力，才不至于半途而废。此刻，她的眼神充满爱意、羞愧与勇气。

皮波看着她，目光流露出惊叹，一时说不出话来。无论在任何场合，看到一位绝色美女，不可能不惊奇而心生敬意。在散步的场所和私家聚会上，皮波经常遇见贝娅特丽丝。不知有多少回，他赞美并且听见别人赞美她的容貌。她的父亲皮埃尔·洛雷丹，曾是十人委员会的成员，她的曾祖父，那位著名的洛雷丹，在审理雅克·佛卡里的案件中，起过十分积极的作用。这个家族的高傲，在威尼斯妇孺皆知，而在所有人的眼里，贝娅特丽丝继承了她的祖先骄傲的心理。父母早早把她嫁给行政长官马可·多纳托，而丈夫死后，她独自生活，拥有巨额财产。共和国的头面贵族无不渴望娶她，然而，她以极为不屑的冷淡态度，对待他们为了讨她欢心而做的种种努力。总而言之，她那种高傲的、近乎野性的性情，可以说是无人不晓了。两方面大大出乎皮波的意料：一方面，他绝不敢推测，倾心于他的那位神秘女子会是贝娅特丽丝·多纳托，另一方面，她同她本人差异太大了，这次见面，就仿佛是第一次见到她。爱情能赋予最普通的面容以魅力，此刻更显示其巨大威力，就这样进一步美化一件大自然的杰作。

沉默了片刻之后，皮波凑上前去，拉起她的手。他试着向她描述他惊讶的程度，并且感谢她给他带来的幸福。可是，贝娅特丽丝并不应声，就好像没有听见他说话，坐在那儿一动不动，自身恍若处于梦境，周围什么也辨认不清。皮波对她讲了好长时间，她仍然毫无反应；不过这工夫，皮波已经坐到她身旁，双臂搂住她的腰身。

"昨天，您在一朵玫瑰花上给我送来一吻，"皮波对她说道，"请让我在一朵更美丽更鲜艳的花上，向您回赠我收到的礼物吧。"

他这样说着，就亲吻了贝娅特丽丝的嘴唇。贝娅特丽丝丝毫不阻止他的举动，然而，她那漫无目的的游荡的目光，突然落到皮波身上，于是轻轻地推开他，摇了摇头，一副充满宽厚的忧伤神态，对他说道：

"您不会爱我的，您对我不过是一时冲动；可是，我却爱您，首先我要跪倒在您面前。"

她果真屈膝下去，皮波恳求她起来，怎么也拉不住。她从皮波的手臂中间滑下去，跪到地板上。

看到一位女子采取这种卑微的姿态，既不寻常，也不雅观。尽管这是爱情的一种标志，但这种标志似乎仅仅属于男子。这是一种姿势并不雅观，但谁见了都不免动情，一名犯罪有时能以此争取到法官的宽恕。皮波越来越惊讶，注视着展现在面前的这种令人赞叹的场景。如果说他认出贝娅特丽丝夫人的时候，油然而生敬意的话，那么看见她跪在自己脚下，他又该有何感受呢？多纳托的遗孀，洛雷丹家族的闺秀，竟然跪在地下。她那绣有银线花案的丝绒衣裙，覆盖了石板地，她的头纱、散开的头发垂落地面。从这幅漂亮的画框中，现出她的雪白臂膀与合拢的双手，而她那双湿润的眼睛则抬起凝视皮波。皮波内心深处被打动了，他倒退了几步，陶醉在自豪感当中。他不是贵族，贝娅特丽丝剥下了贵族的高傲，如同一道闪电，进入这个青年的灵魂。

不过，这道闪电转瞬即逝了。这样一种景象所应引起的，何止是一种虚荣心。我们的身子俯向一眼清泉的时候，立刻映现我们的形象，而我们逐渐靠近，一个兄弟便从水中迎面朝我们走来。在人的心灵里，爱就是这样呼唤爱，爱的一瞥能让爱绽放。皮波也跪下来。两个人彼此倾向对方，这种跪姿保持了半晌，交换了他们的初吻。

贝娅特丽丝固然是洛雷丹家族的女儿，但是她的脉管里也流淌着她母亲比扬卡·龚塔里尼的温柔血液。这位出色的母亲，在世间无与伦比，她也是威尼斯的一位绝色美人。她一直很幸福，招人喜爱，在和平时期只想很好地生活，到了战乱时期，则十分热爱自己的祖国。比扬卡就像她女儿们的大姐姐，她英年早逝，人去了还那么美丽。

贝娅特丽丝正是受母亲的影响，才学会赏识并喜爱艺术，尤其是绘画。这并不是说这位年轻寡妇在绘画方面饱学博识了。她在罗马和佛罗伦萨逗留过，米开朗琪罗的那些杰作仅仅引起她的好奇。作为罗马人，按说她应该喜爱拉斐尔，但她是亚得里亚海湾的女儿，更喜爱那位提香。正当她周围所有人的心思全花在朝廷的明争暗斗，或者共和国事务上的时候，贝娅特丽丝却只关心新画作，只关心维塞利奥去世之后，她偏爱的绘画艺术会落到什么境况。她曾在多尔凡府见过我在本篇故事开头提到的那幅油画，提加奈洛所完成的唯一画作，在一场大火中焚毁了。她欣赏了那幅油画之后，又在多罗蒂夫人府上遇见过皮波，便对他产生了不可抗拒的爱情。

在尤里乌斯二世①和利奥十世②的世纪，绘画并不像今天这样是一种行业，那是艺术家的一种宗教、大贵族的一种闲情逸致、意大利的一种光荣、妇女的一种迷恋。一位教皇能离开梵蒂冈，去拜访比奥纳罗蒂③，那么，威尼斯一位贵族的女儿就总可以爱上提加奈洛，不会感到丢脸。不过，贝娅特丽丝还酝酿了一项计划，使她的痴情升

---

① 尤里乌斯二世（Julius Ⅱ 1443—1513）：罗马教皇，为政教合一而奋斗的政治家。他鼓励艺术创作，他的名字与拉斐尔、米开朗琪罗等人是分不开的。

② 利奥十世（Loe Ⅹ 1475—1521）：罗马教皇（1513—1521 在位）。他是文艺复兴时期最能挥霍的教皇，资助艺术事业，修建圣彼得大教堂，使罗马重新成为西方文化中心。

③ 比奥纳罗蒂（Buonarotti），即米开朗琪罗（Michel-Ange 1475—1564），意大利文艺复兴盛期的伟大艺术家。

华，也更加大胆了。她不仅要让皮波成为她的情人，还要让他成为一位绘画大师。她了解皮波所过的放荡生活，决定把他从那种状态中拉出来。她知道皮波虽然放浪形骸，心中的艺术圣火还未熄灭，只是覆盖着一层灰烬，她希望爱情能重新点燃神圣的火花。她犹豫了整整一年，秘密地怀着这一念头，不时遇见皮波，经过堤岸时还望望他住宅的窗户。她经不住一种任性的诱惑，要绣一只钱袋送给皮波。诚然，她心下决定不要再往前走，永远也不要进一步尝试。然而，当多罗蒂夫人给她看皮波为她作的诗，她便流下欣喜的眼泪。试图实现自己的梦想，会冒多大风险，她不得而知。但这是一种女人的梦想，她走出家门时就自言自语："女人的心愿，就是上帝的意愿。"

贝娅特丽丝有这种思想，有她的爱情和直率的指引和支持，就感到自己无所畏惧。她跪在皮波的面前，首先为她的爱情祈祷；然而，在牺牲掉她的高傲之后，面前这尊急不可待的神又请求她做出另一种牺牲。成为提加奈洛的情人，她并不犹豫，就如同她已经是他的妻子了。她摘下头纱，放到摆在房间里的一尊维纳斯雕像上，接着便把自己交给命运；她的面容与大理神像同样美丽苍白。

按照事先约定，贝娅特丽丝在旁边房间度过了白天。日落之后，送她来的那只凤尾船又来接她了。她还像进门那样悄悄地离去。几名仆人被分派办事，都被支开了，只有门房留在府内，他早已习惯主人的生活方式，看见一位戴面具的女人和皮波一起穿过游廊，并不感到奇怪。不过，他望见那位夫人走到门口时，撩起面具的胡须，而皮波给了她一个别吻，他便悄无声息地溜上前，侧耳细听。

"您就从来没有注意过我吗？"贝娅特丽丝快活地问道。

"当然注意到了，"皮波回答，"但是没有一睹芳容。你本人，可以肯定，没有意识到自己有多美。"

"你也一样，美如阳光，比我想象的要美上千倍。你会爱我吗？"

"当然，会爱得长久。"

"而我能爱一生一世。"

他们说完这些话才分手，皮波还伫立在门口，目送凤尾舟将贝娅特丽丝·多纳托载走。

六

半个月过去了，贝娅特丽丝还没有提起她酝酿的计划。老实说，就连她自己也有点忘却了。一种情爱关系的初期，颇似西班牙人发现新大陆的探险。那些西班牙探险者登船时，向他们的政府保证遵循各种具体指令，绘制地图带回来，并且在美洲传播文明；然而，他们刚一到达，看到陌生天空的景象、原始森林、金矿或者银矿，就忘乎所以了。为了追寻新奇的事物，他们忘记了自己的承诺和整个欧洲，不过，他们有时却能发现一个宝藏：情侣的行为有时就是这样。

贝娅特丽丝还有一种值得谅解的缘由。这半个月，皮波没有赌博，一次也没有去奥尔西尼伯爵夫人那里。这表明他开始理智了，至少贝娅特丽丝作出这样的判断，我也不知道她判断得对不对。皮波半天在他情人身边度过，另外则泡丽都酒吧，喝着萨莫斯葡萄酒，眺望大海。朋友们见不到他了，他一改自己的全部习惯，什么时光、早晚，什么活动交往，全不放在心上了，总之，他沉醉在深深的遗忘中，忘掉一切事物，这是一位美女的初吻总要给人留下的迷醉状态：一个男人，在这种状况，能说他是明智还是糊涂呢？

如果用一句话把事情说透了，皮波和贝娅特丽丝就是天生的一对，他们头一天就发觉了这一点；不过，还必须有一段时间来确认，为此用一个月并不为过。一个月就这样过去，仍未提起绘画。在水上泛舟，城外散步的时候，倒是大谈特谈爱情、音乐。高贵的夫人有时更喜爱到郊区小旅店偷情幽会，而不愿在小客厅里吃夜宵。贝娅特丽丝也持这种观点：在昆塔瓦尔的凉棚下，同皮波对坐吃一尾鲜鱼，在她看来胜过总督府的晚宴。吃完饭，二人登上凤尾舟，前往亚美尼人岛周围游弋。我建议读者趁月亮风清之夜去那里，在城区和丽都之间，在海天之间，同威尼斯女郎爱恋。

一个月下来，有一天，贝娅特丽丝秘密来到皮波家中，发现他比往常更快活。她进屋的时候，皮波已经用完餐，正边唱边踱步，只见阳光照亮他的房间，照得桌子上一只盛满金币的银盆闪闪发亮。昨天晚上他去赌博了，赢了维帕西亚诺先生一千五百皮阿斯特。他用这笔钱买了一把中国扇子、芳香手套和一条在威尼斯制作的精美金项链，全装在一只镶嵌螺钿的雪松木匣里，赠给贝娅特丽丝。

贝娅特丽丝收到这些礼物，开头一阵惊喜，不料一得知这是用赌博赢的钱买的，就不肯接受了。她非但没有随同皮波一起高兴，还陷入了沉思，不免心中暗道，皮波又去寻求原先的乐趣，这也许表明他对她的爱减少了几分。不管怎样，她看出时机已到，应该谈谈了，尽量劝说他放弃他又要陷入的放荡生活。

这可不是一件容易的事。这一个来月，贝娅特丽丝得以了解皮波的性格。不错，对于生活的一般事物，皮波表现出一种极端无所谓的态度，他终日“游手好闲”[1]；可是在更为重要的事情上，就很难控制他了，问题恰恰出在这种漫不经心的态度上：一旦有人想要对他施加影响，他并不抗衡和辩驳，让人说去，而他还照样一意孤行。为了达到目的，贝娅特丽丝采取了迂回战术，问皮波是否愿意为她画一幅肖像。

皮波痛快地答应了，次日他就去买了一块画布，还吩咐人将一幅画架搬到他房间：那副橡木雕刻的精美画架，当年是他父亲绘画用的。贝娅特丽丝一早就来了，她穿着一条肥大的褐色衣裙，等皮波要动手画了，便脱了下来。于是，她出现在皮波面前的那副装束，颇似帕里斯·博尔多纳[2]那幅《戴花冠的维纳斯》的打扮。她的秀发结扎在前额，缀着珍珠，波浪的长绺垂到手臂和肩上。珍珠项链一直垂到腰带，在胸口正中由一个金扣环固定，完全沿着并绘出她那裸乳的轮廓。变色的塔夫绸衣裙，蓝色和粉红色，由一只红宝石架子提到膝上，露出美如大理石雕的小腿。此外，她还戴着好多副手镯，穿一双系着金带的大红绒拖鞋。

博尔多纳的《维纳斯》，众所周知，并非别物，只是一位威尼斯夫人的肖像。这位画家本是提香的弟子，在意大利名气很大。贝娅特丽丝也许认识这幅人物画的模特儿，非常清楚她的容貌更美。她就想激发皮波的好胜心，以这种方式向他表明可以超越博尔多纳。年轻人端详她片刻，便高声说道：

“以狄安娜的血起誓，那个戴花冠的维纳斯，不过是军火库的女小贩，乔装打扮成了女神；瞧，这才是爱神的母亲，战神的情人呢！”

不难想象，皮波看到他如此美丽的模特儿，首先要做的不是动手绘画。贝娅特丽丝担心自己打扮得过分漂亮，采取了一种不正当的方法来实现改造的计划。好在开始画像了，不过，画草图时，皮波心不在焉，偶然间画笔还掉了。贝娅特丽丝拾起来，还给情人，对他说道：

“你父亲的画笔，有一天也是从手中脱落，查理五世[3]拾起画笔还给他，我也要像罗马皇帝那样做，尽管我不是女皇。”

皮波对自己的父亲，始终无限热爱，也无限敬佩，每次提起来，总是怀着极大的敬意。这件往事深深触动了他，他起身去打开衣柜。

“这就是您提到的画笔，”他说着，拿起画笔给贝娅特丽丝看，“自从半个世界的主人接触了这支画笔，我那可怜的父亲就当做圣物一直珍藏。”

---

① 原文意大利文：farniente。

② 帕里斯·博尔多纳（Pâris Bordone 1500—1571）：意大利文艺复兴时期威尼斯画派画家。

③ 查理五世（Charles Quint 1500—1558）：神圣罗马帝国皇帝，曾当过西班牙国王、西西里和德意志皇帝。

"当时您在场吗？那个场景，您能对我讲述一下吗？"贝娅特丽丝问道。

"那时我还太小，"皮波答道，"不过，我还记得。事情发生在波洛涅。教皇和皇帝在那里会晤，决定佛罗伦萨公国问题，确切地说，决定意大利的命运。大家望见保罗三世和查理五世在平台上交谈，而在他们的谈话过程中，全城都保持肃静。一小时之后，一切都决定下来，于是寂静打破，车马喧哗，人声鼎沸。大家不知道即将发生什么事情，都纷纷扰扰想打听。可是，上面旨喻，要严守秘密，居民都怀着好奇和恐惧的双重心理，注视两个朝廷极普通的官员走过去。大家议论，意大利恐怕要遭肢解，要流放一批人，要新创建几个公国。家父正在绘制一大幅画，他登在用来绘画的梯子上面，忽然持矛卫士打开大门，贴墙分列两边。一名青年侍从走进来，高喊一声：'皇帝驾到！'几分钟之后，皇帝出现了，穿着紧身衣，直挺挺的，棕红胡子中间的嘴唇挂着微笑。皇帝莅临出乎意料，家父又惊讶又欢喜，就尽可能快些爬下梯子；可是他年老了，他紧贴着倾斜的梯子，画笔从手中失落。所有人都一动不动，只因皇帝在场，把我们全变成了雕像，家父行动缓慢而笨拙，十分惭愧，但是动作快了又怕摔伤。查理五世朝前走了几步，慢慢俯下身，拾起画笔。'提香，'皇帝声音清亮而威严地说道，'提香配得上皇帝为他效劳。'说罢，他以无与伦比的庄严姿态，将画笔还给我父亲，我父亲则单腿跪地接过来。"

皮波讲述这段往事，心情不能不激动。贝娅特丽丝听完了，沉默了半晌，她低下头，看来完全走神儿了。皮波见状，便问她在想什么。

"我在想一件事儿，"她答道，"查理五世已经死了，现在他儿子是西班牙国王。怎么评说腓力二世[①]呢？他父王的剑，他非但没有佩戴，还放在衣柜里任其生锈。"

皮波微微一笑，他虽然明白贝娅特丽丝的想法，还是问她想说什么。

"我想说的是，"她回答道，"你也一样，是一位国王的继承人，因为，博尔多纳、莫雷托、马罗尼奥是好画家；丁托雷和乔尔乔涅[②]是艺术家，而提香则是国王，那么现在，谁拿着他的权杖呢？"

"我哥哥奥拉齐奥，"皮波答道，"他若是在世，就会成为大画家。"

"当然了，"贝娅特丽丝接口说道，"别人会这样讲提香的两个儿子：'一个如果在世，另一个如果愿意，都能够功成名遂了。'"

"这话你信吗？"皮波笑着问道，"那好，有人还要补充一句：'可是，他更喜欢同贝娅特丽丝·多纳托水上泛舟。'"

---

① 腓力二世（Philippe Ⅱ 1527—1598）：西班牙国王（1556—1598 在位）。

② 乔尔乔涅（Giorgione 1477—1510）：意大利画家。

这不是贝娅特丽丝所期望的回答,她有点儿不知所措。然而,她丝毫没有丧失勇气,不过改为更加严肃的语气。

“你听着,”她说道,“不要开玩笑了。你的唯一画作受到赞赏,焚毁之后,无不感到惋惜。然而,你所过的生活,比多尔凡府的大火还要糟糕,因为,这种生活把你本人给毁了。你一心想着消遣,却不考虑考虑,对别人只是误入歧途的事,对你则是一种耻辱。一个发了财的富商的儿子,可以去赌博,但是你提加奈洛就不行。你跟我们那些最年老的画家一样内行,而你又有他们所缺少的青春,这有什么用呢?你只要试一试就能成功,可是你连试也不试。你那些朋友在欺骗你,而我对你说你在玷污对自己父亲的记忆,我这是尽职责,这话除了我,谁肯对你说呢?你只要还富有,就总有人协助你倾家荡产;你只要还俊美,女人就会爱你。在你还年轻的时候,谁也不对你讲这种真话,将来会如何呢?亲爱的,我是您的情妇,但是我也要做您的情人,但愿您生来就穷困!如果您爱我,那就得工作。我找到一座僻静的小房子,在远离市区的一个街区,只有两层。您若是愿意的话,我们就按照自己的口味布置起来,并且准备两把钥匙:给您一把,我留一把。我们在那里自由自在,不用担心任何人。您吩咐人运去一副画架,如果您答应我,每天去那里只画两小时,我就天天去看您。每天仅作两小时画,您总该有这点耐心吧?假如您接受了,从现在起过一年时间,您有可能不爱我了,但是您养成了工作的习惯。假如您拒绝,我不可能终止爱您,不过这就向我表明您并不爱我。”

贝娅特丽丝讲这番话的过程中,身子微微颤抖。她害怕冒犯她的情人,然而,她又感到责无旁贷,必须毫无保留地讲出来:这种担心和讨欢心的渴望,使她的眼睛闪闪发亮。她不再像维纳斯了,而像一位缪斯。皮波没有当即回答,觉得她这样太美了,就让她这种不安的状态持续一会儿。老实说,这番劝导,他并没有用心听,倒是格外注意讲话的声调:这种极富感染力的声音令他着迷。贝娅特丽丝完全用心灵讲话,以最纯净的托斯卡纳地方音,并带有威尼斯人的温柔。一支热烈的小咏叹调,从美人口中轻吐出来,我们往往不大注意歌词,有时甚至听不真切反而更美妙,完全荡漾在音乐的旋律中。皮波的情况就大致如此,他没有细想对他的要求,便凑到贝娅特丽丝面前,吻了一下她的额头,对她说道:

“完全顺从你的意愿,你跟天使一样美丽。”

二人说定,从即日起,皮波就要按时作画了。贝娅特丽丝还要他立字据为凭,她取出记事本,带着情人那种得意神态,在本子上写了几行字。

“要知道,”她解释说,“我们洛雷丹家族的人一丝不苟,账目都要清楚。我作为债权人,记上你欠我一年期每天两小时,你签上字,而且如数付给我,好让我知道你爱我。”

皮波欣然签了字。

“自不待言，”他说道，“我开始工作，就先给你画像。”

贝娅特丽丝也拥吻了他，对着他的耳朵说道：

“我也要给你画像，一幅酷似的出色肖像，不是没有生命的，而是有血有肉的。”

七

皮波和贝娅特丽丝的爱情，初始如同地下涌出的一股清泉，现在则像一条小溪，渐渐渗透，在沙地里冲出一张卧榻。假如皮波是贵族，他肯定就娶了贝娅特丽丝，因为，他们彼此越了解，也就爱得越深。尽管从卡多尔到弗里乌尔，维塞利奥家族很卓越，这样一种婚姻还是不可能的。不仅贝娅特丽丝的近亲会极力反对，全威尼斯凡是有贵族称号的人，也都会表示气愤。那些人情愿容忍偷情私通的行为，也不非议一位贵妇当了一名画家的情妇，可是，那个女人如果嫁给了她的情夫，他们是万万不能饶恕的。这就是那个时代的偏见，不过，那个时代还是胜过我们这个时代。

小房舍安置好了家具，皮波也信守诺言，每天都来这里。说他工作，未免过分，他只是装装样子，确切地说，他自以为工作了。贝娅特丽丝这方面，行动超过了许诺，她总是头一个到达。肖像倒是画出了草图，不过进展很慢，一直放在画架上，尽管大部分时间，皮波碰也不碰，但是在那里至少充当见证，既可以激励爱情，也可以原谅懒惰。

每天早晨，贝娅特丽丝都派她的黑人使女，给她的情郎送去一束鲜花，以便让他养成早起的习惯。“一位画家拂晓就应该起床，”她说道，“阳光是他的生命，是他的艺术真正的元素，因为没有阳光，画家就一无所成。”

这种警告，皮波认为是对的，但就是做起来太难了。他接过黑人使女送来的花束，有时就随手插入放在床柜上的糖水杯中，重又倒头睡去。前往小房子的途中，要从奥尔西尼伯爵夫人府的窗下经过，他就感到身上带的钱在兜里躁动。有一天，他散步时碰见维帕西亚诺先生，对方问他为什么见不到他了。

“我已经发誓不再拿掷骰子筒了，”皮波回答，“也不再摸一张牌了。我们押上随身带的钱，掷钱币赌一把吧。”

维帕西亚诺虽然年迈，又当过公证人，还是照样成了赌徒，他可不会拒绝这一提议。他取出一枚金币往上一掷，结果输掉三十枚金币，走了还意犹未尽。“真遗憾，”皮波心中暗道，“这会儿不能赌博！我确信贝娅特丽丝的钱袋还会继续给我带来好运，我两年输的钱，一周就能捞回来。”

然而，他能听情人的话，也因此沾沾自喜。他的小画室氛围最喜幸，也最安静了。他来到画室，就觉得到了一个新世界，却又是记忆中的世界，因为他的画幅和画架唤起他的童年。我们从前熟悉的事物，很容易就能重新熟悉起来：容易熟悉再加上记忆，不知道为什么，我们再见到这些事物会倍感亲切。在一个晴朗的上午，皮波拿起调色板，将亮晶晶的颜料挤在上面，看看一切准备就绪，只等他亲自调配了，这时他就恍若听见他父亲粗暴的声音，像从前一样在身后嚷道：“快点儿，懒虫，你胡思乱想什么呢？大胆下手，给我干这件活！”回忆起这种情景，他扭过头去，见到的不是提香那张严厉的面孔，而是贝娅特丽丝。她裸露着臂膀和乳房，额头戴着珍珠串，在他面前摆好姿势，微笑着对他说道：“您就吩咐吧。”

不要认为皮波以无所谓的态度对待她的劝道，她就作罢，不管听不听，该讲她还是要讲。时而，她提起威尼斯一些名家在意大利各画派中所赢得的光荣地位；时而，她让他回顾艺术曾达到了多么辉煌的高度，再向他指出现在衰落到何等地步。她这种见解何其正确，因为威尼斯当时正在步佛罗伦萨的后尘：威尼斯不仅丧失光荣，而且丧失对光荣的敬重。米开朗琪罗和提香两个人，差不多生活了一个世纪，他们向祖国传授了艺术之后，又尽人力长期同混乱作斗争；但是，这两根立柱终因年老而倒塌了。有人为了将不知名的革新者捧上天，竟然遗忘了刚刚埋葬的大师。布雷西亚[①]、克雷莫纳[②]都争相创建新流派，宣称新流派胜过旧画派。就在威尼斯，提香的一名弟子的儿子，盗用了给皮波起的绰号，居然也自称提加奈洛，用品位极低的作品塞满了贵族教堂。

皮波即便不在乎祖国的耻辱，见到这种丑恶的东西，也不免气愤。当有人在他面前兜售一幅低劣的画，或者在某座教堂，他看见他父亲的杰作中间，夹杂着一幅拙劣的油画，心中产生的反感，恰如一位贵族看到一个私生子的名字写进了贵族名录里。贝娅特丽丝理解这种反感情绪，而所有女人都或多或少具有大利拉[③]那种本能善于抓住机会探知参孙头发的秘密。贝娅特丽丝在敬重那些神圣的名字的同时，也时常有

---

① 布雷西亚：意大利城市，布雷西亚省省名。

② 克雷莫纳：意大利伦巴第地区城市。

③ 大利拉（Dalila）：《圣经·旧约》中人物，以色列的第七十五代士师、力大无比的永世参孙的情妇。参孙娶非利士女子为妻，又与非利士人为敌。大利拉被非利士人收买，从参孙口中探出他力大无穷的原因，并趁他熟睡时剃掉他的头发。参孙被缚，遭到非利士人的戏辱，于是他求神再给他一次力量，遂抱柱倾覆神殿，与敌人同归于尽。

意赞扬几名平庸的画家。这样违心谈论并不容易，但是她佯装赞赏时非常巧妙，一副煞有介事的样子。她通过这种办法，往往促使皮波的情绪变坏，而且她早已注意到，皮波每逢心情恶劣，就显得冲动，会立即动手作画。皮波在这种时刻，就会有大手笔，求成心切而迸发灵感。不过，他那轻浮的性格很快又占了上风，突然丢下画笔，说道："好了，喝杯塞浦路斯葡萄酒吧，别再提那些愚蠢的东西了。"

面对如此缺乏常性的人，换一个女人也许就会气馁了，可是贝娅特丽丝则不然。我们在历史的叙述中，既然能看到不共戴天的深仇大恨，那就不要奇怪爱也能赋予人以恒心。贝娅特丽丝深信一件千真万确的事情，就是习惯能成就一切，这便是她这种信心的由来。她见过生身之父，一个极为富有而身体衰弱的人，已经年迈了，还终日过度操劳，埋头最枯燥无味的账目，以便给他巨大的财富增添几枚金币。她经常恳求父亲爱惜身体，而父亲总是同样的回答：这是他从小就养成的习惯，已经变得不可缺少了，只要活一天就得保留一天。贝娅特丽丝从这个事例中获益，只要皮波还没有强制自己定时工作，她就不愿意作出任何预测，心想爱荣耀是一种高尚的贪婪，应该跟吝啬同样有力量。

她这样想并不错，但是难就难在，要让皮波养成一种好习惯，就必须使他改掉一种坏习惯。然而，有些莠草不用费劲就能拔掉，赌博却不是这样一株莠草，也许还是唯一能同爱情相抗衡的一种迷恋，因为，世上一些有抱负的人、放荡不羁的人和虔诚的信徒，都能拜倒在女人的裙下，但是赌徒很少有这种情况，其原因很容易解释。正如钱币几乎代表所有享乐，赌博也几乎概括所有冲动。每次摸的一张牌，每次掷下的骰子，都会带来一定数目的金币或银币的输赢，标志着一种不确定的乐趣。赢家自然感到无数的欲望，不禁可以放手地投入，而且还力图寻求新乐子，肯定什么欲望都能得到满足。反之，输家则陷入绝望，大笔大笔钱过了手，现在突然一筹莫展了。这样的体验，不断重复出现，同时耗尽又激发人的精力，将人投进一种眩晕的状态，赌客总是全神贯注，而寻常的感觉太微弱了，也来得太缓慢，又过于循序渐进，就引不起赌客的一点点兴趣了。

皮波幸好继承了父亲留来的巨额财富，赌博输赢都未能对他产生致命的影响。生活中驱动他的，主要不是恶习，而是无所事事；况且，他太年轻，有了毛病不是无可救药的。他的兴趣无常本身就证明了这一点，只要看得紧一点，他的毛病不可能不改掉。贝娅特丽丝认识到这种必要性，也顾不上自己的名声，几乎每天都陪伴在她情人的身边。此外，为了避免日久生厌，她还动用了女性娇媚的所有手段。她的发型、首饰，乃至她的言语，总是不断地变换；而且，她每天都换上一身新衣裙，唯恐陪伴忽然使他失去了兴趣。皮波看出这些小伎俩，不过，他没有那么愚蠢，会为此发火，恰恰相反，他也照搬过来，不断变换情绪和行为举止，他每天换领饰。他无需为此费心琢磨，自然一点就足够了。有时他就笑着说道："鮈鱼是一种小鱼，而任性是一种小激情。"

我们这对情侣就这样生活，都喜欢欲乐，彼此情投意合。唯独一件事，贝娅特丽丝总放心不下。她为皮波设计的未来，每次向他谈起，他就只是回答这么一句："就先从你的画像开始吧。"

"我还求之不得呢，"贝娅特丽丝说道，"这事儿早就说好了，然后你打算做什么呢？这幅肖像不可能公开展示，而这一幅画完了，你必须考虑让人了解你。你头脑里有题目了吗？是一幅宗教题材的画，还是历史题材的画？"

她每次提出这些问题，皮波总设法转移注意力，充耳不闻，例如拾起手帕、对准衣服的一个纽扣，诸如此类小事。贝娅特丽丝开始以为，这可能是艺术家秘而不宣的意念，他不愿意讲出自己的计划。其实，比起任何人来，皮波都不神秘，也更信赖别人，至少信赖他的情妇，因为没有信任就没有爱情。"难道他会欺骗我吗？难道他随和的态度不过是一种手段，而他根本就不打算信守诺言吗？"

贝娅特丽丝萌生这种疑虑时，就换上一副严肃的，近乎高傲的神态。"您可是对我许诺了，"她说道，"您保证一年为期，我们要看看您是不是守信用的人。"然而，不等她的话讲完，皮波就深情地拥吻她。"就先从你的画像开始吧。"他重复这句话。接着，他总有办法谈别的事情。

我们可以判断，她是多么急切地要看到这幅画像完成。一个半月之后，终于画完了。贝娅特丽丝最后一次摆姿势的时候，简直高兴极了，在原地待不住，总在画像和她的坐椅之间来回走动，不断欢叫和赞叹。皮波画得很慢，不时还摇摇头；他突然皱起眉头，拿起擦拭画笔的抹布猛地涂抹画布。贝娅特丽丝立刻跑过去，看见他擦掉了画像上的嘴和眼睛。她大惊失色，禁不止流下眼泪；可是，皮波却不慌不忙，又把颜料收进箱子里。他说道：

"眼神和微笑，这两样很难表现，必须有了灵感，才敢下笔画出来。现在我觉得手还没有把握，甚至不知道，以后有没有感觉。"

画像就这样毁了，贝娅特丽丝每次看到这幅没嘴没眼睛的头像，就倍感担心了。

八

读者可能注意到，皮波爱喝希腊葡萄酒。东方红酒喝了虽然不会讲醉话，可皮波每一顿餐后，吃甜点心时，话还是很多。贝娅特丽丝总是不失时机，将话题引向绘画。然而，一谈到绘画，就出现两种情况：皮波或者保持沉默，嘴角泛起贝娅特丽丝不愿意看到的微笑，或者以特别冷淡的态度谈论艺术。在这种谈话的大部分时间，尤其一个怪念头，总要浮现在他的脑海。

“有一个好题材，可以作一幅画，”他说道，“表现罗马日落中的Camp Vaccino①。视野开阔，广场空荡荡的，近景废墟堆上，有些孩子在玩耍，中景只见一个身披斗篷的年轻人经过那里，他面色苍白，俊秀的脸因痛苦而失态，看样子恐怕不久于人世了。他一只手拿着调色板和画笔，另一只手扶在一位年轻健壮的女子身上，而那女子扭过头来微笑。为了解释这一场景，必须在画幅下方注明所发生的日期：1520年星期五。”

贝娅特丽丝不难明白，这种近乎谜语的话是什么意思。正是1520年那个星期五，拉斐尔②在罗马去世。可以肯定，这个伟人是在他情妇的怀抱里咽气的，尽管有人极力否认，外面却早已传开了。皮波酝酿的画作，就是要表现拉斐尔死前不久的情景。而这样一种场面，由一位真正的艺术家以简洁的手法处理，的确可能成为一幅好作品。不过，贝娅特丽丝心里有数，知道怎么对待这种设想，她从情人的眼中就看出他要向她表达的意思。

意大利所有人一致哀悼，皮波则相反，有机会就夸死得好，他说拉斐尔尽管是个大天才，可是他的死比他的生还要壮丽。对这种想法，贝娅特丽丝当然很反感，但是她又情不自禁地微笑起来：这毕竟表明爱情胜过荣耀。况且，这样一种想法，如果说可能受到一位女子谴责的话，那么至少不会由于她受到伤害。假使皮波挑选别的事例，贝娅特丽丝就有可能同意了。“按说，”她说道，“这两件事相得益彰，为什么非要对立起来呢？爱情和荣耀是兄妹关系，为什么你硬要把两者拆开呢？”

“同时做两件事，从来就做不好，”皮波补充说道，“你总不能建议一个商人又算账又写诗，也不会让一个正琢磨韵脚的诗人去量布吧。我正在恋爱，你为什么还要我画画呢？”

贝娅特丽丝不知如何回答是好，只因她不敢说爱情不是一种花费精力的事情。

“你也要像拉斐尔那样死去吗？你若是有这种愿望，怎么没有一开始就像他那样做呢？”

“正相反，”皮波回答，“我是怕像拉斐尔那样死去，才不愿意像他那样做。要么

---

① 意大利文，意为“奶牛场”。

② 拉斐尔（1483—1520）：意大利文艺复兴时期的著名画家。

拉斐尔作为画家，不该坠入爱河，要么他有了爱情，就不该作画了。这就是为什么，他37岁就死了，固然死得很荣耀，但是人死了，谈不上什么好死法。假如他少完成些杰作，哪怕少做50幅，那个弗尔纳丽娜就会多上50次亲吻；只有教皇倒霉了，他不得不另找人装饰那些小教堂了；而拉斐尔少作画，就避免油颜料那种特别危害健康的气味了。”

“你也要把我变成弗尔纳丽娜那样一个人吗？”贝娅特丽丝高声说道，“你若是既不关注自己的荣名，也不爱惜自己的生命，愿意委托我来发送你吗？”

“不，说心里话，”皮波回答，同时将酒杯举到唇边，“假如我能使你变形，那么我就要把你变成一个斯塔菲勒斯[①]。”

皮波这样讲，尽管装作口气轻松，如果以为是戏言就错了。他在这种戏言的背后，恰恰隐藏了一种深思熟虑的见解，下面就是他头脑深处的所思所想。

艺术史中经常谈到，大艺术家创作其作品得心应手，还列举一些善于将创作同放浪生活，甚至悠闲自在结合起来的例子。然而，艺术家最大的过错，莫过于无所事事了。一位熟练的画家，确信自己的手法和名望，在消遣和娱乐中，也能画一幅出色的素描，这不是不可能的。据说，达·芬奇绘画，有时就一只手操画笔，一只手弹竖琴；然而，那幅著名的肖像画《蒙娜丽莎》，在他的画架上却停留了四年之久。屈指可数的大手笔，结果总是受到过分的夸赞，尽管如此，真正美的作品，可以肯定是时间和深思之作，而没有耐心就没有真正的天才。

皮波确信这条规律，而且他父亲的事例也证实了他这种见解。的确，提香这样大胆的画家，也许前所未有，后继者也只有他的学生鲁本斯[②]。不过，如果说提香的手法灵动敏捷的话，那么他的思想却是耐久坚韧的。他活在世上99年，一直致力于他的艺术。刚入道的时候，他绘画缩手缩脚，非常细腻而枯燥，其作品类似于阿布里希·丢勒[③]的哥特式画作。经过长期实践之后，他才敢顺从自己的天分，放开手笔；即使如此，他有时还要后悔，从而有一回，米开朗琪罗看到提香的一幅油画，便说实在遗憾，在威尼斯就是有人忽视绘画的原则。

可是，到了我讲述的这个故事所处的时期，不幸的是，威尼斯盛行便利之风，这向来是艺术衰落的第一个信号。皮波有门庭的背景，又有学养，他稍微大胆一点儿，很容易就能迅速蹿红；然而，这恰恰违背他的意愿。他把利用民众的物质视为可耻的事

① 斯塔菲勒斯：罗马神话中酒神巴克斯所爱的仙女，他把仙女变成了葡萄。

② 鲁本斯(1577—1640)：佛拉芒著名人物肖像画家。

③ 阿布里希·丢勒(1471—1528)：德国油画家、版画家。

情，也有理由认为，一位建筑师的儿子，不应该拆毁他父亲建造起来的殿堂，而提香的儿子若果当了画家，就必须肩负起责任，反对绘画的堕落。

毫无疑问，要承担起这样一项任务，他就必须贡献一生。能成功吗？还不一定。单独一个人，力量太弱小，而同他搏斗的是整整一个世纪，他会被大众裹挟而走，好似一个游泳的人卷入漩涡一样。那会是什么情况呢？皮波还有这点自知之明，他预见到自己迟早会丧失勇气，会被当初的享乐生活重新拖下水；那样的话，他就白白做出了牺牲，不管这种牺牲是局部的还是整体的。他能收获什么成果呢？他年轻，富有，身体健康，又有一个美丽的情人，过自己的幸福日子，也不会招致别人的指责，管他日出日落，只需顺从自然就行了，何苦舍弃这么多好处，去追求一种很可能成为泡影的荣名呢？

皮波是经过深思熟虑之后，才决定装作一种漠不关心的态度，而这种态度也逐渐变成自然。“如果我再练习20年，”他说道，“如果我试图模仿我父亲，那我就等于对聋子唱歌。如果缺乏了毅力，我就会辱没门庭。”接着，他以惯常的快活神气，高声总结道：“让绘画见鬼去吧！生活太短暂了。”

他就这样同贝娅特丽丝争论，肖像画也一直没有完成。有一天，皮波偶然走进圣母马利亚修道院。在小教堂里，他瞧见马可·维塞利奥的儿子站在一个架子上，正是我前面提过的那个自称提加奈洛的家伙。这个年轻人只是提香的一个远亲，用这个名字毫无道理：他本名提托，由提托化为提加奈洛。正因为如此，威尼斯城爱看热闹的人就以为他是伟大画家的天才继承者，在他的壁画前看呆了。对这种可笑的骗术，皮波并没有放在心上。然而此时此刻，或是因为他不期碰见这个人，心中十分反感，或是他一反往常，更为认真地考虑自己的价值，他便走到架子跟前，看到小立柱支撑不稳，抬腿踢了一脚，将一根小立柱踢倒。支架幸好没有当即倒塌，但是摇晃得厉害，那个假冒的提加奈洛像喝醉了酒，在上面先是摇摇晃晃，终于失去平衡，倒在他的颜料堆中，弄得满身满脸五颜六色，十分滑稽。

可以想见，他爬起来时该有多么恼怒，立刻从架子上下来，冲向皮波，还破口大骂。二人在这神圣的地方，就要拔剑相斗时，一名教士急忙插到中间，将他俩分开。信女们都惊恐万状，大大地划着十字逃开，而爱看热闹的人却纷纷跑来。提托叫嚷一个人要谋害他，他要求惩罚这一罪行，那根踢倒的立柱可以证明。在场的人开始窃窃议论，其中一个胆子大些，想要揪住皮波的衣领。皮波本来是冒失的举动，笑嘻嘻地瞧着这个场面，可是看看自己要被人视为凶手，送进监狱，不免也火冒三丈。他猛地推开要抓住他的人，一下子扑向提托。

“正是应该揪住你的衣领，”皮波揪住他，朗声说道，“把你押在圣马可广场，像贼一样吊死。你知道在同谁说话，盗用谁的姓名吗？我叫蓬尼奥·维塞利奥，提香的儿子。刚才我照你这虫蛀的架子踹了一脚，今天若是换了我父亲，肯定要教训你敢自称提香奈洛，用力摇你这棵树，把你这个烂苹果摇落。可惜他不在这里。他若是在场，就会让你受到应得的惩罚，他会揪住你的耳朵，把你拖回画室：当初你还没有学会画一个人头，就从那里逃掉了。你凭什么权利，弄脏这座修道院的墙壁？又凭什么权利，在你这拙劣透顶的壁画上签我的名字？滚吧，先去花十年工夫，学学解剖学，临摹肌肉解剖模型，就像我在父亲跟前所做的那样，然后再瞧瞧你是块什么料，配不配签名。不过，在那之前，你休想再使用属于我的签名，否则我就把你扔进运河里，给你彻底来个洗礼。”

皮波说罢这番话，便走出小教堂。众人一听到他报出家门，立刻安静下来，自动闪开一条路让他过去，又好奇地尾随其后。皮波去了小房子，见到等待他的贝娅特丽丝。他怕耽误时间，不向她讲述这个意外事件，心中还激愤不已，拿起调色板便动笔画像。

没用上一小时他就画完了，同时还做了重大修改，首先重新处理了好几个过分细腻的局部，衣裙的裙裥安排得更随意一些，又润色一下背景和次要部分，而这些部分在威尼斯绘画中都非常重要。然后，他才画嘴和眼睛，而且几笔就画成了，赋予了完美的表情。画像上的眼神温柔而矜持，嘴唇微张，上方呈现细细的绒毛，赛似珍珠的牙齿闪闪发亮，话语仿佛随时脱口而出。

“你这幅画就不要称为戴花冠的维纳斯了，”等全部做完了，他说道，“应该叫恋爱中的维纳斯。”

不难猜测贝娅特丽丝该有多么欣喜，在旁边观看绘画时，她都不敢出大气，等画完了她才上前拥抱亲吻皮波，千恩万谢，对他说以后不想叫他提加奈洛了，要叫他提香。这一天余下的时间，她就只谈在画像中发现的无数美妙之处。她不仅惋惜这幅画像不能展出，而且真想开口请求展示出去。前半夜就在昆塔瓦尔度过，这对情侣从来没有这么高兴，这么幸福过。皮波快活地像个孩子，而贝娅特丽丝也不知多少次保证忠于爱情之后，一直待到深夜，因为不能再晚了，她才决定离开皮波几个小时。

她没有睡着觉，心里翻腾着最乐观的计划、最可心的希望。她已经看到她的愿景实现了，她的情人在全意大利受人夸赞和羡慕，给意大利带来新的光荣。第二天，她还像往常那样，头一个赴约，在等候皮波的时候，又看着她心爱的画像。画像的背景是一幅自然风光，近景有一块石头。贝娅特丽丝在这块石头上，看见有几行用朱红色写的字。她不安地俯下身去辨读：哥特体字极小，写的是如下一首十四行诗：

世间有这样身姿婀娜的仙娥，
芳名就叫贝娅特丽丝·多纳托；
酥胸下跳动着一颗忠诚的心，
无瑕的体内蕴藏率真的性格。

提香之子志在使她万世永生，
绘制出这幅肖像，相爱的明证；
随后从这天起他就停止创作，
不愿意用画笔再让别人出名。

不管你是谁，行客，先别谴责我，
如果你有爱心，瞧瞧我的情人，
你的情人是否也有这般风韵！

你看世上的荣名真不算什么，
我这话请相信，纵然美妙绝伦，
这肖像也抵不上本人的一吻！

后来，贝娅特丽丝再怎么激励，始终未能促使她的情人重新绘画。皮波坚定不移，她怎么恳求也不动心，当她催促得太急迫了，他就给她背诵一遍这首十四行诗。他就是这样，至死忠于他的懒散生活；而贝娅特丽丝，据说，至死也忠于她的爱情。二人形同夫妇，一起生活了很久。但可惜的是，洛雷丹家族的人的自尊心受到他俩公开关系的伤害，最终销毁了贝娅特丽丝的肖像画，正如偶然大火，焚毁了提加奈洛的处女作那样。

弗雷德里克和贝内蕾特

一

约莫复辟时期最后几年，一个名叫弗雷德里克·洪贝尔的青年，从桑贝松到巴黎来修法律。他的家庭并不富裕，只能供给他一小笔费用；不过，他生活非常规矩，有少许东西就够用了。他住在拉丁区，学校近在咫尺，上课方便。他特别喜欢安静，很少出门去散步场所、广场，很少去参观古迹，而巴黎的这类地方，恰恰是外国人猎奇的对象。他入法学院不久，有机会结识几名青年，拿着推荐信也走进几户家庭，这便是他的全部交往。他按时给父母写信，将他陆续参加考试的成绩告诉他们。经过三年的勤奋学习，他终于快要成为律师了，这在一段时间搅得他寝食难安。

弗雷德里克住在竖琴街的四层楼上，在窗前养了几盆花。一天早晨他给花浇水，望见对面一扇窗户里，有一位年轻姑娘笑起来。她那么欢喜，那么开朗地看着他，他也就不由自主地冲姑娘点了点头，那姑娘也愉快地回礼，而且从此他们就形成了习惯，每天早晨都隔着街道，这样互相问候。有一天弗雷德里克起得比平时早些，他向邻居姑娘打了招呼之后，就拿出一张纸，叠成书信的形状，从远处举给姑娘看，似乎要询他能否给她写信。那姑娘立刻摇头拒绝，一副恼怒的样子走开了。

第二天，他们俩偶然在街上相遇。那位小姐外出回来，由一个年轻人陪伴：弗雷德里克不认识那人，也不记得在大学生中间见过。邻居姑娘虽然戴顶帽子，但是从她的举止打扮来看，弗雷德里克判断她一定是巴黎人称的轻佻女士。陪伴她的那个男士，看他的年龄，无疑是哥哥或者情人，更像情人而不是哥哥。不管怎样，弗雷德里克决定不再想这种奇遇了。天气乍冷，他便把几盆花从窗台搬开；但是，他还情不自禁，总要不时地望望窗外，又将写字台移近窗口，窗帘拉开一条缝儿，能够窥视而又不会被人发现。

邻居姑娘那方面，早晨也不再露面了。傍晚五点钟，点亮灯之后，她出现过几次，是为了关百叶窗。有一天，弗雷德里克贸然给她送去一个飞吻，他深感意外，看见她还他一吻，快活的神情还像初次问候那样。叠成书信形状的那张纸还放在桌子上，他重又拿起来，极力用手语解释，请求对方给他写信，或者愿意接收他的信。然而，回答也并不比头一次好些，那小妞儿还是摇头。这种状况持续了一周，飞吻受欢迎，至于写信，只好作罢了。

不断遭到同样的拒绝，一周之后，弗雷德里克不免气恼，便当着女邻居的面将那张纸撕掉。那姑娘先是笑，继而犹豫半晌，然后从她围裙的兜里掏出一张便条，这回是她举起来给大学生看。您完全可以判断得出，弗雷德里克一定不会摇头。不能对话，他就在一大张图画纸上写了这四个字："我崇拜您！"然后将图画纸放在椅子上，两侧各放一支蜡烛。美丽的小女工用小型望远镜，看到了她的情人首次爱情表白。她报以微笑，并且示意弗雷德里克下楼去拿她出示给他看的小纸条。

天色昏暗，浓雾弥漫。年轻人敏捷地下楼，横过马路，走进女邻居的楼房。楼门敞着，那位小姐已经等在楼梯脚下。弗雷德里克一把搂住她，顾不上说话，急忙亲吻。她浑身一阵颤抖，挣脱开了。

"您给我写了什么？"弗雷德里克问道，"什么时候，怎么才能再见到您？"

那姑娘站住，又走回来，将她的小纸条塞进弗雷德里克的手里。

"拿着，"姑娘对他说道，"不要在外面过夜了。"

不错，这个大学生虽然很理智，近来确实有彻夜不归的情况，而那小女工注意到了。

这对情侣一旦达成共识，障碍就不算什么问题了。交给弗雷德里克的字条写明，他们面临危险的威胁，必须慎而又慎，问他安排什么地方见面。字条明确表示，不能安排在弗雷德里克的房间里。必须在周围另找一个房间，而拉丁区不缺少这种房屋。第一次幽会确定时，弗雷德里克收到如下一封信：

> 您对我说您崇拜我，却还没有告诉我，您是否觉得我长得美。您还没有看清我的面貌，为了能够爱我，您必须更加仔细地瞧一瞧。我要跟我的女仆出门，您也出来，到街上迎我，像熟人一样跟我打招呼，对我讲几句话，趁这工夫注意看看我。您若是觉得我长得不美，就当面对我讲，我不会生气的。

这事儿再简单不过了，况且我也不是那种凶女人。

一千个吻。

贝内蕾特。

弗雷德里克顺从了他情人的安排，这里就没必要指明，这次相看是毫无悬念的了。然而，为了这次相看，贝内蕾特却别出心裁，完全不假修饰，首饰衣饰全部卸去，头发挽起来，戴上一顶帽子，要尽显秀美的本色。大学生恭敬地同她打招呼，反复对她说，他觉得她比往常更美丽。他回到住所，为这一新的艳遇而喜不自胜；而且，到了第二天，贝内蕾特在他看来更加漂亮了：他这才明白，她不仅可以去掉所有首饰，还不用任何打扮，衣着甚至极其随便。

二

弗雷德里克和贝内蕾特没有顾上讲一句话，立刻投入对方的怀抱，尽享鱼水之欢。他们交换第一句话后，就开始你我相称了。二人相拥着，坐在旺火闪亮的壁炉前。贝内蕾特因喜悦而无比鲜艳的脸蛋儿，贴在她情人的面颊上，开始向他讲述她是何许人。她本名为路易斯·杜朗，曾在外省演过戏，艺名才叫贝内蕾特。近两年，她同一个年轻人一起生活，现在她不爱那人了，想不惜一切代价摆脱他，改变自己的生活方式，或者重返舞台，如果能找到保护者的话；或者学会一门技能。不过，关于她的家庭，还有她的经历，她都没有进一步解释，仅仅明确表示她决心打破已经无法忍受的关系。弗雷德里克不想骗她，如实向她描述了自己当前的处境：他并不富有，认识的人极其有限，只能给她很微薄的帮助。他还补充说道：

“由于我无力负担你的生活，我就不愿意成为断绝一种关系的诱因，不管以任何借口；可是，同另一个男人分享你的爱，对我又太过残忍了，因此我离开，当然非常遗憾，我会在心中深藏这幸福一天的记忆。”

听到这种出乎意料的表白，贝内蕾特流下泪来。她说道：

“为什么离开呢？我同情人闹翻，也不会是因你的缘故，这是我早就决定了的。我若是进一家缝纫厂做学徒，你就不爱我了吗？真可惜你不富有，可是有什么办法？我们就尽力而为吧。”

弗雷德里克正要辩驳，一个亲吻就把他的话堵回去。

“这事儿不要再提了，也不要再想了，”贝内蕾特终于说道，“你什么时候要我，就在窗口向我打个手势，其余的事儿你就不必操心了，也与你无关。”

约有一个半月，弗雷德里克没有怎么工作了。刚刚开头的论文，仍然放在桌子上，他不时增添一行半行，他知道自己如果有了欲望，只要打开窗户就行了；贝内蕾特召之即来，当他问起她何从享有这么大的自由，她总是回答这不关他的事。他的抽屉里还有一点积蓄，但是很快就花光了。一个半月之后，他就不得不求助于一位朋友，以便请他的情人吃夜宵。

这位朋友名叫杰拉尔，他听弗雷德里克讲了新的生活方式，便对他说道：

“你可要当心，你坠入情网了。你的那个小妞儿一无所有，而你也没有什么。换了我，就信不过外省的一名女演员。这类热恋想不到能把人引到多远。”

弗雷德里克笑着回答说，根本不是热恋，而是一种短暂的情爱。他向杰拉尔讲述了他是如何通过窗户，认识贝内蕾特的。他对朋友说：

“这个姑娘一天就知道笑，她是最不危险的人了。我们的关系也最不严肃了。”

杰拉尔相信了弗雷德里克的话，但是也敦促他工作。弗雷德里克保证说，他的论文很快就要完成了。他回住所果真写了几个小时，以表明没有说谎；可是当天晚上，贝内蕾特约好等他呢。他们一道去（蒙巴那斯区的）“草堂舞场”，论文又搁到一边了。

“草堂舞场”是拉丁区蒂沃利乐园，即大学生和小女工约会的去处，虽然去的人员芜杂，但不失为一个游乐的地方。在那里可以喝啤酒，而那些“时髦的青年”则穿着丝绒外衣，他们在那里吸烟，交杯换盏，还露天做爱。假如警察能把住这座园子的入口，禁止被列入黑名单的人进入，那么在巴黎还有可能恢复大学生昔日的那种十分自由，十分欢乐的生活，须知那种生活的传统天天都在丧失。

弗雷德里克作为外省人，并不挑拣在那里遇见什么人；贝内蕾特也一心想消遣，不可能注意杂乱的人群。必须有一定的阅历，才可能了解哪里适于娱乐。我们这对快乐的情侣寻欢作乐，并不多加考虑，他们跳了一夜舞，回去时疲惫不堪，却心满意足。弗雷德里克实在太嫩了，青春初次的放纵行为在他看来，就是幸福了。贝内蕾特依偎着他的胳臂，在新林阴大道上边走边跳，此刻弗雷德里克想象不出，还有什么比这样一天天混日子更温馨的生活了。他们不时地相互问一问，各自的事情到哪一步了，但是两个人谁也回答不清楚这个问题。位于卢森堡公园旁边的那间配备家具的小屋，交过两个月租金，这才是重要的。他们去小屋，有时贝内蕾特腋下就夹着一块纸包的午餐肉，弗雷德里克则拿着一瓶好葡萄酒。二人坐下用餐；最后一道甜食时，这位年轻姑娘就唱起她演过的轻歌剧，有的地方如果忘了词儿，大学生就临时凑上，他押不上韵的时候，就用一个亲吻来替代。他们就这样厮守一夜，觉不出时光的流逝。

“你什么也不干了，”杰拉尔说道，“你这短暂的情爱，比一场热恋持续时间还要长。可要当心你自己：你在花钱，却忽视能挣钱的手段。”

“你就放心吧，”弗雷德里克回答，“我的论文有进展，贝内蕾特也要进一家缝纫厂当学徒。你就让我消消停停地享受片刻的幸福，不必为我的前途担心。”

然而，论文必须付梓的时刻迫近。论文匆忙写出来，但是价值并不因此而降低。弗雷德里克通过考核，取得律师资格。论文印了好几份，连同他的毕业文凭，一起寄到贝桑松。父亲收到这个喜信，就给他寄了一笔钱，数目远远超出他回家乡所需要的费用。父亲一高兴，无意中就资助了这段恋情。弗雷德里克得以偿还借他朋友的钱，让朋友确信当初对他规劝实在没有必要。他要送给贝内蕾特一件礼物，但是被她婉拒。

“你就请我吃夜宵吧，”贝内蕾特对他说道，“我想要你的，只是你这个人。”

这个年轻姑娘性格特别开朗，哪怕有一点点伤心事，就很容易让人看出来。有一天，弗雷德里克觉得她神色黯然，就问她是何缘故。她犹豫一下，从兜里掏出一封信，说道：

“这是一封匿名信，那是和我同居的青年昨天收到了，他把信给我，说他根本不相信没有署名的指控。这信是谁写的呢？我不知道。信上的话很粗鲁，尽是错别字，但是对我照样很危险：有人揭发我是个堕落的姑娘，甚至指出我们这几天约会的日期和时刻。一定是那座楼房的什么人，看门人或者清洁女工。我不知道该怎么办，该如何预防这种威胁我的危险。”

“什么危险？”弗雷德里克问道。

“我想，”贝内蕾特笑道，“无非是要我的命。我面对的是一个性格异常暴躁的人，他若是知道我欺骗了他，很可能会杀掉我。”

弗雷德里克拿起这封信，又看了一遍，从各种方式检查，但是无济于事，他认不出这种字迹。他回到住所，心里非常不安，决定近日不同贝内蕾特见面。可是，他很快就收到她写来的一封短信。

“他全知道了，”她在信中写道，“不知道是谁讲的，我认为是那个看门女人。他要去找你，要同你决斗。我已经半死不活了，没有气力详细告诉你了。”

弗雷德里克在房间里待了一整天，料想他的情敌会找来，至少会发来一封挑战书。结果既不见人来，也没有收到挑战书，他深感意外。第二天，乃至随后一周时间，还是杳无音信。他终于得知，贝内蕾特的情人，德·N先生同她摊牌了，贝内蕾特便离开那里，逃到她母亲身边。那个青年失去了他爱得要死的情妇，剩下孤单一人，极度悲伤，一天早晨出门去，一去就没了踪影。四天过去了，还不见他回来，就只好请人来打开他套间的房门。他在桌子上留下一封信，宣布他轻生的打算。一周之后，才算在默东的森林里找见这个不幸者的遗体。

三

这一自杀的消息，深深震动了弗雷德里克。他虽然不认识那个青年，也从未同他说过话，但是他知道那人的姓氏，是贵族之家的子弟。他望见死者的父母兄弟戴着黑纱赶来了，还了解到为了找见死者，人们不得不展开搜寻的令人伤心的详细情况。套房查封了，不久，商家就将家具搬走。原先贝内蕾特在旁边干活的那扇窗户敞着，只看见人走屋空的墙壁。

人有罪过，才会感到内疚，而弗雷德里克根本没有什么好自责的，他没有欺骗任何人，甚至始终不清楚贝内蕾特和她情人之间的事情到了哪一步。然而，看到自己在不自觉中，成为一个人如此惨死的外因，他就在内心深处感到恐惧。“他怎么不来找我呀！”弗雷德里克自言自语，“他用来自杀的武器，怎么不掉转过来对准我呀！如果那样的话，我不知道自己会如何反应，也不知道会发生什么情况，但是我的心却告诉我，这样不幸的事件可能不会发生。哪管让我知道他爱她到了这种程度啊！怎么不让我亲眼看到他有多么痛苦啊！谁知道呢？也许我就会离开，也许我就能以坦诚而友好的谈话说服他，治好他的心病，把他拉回理性上来。不管怎样，他总归还能活在世上，而且想到他自杀时可能喊出我的姓名，我倒希望他同我决斗，打断我的胳臂！”

他正在愁思苦想，忽然接到贝内蕾特的一封信。信中说她卧病在床，德·N先生最后一次同她吵架时打了她，她还摔下去，险些丧命。弗雷德里克出门，想要去探望，可是又没有这份勇气。继续同她保持情人关系，他就觉得等于害人一条命。他决定离开，自己的事务安排好之后，给可怜的姑娘寄去他手头的钱，并且保证如果她陷入穷困，他绝不抛弃她。

可以想见，弗雷德里克回到故里那天，是他全家喜庆的日子。大家祝贺他获得新的职称，提了一大堆关于他在巴黎学习生活的问题，问得他招架不住。父亲得意地带着他去拜访城里所有头面人物。不久，父母就告诉他，家里有了打算，想到了他的婚姻大事，打算让他娶一位家庭殷实的美丽的年轻姑娘。他既不拒绝，也不接受，他内心深处的伤痛还难以平复。他任由家人带他去什么地方，尽量回答询问他的人，甚至尽力讨好给他介绍的那位姑娘。但是他毫无乐趣可言,几乎是迫不得已尽自己的义务:倒不是因为他多么珍视贝内蕾特,从而放弃一桩条件优渥的婚姻,而是由于最近发生的事情对他的刺激太大,他不可能这么快就重新振作起来。在一颗被记忆扰乱的心中,不会给希望留有位置。回忆和希望这两种情感,在极度活跃时相互排斥,只有大大减弱了,彼此才可能和缓、相容而终于相呼应。

介绍给他的那位年轻姑娘性情十分忧郁,她对弗雷德里克既无好感,也不厌恶。她也同弗雷德里克一样,遵从父母的意愿来谈婚论嫁。幸而双方父母给了他们方便,他们能单独交谈,两个人却发现了真相。他们感到没有产生爱情,倒无须费力就产生了友谊。有一天,两家人一道去郊游,在返回的路上,弗雷德里克递上胳臂,让他的未婚妻挎上。对方问他是否有心上人留在巴黎,于是他就向她讲述了这段经历。她乍一听觉得挺有趣,而且不以为然;弗雷德里克讲这事儿的口气,也无非当做无足挂齿的一次荒唐行为;可是,讲述到结局,达尔西(这是这位年轻姑娘的姓氏)小姐认为严重了。她说道:

“上帝啊!这太残酷了。我理解您内心的感受,因此我更加敬重您了。然而,您并没有罪过,让时间消除这一切吧。您的父母无疑同我的父母一样,都急于定下他们酝酿的婚事。您就相信我好了,我会尽量少给您添麻烦,不管怎样,也不能让您在拒婚方面为难。”

讲完这番话,二人就分手了。弗雷德里克猜出,达尔西小姐也有隐私要向他透露。他估计得不错。达尔西小姐爱上一名没有家产的年轻军官,他曾求婚,被她家人拒绝了。她同样能坦诚相告,弗雷德里克向她发誓,绝不会让她对这种率直的态度后悔。他们二人达成默契,在反抗他们父母的同时,又佯装顺从父母的意愿。两家人总能看见他们俩相伴,在舞会上一起跳舞,在客厅里交谈,散步时离开大伙,一整天的行止都像一对恋人,可是每天晚上分开时,只是握握手,彼此一再重申他们永远也不会成为夫妻。

这样的局面非常危险,有一种魅力能将人拖进去,心灵可以毫无顾忌地投入。然而,爱情是一尊嫉妒的神,一旦人不害怕它了便会恼怒;一个人恰恰因为决心不爱,才往往坠入情网。过了一段时间,弗雷德里克恢复了快活的情绪,心想归根结底,这不是他的过错,谁料得到一次轻率的偷情,居然造成如此凄惨的后果;其实换了任何人,都会像他那样做,总而言之,一定得忘掉无法弥补的事情。每天同达尔西小姐见面,他开始有了乐趣,觉得她比初见时更美丽了。他在达尔西小姐身边的行为举止倒没有变化,但是他在谈话中,在表白友谊中,逐渐增添了一种热情,而对这种热情,别人是不会误解的。因此,达尔西小姐不会看错,女性的本能迅速警示她,弗雷德里克的心中发生了什么变化。她心里自然很受用，几乎受了感动；不过，或许她比弗雷德里克更忠贞，或许她不愿意自食其言，她决定同他一了百了，打消他的任何希望，为此必须等待他更加明确地表示出来，而很快就有了这种时机。

一天晚上，弗雷德里克显得比往常更加兴奋，在喝茶的时候，达尔西小姐就走开了，到里边一间小屋坐坐。女人时常有浪漫的情怀，这是很自然的人，而这天，几分浪漫的情怀赋予她的眼神和话语一种难以描摹的吸引力。她并不清楚自己的感受，哪怕自身受到伤害。弗雷德里克看到她走出后，便尾随其后，走到近前，说他注意到她神色有点忧伤，就此话题讲了几句话之后，他又说道：

"对了！小姐，日期迫近，您必须明确表态了，这您想过吗？事情不可避免，您想出规避的办法了吗？我来向您请教这件事。家父不断问我，我不知道该如何回答了。我怎么能对这桩婚事持异议，说我不愿意娶您呢？假如我佯装觉得您的容貌、智慧或者思想太欠缺了，谁也不会相信我这话。因此，我必须讲我爱另一个姑娘，时间拖得越长，我这样讲越像说谎。这种状况怎么扭转呢？我能这样不断见您，然后又拒婚而不受谴责吗？久违的一个人的形貌，在您面前能不淡化消失吗？请您告诉我应该如何答复，您本人又是怎么想的。您的意图没有发生变化吗？您就打算在孤独中消磨您的青春年华？您要一直忠心守护一种思念，生活中有这种思念就足够了吗？如果根据我本人来判断，我得承认不会相信这一点。因为我感到，抵制自己的心，抗拒共同的命运，就是自欺欺人，而共同的命运要求人忘却，并敢于去爱。如果您吩咐的话，我会信守诺言，不过，我还不能不对您说，这样听从您的吩咐，会令我十分痛苦。要知道，我们的未来，现在仅仅取决于您的意愿，您就说吧。"

"听您对我这样讲，我并不感到意外，"达尔西小姐答道，"这是所有男人都会讲的话。对他们来说，现时就是一切：他们经不住诱惑，不顾整个一生去恭维一个女人。女人也同样要经受这种诱惑，然而不同的是，女人能够抵制。我本来就不该信赖您，现在自讨苦吃，也是理所当然的。不过，我的拒绝态度，如果伤害了您，引起您的怨恨，那么我要告诉您一件事，以后您会感到这是千真万确的：但凡能够爱的人，一生也只能爱一回。没有常性的人谈不上爱，他们只是玩弄感情。我知道有人说，有了友情，就足可以结婚了；在某些情况下这是可能的，然而您知道我爱另一个人，对我们来说又怎么可能呢？就算您今天滥用我的信任，说服我嫁给您了，那么等我做了您妻子，您又怎么对待这种隐私呢？难道这不足以使两个人都不能幸福吗？我愿意相信，您在巴黎的那些恋情，不过是青年人的一种荒唐行为。但是您能认为您那些恋情，会让我对您的情感产生好印象，而且了解您的性格如此轻浮，我也无所谓吗？请相信我，弗雷德里克，"她拉起年轻人的手，又补充说道，"请相信我，有朝一日您会爱的，到了那一天,您若是还能忆起我,也许会对当初敢于这样对您讲话的人心生几分敬意。到了那时,您就会懂得什么是爱情了。”

达尔西小姐说罢,站起身走了。她已经看出弗雷德里克心思乱了,她的这番话对他起了作用,于是丢下他独自咀嚼满腹的忧伤。可怜的小伙子太不懂人情世故了,哪里想到在如此一本正经的表白中,还可能有卖弄风情的成分。他不了解有时支配女人行为的奇怪动机,也不知道真正拒绝的女人,只讲一个“不”字,而费唇舌解释的女人,实际上是希望被对方说服。

不管怎样,这场谈话对他产生了极其糟糕的影响。随后几天,他非但不寻求说服达尔西小姐,反而避开一切同她单独交谈的机会。达尔西小姐性情又特别高傲,绝不后悔,默默地任由他疏远。弗雷德里克去见父亲,说他必须去实习了。至于婚事,则由达尔西小姐负责首先答复,而她怕惹恼家里人,不敢断然拒绝,只好要求容她一段时间考虑,结果获得一年得以安宁的时间。弗雷德里克准备返回巴黎,生活费用给他增加了一些。他这次离开贝桑松,比回来时心情还要悲伤。同达尔西小姐的最后一次谈话总萦绕心头,犹如一种凶兆追逐着他,直到邮车载他远离了家乡,他还在自言自语:“那时您就会懂得什么是爱情了。”

四

这次到巴黎,他绝不会再住拉丁区,而是在鲜花码头附近租了一间屋,只因他要同法院打交道。他刚到达不久,就接待了他的朋友杰拉尔的造访。在弗雷德里克离开巴黎这段时间,杰拉尔继承了一笔巨大的遗产。一位年迈的伯父去世,使他成为富翁:他在昂丹大街拥有一套住房,养了一套马车,此外还供养一个美丽的情妇。他同许多年轻人交往,大家在他的家中赌博一整天,有时持续通宵。他光顾舞会,出入剧院,常去游览的场所散步,总之,他从普通的大学生,一变而成为时髦青年。

弗雷德里克没有放弃实习,但是被卷进他朋友周围的漩涡中。他在这里很快就学会了鄙视他从前在“草堂舞场”的娱乐。人称黄金青年①的一代人,绝不到那里去露面。这个圈子的人往往不是善类,但是这无所谓,习惯了就好,在穆萨尔这里同流

① 黄金青年:指十九世纪初叶巴黎的时髦青年,其中不乏浪漫派的文学青年。缪塞写这篇小说时,就属于黄金青年。

氓恶棍一起消遣，要比在新林阴大道（指蒙巴纳斯大街）同正派人在一起风光得多。杰拉尔只要参加活动，每次都要拉弗雷德里克一起去。弗雷德里克也尽可能婉拒，最后总是随人摆布了。于是，他认识了一个陌生的圈子，接触了一些女演员、舞蹈女演员，而接近这些可爱的女子，对这个外省青年影响极大。他结识了一些赌客、冒失鬼，这些人说起他们昨晚输掉两百路易金币，还面带微笑；有时他也同他们一起熬夜，看见他们连续十二个小时喝酒，打牌之后，天亮了梳洗打扮时，还询问他们这一天有什么娱乐。他被邀请去吃夜宵，只见他们每个身边都拥有一个女人，也不同她们说话，出门就带走，就好像是自己的手杖和帽子。弗雷德里克逃避忧伤，参加所有放浪不羁的寻欢作乐。其实，也只有屈指可数的宠儿在过这种轻浮的、无忧无虑的生活，他们似乎是仅仅借助于享乐，才属于人类的余孽。

弗雷德里克开始觉得这样很好，能够化解一切愁绪和烦恼的记忆。的确，在这种氛围中，根本无法忧虑什么：要么行乐，要么走人。然而，在消愁解闷的同时，弗雷德里克也丢掉了思考和有条不紊的习惯，即丢掉了自身的最后一道保护，这就大错而特错了。他没有多少钱可以长时间赌博，却开始赌博，不幸的是开头他赢了钱；他把赢的钱押上，输掉也不怕了。他所穿的衣服，是贝桑松一位老裁缝制作的，他的家庭是那个老裁缝多年的主顾了。他给老裁缝写信说，今后不想穿他做的衣服了，他另找了一个时装裁缝。时过不久，他就没有时间去法院了：那些青年无事忙，连看报的闲暇都没有，他终日和他们泡在一起，怎么还能有时间去听审案呢？他就在大街上实习，他身穿华丽的服装，兜里揣着金钱，进咖啡馆吃饭，去布洛涅树林游玩，只差一匹马和一个情妇，就成为一个地道的“花花公子”了。

差这两样，可不是小小不言的，确实如此。从前，一个男子汉能称得上男子汉，能真正地生活，必须拥有三件东西：一匹马、一个女人和一把剑。我们这个平凡的、怯懦的世纪，从这男人三友中，首先砍掉最高尚、最可靠、最勇敢、最难分开的一个朋友。如今，谁也不佩戴剑了；然而，唉！很少人能只有一匹马却没有情妇，就向人炫耀。

一天，弗雷德里克有些债务必须速速偿还，不得不去找找他那些寻欢作乐的伙伴，他们都没有帮上忙。最后，他签了借据，向认识他父亲的一位银行家借了三千法郎。这笔钱一揣进兜里，万分焦急的心才算平静下来，感到一阵轻松，回住所之前，他要在大街上转一圈儿。他拐过和平街，正要转回杜伊勒里公园时，一个女人看见他便格格笑起来：那个挽着一个年轻男子手臂的女人正是贝内蕾特。弗雷德里克停下脚步，目送她走远，贝内蕾特也几次回头望望。他不大清楚为什么，当即改变了路线，走向“巴黎咖啡馆”。

他在“巴黎咖啡馆”附近散步，走了有一个小时，正要上去吃饭，又看见贝内蕾特经过这里。这回她独自一人，弗雷德里克便上前打招呼，问她是否愿意和他共进晚餐。贝内蕾特接受了，挽上他的手臂，但是求他带她去一家不大显眼的餐馆。

“我们去酒吧好了，”她欢快地说道，“我不喜欢临大街吃饭。”

他们坐上马车，还像从前那样，来不及相互询问对方的情况，就抱在一起连连亲吻。

促膝交谈非常愉快，消除了令人伤心的记忆。不过，贝内蕾特还是抱怨弗雷德里克之前没有去探望她，而弗雷德里克只是回答说，那是什么缘故，她应当心知肚明。她马上察看情人的眼神，明白她必须住口。他们像第一次幽会那样，坐在一炉旺火前一心只想尽情享受他们偶然的幸会。香槟酒激发他们的快活情绪，随着这种情绪而来的温柔软语，也是受这种被挑剔者鄙视的诗人之酒的启迪。吃罢晚饭，他们又去观看演出。到了晚上，弗雷德里克问贝内蕾特，要把她送回哪里去。她半晌默默无语，显得五分羞愧和五分担心，继而，她搂住年轻人的脖子，对着他的耳朵胆怯地说道：

“去你那儿。”

弗雷德里克得知她自由，便流露出惊讶之色。

“嗳！就算我不自由，”贝内蕾特回答道，“你就以为我不爱你吗？但我现在是自由的，”她见弗雷德里克犹豫，便立即补充说道，“那会儿陪伴我的人，也许让你有了想法。你瞧他了吗？”

“没有，我只顾看你了。”

“他是个很好的小伙子，他是商人，经营时新服饰用品，相当富有。他愿意娶我。”

“你说，娶你？是认真的吗？”

“非常认真。我没有骗他，他了解我生活的全部经历，可是他爱上我了。他认识我母亲，一个月前正式求婚了。有关我的情况，我母亲什么也不愿意讲，她若是知道我的事儿全告诉他了，非打我不可。他希望我掌管他的柜台，那是个相当优越的位置，因为，他每年能赚一万五千法郎。只可惜，这事儿不可能。”

“为什么？有什么障碍吗？”

“我可以告诉你，先去你家里再说。”

“不，你先老老实实告诉我。”

“我是怕你笑话我。我对他怀有敬意和友情，他是天底下最好的男人，可是他太胖了。”

“太胖了？真是荒唐透顶！”

“你没有瞧见：他又胖又矮，你这身材有多帅！”

“他的相貌呢。长得怎么样？”

“还不算太差，他有一个长处，就是面善，为人也和善。我嘴上不说，心里却很感激他。假如我愿意，即使不嫁给他，他也会给了我很多好处。无论如何，我也不愿意伤他的心，假如能帮上忙，我会心甘情愿帮他。”

“既然如此，那就嫁给他吧。”

“他太胖了，不可能嫁给他。去你那儿吧，我们好好聊聊。”

弗雷德里克由人牵着鼻子走，次日他醒来时，完全忘掉了从前的烦恼，也忘掉了达尔西小姐的美目。

五

贝内蕾特午饭后才离开，但是不要弗雷德里克送她回去。弗雷德里克将借来的钱放起来，决心用来还债，然而并不着急。过了一段时间，他在杰拉尔家吃夜宵，直到天亮才分手，他正往外走，被杰拉尔叫住了。

“你要干什么呀?”杰拉尔对他说道，“现在睡觉太晚了，还是到乡下去吃午饭吧。”

这次饭局定下来。杰拉尔派人去叫醒他的情妇，传话让她做好准备。

“实在遗憾，”杰拉尔对他朋友说，“你没有谁可带去；我们若是两男两女，玩起来就更痛快了。”

“这还不好办，”弗雷德里克自尊心一萌动，便答道，“你若是愿意，我就写张便条，让你这小跟班送去，离这儿不远；尽管有点早，贝内蕾特也会来的，对此我毫不怀疑。”

“好极了。贝内蕾特是谁呀？是不是你从前那个小妞儿?”

“正是她。当初因为她，你还教训过我呢。”

“真的吗?”杰拉尔笑道，“不过，当时我也许说得对。”他又补充道，“因为，你的性情专一，跟这些小姐打交道，就很危险。”

他正说着，他的情妇就进来了。贝内蕾特也一叫就到，而且打扮得花枝招展。杰拉尔又派人去叫一辆高级出租车，尽管天气相当冷，他们还是启程前往蒙莫朗西[①]。

① 蒙莫朗西：位于巴黎西北面的森林游览地方，原为蒙莫朗西家族公爵领地。

一路上天朗气清,阳光灿烂,两个年轻人吸着烟,两位女士唱起歌。车行驶了一法里,她们俩就成为好朋友了。

大家骑马兜风。在树林中,弗雷德里克放马奔驰,感到心怦怦直跳,从来没有如此畅快过。贝内蕾特就在他身边,他十分自豪地看到,年轻姑娘由于跑马,脸庞红得尤为迷人,引起杰拉尔的极大兴趣。他们在森林里兜了一大圈儿,到一座小山丘上停住:这里有一小间农舍和一座磨坊。磨坊女主人给他们拿来一瓶白葡萄酒,他们便坐到一片欧石楠地上。

"我们带一些点心来就好了,"杰拉尔说道,"骑马消化就快了,我都觉得饿了。我们就应该在草地上小吃一顿,然后再回旅馆。"

贝内蕾特途径圣德尼镇时,买了一块三角奶酪饼,现在从兜里取出来,极其热情地送给杰拉尔,杰拉尔为了表示感谢,便吻了她的手。

"咱们做得再漂亮些,"贝内蕾特说道,"何必回村子呢,干脆就在这里用晚餐好了。这位老太婆家里,总归有四分之一扇羊肉,况且,这里还有小母鸡,可以宰了给咱们烧烤。问问这样行不行。趁着做晚饭的工夫,咱们再去树林里兜一圈儿,你们说怎么样?这比得上《白马》的古代小山鹑。"

这个建议被采纳了。磨坊女主人开始想推脱,但是接过杰拉尔的一枚金币,见钱眼开,马上动手干起来,拿着她养的鸡开刀了。晚餐从来没有如此欢乐过,出乎这些食客的预料,吃了好长时间。太阳很快在圣勒秀美的山峦后面隐没了,山谷上空乌云密布,一阵急雨降落下来。

"我们怎么办啊?"杰拉尔说道,"要返回蒙莫朗西村,差不多有两法里的路程,这又不是夏季的骤雨,下一阵就过去了,而是名副其实的一场冬雨,恐怕会下一整夜。"

"为什么这样讲?"贝内蕾特接口说道,"一场冬雨也是一场雨,同样会过去。咱们先打打牌,消磨时间,等月亮一升起来,天儿就放晴了。"

可以想见,磨坊主人家没有纸牌,因此,牌根本打不成了。杰拉尔的情妇茜茜儿开始后悔离开旅馆,担心弄脏了一身新衣裙。必须将几匹马栓到棚子下面。两个气色不大好的高个子青年进屋,正是女磨坊主的儿子,他们要吃晚饭,不高兴家里来了外人。杰拉尔心情烦躁,弗雷德里克性情也不好,要看愁苦的面孔,莫过于刚刚玩得开心的人,突遭恶劣天气尽扫其兴的嘴脸。唯独贝内蕾特仍然兴致勃勃,似乎把什么都不放在心上。

"既然咱们没有牌打,"她说道,"我就推荐给你们一种玩法。尽管这里苍蝇很多,咱们还是先得想法儿捉到一只。"

"一只苍蝇?"杰拉尔问道,"您要苍蝇做什么?"

“先捉来好了，然后咱们再瞧。”

他们察看周围，发现了苍蝇。冬季临近，可怜的昆虫已经迟钝了。贝内蕾特小心翼翼地捉住苍蝇，放在桌子中央，然后她让所有人都坐下。

“现在，”贝内蕾特说，“每人拿一块白糖，放在面前的桌子上。每人再取一枚硬币，放在盘子上作为赌注。谁也不许说话，不许动弹。就让苍蝇苏醒过来。瞧，它已经飞旋了，就要落到一个糖块上，然后离开，再落到另一块上，又飞回来，随它怎样，无法预料。哪个糖块吸引它落下，拥有这块糖的人就赢一枚硬币，直到盘子里的钱全光了，咱们再重新押赌注。”

贝内蕾特这个有趣的主意又引回欢乐的情绪，大家遵从她讲的规则。又飞来两三只苍蝇，每个人都敛声屏息，注视着苍蝇在桌子上方飞旋，每当有一只苍蝇落到糖块上，就引起一阵欢笑。一个钟头就这样打发掉，外面的雨也停了。

“我就受不了哭丧着脸的女人，”在返回旅馆的路上，杰拉尔对他朋友说道，“应当承认，乐天是一大优点，也许是首要的优点，因为只要乐天，其余都不在话下了。你这个小妞儿能想出办法，让大家欢度郁闷的一个钟头，仅就这一点，她就给了我极好的印象，胜过她作出首史诗。你们的爱情会持续很久吗？”

“不知道，”弗雷德里克答道，装出和他伙伴同样轻浮的语气，“你若是喜欢，可以追求她呀。”

“你这样不坦诚，因为你爱她，她也爱你。”

“是啊，不过逢场作戏，跟从前一样。”

“当心这样的逢场作戏。”

“跟上我们呀，先生们。”贝内蕾特嚷了一声。她同茜茜儿骑马跑在前面，在一块平地上站住，于是，小骑队停下喘口气。月亮升起，缓缓脱离幽暗的树丛，而云彩仿佛在她前面纷纷逃散。这块平地上方展现一大片山谷，风在谷中隐隐呼啸，搅动一片暗绿的海洋；极目望去，什么也辨不清，距巴黎仅六法里，却以为面对黑林山[①]的一道山谷。猛然间，月亮从天际跃出，一片清辉滑过树林的顶端，片刻就占据了整个空间：高大的乔木林、栗树林采伐区、林间空地、道路、丘峦，仿佛变魔术似的，在远处全部呈现出来。几个游玩者面面相觑，彼此看清了，真是又惊奇又欢喜。

“喂，贝内蕾特，唱支歌吧！”弗雷德里克嚷道。

“伤感的还是愉快的？”她问道。

---

① 黑林山：德国西部的山脉。

“随你便。一支狩猎歌吧！也许会有应和呢。”

贝内蕾特将头巾往后一甩，哼起一支军乐队的伴奏，可是，她又戛然而止。维纳斯的明亮星球在山上闪耀，晃了她的眼睛，她好像受到一种更加柔情的念头的吸引，随后改了口，借用德国的一支曲调，唱起莪相[①]的诗篇启发弗雷德里克所写的诗句：

淡淡的晚星，遥远的使者，
荧荧的额头，探出西天幕。
你从碧落之宫，苍穹之腹，
往阔野上眺望什么？

暴风雨远逝，风也已平静，
森林在荆棘上颤抖哭泣，
金黄尺蛾轻轻画出弧形，
穿过清香的芳草地。

你在酣睡大地寻觅什么？
我望见你已向山峦垂低，
忧郁的朋友，你笑着逃去，
你闪烁的眼神就要消逝。

向着翠岗徐徐降落的星，
夜之袍上悲伤的珠光泪，
赶路的牧人望着你通行，
身后长列羊群步步跟随。

星，无垠之夜你去哪里？
是要在苇岸找一张牙床？
抑或在这万籁俱寂之际，
像绚丽珠宝坠入大海洋？

---

① 莪相：传说中三世纪的苏格兰说唱诗人，主要吟唱芬恩及其随从武士的故事。

灿烂之星啊，若必将殒灭，
将你的金发侵入沧溟大壑，
离开我们之前请稍停歇；
爱情之星，不要白天降落！

贝内蕾特唱歌的工夫，月亮的清辉洒到她脸上，赋予她一种迷人的淡白色。茜茜儿和杰拉尔都赞扬她，说她的声音清新悦耳，字正腔圆。弗雷德里克则深情地抱住她亲吻。

他们返回旅馆，吃了夜宵。由于喝了一瓶马德拉红葡萄酒[①]，到吃甜点时，杰拉尔头脑发热，对贝内蕾特变得特别殷勤，茜茜儿不禁向他找茬儿。二人吵起来，说的话相当尖刻，茜茜儿便离开餐桌，杰拉尔气哼哼地跟了上去。餐桌上只剩下弗雷德里克和贝内蕾特，弗雷德里克便问她，争吵的原因她有没有看错。

“没有，”她回答，“这种事情又不是诗歌，人人都懂得。”

“那好！你有何想法？这个年轻人喜欢你，他厌倦了他的情妇，我认为，你只需讲一句话，就能让他同情妇分手。”

“这和咱们有什么关系！你吃醋啦？”

“恰恰相反，而且你也很清楚，我根本没有这种权利。”

“你说明白点儿，究竟什么意思啊？”

“亲爱的宝贝，我的意思就是，无论我的境况还是我的工作，都不允许我做你的情人这一点，你也不是今天才知道，而我也从未欺骗过你。我若是想充当有钱的大老爷，就会倾家荡产，还不能给你幸福。我的钱勉强够我生活，况且从现在起过不了多久，我就得回贝桑松。你该明白，在这件事上，我解释得很清楚，尽管这违反我的心愿。然而有些事情，我就不能说得这样明白；你自己考虑吧，想想未来。”

“这就是说，你劝我去追求你的朋友。”

“不，是他追求你。杰拉尔富有，而我没有钱；他生活在巴黎，身处各种寻欢作乐的中心，而我命里注定只能在外省当律师。他很喜欢你，这对你也许是一种福运。”

弗雷德里克讲这话时，虽然表面上很平静，心里还是相当激动。贝内蕾特保持沉默，她走过去，扶在窗框上，潸然泪下，又极力掩饰自己的眼泪。弗雷德里克看出来，便凑到她近前。

① 马德拉红葡萄酒：产于大西洋葡属马德拉岛的高度葡萄酒。

“别管我，”贝内蕾特对他说道，“我明白了，您甚至都不屑于嫉妒我，为此我感到痛苦，但是没有什么可抱怨的。不过，我的朋友，您对我讲这种话，也未免太狠心了，你完全把我当成了妓女，惹我伤心毫无道理。”

按照事先决定，他们要在旅馆过夜，次日再返回巴黎。贝内蕾特解下系在脖颈上的手帕，一边擦眼泪，一边将手帕系在情人的头上。然后，她靠在他的肩上，轻轻把他拉向内室。

“哼！狠心郎！”她边吻他边说道，“就没有办法让你爱我吗？”

弗雷德里克搂住她。他想到一时心软会冒多大风险，越受感情的吸引，就越信不过自身。他准备说出他爱她，但是这句危险的话到嘴边又咽下去了。不过，贝内蕾特心中已经感受到了，两个人都满意地入睡了：一个满意自己没有说出来，另一个满意明白了对方的心意。

六

返回巴黎，这次弗雷德里克把贝内蕾特送回住处，看到她住的地方太穷苦了，就不难明白头一次她不让送回家是何缘故。那是一幢配备家具的公寓楼，进门的过道非常昏暗。她仅有两间小屋，家具非常简陋。看来她落到十分窘迫的境地，弗雷德里克试图问她几句，但是她没有怎么回答。

过了几天，弗雷德里克去看她，他走进过道，就听见楼梯上面奇怪的吵闹声。一些女人大喊大叫，有人呼救，有人威胁，还有人说要打发人去叫警察。在这种嘈杂的声音中间，一个年轻男子的嗓门儿最高。弗雷德里克很快就瞧见他了，只见他脸色苍白，身上的衣衫撕破了，既喝了酒又气恼，一副醉醺醺的样子。

“我会让你付出代价，路易斯！”他拍打着楼梯扶手叫喊，“我会让你付出代价。我还要来找你的，也有法儿让你听话，不听话就把你从这儿拉走。我还在乎你们这些娘儿们的威胁，大喊大叫！等着吧，用不了多久，你们还会见到我的。”

他一边这样说一边下楼，怒气冲冲走出这幢公寓楼。弗雷德里克正犹豫要不要上去，忽见贝内蕾特在楼梯平台上。她向弗雷德里克解释这场吵闹的原因。刚才离去的那个男人是她哥哥。

“您听到了路易斯这个可悲的名字，”她边哭边说道，“您知道这是给我带来不幸的名字。今天傍晚，我哥哥进了小酒馆，喝了酒出来就这样对待我，借口就是我不给他钱让他再去喝酒。”

她在心乱如麻的状态中，流着泪告诉弗雷德里克她一直力图向他隐瞒的情况。她父母是细木工匠，非常穷困，在她童年时极为残忍地虐待她，等她刚长到16岁，就把她卖给一个年纪不小的男人。那人富有而慷慨，让她受了一点教育，但时过不久他就死了，她又衣食无着，便进入一家外省剧团，从一座城市到另一座城市巡回演出。她哥哥也到处跟随，逼使她把当演员挣的钱都给他，他的要求不能得到满足时，就对她又打又骂。她终于长到18岁了，设法逃脱了控制，然而，即使有法律的保护，也难以阻止那个可恶的哥哥来骚扰：他会以施暴来恫吓她，会以恶行败坏她的名誉。总之，贝内蕾特诉苦的情况大致如此，从她所透露的方式来看，弗雷德里克也不能怀疑她讲述的真实性。

对这个可怜的姑娘，弗雷德里克即使没有爱情，也会油然而生恻隐之心。他打听到那个兄长的住处，用了几枚金币，再讲几句强硬的话，就把事情摆平了。女门房按照吩咐，如果那个年轻人再来找，就说贝内蕾特搬走了。然而，对一个一无所有的女子来说，仅仅这样，还远远保证不了她的安定生活。弗雷德里克没有偿还自己的债务，反而替贝内蕾特还了债，她怎么劝阻也没有用。他不愿意考虑他这样做有多么冒失，会带来什么后果。他就跟着心中的感觉走，暗自发誓，他这样做，无论发生什么事，他也绝不后悔。

然而不久为事情所迫，也不免后悔起来，因为他要信守自己的承诺，就必须重新签订借款合同，比前一个合同条件更苛刻，利息更高。有人天生无忧无虑，遇到这种境况，至少不会为未来的难关担心。弗雷德里克的性格恰恰相反，他丧失了身上的优点，独独保留了预见性，因此，在他那年龄如果可能的话，他就要变得愁容满面，沉默寡言了。朋友们注意到他神情的变化，而他不愿意讲明原因，就只能自欺欺人，不管性格软弱还是迫不得已，总归是听天由命了。

可是在贝内蕾特跟前，他并不改变口风，即将动身的话总挂在嘴边上；不过说归说，始终不走，仍然每天去见贝内蕾特。那座楼梯去常了，他就不觉得那么昏暗了；那两间小屋，起初不堪入目，现在看来充满欢乐了：早晨阳光射进来，房间小就更暖和，还腾出点地方安放一架租来的钢琴。附近有一家好餐馆，可以订晚餐送来。贝内蕾特有一种才能，唯独女人时而才拥有的才能，就是既轻率又节省。不仅如此，她还多了一个更加难能可贵的优点：对什么都满意，无论评价什么，只渴望让别人高兴。

也应该指出她的缺点：她不懒惰，但是生活在一种不可思议的悠闲状态中。她以惊人的麻利动作，干完她那点家务活之后，就叉起胳臂，一整天在长靠背椅上闲坐着。就像弗雷德里克总说动身一样，她也总讲缝纫和刺绣，也就只是光说不干。不幸的是，许多妇女都这样，尤其是某种阶层，比起其他阶层来，恰恰需要她们做工。巴黎就有这样的姑娘，生来没有面包吃，却从未拿过针线，手上擦着杏仁霜，眼睁睁等着饿死。

狂欢节一开始，弗雷德里克便出入各种舞会，去贝内蕾特那里也不分什么时候，时而半夜，时而天蒙蒙亮。他敲门时，心里往往不由自主地嘀咕，她是否独自一人，万一有个情敌取代了他，他有权口出怨言吗？当然没有这种权利，因为他自己都承认，他拒绝牟取这种权利。要我说穿了吗？他所畏惧的，几乎同时也正是他期望的。她情妇的不忠，就可以迫使他一刀两断，他也就有勇气一走了之。然而，贝内蕾特始终是一个人；白天就坐在炉火旁边，梳理她那垂肩长发。如果是夜里弗雷德里克敲门时，她就半裸着跑去开门，眼睛还闭着，嘴却笑得合不拢，还睡眼惺忪，就扑上去搂住他的脖子，马上又拨旺炉火，从柜子里取出宵夜的食品，总是那么敏捷，那么体贴入微。如此温馨的生活、如此罕见而容易的爱情，谁又能够抵制得了呢？不等这一天何等思虑，弗雷德里克也能进入甜蜜的梦乡；醒来睁开眼睛，便瞧见他那欢快的女友在房间来回忙碌，准备洗澡水和午饭，他怎么可能黯然神伤呢？

难得相见，不断产生新的障碍，固然能促使恋情更加炽烈，能赋予情欢以好奇的乐趣，那也必须承认，同自己所爱的人长相厮守，则有一种特殊的魅力，更加温馨也更加危险。有人说，长相厮守会导致餍足，有这种可能；但是，长相厮守也能带来相互信赖、忘我，而爱情即便抵制这种状态，也无需任何担心。情侣要隔很长时间才能见面，就始终不能确信能达成默契。他们准备幸福的生活，也愿意彼此让对方相信他们是幸福的，并且搜寻根本找不到的东西，即表达他们内心感觉的话语。在一起生活的人，就无需任何表达，他们同时有所感觉，只是交换一下眼色，走路时握一握手。唯独他们了解一种美妙的乐趣，即无数个明天温馨的懒散。他们没有了爱的激情，进入了友谊的随意状态：我看见两只天鹅浮在清澈的水面上顺流而下，有时就联想到这种令人痴迷的关系。

如果说开头，一种慷慨仗义的冲动吸引了弗雷德里克的话，那么这种新式生活的诱惑则将他俘获了。对本篇故事的作者来说，可惜只有一支贝纳尔丹·德·圣皮埃尔①那样的笔，兴趣放在描述一种平静的爱情的日常细节上。然而，这位灵活的作家为了美化他那天真的故事，毕竟还有法拉西岛②火热的夜晚，还有用树影在薇吉妮裸

---

① 贝纳尔丹·德·圣皮埃尔(1737—1814)，法国作家，著有小说《保尔和薇尔吉尼》(1787)，歌颂人类纯洁的爱情和友谊，将大自然的美景和人的崇高心灵交织起来描述。

② 法兰西岛：法国行政大区，位于巴黎四周，下辖八个省，首府为巴黎。

臂上颤动的棕榈树。他是将主人公置于最丰富多彩的大自然中向我们描述。可是，我的主人公每天去蒂沃利手枪射击厅，从那里去他的朋友杰拉尔家，有时再从杰拉尔家去威利咖啡馆用晚餐，饭后就去看演出，我要讲述这些细节吗？我要讲述他们玩累了的时候，就守在炉火边打纸牌吗？如此平平常常的生活细节，谁愿意阅读呢？一句话就说明白了，何必详细描写呢？他们二人相爱，一起生活，这种状态持续了将近三个月。

过了这段时间，弗雷德里克的处境糟透了，便明确对他女友说，必须同她分手了。贝内蕾特早有所料，根本不想花费心思来留住他；她也知道他为她做了所有可能的牺牲，因此到了这一步，她只能顺其自然，不让他看到她内心所感受的忧伤。他们又一起吃了一顿晚饭。临走时，弗雷德里克将一个小纸包塞进贝内蕾特的手笼里，纸里面包着他仅余的全部现金。贝内蕾特送他回去，路上一言不发。当出租车停下时，她吻了情人的手，洒了几滴眼泪，二人就此分手了。

七

然而，弗雷德里克既无意，也不可能离开巴黎。一方面他有债务在身，另一方面，他也得留在巴黎实习。他奋力工作，以便驱逐袭扰他的烦恼；他不再去杰拉尔那里了，一个月关在自己的屋里，只有去法院才出门。过了一阵放荡生活之后，现在突然离群索居，他就不禁陷入深度的忧伤。有时他整天待在房间里，只是踱来踱去，不打开一本书，也不知道该做什么。狂欢节刚刚结束，三月份的冻雨取代了二月雪。无论行乐还是和朋友交往，都未能遣怀，弗雷德里克只能怀着苦涩的心情，接受一年里这段凄凉时光的煎熬：人称这段时间为“死季”，是有道理的。

杰拉尔前来探望，问他为何如此突然深居简出了。他也毫不讳莫如深，但是谢绝他朋友愿意帮忙的盛情。

“这些习惯只能把我引向毁灭，”他对杰拉尔说道，“是该决裂的时候了。宁可忍受一点烦恼，也不要招致实实在在的不幸。”

他丝毫不隐瞒他同贝内蕾特分手所感到的忧伤，杰拉尔既怜悯又祝贺他的决断。

狂欢日[1]这天，弗雷德里克去参加歌剧院的舞会，看到去的人不多。向寻欢作乐的这次最后告别，甚至都没有一种记忆的温馨。乐队的人数比公众还多，在空荡荡的大厅里演奏冬季的四组舞曲。几个戴面具的人在休息室里徘徊，从这几个人的举止和语言上可以看出，有身份的妇女不再来参加这种被人遗忘的舞会了。弗雷德里克正要抽身离去，却有一个身披带有面具的连帽斗篷的人挨着他坐下，他认出是贝内蕾特。贝内蕾特对他说，她来到舞会只希望遇见他。弗雷德里克问她，自从上次见面之后，她的情况如何；她回答说有望重返舞台，作为起步，她现在正熟悉一个角色。弗雷德里克很想带她去吃夜宵，可是他想到他从贝桑松回来，也是这样一次偶遇，他多么容易被人牵着鼻子走；因此，他只同贝内蕾特握了握手，便独自走出休息室。

有人说过，悲伤胜过烦闷，这句可悲的话不幸而言中。生而善良的人，不管多么悲伤，总有毅力和勇气应对：一种巨大的伤痛，往往成为一件大好事。烦闷则不然，能啮噬并摧毁一个人：精神迟钝了，躯体静止不动了，思想则飘忽不定了，没有了生活的理由，是一种比死还要糟糕的状态。当谨慎小心、利害关系和理性反对一种热恋时，义正言辞地责备这个不能自拔的热恋者，随便什么人都能轻而易举地做到。关于这类话题，论据数不胜数，而且不管愿意不愿意，也必须束手就范。然而，该舍的也舍掉了，理性和谨慎小心也都满足了，那么哪位哲学家，或者哪个诡辩家不理屈词穷了呢？这个人对您说：“我听从了您的劝告，但是我全丧失了；我的行为规规矩矩了，但是我却痛苦！”又该怎么回答呢？

这正是弗雷德里克所处的境况。贝内蕾特给他写了两封信。她在第一封信中写道，生活变得无法忍受了，她恳求他不时去看看她，不要将她完全抛弃。弗雷德里克太缺乏自信，不敢回应这种要求。过了一段时间，又寄来第二封信。贝内蕾特在信中写道：“我又见到我父母了，他们对待我的态度，开始变得温和多了。我的一位叔父去世了，给我们留下了一点钱。我为演出做了服装，您会喜欢的，我希望穿给您看看。您若是经过我家门口，就进来一会儿。”弗雷德里克这回信服了，他去探望女友，可是她信上说的没有一句是真话。贝内蕾特只想再见他一面，他被这种锲而不舍感动了，然而他更为伤心地感到必须加以抵制。为了回到这个话题，他刚开口讲话，贝内蕾特就捂住他的嘴。

“你要说什么我知道，”她说道，“亲我一下就是了。”

杰拉尔动身去乡下，也把弗雷德里克拉去了。开头几个晴天，骑马游玩，弗雷德

[1] 狂欢日：基督教在四旬斋的节日，第三个星期的星期四，是日举行化装舞会。

里克脸上有了几分喜色。杰拉尔也照搬他朋友的做法,说他已经"打发"掉他的情妇,要自由地生活。两个年轻人一道骑马,在树林间奔驰,一起追求邻镇的一位美丽的农妇。可是好景不长,从巴黎来了一帮客人:不再出游,留在屋里打牌,晚餐要进行很长时间,闹哄哄鼓噪喧天。弗雷德里克受不了这样从前曾让他迷醉的生活,他又回到孤寂的状态。

弗雷德里克收到贝桑松的一封来信,父亲向他宣布,达尔西小姐一家人要去巴黎。本周内果然到达了,弗雷德里克虽然极不情愿,还是去见了达尔西小姐。一见面他就看出,达尔西小姐一如分手时的状态,忠于她暗恋的情人,并且准备利用这种忠贞作为一种卖弄风情的手段。不过她还是承认,在贝桑松最后那次谈话中,她抱歉有些话讲得未免太生硬了。她请弗雷德里克原谅她,如果当时她显出怀疑他失慎的话,她还补充说,她不愿意结婚,但是再次向他伸出友谊之手,而且这回是终生的友谊。一个人既不快乐,也不幸福的时候,这样的提议总是受欢迎,年轻人便向她表示感谢;他时而晚间在她身边待上几小时,还感到几分快意。

麻木不仁的人,一旦产生某种感情的需要,有时就会追求超常奇异。像达尔西小姐这样年轻的一位女子,也有这种怪异而危险的性格,很可能出人意料,然而她的性格的确如此。她不难得到弗雷德里克的信赖,让他讲述他的爱情经历。她也许能够宽慰他,或者在他面前稍微卖弄点风情,至少也能使他从痛苦中分分心;可是,她就是喜欢反其道而行之。她非但不谴责他的放荡生活,反而对他说爱情可以原谅一切,他的荒唐行为可以为他争光。她非但不促使他坚信自己的决定,反而一再对他说,她实在不明白他能做出这种决定,她说道:

"假如我是男人,假如我有您这么大的自由,那么,世间什么也不能把我同我所爱的女子拆开;我会甘冒风险,宁愿遭受各种不幸,如果需要,甚至宁愿受穷,也不丢弃我的情人。"

这种话出自一个年轻姑娘的口,实在匪夷所思,而她所了解的人世,也不过是她家庭的小圈子。但是,正因为如此,这种话就更加有力度。达尔西小姐有两个动机,扮演她所喜爱的这种角色。一方面,她想要表明一颗高尚的心灵,树立一种浪漫的形象,另一方面,她也以此证明,她赞同他的恋情,绝不认为弗雷德里克忘记她是什么坏事。可怜的小伙子再次被这种女性的伎俩所欺骗了,信服了一个 17 岁少女的话。他回答说:

"您这话有道理。归根结底,人生极为短促,幸福在人世间也极为罕见,因此顾虑重重,不可避免的烦恼原本就很多了,还要自寻烦恼,这就太不理智了。"

达尔西小姐随即又转换话题:

“您那个贝内蕾特，她爱您吗？”她以最鄙夷的态度问道，“您不是对我说过，她是个轻佻的小女工吗？这种女人，能指望她们什么呢？她配得上为她做出的牺牲吗？她能感觉到这种牺牲的代价吗？”

“这我不得而知，”弗雷德里克答道，“我本人也不是特别爱她。”他又轻描淡写地补充道：“在她身边，我一心只想舒舒服服地打发时间。现在我就很烦闷，这就是全部危害。”

“算了吧！”达尔西小姐高声说道，“这样一种恋情究竟算什么呀！”

一展开这个话题，这位少女就慷慨激昂，好像事关她本人一样，她那活跃的想象力总有办法大显身手。她说道：

“只图打发时间，这能是爱吗？如果您不爱这个女人，您为何还去见她呢？如果您爱她，您又为何抛弃她呢？也许她在受痛苦的煎熬，终日以泪洗面。这种微不足道的金钱的计较，怎么可能在一颗高尚的心灵中找到位置呢？难道您同我父母从前造成我一生不幸的那时候一样冷漠，一样成为利益的奴隶吗？一个青年人就扮演这种角色，您不应该脸红吗？其实，您本身是否痛苦，您并不知道，也不知道您惋惜什么；随便一个女人就能安慰您，您不过是精神空虚。嗳！爱情并不是这种样子！在贝桑松我就对您预言过，有朝一日您会明白爱情是什么；不过，假如您已经丧失了勇气，那么今天我要向您预言，您永远也不会懂得了。”

一天晚上，经过这样一场谈话之后，弗雷德里克在回寓所的路上，突然遇雨，他便走进一家咖啡馆，喝了一杯潘趣酒。烦闷的心情长时间压抑我们的时候，只要稍微刺激一下，就能一扫闷气，于是我们就会觉得心如一个漫溢的水罐。弗雷德里克离开咖啡馆，便加快了脚步。两个月不近女色、固定的生活，压得他喘不过气来，他感到一种抑制不住的需要，挣脱他的理智的桎梏，要更加自由地呼吸。他未假思索，就走上前往贝内蕾特那座公寓的路。雨已经停了，他借着月光观望，他女友的窗户、楼门、街道，他都十分熟悉。他的手颤抖着按向门铃，他还像从前那样在心里猜想，他走进小房间，能否看到覆盖了灰的炉火和准备好的夜宵，在要按响门铃时，他又迟疑一下。他喃喃自语：

“我到这儿待一小时，同贝内蕾特叙叙旧情，又能有什么害处呢？我能面临什么危险么？到了明天，我们二人不都是自由的嘛？既然我们分手是不可避免的，我再同她见一见面，为什么又要害怕呢？“

已是午夜了。他轻轻按门铃，楼门开了，女门房见他要上楼，就叫住他，说是家里没人。他是头一回碰到这种情况，来看贝内蕾特而不遇。他想贝内蕾特必是去看演出了，就回答说他可以等一等。可是，女门房却说不行，她犹豫了许久，才终于如实相告:贝内蕾特一清早就出了门,要到第二天才能回来。

八

既然爱,又何必佯装无所谓呢?这样到了真相大白的那一天,只能会痛不欲生!弗雷德里克屡屡暗自发誓,绝不因贝内蕾特而心生嫉妒,他在朋友面前也经常重复这一点,结果连自己都信以为真。他用口哨吹着一支四组舞曲,徒步走回寓所。

弗雷德里克心想,她另有情人了,这对她再好不过,这也正是我所希望的,从今往后,我就可以心安了。

然而,他刚刚回到住所,就感到一阵致命的脆弱。他坐下来,双手捂住额头,仿佛要抑制他的思绪。经过一场徒劳的抗争,天性最终胜出,他抬起头,已是泪流满面,他内心承认了自己的感受,就觉得轻松了一点儿。

继这次剧烈的震动之后,他便进入一种颓丧状态。他忍受不了孤独了,一连几天去拜访朋友,毫无目的地奔波。他忽而力图恢复从前所佯装的无忧无虑,忽而又怒不可遏,发狠如何报复。厌倦生活的情绪占据了他的心,伴随他初萌爱情的伤心情景,又浮现在他的脑海:那个人以死殉情的榜样历历在目。

"我开始理解那个人了,"他对杰拉尔说道,"我不再奇怪人到了这一步渴望死了。并不是为了一个女人而自杀,而是因为不管是什么缘故,人痛苦到了这种程度,活着没有意义,也不可能活下去了。"

杰拉尔太理解这个朋友了,不会怀疑他真的痛不欲生,而且也太爱他了,不会抛下不管。杰拉尔从未利用有权势的关系为自己办过事,这回就设法为弗雷德里克在使馆谋求一个职位。一天上午,他带着外交部的一份赴职令,来看他的朋友。

"旅行,是治疗忧郁的唯一有效的良方,"他对弗雷德里克说道,"为了促使你离开巴黎,我求过人,谢天谢地,我办成了。你若是有勇气的话,就遵照外交部的派遣,立即动身前往伯尔尼。"

弗雷德里克没有犹豫,他感谢朋友的关照,随后便着手处理自己的事务。他写信谈了自己的新计划,并请求父亲准许。父亲回信同意了。半个月之后,欠债还清了,弗雷德里克启程没有任何障碍了,他就去拿护照。

达尔西小姐向他提了无数问题,可是他不愿意回答了。只要他还没有看清自己的内心,他就由于意志薄弱,有问必答,满足他这知情少女的好奇心。可是现在,这种痛苦千真万确，他当然不能同意当成儿戏了，而且，他看出自己恋情的危险性的同时，也就明白达尔西小姐所发生的兴趣多么无聊。遇到这种情况，他同所有男人的做法一样，要治愈还得靠自己，于是他声称他已经解脱，一次短暂的爱情可能一时让他昏了头，但他是成年人，能够思考更为严肃的事情。自不待言，这种感情，达尔西小姐不会苟同；此刻在她眼里，唯独爱情是严肃的，其余的她似乎都不屑一顾。至少她是这样侃侃而谈。弗雷德里克就由她讲去，乐得同她一致认为，他永远也不可能爱。然而，他的心却颇不以为然，不过，他把自己说成不专一的人，倒是真希望没有说谎。

他越是感到缺乏勇气，就越急于上路。可是，一个不由自主的念头，却萦绕脑际而挥之不去：贝内蕾特的新情人是什么人呢？她在做什么呢？他要不要再去看她一次呢？杰拉尔则不这样看，他做事的原则，就是绝不半途而废。弗雷德里克既已决定远远离开，杰拉尔就劝他把一切都统统忘掉。

“你想要了解什么呢？”杰拉尔对他说道，“要么贝内蕾特什么也不会告诉你，要么她就歪曲事实。既然证实了她另有所爱，何必非要她承认不可呢？在这种事情上，一个女人对旧情人从来就不讲实话，即使根本不可能破镜重圆了。你还期望什么呢？她已经不爱你了。”

杰拉尔有意这样讲，用如此无情的话给他朋友激发点力量。我留给爱过的人来判断一下，这种话可能产生的效果。不过，许多爱过的人，他们也不知道如何判断。人世间的关系，即使最牢靠的关系，大多都要解开，只有很少一些会破裂。有些人由于久违烦恼或者餍足，爱情逐渐淡漠，他们也想象不出如果突然遭受决裂的打击，自己会有什么感受。最冷酷的心也会流血，也会受这一击而张开；谁碰到这种情况还无动于衷，那就不是人了。死亡在摧垮我们之前，在尘世上对我们的所有伤害，这是最深痛的了，必须满眼泪水，看到一个不忠的情妇嘴角的微笑，才能理解这句话：“她不爱你啦。”必须长时间以泪洗面，才能回忆起这一点，这是一种痛断肝肠的体验。对此一无所知的人，如果要我给一个概念，我就会对他们说，失去心爱的女人，我也不知道哪种情况最残忍，是因其水性杨花，还是因其红颜薄命。

对于杰拉尔这种严肃的劝告，弗雷德里克无法回应，其实在他内心，有比理性还强劲的一种本能，在同这种劝告抗争。他另辟蹊径，以便达到自己的目的：他没有弄清楚自己想要干什么，也没弄清楚会产生什么后果，就想法儿不惜任何代价，也要打听到他女友的消息。他戴的一只相当漂亮的戒指，当时经常引来贝内蕾特的艳羡目光。他虽然爱贝内蕾特，但这是父亲给他的首饰，他始终未能决定把戒指送给他的女友。这回，他把戒指交给杰拉尔，对他说是贝内蕾特的，当初遗忘在他的住处，现在委托他还给人家。杰拉尔接受委托，但是并不急于完成，怎奈弗雷德里克总是催促，他只好让步。

一天上午，两个朋友一道出门，杰拉尔去见贝内蕾特，而弗雷德里克就在杜伊勒里公园等待。他混在散步的人群中，神情颇为黯然，一件家传之物对他很珍贵，这样出手不能不可惜。此举他期望获取什么好处呢？了解到什么情况他能得到安慰呢？杰拉尔去见贝内蕾特，假如贝内蕾特说了什么话，流了几滴眼泪，他不会认为没有必要作任何表示吗？弗雷德里克望着公园的铁栅门，期待随时能看见他朋友回来，又作出一副若无其事的样子。有什么关系？反正他见到了贝内蕾特，不可能没有什么讲的，谁知道偶然会出什么情况呢？他这次去探望，也许了解到许多事情。杰拉尔越迟迟不出现，弗雷德里克期望就越大。

这一阵，天空不见云彩，树木绿意盎然。杜伊勒里公园有一棵树，人称“三月二十日树”。那是一颗栗树，据说是在罗马国王[①]的出生日开花，而且每年开花都是同一日期。弗雷德里克曾多次坐在这棵树下，他基于习惯，又回到这里，心里也还是驰骋遐想。栗树不辜负它这富有诗意的声望，枝叶散发着这一年的头一阵芳香。妇女、儿童、年轻人走来走去。春天的快乐，绽放在每一张脸上。弗雷德里克思考未来，思考这趟旅行、要看到的国家。他不由自主被一种掺杂着希望的不安情绪搅得心神不宁：周围的一切似乎都在召唤他去过一种新生活。他想到父亲，那是他的骄傲和支柱，他自从出生到入世，从父亲那里得到的唯有深深的慈爱。更为温馨的、更为健康的念头，在他的思想里逐渐占了上风。在他面前往来交错的芸芸众生，令他想到事物的多样与无常。的确，在思考每个生灵都有自己命运的时候，人群的景象，不是一种很奇怪的景观吗？“应该活着，”弗雷德里克想道，“应该服从最高向导。人即使在痛苦的时候，也应该往前走，因为，谁也不知道自己走向何处。我是自由的，还很年轻，必须鼓起勇气，随遇而安。”

他正这样沉思默想，杰拉尔出现了，朝他跑来，脸色苍白，情绪非常激动。

“朋友，”他对弗雷德里克说道，“必须走一趟。快，别耽误时间。”

“你要带我去哪儿？”

“去她那儿。我原来认为自己正确就总规劝你。然而，就有这种时候，计算出错，谨慎也不合时宜。”

“究竟出什么事儿啦？”弗雷德里克高声问道。

“等一下你就知道了，来，快跑。”

---

① 罗马国王：即拿破仑之子，拿破仑二世，生于1811年3月20日，一出生便封为罗马国王，死于1832年。

他俩一道去了贝内蕾特的住所。

“你一个人上去，”杰拉尔说道，“我一会儿就回来。”说罢他就走掉了。

弗雷德里克进了楼。钥匙就插在房门上，百叶窗关着。

“贝内蕾特，”他叫道，“您在哪儿呢？”

根本没人应声。

他摸黑往前走，借着奄奄一息的炉火的微光，他才看见他女友坐在壁炉旁边的地上。

“您怎么啦？”他又问道，“出什么事儿啦？”

还是不应声。

他走近女友，拉起她的手。

“起来吧，”他对女友说道，“您坐在这儿干什么呀？”

这话刚一出口，他就惊恐得后退。他握住的手冰凉，没有活力的躯体瘫倒在他脚下。

他惊恐万状，呼喊救命。这时，杰拉尔进屋，身后跟进来一位大夫。他赶紧打开窗，将贝内蕾特抬到床上。大夫给她做检查，摇了摇头，吩咐如何救治。症状无可怀疑，可怜的姑娘吃了毒药。什么毒药呢？大夫不得而知，怎么也猜测不出来。他开始给病人放血。弗雷德里克则搂着拖住她，她睁开眼睛，认出他来，亲了他一下，随即又昏厥过去。当天晚上，给她喝了一杯咖啡，她又苏醒过来，就仿佛做了一场梦。于是问她吃了什么毒药，起初她不肯讲；不过，在医生的催促下，她还是承认了。放在壁炉台上的一只蜡烛台，有好几道铜锉的痕迹；她就是借助于这种可怕的办法，为她服下的小剂量鸦片增效，只因药店老板不肯多卖给她。

九

半个月之后，贝内蕾特才完全脱离了生命危险。她开始下床走动，进了一点食，但是身体垮了，医生说她会终生落下残疾。

弗雷德里克没有离开她。他还不知道她服毒自杀的原因，而且奇怪世上没有一个人关心她。的确如此，这半个月以来，他没有看见她家来一个亲人、一个外人。难道在这种情况下，她的新情人抛弃她了吗？贝内蕾特这次是因为遭到抛弃，才绝望轻生的吗？弗雷德里克觉得，这两种推测都同样难以置信，而他的女友也向他表明，她不会就这件事作出解释。因此,他心存一种切肤之痛的怀疑,既受暗暗嫉妒的袭扰,又因爱与怜悯而克制。

贝内蕾特对痛苦中的弗雷德里克,表现出了极为体贴的温情。对于弗雷德里克给她的百般照顾,她满怀感激,在他身边也显得从未有过的喜悦,但是这种喜悦却染上忧郁的色彩,可以说蒙上一层淡淡的伤痛。她竭尽全力为他排遣,说服他不要丢下她一个人。如果弗雷德里克要出去,她就问他几时回来。她要他在她床前用晚餐,入睡时拉着她的手。为了引他开心,她给他讲了许许多多她从前生活的故事。不过,一提起现时和她的轻生之举,她就无语沉默了。弗雷德里克再怎么盘问,再怎么恳求,也得不到她的回答。如果他还坚持,她的神色就变得暗淡而忧伤了。

有一天晚上,她刚刚又放了血,躺在床上,没有愈合好的伤口还渗出一点血,她笑吟吟地看着自己白如大理石的手臂上,流淌着一颗深红色的泪珠。

"你还爱我吗?"她问弗雷德里克,"这一幕幕惨状,没有使你厌恶我吗?"

"我爱你,"他回答,"现在,什么也不能将我们拆开了。"

"真的吗?"她搂着亲他,又说道,"别骗我,告诉我这是一场梦。"

"不,这不是梦,我亲爱的、美丽的情人,这真不是一场梦。咱们就安心地生活,要快快乐乐的!"

"唉!咱们不可能啊,咱们不可能啊!"贝内蕾特惶恐不安地高声说道。继而他又低声补充一句:"如果咱们不可能的话,那就从头再来。"

最后这句话,虽然只是小声嘀咕,弗雷德里克也听见了,不由得浑身一抖。第二天,他向杰拉尔重复这句话。

"我已经作出决定,"他对杰拉尔说道,"不知道我父亲会怎么讲,但是我爱她,无论如何,我也不能让她死去。"

他固然作出了一个危险的决定,但这也是唯一可行的。他给父亲写信,吐露了他的爱情经历,信中避而不谈贝内蕾特的不忠行为,只讲她容貌多美,多么钟情,以及为了再见到他而表现出来深情的执著,最后甚至不惜可怕的尝试以死殉情。弗雷德里克的父亲是七旬老翁,爱他的独生子胜过他自己的命。他匆匆忙忙从巴黎赶来,陪伴他来是洪贝尔小姐,他的妹妹,一位十分虔诚的老小姐。可惜的是,无论这位可敬的老人,还是善良的姑妈,都没有严守秘密这样的美德。结果他们一到巴黎,所有认识他们的人全知道了,弗雷德里克爱上了一个为他服毒自杀的小女工。他们很快又添枝加叶,说弗雷德里克想要娶她,不怀好意的人叫嚷这是耻辱,会败坏家庭的声誉。达尔西小姐打着保卫这个年轻人事业的旗号,也讲述了她所了解的一切,包括极为浪漫的细节。总之,弗雷德里克想要避免一场暴风雨,却看到暴风雨从四面八方倾泻到自己头上。

首先他得面见聚在一起的亲友，接受审问。倒不是他们把他当做罪犯，恰恰相反，大家对他尽可能宽容；但是，他必须把心赤裸裸亮出来，听大家讨论他最宝贵的隐私。自不待言，这种讨论什么也决定不了。洪贝尔先生想要见见贝内蕾特，他去了她家，同她谈了很长时间，向她提了无数问题。贝内蕾特回答得很诚恳，也很天真，感动了老人。他同所有人一样，年轻时也有过风流艳遇。这次谈完话，他心思很乱，极为不安。他让人把儿子叫来，对儿子说他决定作一个小小的牺牲，照顾贝内蕾特，只要她答应身体恢复之后，就去学一门手艺。弗雷德里克将这个提议转达给了女友。

“那么你呢，你怎么办呢？”贝内蕾特问他，“你打算留还是走呢？”

他回答说留下，但这不是他家人的想法。在这点上，洪贝尔先生绝不通融。他明确向儿子指出，这样一种关系有多危险，多耻辱，也不可能持续。他还用有分寸的好言好语，让儿子感到这样做是在自毁名誉，自毁前途。他迫使儿子认真考虑之后，又运用了体现父爱的绝对力量的不可抗拒的手段：他恳求儿子。弗雷德里克只好答应父亲的要求。他经受这么大的震动，面对这么多利害冲突，也不敢自行选择了。连杰拉尔，平时那么坚定，现在也徒然地设法保全，不得不说还是听天由命吧。

两个意外事件突如其来，改变了这种局面。一天晚上，弗雷德里克独自待在房间，忽见贝内蕾特走进来。她脸色苍白，头发凌乱，眼睛放射着火热的光，明亮得令人心惊。她一反往常，说话间断，口气专横，说她前来要求弗雷德里克作出解释。

“您想要我的命吗？”她责问道，“您爱我还是不爱我啦？您是个孩子吗？您做什么事还需要问别人吗？您要不要保留自己的情人，还去请教您父亲，这不是荒唐吗？那些人渴望什么呢？拆散我们。您若是同他们的愿望一致，何必还征求他们的意见，您若是不想散，更没有必要问他们了。您是想走吗？那就带上我。我永远也学不成一门手艺，也不愿意返回舞台。我天生如此，怎么可能做得来呢？我这样等待太遭罪了，您赶快决定吧。”

她以这种口气讲了将近一小时，每当弗雷德里克想要回答就打断他。弗雷德里克怎么劝她冷静下来也无济于事，她相当冲动，根本不可能进行理性思考。她终于精疲力竭，失声痛哭。年轻人紧紧地搂住她，他抵制不住这样深情的爱。他将情人抱到他床上。

“躺着别动，”他对贝内蕾特说道，“假如我让人把你夺走，那就让天塌下来砸死我！除了你之外，我什么也不愿意听了，什么也不愿意看了。你责备我懦弱，你责备得对；我要行动的，你就睡着吧。如果父亲驱逐我，你就跟我来。既然上帝把我造成穷人，我们就过穷苦的日子吧。我的姓氏、家庭，乃至前程，我全不在乎了。

这番话,带着信念的全部热忱讲出来,也就抚慰了贝内蕾特。她求男友徒步送她回去:她虽然疲惫不堪,还是想散散步。二人在路上商定要执行的计划。弗雷德里克就假装顺从父亲的意愿,但是要向父亲说明,只有少许钱财,就不可能贸然投身外交官生涯。因此,他就要请求完成他的实习。估计洪贝尔先生会退让,只要他儿子肯忘掉荒唐的恋情。贝内蕾特也换个住处,让人以为她走了。她要在竖琴街或者那一带,租一间小屋,在那里过极其节俭的生活,弗雷德里克的生活费也就够两个人的花销了。等他父亲已返回贝桑松,弗雷德里克就搬过去,同贝内蕾特住在一起。余下的事情,就由上帝来安排。这就是两个可怜的情侣确定的计划;他们认为了无一失,像这种情况都一准成功。

两天后,弗雷德里克一夜未眠,清晨六点钟就去他女友那里。父亲同他的一场谈话令他心神不宁:父亲要求他动身去伯尔尼。他要到女友身边,拥抱贝内蕾特,以便重新鼓起削弱了的勇气。房间空余一人,床铺也空空如也。他询问女门房,得知他有个情敌,他受骗了,这事不容置疑了。

这回他感到少了几分痛苦,多了几分气愤这样负情实在太过分,连鄙视都不屑于替代爱情的位置。他回到住所,给贝内蕾特写了一封长信,用最尖刻的话语大肆谴责她。然而要寄走的时候,他又把这封信撕毁了,为了一个如此卑鄙的人生气,他觉得不值当。他决定尽早动身,恰巧次日驶往斯特拉斯堡的邮车还有一个空位,他订下座位,便跑去告诉他父亲。全家人都向他祝贺,当然,谁也不问他,是什么偶然情况,他如此迅捷地遵从父命。唯独杰拉尔了解真相,就连达尔西小姐都明确表示,这是一种卑劣的行径,男人总是薄情寡义。洪贝尔小姐拿出自己的积蓄,添进她侄儿带着的一小笔钱里。全家人一起吃了送行晚餐,弗雷德里克便启程前往瑞士。

十

旅行的乐趣和劬劳、环境变化的魅力、他的新生活的事务,这些很快就让他的精神平静下来。现在一想起来就后悔,这场致命的恋情险些毁了他。他到使馆受到热烈欢迎,有力的推荐是一方面,他的相貌也招人喜欢,而这一种天生的谦抑,则赋予他的才能以更大的价值,又没有消除他那才能的鲜明特点。时过不久,他在社交界就占据了体面的一席,锦绣前程展现在他眼前了。

贝内蕾特好几次给他写信,在信中打趣地问他是否一去不返了,是否打算不久就回国。弗雷德里克先是不回复,但是由于书信继续寄来,变得越来越急迫了,他终于失去耐心,写了回信,一吐心中的愤懑。他使用最尖锐的语言,责问贝内蕾特是否已经忘记她双重的背叛,请求她今后不要再用虚伪的表白来骚扰他,他不可能再上当受骗了。他在信中还补充说,他感谢上天及时点悟他,他的决心是不可更改的,他大约要在国外居留很久之后,才会重见法兰西。这封信一经寄出,他就感到轻松多了,完全从过去解脱出来。此后,贝内蕾特就再也没有给他写信,弗雷德里克再也没有听人提起她。

伯尔尼郊区一座漂亮的宅第,住着一个相当富有的英国家庭,弗雷德里克由人引见,进入这个家庭。为这家人大大增光的三位少女,年龄最大的不过二十岁。大小姐容貌出众,她很快发觉她给这个年轻的"随员"留下鲜明印象,而她对此的反应,也不是无动于衷。然而,弗雷德里克旧伤还未痊愈,难以追求新欢。不过,经历了这么多感情的波折和伤心事,他也感到需要一种平静而纯洁的情感敞开心扉。美丽的芬妮不像达尔西小姐那样,没有变成他的知情人;但是,不待他讲述自己的痛苦,她就猜出他刚刚经历了伤痛,由于她那对蓝眼睛的目光似乎能安慰弗雷德里克,她就经常移向他那边。

善意引向好感,好感引向爱情。三个月下来,爱情未到也临近了。弗雷德里克这样的人,性格温和而外向,只有交了心,感情才可能长久。杰拉尔看得很准,从前就对他说过,他爱贝内蕾特的时间,要比他以为的长得多;不过,必须有回应,贝内蕾特也得爱他,至少在表面上也得爱他才行。惹恼脆弱的心,就是质疑它们的存在;这种心不是破碎,就是把一切都忘掉,因为它们没有勇气忠实保留一种令它们痛苦的记忆。因此,弗雷德里克日益习惯于只为芬妮活着了,谈婚论嫁很快就提上日程。年轻人没有多少家产,但是他的职位稳定,受到有权势的人的保佑。爱情能清除任何障碍,为他辩护。双方决定请求法兰西朝廷恩准,结果弗雷德里克被任命为二秘,即将成为芬妮的丈夫。

大喜的日子终于来临。新婚夫妇刚刚起床,弗雷德里克沉醉在幸福中,搂着妻子,坐在壁炉旁边。炉火毕毕剥剥的声响,射出一道火光,令他浑身一抖。由于记忆的一种奇特的效果,他猛然想起那一天,在一间小屋的壁炉旁边,他同贝内蕾特第一次幽会也是这种姿势。我让那些爱假定人能预感命运的人去发挥想象力,评论这种奇怪的巧合吧。恰巧这时,有人交给弗雷德里克一封巴黎的来信,告诉他贝内蕾特去世的消息。无需我描述他的惊讶与沉痛,可怜的姑娘有一封给她朋友的诀别信,我想放在读者眼前也就够了。信写得半欢快半忧伤,是她的特有风格,读者能从这一行行文字中,看出她的行为的原因:

唉！弗雷德里克，您完全清楚，这是一场梦。我们不可能平静地生活，得到幸福。当时我就想离开这里了：一个小伙子来看我，是我在外省演出走红的时候认识的，在波尔多他疯狂地爱上我。不知道他从哪里打听到我的住处，跑来投到我的脚下，就好像我还是舞台王后。他向我奉献他那数额不大的财产、他那颗一钱不值的心。那是第二天，朋友，你还记得吧！头一天你离开我的时候，一再向我重复你要走。我的心情不太好，亲爱的，我也不知道该去哪里吃晚饭。我就由着别人把我带走了，不幸的是我未能坚持住。我派人把我的拖鞋送到他那里，又派人要回来，于是我决定死掉算了。

对，我可怜的好人，我要撂下你不管了。我的确过不了学艺的生活。就这样，我第二次作出决定。不过，你父亲又来见我了：这是你所不知道的。让我对他讲什么呢？我答应忘掉你。我又回到我那个崇拜者那里。噢！我简直烦透了！我爱上你之后，就觉得所有男人都又丑又愚蠢，难道这能怪我吗？然而，在现代环境里我生活不了。你想我能做什么呢？

我没有自杀，我的朋友，我慢慢结束自己的生命：我这样做，算不上大罪。我的健康状况糟得很。而这一切，如果不苦闷的话，也不算什么。据说你要结婚了：她很漂亮吧？永别了。天气好的时候，你不要忘了当初你浇花儿的日子。啊！我那么快就爱上了你！一看见你，就面失血色，心也狂跳不已。跟你一起我好幸福。永别了。

假如你父亲愿意，我们永远也不会分离。可惜你没有钱：这就是不幸；我也没有。就算我进入缝纫店干活，我也待不下去。就是这样，有什么办法呢？现在已经两次，我尝试从头开始，尝试什么都不成。

我肯定地告诉你，我想死不是胡来，有自己的充分理由。我父母（愿上帝宽恕他们！）又来了。你若是知道他们打我什么主意！眼睁睁看着自己这样被拉来扯去，成为一件穷苦的玩物，真让人恶心透了。从前我们相爱的时候，如果能节省一点儿，那就好多了。可是你总要去看演出，要我寻欢作乐。我们在"草堂舞场"度过了美好的夜晚。

永别了，亲爱的，最后一次，永别了。假如我身体好一些，我就可能重回舞台，可是，我只剩下一口气了。我死了，你绝不要自责。我清楚地感到，你若是有这种能力，这一切就什么也不会发生了；我实实在在感觉到了，但是不敢说出来。我看到一切都在酝酿中，不过，我不愿意让你苦恼焦急。

我在一个凄凉的夜晚给你写信，请相信，比起你来敲门，发现我出去了的那天夜晚还要凄凉。我一向以为你不会嫉妒，后来听说你很气愤，我又难过又高兴。你为什么不强行留下等我呢？那样你就会看到，我交好运回来的那副样子。不过也无所谓了，反正你爱我超过你嘴上说的。

真希望结束了，可我又不能够。我维系着这张纸，好似紧紧抓住一段余生。我抓紧这一行行字，希望凝聚我的全部力量，给你寄去。不，你并不了解我的心。你爱我是因为你心好，你出于怜悯，也有点为了取乐。假如我富有，你就不会离开我了：我心里就是这么想的，唯独这个念头给我勇气。永别了。

但愿我父亲不要痛悔他所造成的伤害！现在我才感到，为了会点什么，为了掌握一种谋生的手段，要我付出多大努力是不行啊！太迟了。人在孩童时期，如果能从镜子里看到自己的一生，那么我就不是这种结局了。你还会爱我，也许不会了，既然你要结婚了。

你怎么能给我写了一封如此冷酷的信。既然你父亲提出这种要求，既然你要去，那么我要另找一个情人，我并不认为做错了什么。当我明确对他说要回自己的家时，他那副嘴脸滑稽极了，我从未见过，也从未有过类似的感受。

你的信令我伤心，我守着炉火待了两天，一动不动，一句话也说不出来。我的朋友，我生来非常不幸。你不可能知道，我在世上生存的可怜的二十年，仁慈的上帝是怎样对待我的：就如同一个赌注。幼小时，父母打我，我哭天抹泪时，就把我赶出门："去看看天下没下雨。"父亲这样说。我长到十二岁时，就让我刨木板，而我成年之后，所受到的迫害还不够多吗！我这一生过的，总在努力活着，最终才明白，人是必须死了。

愿上帝祝福你，是你给了我仅有的，仅有的幸福日子！在那些日子里，我深深地吸了一口气，愿上帝给你回报！朋友啊！祝你幸福、自由！祝你得到爱，就像你这奄奄一息的，你这可怜的贝内蕾特对你的爱！

不要悲伤，一切都会结束。一天晚上在我们的住处，你给我念了一出德国悲剧①，你还记得吗？剧中男主人公问道："你们临死的时候，呼喊什么呢？"小乔治回答："自由！"你读到这句话时流下了眼泪。哭吧，这是你的女友最后的叫声。

---

① 引自德国作家歌德的历史剧《铁手骑士葛兹·封·贝利欣根》(1773)。

穷苦人死了没有遗嘱,不过,我还是把我的一个发卷寄给你。记得有一天理发师用火剪烫焦我的头发,你都不能容忍,更不会把这个发卷投进火里了。

别了,再次别了,永别了

你的忠实女友
贝内蕾特

有人告诉我,弗雷德里克看完这封信,曾经试图自杀。详细情况,这里我就不讲了。自杀未遂,无关痛痒的人认为类似行为未免可笑,这种看法太普遍了。在这个问题上,世人的评论总是很损德的:大家嘲笑企图轻生的人,而自杀身亡的人又被人忘记。

白乌鸫的故事

一

在这世上，做一只独特的乌鸫，该有多么荣耀，但又多么艰难啊！我绝不是一只神话中的鸟儿，而且布封[①]先生也描绘我的情况。然而，唉！我又极为罕见，极难寻觅。但愿完全不可能有我这样子的！

我父母都非常老实厚道，多年来一直住在沼泽区一座偏僻的旧花园里，堪称一对模范夫妻。我母亲趴在灌木丛中，每年下三次蛋，边打盹儿边孵化，表现出主教式的虔诚。而父亲年纪虽然大了，但还是非常整洁，非常活跃，终日在四周觅食，给妻子送来美味的虫子，而且小心叼着虫子尾巴，以免倒她的胃口。到了晚上，只要天气好，他就唱歌给她听，同时也给周围的邻居带来欢悦。这对和美的夫妻从未吵过嘴，从未有过一丝不愉快的乌云。

就在我出世不久，他有生以来头一回显得情绪不好了。尽管我的淡灰色的毛还不明显，他已经看出无论毛色还是模样儿，我都不像他众多的子女。

“这可是个脏孩子，”有时他斜眼看着我说道，“显而易见，这淘气鬼碰到土堆泥坑就打滚，才总是浑身泥土，总这么难看。”

“嗳！上帝啊，我的朋友，”母亲总是蜷缩在旧锅做的窝里回答，“他这年龄就这样，你还看不出来吗？你自己呢，你小时候不也是个可爱的小淘气吗？等我们的小乌鸫长大了，你就会看到他长得有多漂亮，肯定是我孵出来的最好看的一个孩子。”

---

① 布封（1707—1788）：法国博物学家，著有《自然史》。

我母亲这样为我辩护，但是绝没有搞错，眼看我长出倒霉的羽毛，她也觉得我像个怪物；然而，她和所有的母亲一样，往往格外疼爱受自然虐待的孩子，就好像这是她们的过错，她们事先就拒绝要加在孩子头上的不公正的命运。

在我第一次换毛的时候，我父亲陷入沉思，并注意端详我。只要我褪了毛还没长出来，他对待我就还相当和气，见我赤条条的，躲在角落里瑟瑟发抖，甚至还喂我肉酱吃；可是，我冻得发僵的可怜翅膀一开始覆盖绒毛，他看见每长出一根白羽毛，就大发雷霆，我真怕羽毛全被他拔光，一辈子都得赤身裸体。唉！我没有镜子，不明白他为何发火，心中怪道，天下最好的父亲为什么对我如此残暴。

我刚刚长出羽毛，一天阳光灿烂，我不由得心里高兴，在一条路上飞行时，不幸唱起歌来。父亲刚听我唱了一声，就像火箭一般冲向半空。

“我听见什么啦？”他嚷道，“一只乌鸫难道会这样叫吗？这算鸣叫吗？”

他气势汹汹地扑到我母亲身边。

“你这疯婆娘！”他责问道，“是谁在你窝里下蛋啦？”

我母亲一听这话，十分气愤，从窝里跳出来，不小心扭伤一只脚，她哽噎着说不出话来，掉在地上半昏过去。我见母亲要死了，便惊慌失措，吓得抖成一团，匍匐在父亲膝下。

“父亲啊！”我对他说，“如果说我的叫声走调，我的衣衫难看，但是绝不要惩罚我母亲！我天生没有您这副嗓子，这能怪她吗？您的黄色喙这么漂亮，您的法兰西式的黑礼服这么华丽，穿着就像正在满嘴吃摊鸡蛋的教区财产管理员；如果说我没有您这黄喙和黑礼服，这能怪她吗？如果说我天生是个怪物，因而有个人要受罚，那么至少让我一个不幸吧！”

“问题不在这儿，”我父亲说道，“刚才你鸣叫，竟敢用这种荒谬的方式，是什么意思呢？谁教会你违反所有习惯和规则，这样鸣叫呢？”

“唉！先生，”我低声下气地答道，“因为天气晴朗，也许还因为蚊蝇我吃得太多了，感到特别高兴，不觉就叫起来。”

“我的家族没有这样叫的。”父亲怒不可遏，又说道，“多少世纪以来，我们的鸣叫父子相传。夜晚我要让人听听我的声音的时候，要知道，这里住在二楼的一位老先生，住在阁楼的一名小女工，都打开窗户聆听。而你这身可恶的羽毛，就像集市上的妓女脸上搽的白粉，站在我面前，不是够我受的了吗？我若不是最温和的乌鸫，早就把你的羽毛拔得精光，让你不折不扣成为要插上烤扦的一只小鸡。”

“那好！”我见父亲这样不讲礼，也非常气愤，高声说道，“既然如此，先生，也没什么了不起的！我躲着您就是了，不让您看到这只可怜的白尾巴，省得您整天揪扯。我走，先生，我逃离，其他孩子也足够安慰您的晚年了。我远远离开，免得您一见我这丑样子就烦。也许，”我抽泣着又补充说，“也许，在邻家的菜园里能发现几条蚯蚓，或者在房檐下能找到几只蜘蛛，维持我这悲苦的生活。”

“随你的便吧，”父亲听了我这番话，非但没有心软，反而这样说道，“再也不要让我见到你。你不是我儿子，你不是一只乌鸫。”

“那请问，先生。我是什么呢？”

“我哪儿知道，反正你不是乌鸫。”

这种绝情的话说罢，我父亲就迈着方步走了。我母亲爬起来，神色凄惨，一拐一拐回到旧锅的窝里，继续哭泣。我又羞愧又伤心，尽力飞起来，如我所说，落到邻居家的房檐上。

二

我父亲毫无人性，好几天把我丢在这绝境里。不过，他虽然性情暴躁，但心肠还是善良的，我从他瞥来的目光可以看出，他很想原谅我，并把我叫回去。尤其我母亲，不断抬起头，眼里满含温情地望望我，有时甚至要小声哀叫呼唤我；然而，他们一看见我这可怕的白羽毛，就不由自主地产生反感和恐惧。对此什么办法也无济于事，这一点我看得清清楚楚。

“我根本不是乌鸫！”我心中反复念叨。的确如此，早晨我梳理羽毛，看着我映在雨槽水中的影子，就得毫不含糊地承认，我和家里其他成员长得多不相像啊。我反复哀叹：“天啊！告诉我吧，我究竟是什么？”

一天夜晚下大雨，我又饿又伤心，精疲力竭，正要入睡，忽见身边落了一只鸟儿，我简直不敢相信，他会淋得那么湿，脸色那么苍白，身子那么瘦。我隔着雨幕竭力判断，觉得他的羽毛颜色同我的相近。他的个头儿比我大，身上的羽毛不多，只能够覆盖一只小麻雀。乍一看，他像一只缺衣少食、十分贫寒的鸟儿。他的额头几乎光秃，尽管遭雨击打，但还是保持一种骄傲的神态，令我钦佩。我恭敬地向他深施一礼，他反倒鸽了我一口，险些把我从雨水槽啄下去。他见我只是搔搔耳朵，歉疚地躲开，并没有以喙还喙，便问道：

“你是谁？”他那嘶哑的声音，可以同他的秃头相媲美。

“唉！大人（怕再被鸽一口，便这样称呼），”我回答，“我一点也弄不清楚，原以为自己是乌鸫,可别人硬说我不是。”

我这样奇特的回答和诚恳的态度,引起了他的兴趣。他靠近前,让我讲述一下身世;我讲的时候特别伤心,又特别谦卑,完全符合我的处境和恶劣的天气。

“你若同我一样,是只野鸽,”他听我讲完,便说道,“那就根本不必为这种无聊的行径伤感担心了。我们去旅行,那才是我们的生活;我们当然也有情爱,不过,我不知道谁是我的父亲。凌空而起,飞越广袤的空间,俯瞰脚下的山峦和平原,呼吸九天的清虚,而不是大地的浊气,冲向目标,好比百发百中的利箭,那才是我们的乐趣、我们的生活方式。我一天的行程,要超过一个人十年所能走的路。”

“老实说,先生,”我大点儿胆子说道,“您是一只流浪的鸟儿。”

“这件事我同样不在乎,”他又说道,“我根本没有国家;我只认识三样东西:旅行、我妻子和我孩子。我妻子在哪儿,哪儿就是我的祖国。”

“对了,您脖子上挂的是什么呀?就好像揉皱的旧包糖纸。”

“这可是重要的文件,”他昂首挺胸答道,“我这是要去布鲁塞尔,给那位著名的银行家送去一条消息,而这消息能促使公债贬值一法郎七十八生丁。”

“好家伙!”我高声叹道,“您这种生活真美啊,那布鲁塞尔,我确信,一定是一座非常好看的城市。您能带我一道去吗?我既然不是斑鸠,也许就是一只野鸽。”

“如果你是野鸽,”他答道,“刚才我鸽你的时候,你就会还嘴。”

“好吧,先生,我还你一下,我们不要为这点小事儿就闹翻了。瞧,天亮了,雨也要停了。行行好,让我追随您吧!我已经完了,在这世上一无所有,如果再遭到您的拒绝,那么我只好溺死在雨水槽里。”

“好吧,上路!尽力跟着我吧。”

我最后望了一眼我母亲睡觉的花园。一滴眼泪流下来,被风雨卷走。我张开翅膀飞走了。

三

我已说过,我的翅膀还不很强健。我的向导快如疾风,而我在他身边气喘吁吁,坚持了一阵儿,但是很快就头晕目眩,感到要昏过去了。

“还要飞很久吗?”我有气无力问道。

“不用了,”他答道,“我们到了布尔热,只剩下六十法里的路程了。”

我不想显出一副落汤鸡的样子，竭力鼓起勇气，又飞行了一刻钟，这下真的不行了。

“先生，”我又结结巴巴地说，“不能停一会儿吗？我渴得受不了，我们如果落到一棵树上……”

“见鬼去吧！你是个地道的乌鸫！”野鸽头也不屑回一回，风驰电掣般继续赶路。我却头昏眼花，什么也看不见了，一头就扎到麦田里。

我不知道昏迷了多长时间，苏醒过来时，首先回忆起来的是野鸽的最后一句话：“你是个地道的乌鸫！”他是这样对我说的。“亲爱的父母啊！”我心中想道，“还是你们弄错啦！我要回到你们身边，你们得承认我是你们的亲生孩子，让我回到原地，还住在我母亲旧锅之窝下面那一小堆舒适的树叶里。”

我使劲想站起来，可是旅途劳累，跌落下来还感到疼痛，四肢一时动弹不得，双腿刚支撑起身子，便又绵软无力，斜倒在地上。

我已经产生死的可怕念头，忽然透过矢车菊和丽春花，看见两只可爱的鸟儿踮着脚朝我走来：一只是满身鲜明斑点、俏丽的小喜鹊，另一只是粉红色的小斑鸠。还离几步远，小斑鸠就站住，那极为羞惭的样子，对我的不幸表示出极大的同情；可是小喜鹊却蹦蹦跳跳靠近前，那步伐曼妙极了。

“噢！仁慈的上帝！可怜的孩子，您在这儿干什么？”她问我，顽皮的声音像银铃一样清脆。

“唉！侯爵夫人，”我答道（其中至少有一个必是无疑），“我是个可怜的行客，途中被驿车抛下了，现在快要饿死了。”

“圣母啊！您对我说什么呀？”她应了一声。

话音刚落，她就开始在我们四周的灌木丛飞来飞去，忽起忽落，给我采来大量浆果，堆在我的身边，同时她还继续问我：

“真的，您是谁呀？您从哪儿来的？您这样冒险旅行，真是不可思议的事情！您要去什么地方？您刚脱完第一次毛，年纪这么小，就独自旅行！您父母是干什么的？他们是哪儿的？为什么让您落到这种地步？这真叫头上的羽毛竖起来！”

在她说话的工夫，我欠起身子，大吃一顿。小斑鸠站着不动，一直怜悯地看着我，她发现我有气无力地扭过头，明白我渴了，又见海绿茎上留下一滴夜雨，非常新鲜，就用喙小心翼翼地接住，给我送来。自不待言，这样一个矜持的人，如果不是见我病得厉害，绝不会有这种举动。

我还不知道什么叫爱情，不过，我的心却怦怦狂跳不已。我夹在两种不同感情之间，深深受到一种难以言传的诱惑。我这面包总管如此活泼欢快，我的斟酒侍者又如此殷勤温柔,我真希望这一午宴永世不散。可惜的是,凡事都有始有终,一个身体复原者的胃口也不例外。我吃完饭,体力恢复了,便满足小喜鹊的好奇心,向她讲述了我的不幸。小喜鹊听得那么专注,似乎超出了她所应有的程度,而小斑鸠则义形于色,表现出由衷的同情。最后,我触及关键一点,我的痛苦根源,即不知道自己的出身。

“您开玩笑啊?”喜鹊高声说道,“您,是只乌鸫!您,是只鸽子!算了吧!您是只喜鹊,亲爱的孩子,货真价实的喜鹊,非常可爱的喜鹊。”她补充这一句,还用翅膀拂了我一下,就像用扇子轻轻搔了一下。

“可是,侯爵夫人,”我答道,“若说是喜鹊,我觉得这身羽毛的颜色,请别见怪……”

“是一只俄罗斯喜鹊,亲爱的,您是一只俄罗斯喜鹊!您不知道俄罗斯喜鹊是白色的吗?可怜的小伙子,多么天真啊!”

“不过,夫人,”我又说道,“我生在巴黎沼泽区偏僻角落的一个破锅里,怎么成了一只俄罗斯喜鹊呢?”

“唔!善良的孩子!你们是入侵者,亲爱的,您以为入侵者只有你们吗?请相信我吧,您就听候安排,等一会儿,我要带您走,让您开开眼,瞧瞧天下最美的东西。”

“请问,在哪儿呢,夫人?”

“在我的绿宫里,可爱的小家伙;您会看到,那里过的是什么生活。您做了喜鹊用不上一刻钟,就再也听不进去别的事情了。我们那儿有上百只,但不是住在林子里在大路上乞求施舍的那种大喜鹊,而是高贵善良的一群。一只只小巧灵敏,仅有拳头那么大小。我们每个身上不多不少,只有七个黑斑点和五个白斑点,这是一成不变的,其余的我们都不放在眼里。不错,您没有黑斑点,但您有俄罗斯这样的身份,就足以受到接纳。我们的生活只有两件事儿:呱呱欢叫和梳洗打扮。从天亮到中午,我们梳洗打扮,从中午到天黑,我们就呱呱欢叫。我们每个都栖在树上,拣最高最老的树木。在森林中央耸立一棵巨大的橡树。唉!现在没人住了,那就是先父国王庇①十世的故居,我们有时去朝拜,长叹几声;不过,除了这一小小的伤感而外,我们的日子过得快活极了。我们那儿做妻子的并不假装正经,做丈夫的也不嫉妒,我们的欢乐既纯洁又得体,因为我们的话语虽然欢快而放肆,我们的心却无比高尚。同样,我们也无比骄傲,如果一只松鸦或者哪只野鸭胆敢闯进我们圈儿里,我们就毫不留情,把他的羽毛

---

① 法语中的“庇”Pie与喜鹊音形相同。

拔光。尽管如此,我们还是天下最善良的,在我们那儿矮树林里生活的麻雀、山雀和金翅鸟,总能得到我们的帮助、喂养和保护。至于饶舌呀,诽谤呀,什么地方也不如我们那儿少见。我们那儿也有虔诚的老喜鹊,终日念天主经,不过,我们少妇闺女堆里最轻率的一个,也可以从最严肃的老婆婆身边经过,不必害怕被鸽一口。总而言之,我们的生活讲究欢乐、名誉、荣耀,也喜欢闲聊和衣着打扮。"

"这生活实在太美了,夫人,"我答道,"我若是不遵从您这样一位夫人的吩咐,那就未免缺乏教养了。不过,在有幸跟随您走之前,求求您了,请允许我对这位好心的小姐说句话。小姐,"我对小斑鸠说道,"请求您坦率地对我讲,您认为我真是 ·只俄罗斯喜鹊吗?"

听这一问,小斑鸠垂下头,脸色顿时绯红,好比洛洛特[①]的绸带。

"可是,先生,"她说道,"我不知道能否……"

"看在老天的份儿上,说吧,小姐!我绝无冒犯您之意,而且恰恰相反。我看你们两位都特别可爱,我愿意当场发誓,一旦弄清我究竟是喜鹊还是别的什么,我就一定把心和爪子,献给你们当中愿意接受的一位;因为,瞧您的样子,"我压低点儿声音,又对这位年轻姑娘说,"我就感到自身有某种说不清的斑鸠的天性,搅得我心绪特别不安。"

"也确实如此。"小斑鸠说道,那脸色更红了,"我不知道是不是阳光透过丽春花丛射在您身上的缘故,反正我看您的羽毛仿佛有一种淡淡的色彩……"

她不敢说下去了。

"噢,真叫人困惑不解!"我高声说道,"究竟该怎么办呢?我这颗心惨痛欲裂,怎么能献给你们中间的一位呢?苏格拉底啊!你说'要认识你自己'的时候,给我们的告诫多么美妙,又多么难于遵从啊!"

自从一支倒霉的歌大大冒犯了我父亲的那天起,我就再也没有练过声。此刻我忽然想到,何不用歌声辨别一下真相。"对呀!"我心中暗道,"既然父亲大人刚听了一段就把我赶出门了,那么我唱不到两段就会对这两位夫人产生作用啦!"于是,我先躬身施了一礼,仿佛要请求多多包涵,恐怕淋了雨受影响,然后就开始鸣叫。继而啁啁啾啾,接着又叽叽咕咕,最后扯着嗓子唱起来,如同赶骡子的西班牙人迎风吼叫。

在我唱下去的时候,小喜鹊渐渐离开我,她始而惊讶,继而愕然,终于万分骇怪,并掺杂着深深的厌恶情绪。她绕着我飞旋几圈儿,就像一只猫挨了烫又想吃,围着一

---

① 即歌德的小说《少年维特之烦恼》中的女主人公夏绿蒂。

块热肥肉转悠似的。我看到试验的效果,就想进行到底,可怜的侯爵夫人越显得不耐烦,我越扯破嗓子歌唱。她听我奋力鸣叫,坚持了二十五分钟,终于忍受不了,啪啪!鼓翅飞走,返回她的绿宫。至于斑鸠姑娘,她刚一听我鸣唱,就酣然大睡了。

“美妙歌声的出色效果啊!”我想道,“沼泽区啊! 母亲的旧锅巢啊! 我多想回去!”

我正要飞走时,斑鸠姑娘又睁开眼睛。

“别了,特别可爱又特别令人厌倦的外来者。”她说道,“我的名字叫咕噜莉,请你记住我!”

“美丽的咕噜莉,”我应声说道,“您又善良,又温柔,又可爱;我愿意为您而生,为您而死,但您是粉红色的:我生来没有那么大的福气!”

四

我的歌声所产生的可悲效果,也不免令我伤心。“唉! 音乐啊,唉! 诗歌啊,”我在飞回巴黎的路上,反复地念叨,“能理解你们的心灵真是寥寥无几!”

我正这样思考,不料一头撞到对面飞来的鸟头上。撞击很重,又事起突然,我们两个都跌落下去,幸好被一棵大树的冠顶托住了。我们摇晃几下脑袋清醒清醒,我瞧了瞧新来者,料想必有一场争吵。我惊奇地看到他的羽毛也是白色的。他的头倒是比我的大一点儿,头顶有一簇毛,神态便显得雄壮而滑稽了。此外,他的尾巴翘得很高,气度非凡;不过,看样子他毫无同我打斗之意。我们俩都彬彬有礼,相互打招呼,彼此道歉,接着又攀谈起来。我斗胆问他姓名,家住何处。

“我真奇怪,您不认得我。”他对我说,“难道您不是我们的种类吗?”

“老实说,先生,”我答道,“我不知道属于哪个种类。谁见了都问我,并且对我说同样的活;肯定大家都在打赌。”

“您要说笑话呀,”他反驳说,“您这羽毛特别合身,我看不错,准是个伙伴。毫无疑问,您属于高贵而可敬的白鹦鹉种族,拉丁文称 cacuata,学名为 kaktoës,俗名 cacatois。”

“哎呀,先生,这很有可能,这对我来说是莫大的荣幸。不过,您就当我不是,劳驾告诉我,您尊姓大名。”

“我就是大诗人嘎嘎托杠。我经常远游,先生,飞越艰难险阻和干旱的荒漠。我做诗已非一日，我的缪斯经历了多少痛苦。路易十六当朝时，我歌颂，先生，我还为共和国高歌，我大肆歌颂了帝国，也谨慎地赞扬了复辟的波旁王朝，近来甚至还费劲地随大溜儿，勉力跟上这个没有审美观的时代的要求，我向世上抛出辛辣的两行诗、庄严的颂歌、美妙的抒情诗、虔诚的哀歌、长折大戏、短篇小说、扑粉的滑稽歌剧和秃顶的悲剧。总而言之，我可以夸耀地说，我为缪斯神庙增添了几桌文雅的宴席、几处朦胧的齿形装饰，以及阿拉伯式的巧妙图案。有什么办法呢？我老了。不过，先生，我做起诗来还精神头儿十足，正如您所见到的，刚才我正在构思一首不下六页的长歌行，不料脑门儿让您撞了个大包。这个就不说了，如果能帮上什么忙，我愿为您效劳。”

“真的，先生，您能帮上忙，”我接口说道，“您瞧见了，此刻我正处于诗意的严重困境中。我不敢说我是诗人，更不敢说是您这样的大诗人，”我向他鞠了一躬，补充说道，“不过，我天生一副嗓子，我每当觉得痛快或者忧伤时，嗓子眼儿就发痒了。对您实话实说，我根本不懂做诗的规则。”

“我也忘到脑后了，”嘎嘎托杠说道，“这一点您就不必担心了。”

“可是，我还时常碰到一个糟糕的情况，就是我的声音对听者所产生的效果，类似一个叫若望·德·尼维勒的声音对……您明白我指的是什么吧？”

“我明白，”嘎嘎托杠答道，“我本人也了解这种奇特的效果。我不知其所以然，但是其效果是不容置疑的。”

“那好，先生，我看您算得上诗坛的涅斯托耳①，求求您告诉我，有什么方子治这种碍难吗？”

“没有，”嘎嘎托杠答道，“就我而言，始终未能找到。我年轻时总听见这种鸣叫，受到极大的折磨；现在嘛，就不去想它了。我认为产生厌恶之感的原因，就是公众消遣而朗诵别人的，而不是我们的诗作。”

“我同您想到一处了，可是，您得承认，先生，一个心怀善意的人，刚做出一个善意的举动，就把人全给吓跑了，这多叫人懊丧啊。烦劳您听我一听，再坦率地讲讲您的看法，可以吗？”

“完全可以，”嘎嘎托杠说道，“我洗耳恭听。”

我立刻唱起来，而且满意地看到嘎嘎托杠既无厌倦之色，也无昏昏睡意。他目不转睛地注视我，不时赞同似的点点头，还赞扬似的喃喃自语。然而，我很快就发觉他

---

① 涅斯托耳：希腊传说中特洛伊战争的名将，为人公正，足智多谋。

并没有听我唱，而是在那儿构思他的诗。他趁我换气的瞬间，突然截口说道：

“这个韵脚，我还是找到啦！”他微笑起来，摇晃着脑袋说道，“这是从我这颗脑袋里出来的第六万零七百一十四韵！谁敢说我老啦！我要给好朋友们朗诵，我要给他们朗诵，瞧瞧他们会怎么说吧！”

他说着就飞走了，仿佛不记得遇见过我。

五

只剩下我一个，心中非常失望，无奈趁天还未黑，我鼓翅飞往巴黎。糟糕的是我不识路。同鸽子一起的那段旅程，我实在太难受，没有留下确切的记忆，因此未能直达，而是偏左绕到布尔热，不料夜幕降临，我不得不去莫尔枫丹树林投宿。

我到达的时候，那里的居民全睡下了。众所周知，喜鹊和松鸦睡觉最不老实了。无处不争吵。在灌木丛中，麻雀则叽叽喳喳，相互践踏。两只鹭鸶支着长腿，在水边严肃地漫步，一副沉思默想的神态，酷似当地的笨蛋耐心地等待妻子。大个头儿乌鸦沉重地栖在最高的枝头，半睡半醒，鼻子咕咕哝哝在做晚祷。山雀情侣还在下方的矮树林里追逐嬉戏，而一只绿啄木鸟在身后推着他那一口子，要推进一个树洞里。从田野归来的一群群树麻雀，在空中飞舞，宛如一股股炊烟，冲到一棵灌木，密密麻麻地覆盖了一层。还有一些燕雀、莺、红喉鸟三五成群，轻轻栖在错落的枝上，如同彩灯上的水晶玻璃。各处回荡着相呼的声音，清晰可闻：“快点，我的老婆！……快点儿，我的丫头！……来呀，我的美妞儿！……到这儿来，我的可人！……我来了，亲爱的！……晚安，我的情妇！……再见，朋友们！……好好睡觉，孩子们！”

在这样一家乡村旅店里，一个单身汉多容易找个睡觉的位置啊！我打算到同我个头儿相仿的几只鸟儿那里，请求他们留宿。我心中暗道：“黑夜里，所有鸟儿都是灰色的；再说，规规矩矩睡在他们身边，又有什么妨碍呢？”

我先飞向一条沟，一群斑鸠聚在那里，正在仔细地整理晚妆。我注意到他们大多都把翅膀镀了金，爪子也上了颜色：他们是林中的纨绔子弟。他们都相当快乐，根本不屑于理睬我。然而，他们的话语多么空洞乏味，他们相互讲述自己的烦恼和风流艳事，又表现得多么自命不凡。他们还彼此挑衅打斗，手脚极重，片刻也不会让我消停。

接着，我见一根树枝上排列六七只不同的鸟儿，便飞过去，谦卑地占了树梢儿的末座，可望得到他们的容纳。说来倒霉，旁边是一只老母鸽子，就像生锈的风标一样瘦骨嶙峋,勉强覆盖着少许羽毛。在我靠近的时候,她正在护理羽毛,装作梳理,却生怕弄掉一根,只是检查一下,看看够不够数。她刚让我的翅膀尖儿碰了一下,便凛然地挺起身子。

"您这是干什么,先生?"她抿了抿喙,带着英国式的腼腆问道。

她猛地一伸臂肘,将我捅下去了,那劲头会让一个搬运工感到自豪。

我掉进有只胖松鸡在睡觉的荆棘丛。就是我母亲趴在旧锅的窝里,也没有这样一副至福高乐的神态。她身体肥胖极了,块头足极了,三叠肚腹一坐安稳极了,真像一个皮儿已经吃掉的大肉馅饼。我悄悄溜到她身边,心中想道:"她不会醒的,不管怎样,这样一个肥胖的好妈妈,不可能很凶。"她的确不凶,半睁开眼睛,轻声叹了一口气:

"你妨碍我了,孩子,走开吧。"

恰巧这时,我听见呼唤我的声音,原来栖在一棵花楸冠上的几只花鸫,示意让我过去。"真有好心肠的。"我心中想道。她们笑得前仰后合,给我让了位置。我敏捷地钻进她们的羽毛堆里,犹如一封情书袖进手笼里。然而不久我就发现,这些女士太贪吃,葡萄吃过量了,树枝勉强禁得住,而且,她们的玩笑开得太粗俗,不住地哈哈大笑,扯着嗓子唱歌,我实在受不了,只好离开了。

我不再抱希望了,想找个荒僻的角落睡一觉,忽听一只夜莺又唱起歌,大家马上都静下来。唉!他的声音多纯净啊!甚至他那忧伤的情调也显得十分温馨!他的歌声非但没有骚扰别人的安歇,反而起催眠的作用。谁也不想让他住声,谁也不觉得他在这种时刻唱歌有什么不好;他父亲不会因此打他,朋友们也不会避开。

"这世上唯独不准我快乐地生活!"我高声叹道,"走吧,逃离这个残酷的世界!还不如到黑暗中寻觅我的路,哪怕被猫头鹰吃掉,也免得干瞪眼看着别人幸福,自己心痛欲碎!"

我这样一转念,就重新上路,游荡了好久。天刚蒙蒙亮,我就望见巴黎圣母院的钟楼。眨眼工夫我就飞到了,游目四望,没用多长时间就认出我们的花园,于是比闪电还快地飞过去……唉!园子空荡荡的……我徒然地呼唤我父母;谁也没有应声。父亲栖息的那棵树、母亲栖息的矮树丛、那珍贵的旧锅,统统不见了,全被大斧子给毁了。我出生的那条绿径,只剩百八十捆木柴。

六

起初,我寻找父母,搜遍周围的所有花园,可是徒劳,想必他们逃往远处的一个街区,我永远也得不到他们的音信了。

我忧心如焚,又落到当初躲避父亲的怒火而栖止的雨槽上,白天黑夜哀叹自己的凄惨身世,夜不能寐,也不怎么进食,几乎悲痛欲绝了。

有一天,我像往常一样哀号:

"这么说来,我既不是乌鸫,因为父亲要拔我的毛,也不是鸽子,因为我去比利时的中途就掉下来了;我既不是俄罗斯喜鹊,因为我一张开口唱歌,年轻的侯爵夫人就捂上耳朵,也不是斑鸠,因为善气迎人的咕噜莉,就连听听我歌唱,也像一个修士那样打起鼾来;我也不是鹦鹉,因为嘎嘎托杠不屑于听我吟唱;总而言之,我什么鸟儿也不是,所以在莫尔枫丹,他们让我单个儿睡觉。然而,我身上长了羽毛,这还有爪子,还有翅膀。我绝不是个怪物,咕噜莉可以作证,甚至那位小侯爵夫人,也觉得我挺对她的口味。由于什么不可思议的奥妙,这些羽毛、翅膀和爪子,不能构成一个叫上名来的整体吗?我是不是偶然之间……"

我还要哀号下去,不料被街上两个争吵的女门房打断了。

"哼!当然啦!"其中一个对另一个说,"你若是真能搞出名堂来,我就白送给一只白乌鸫!"

"公正的上帝啊!"我高声感叹,"我的谜解开啦!天王啊!我是乌鸫的儿子,我的羽毛又是白色的,因此,我是白乌鸫!"

应当承认,这一发现大大改变了我的想法。我非但不再怨艾,反而昂首挺胸,趾高气扬地沿着雨槽走来走去,以胜利者的姿态傲视空间。

"作为一只白乌鸫不简单呀,"我心中暗道,"在一头驴的腿下绝见不到。我遇不见同类,是应该伤心:这就是天才的命运,这就是我的命运!原先我要逃避世界,现在我要让世界大吃一惊!既然我是这只独一无二的鸟儿,那么,我必定要有相应的行为,不折不扣像凤凰那样,要鄙视其余的飞禽。我必须买来阿尔菲耶里[①]的记忆和拜

---

① 阿尔菲耶里(1749—1803):意大利作家,悲剧作家。

伦爵士的诗歌；这种精神食粮会激发我无比自豪，且不说上帝赐予我的自豪感。是的，如果可能的话，在我高贵的出身上，我还要增添分量。自然把我造成稀有品种，我还要变得莫测高深。今后谁能见到我，就是好大的面子，要引以为荣。……对了，”我压低声音补充道，“假如我干脆追求金钱呢？”

“呸！多么卑劣的念头！我要像嘎嘎托杠那样做一首诗，不是一个章节，而是像所有大诗人那样，写成二十四章节；这还不够，要写成四十八章节，带注解和后记！必须让全宇宙知道我的存在。我在诗作中，自然也要哀叹我的孤独，然而极富情调，足令最幸福的人羡慕我。既然老天拒绝给我一个老婆，那么我就大肆诽谤别人的老婆。我要证明，除了我吃的葡萄之外，什么东西都太青了。夜莺只能老老实实待着；我要像二加二等于四那样明确地指出，他们的咏叹调叫人心里难受，他们的商品一钱不值。我首先要雄霸文坛，在我周围聚拢一大批人，不仅有记者，而且还有名副其实的作者，甚至还有女文人。我要给拉舍尔小姐创作一个角色，如果她拒绝扮演，那我就大张旗鼓地宣传，她的演艺还不如外省的一名年迈的女戏子。我要去威尼斯，在那仙境般的城里，每天花四利弗尔十苏，住进大运河边的莫盖尼戈豪华大饭店；《拉腊》[①]的作者一定把所有的记忆丢在那里，我要从中得到灵感。我要模仿斯宾塞的诗节，从我的独处幽居中，抛出大量交叉韵的诗歌，势如洪水淹没世界，以便安慰我这伟大的灵魂；我要让所有山雀叹息，让所有雌斑鸠发出咕咕叫声，让所有丘鹬痛哭流涕，让所有老猫头鹰呼号。至于我本人，我要表现出冷酷无情，对爱情无动于衷。别人怎么恳求哀告也是枉然，我不会怜悯被我绝妙的诗歌迷惑的不幸者，只用这样一句话打发：‘见鬼去吧！’名扬四海啊！我的手稿按黄金的分量出售，我的书籍要远涉重洋；我走到哪里，荣名和财富就跟到哪里；我落落寡合，仿佛不在乎簇拥在我周围的人群的窃窃私议。总之一句话：我将是个完美的白乌鸫，一个怪诞的真正作家，受人恭维、爱戴和敬佩，也惹人眼红，但又绝对是个爱发脾气和令人难以容忍的家伙。

七

不到一个半月的时间。我的第一部作品就问世了。正如我保证过的，这首诗有

---

① 《拉腊》：拉腊为西班牙卡斯蒂利亚的世族，其传说《拉腊王子们》见于西班牙国王阿尔封斯十世的编年史中。

四十八章。由于所写的内容异常丰富，就难免有些疏漏；然而我想，今天的读者看惯了报尾刊登的美妙文学，也就不会责备我了。

我取得了无愧于我的成就，也就是说无与伦比。我这部作品所写的对象，无非是我本人：我这样做是顺应当代的伟大时尚。我沾沾自喜地叙述我经历的痛苦，举出无数引人入胜的生活细节；描述我母亲做窝的那只旧锅的篇幅，恐怕不少于十四章：我计数过锅上有多少纹槽，多少破洞，多少鼓包，多少裂片，多少斜纹，多少钉子，多少污迹，多少色调，多少映象；我描绘里面、外面、边沿儿、底部、侧面、斜面、平面；我再进而描绘窝里的情景，研究了里边的草茎、麦秸儿、枯叶、小木块儿、小石子儿、雨滴、苍蝇残骸、叼烂的金龟子的足，总之，这些细节的描写非常迷人。然而，不要以为我一下子全印出来。有些放肆的读者会跳过去的。我将这首诗巧妙地切成小块儿，打乱叙述的顺序，以便一节一行也不漏掉，让读者看到最有趣最富戏剧性的地方，就猛然碰到十五页描述破锅的篇章。以我之见，这就是艺术的大奥秘之一，而我毫不吝啬，揭示出来给随便什么人借鉴。

我的书一出版，便轰动了全欧洲。欧洲贪婪地吞食我肯透露的隐秘。怎么可能设想是另一种情景呢？我不仅罗列了直接关系我本身的所有事实，而且公布了从我出生两个月起经过我头脑的所有胡思乱想；我甚至在最美妙之处，添加了我在蛋壳里做的一首颂歌。自不待言，我也不会忽略，顺便论述一下当前多少人关心的大课题，即人类的未来。我对这个问题发生了兴趣，趁着一时闲暇，就制定了一个解决方案，似乎普遍都感到满意。

每天都给我寄来赞誉诗、祝贺信和匿名的情书。至于拜访者，我严格遵循给自己订的计划：所有人都拒之门外。不过，我不能不接待两位外国客人，因为他们的称呼类似我父母：一位是塞内加尔乌鸫，另一位是中国乌鸫。

“啊！先生，”他们边说边紧紧拥抱我，勒得我几乎喘不上来气儿，“您真是一只伟大的乌鸫！在您不朽的诗篇里，您多么准确地描绘了天才被埋没的深深的痛苦。我们不为世人所赏识，如果说还未到无以复加的程度，那么我们读了您的大作，就进入这种境界了。对于您的痛苦，以及您对庸俗的崇高蔑视，我们多有同感啊！您歌唱内心的苦痛，我们也一样，先生，都有亲身体验。这是我们做的两首十四行诗，两者相辅相成，请您赐教。”

“此外，”中国乌鸫又说道，“这支乐曲，是我妻子根据您的一段序言创作的，完美地体现了作者的意图。”

“二位先生，”我对他们说，“据我判断，你们天生有一颗伟大的心灵，充满睿智。不过，恕我向二位提个问题，你们的忧伤缘何而来？”

“唉！先生，”塞尔加尔居民答道，“瞧我这种身材。我的羽毛，固然很美观，这身美丽的绿色，人们也能看到在鸭子身上闪闪发亮；可是，我的喙太短，我的脚又太大，再瞧我这尾巴是什么样子！我身长还不到尾巴的三分之二。难道这不足以令人伤心吗？”

“而我呢，先生，”中国居民也说道，“我的不幸还要难以忍受。我这伙计的尾巴能扫大街，可是顽童总指着我，只因我是秃尾巴。”

“先生们，”我又说道，“我向二位表示由衷的同情。无论什么，过多或者过少，总是令人恼火的。不过，请允许我告诉你们。植物园里有好几位同你们相像，制成了标本，安安静静在那里待了很久了。一位女文人只是放荡，并不足以写出一本好书来。同样，一只乌鸫只是发泄不满，也不足以表明有天才。我是独一无二的，为此我感到伤心，也许不该如此，但这是我的权利。我是白色的，先生们，请你们也变成这种颜色吧，到那时随你们怎么说都成。”

八

我尽管下了决心，装作镇定自若，但是并不幸福。我虽然声名显赫，但是并不觉得我的孤独容易忍受些，想想我要过一辈子独身生活，就不寒而栗。尤其到了春暖花开的季节，我寂寞得要命，重又开始沉浸在忧伤的情绪中，直到一个意外情况决定了我的整个生活。

毫无疑问，我的作品穿越了拉芒什海峡。而英国人，除了他们懂得的，什么都成为抢手货。有一天，我收到从伦敦寄来的一封信，寄信者是一个乌鸫姑娘。

“我读了您的诗，”她在信中对我说道，“对您的敬佩之情油然而生，因此决定委身于您。我们是天造地设的一对！我同您一样，是白乌鸫！……”

不难想见我的惊讶和喜悦。“一只白色雌乌鸫！”我心中暗道，“难道真有这种可能吗？这么说，我在大地上就不再形只影单啦！”我急忙回复美丽的陌生姑娘，明确地向她表示，她的提议多么对我的心思。我催促她来巴黎，或者允许我飞到她身边。她回答我说，她厌烦了父母，还是愿意前来，她收拾一下，很快就同我见面。

几天之后，她果然来了。多幸福啊！她是世上最美的乌鸫，羽毛比我的还要洁白。

“啊！小姐，或者，不如称夫人，”我高声说道，“因为从此刻起，我就把您当做我的合法妻子了。如此迷人的女性存在于世上,我却未闻大名,这怎么叫人相信呢?真想不到,上天还给我保留这样的安慰,应当感谢我遭受的不幸和父亲对我的鸽击!迄今为止。我一直以为自己命里注定,要孤独一辈子。坦率地讲,一辈子孤独,这种负担可太沉重了;不过,我一见到您,就感到自己具备做父亲的全部品质。不要再耽搁,请接受我的求婚,我们按照英国方式,不举行任何仪式,马上就结婚,然后一同去瑞士。”

“我看这样不妥,”乌鸫姑娘答道,“我希望我们的婚礼非常隆重,举行盛大的聚会,把法兰西有点身份的乌鸫全邀请来。像我们这样的人,必须顾全自己名望,不能像房顶上的猫那样苟合,而且在招待饮食方面,绝不能小气。”

我完全盲从白乌鸫姑娘的指令。我们的婚礼奢侈到了极点,共吃了一万只苍蝇。我们还接受了“异教区”天主教红衣主教、尊敬的鸬鹚神甫的新婚祝福。一场盛大的舞会结束了这一天的庆贺,总而言之,我的婚事办得非常圆满。

我越深入了解我可爱妻子的性格,对她也就越发情深意浓。她这小小的躯体,容涵了灵与肉的所有迷人之处。她只有一点小毛病:爱摆出一本正经的架子。不过我认为,她一直生活在英国,是受雾气影响的缘故,而法国的气候肯定会很快驱散这一点浮云。

还有一件事令我更加不安,有时她显得特别神秘,同女仆关在屋里、锁上门,一待就是几小时。据她声称是在梳洗打扮。做丈夫的不大喜欢夫妻生活中这种古怪的行为。不知有多少次,我敲妻子的房门,却怎么也叫不开,这令我心急如焚。有这么一天,我非常恼火,坚持叫门,我妻子才不得不让步,有点匆忙地给我打开房门,还连声抱怨我打扰了她。我进屋注意到有一大瓶用面粉和西班牙白颜料做成糨糊,便问她弄这难吃的药干什么,她回答说这是给她治冻疮的药膏。这种药膏颇有点可疑,然而,这样一个妙人,又温柔又明慧,怀着极大的热忱,真心嫁给了我,还能让我产生什么怀疑呢?起初我还不知道,我亲爱的妻子是个善于舞文弄墨的人,过了一阵她才向我透露这一点,甚至给我看她同时模仿瓦尔特·司各特和斯卡隆而写的一部小说的手稿。可想而知,这样一件惊喜的事给我带来多大乐趣。我不但拥有美貌无双的伴侣,还确信她十分聪颖,从各方面看都配得上我这样的天才。从即刻起,我们就共同创作了。我这边构思写诗,她那边则涂写了多少叠稿纸。我高声给她背诵我的诗,但丝毫也不妨碍她写作。她孵育小说几乎同我写诗一样容易,总选择最富有戏剧性的题材,诸如弑君谋反、劫持、凶杀,乃至舞弊行径,总是不失时机顺便抨击政府,鼓吹所有雌乌鸫的解放。总而言之,她一点也不费脑筋,一点也不顾是否有伤风化;她文不加点,一行也不删掉,下笔之前也没有个写作提纲。这就是典型的雌乌鸫作家。

有一天,她写作的热情格外高涨,我发现她流下豆大的汗珠,同时惊讶地看到,她的背上黑了一大块。

“噢！仁慈的上帝！”我对她说道,“这是怎么啦？您病了是怎么的?”

她开头显得有点惊慌,甚至颇为尴尬;不过,她毕竟老于世故,很快就控制住自己;她一贯能沉着应付的本事令人赞叹。她对我说那是一块墨迹,她在产生创作灵感的时候,染上墨迹是常事。

“难道我妻子褪色了吗?”我低声咕哝道。一生这个念头,我就睡不着觉了,脑海里反复出现那瓶糨糊。“天哪!”我叹道,“这种怀疑真可怕！这位天仙,难道只是画出来的,涂抹出来的？难道她是上了颜色来欺骗我？……我原以为我找到了贴心的、专为我而生的特殊的伴侣,难道我娶来的仅仅是面粉吗?”

我的头脑总萦绕这种可怕的疑虑,便打算摆脱出来,买了一支晴雨表,焦急地等待下雨天。我要选择一个可能变天的星期日,带我妻子去乡下,让她接受淋雨的检验。然而,时值七月中旬,万里晴空,鬼天气好极了。

表面的幸福和写作的习惯,极大地激发了我的敏感。而且我还这么天真,在创作过程中,感情激动起来往往胜过思想,便在斟酌韵脚的时候不觉流下眼泪。我妻子非常喜欢这种难得一见的情景:男性任何软弱的表现,都令女性骄傲的心沾沾自喜。一天夜晚,我根据布瓦洛的原则,正涂改一句诗,忽然大发感慨。

“你哟!”我对我亲爱的乌鸫妻子说道,“唯独你是我的至爱！没有你,我这一生就是一场梦！你的一颦一笑,在我的眼里都化作宇宙,我心灵的生命哟,你知道我多么爱你吗？要把别的诗人表述过的一种平淡无奇的思想写成诗,我稍微收拢心思琢磨一下,就很容易找出语句;然而,要表达由你的美貌所激发的感慨,又该向哪儿寻觅章句呢？过去的痛苦给我留下的记忆,难道就能向我提供词语,对你表达你的美貌给我的启示吗？在你来到我身边之前,我是个流浪儿,形单影只,如今却像个帝王,孤永寡人。你知道吗,我的天使,你明白吗,亲爱的？在我死了便脱掉的脆弱的躯壳中,在这激动而徒然萌生思想的小脑瓜里,无一不是属于你的呀！听一听我这头脑能讲些什么,感觉一下我的爱有多么博大！唔！但愿我的天赋是…颗珍珠,而你就是克娄巴特拉!”

我这样唠唠叨叨,眼泪落到我妻子身上,只见她明显褪色了。从我眼中掉下的每一滴泪,就使一根羽毛显形,连黑色都谈不上,而是老红色(我想在别处褪过色)。我抒发了几分钟感情之后,就面对一只粉掉色褪的鸟,同最寻常最普通的乌鸫一模一样了。

怎么办呢？说什么好呢？何去何从呢？怎么责备都无济于事了。老实说,这种情况，我完全可以视为违约，从而解除婚约；然而，我怎么敢将这家丑外扬呢？我这样不幸，不是已经够说的了吗？我要鼓起勇气，两只爪子挺立住，我决意离开这世界，抛弃文人生涯，逃至荒漠中，如果可能，永不再见一个活人活物，如同阿尔塞斯特[①]那样，寻找：

……野谷荒丘，
能有做白乌鸫的自由！

九

于是我飞走，还泪流不止。鸟儿浪迹随风，风把我送到莫尔枫丹的一根树枝上。这回总算找到睡觉的地方。我心中暗道："这是什么婚姻啊！多么鲁莽的行为啊！毫无疑问，这个可怜的姑娘是出于好心，才将全身涂成白色；尽管如此，我照样有所抱怨，她也照样是棕红色的。"

夜莺还在歌唱。在这深更半夜，唯独他放情地享受上帝的恩赐，畅快地向寂静的四周表达思想。我禁不住诱惑，凑上前去同他搭话。

"您多幸福啊！"我对他说道，"您歌儿唱得特别好，人人都爱听。您不仅可以尽情歌唱，而且还有妻子儿女，而且还有窝、朋友、舒服的苔藓枕头、大月亮，用不着看报。鲁比尼和罗西尼根本无法与您相比：您抵得上头一个，也能揣测出另一个。我也唱过歌，先生，那真是不堪入耳。我把词语排列成战斗队形，好比指挥普鲁士兵卒，就在您在树林里快活的期间，我却排列组合，干些无聊的事情。您的秘诀，别人能够学会掌握是吗？"

"能够，"夜莺答道，"不过，您所想的并不符合实际情况。我妻子令我厌烦，我根本不爱她。我爱上了玫瑰：波斯人萨迪[②]就颂扬过。我整夜为她歌唱，可是她在睡觉，听不见我的歌声。此刻，她的花萼闭合，给一个老金龟子当摇篮。等明天早晨，我因痛苦而疲惫不堪，上床睡觉的时候，她才开放，让一只蜜蜂去吃她的心！"

---

① 莫里哀剧作《恨世者》中的男主人公。
② 萨迪（1213—1292）：波斯诗人。

皮埃尔与卡蜜儿

一

骑兵军官德·阿尔西骑士，于一七六〇年退役。他虽然还很年轻，又很富有，出入朝廷极为方便，但他早早就厌倦了独身生活和巴黎的欢乐，来到勒芒城附近，在一座秀丽的乡间别墅过起隐居的生活。这种孤寂的日子，起初倒蛮惬意的，但时过不久，他就觉得难熬了。他感到青年时代所养成的习惯，很难一下子就割断。离开上流社会并不后悔，可他还下不了决心独自生活，于是他想要结婚，如果可能的话，找一个情趣相投的妻子，以便按照他的决定，共同过这种深居简出的平静生活。

他挑选对象，绝不要美貌出众的，但也不要丑八怪；希望她受过教育，人也聪明，但是才智越少越好；他尤为追求喜幸而稳定的性情，认为这是女人身上的头等品质。

住在邻近的一位退休的商人有个女儿，颇对他的心思。这位骑士完全可以自己做主，因此并不顾忌一位贵族和一名商人的女儿的门第差异，便向那家提出求婚，并受到对方热情的接待。他追求了几个月，终于订婚了。

从未见过这样好的征兆，预示这是最美满的结合，骑士逐渐加深对妻子的了解，也就在她身上发现新的品质，发现她的性情始终不渝的温柔。而妻子这方面，对丈夫也是一片痴情。她的生活中只有丈夫，一心想讨他喜欢，丝毫也不遗憾她为丈夫牺牲了自己的青春欢乐，但愿一辈子都在这种隐居中度过，而且她也日益珍视这种隐居生活了。

不过，还谈不上完全隐居，总要进城走几趟，定期接待几位朋友，也就不时调解了这种生活。骑士并不把妻子的亲人拒之门外，而是能经常见面，因此，他妻子倒觉得没有离开娘家。的确，她时常离开丈夫的怀抱，又回到母亲的怀抱，从而享受上天给予极少人的恩惠，因为，新的幸福没有毁掉旧的幸福，这种情况是罕见的。

在温情和善良方面，德·阿尔西先生并不逊于他妻子，不过，他青年时代所表现的激情，以及他经历世事所取得的经验，往往使他产生忧伤的情绪。每逢这种黯然神伤的时刻，赛茜儿（德·阿尔西夫人如此称呼）总要十分审慎，绝不打扰。她虽然未假思索和盘算，但是容易听从心声的警告，丝毫也不抱怨："这种浮云，一旦正视，就可能摧毁一切，如果任其飘过，那就什么事也没有了。"

赛茜儿的家庭都是善良的人，这些商人通过劳动发家致富，而到了老年，可以说就像度过漫长的星期天。骑士喜欢以辛劳换来休憩的这种陶陶乐趣，愿意和他们同乐。他厌倦了凡尔赛那里的习俗，甚至厌倦了齐诺小姐的晚餐会，倒颇为欣赏这些人的举止行为，虽然有点吵闹，但是在他看来既爽快又新鲜。赛茜儿有位叔父，名叫吉罗，是个出色的人，在餐桌更是呱呱叫。他从前是泥瓦匠，后来渐渐成了建筑师；他凭着自己的手艺挣钱，有了两万法郎的年息。尽管上了年纪，还有大笔年金，他还是闲不住，要上房顶耍弄镘刀；他觉得骑士的家特别对口味，有时满身是泥浆尘土就去了，但总能受到款待。他一喝下几杯香槟酒，到了最后上甜点心的时候，话就多起来：

"您很幸福，我的侄女婿，"他常对骑士这样说，"您富有，人又年轻，还有一个可心的小媳妇、一座建得不赖的房子，您什么也不缺，没的说；邻居若是眼气，那就活该。我要对您一讲再讲：您很幸福。"

有一天，赛茜儿听了这番话，便俯过身去对丈夫说：

"你由着人当面对你这样讲，这话肯定有几分道理，对不对？"

过了一段时间，德·阿尔西夫人承认自己怀了孕。别墅后身有一座小土丘，站在上面，整个庄园就一览无余，夫妻二人经常一同上去散步。一天傍晚，他们坐在土丘的青草上，赛茜儿说道：

"那天，你没有反驳我叔父。你真的认为他讲的一点不差吗？你完全幸福吗？"

骑士答道：

"一个男人所能得到的幸福，我全有了，看不出我的幸福还能增添什么。"

"我比你的抱负可要大，"赛茜儿又说道，"我随便就能举出点什么，这儿没有，又是我们必不可少的。"

骑士以为指的是什么小物品，她拐弯抹角要向丈夫透露女人一时的喜好。丈夫打趣似的，猜了有百八十遍，可是越问赛茜儿笑得越厉害了。夫妻俩说笑着起身，走下土丘，坡路很陡，德·阿尔西先生加快了脚步，要将他妻子带下去；他妻子却站住了，偎到他的肩头上，说道：

“当心,我的朋友,不要拖着我走这么快。我向你要什么,刚才你越猜越远,其实我们有了,就在我这肚子里。”

从这天起,他们所有谈话,几乎只有一个话题:只谈他们的孩子,如何抚养,如何教育,已经为孩子的未来做了种种打算。骑士叫他妻子万分小心,一定要保住她所怀的宝贝。他对妻子也倍加关爱,在赛茜儿整个妊娠期间,他们满怀最甜美的希望,久久地陶醉在喜悦中。

自然规定的日子到了,一个婴儿出世,美若朝阳,是个女孩,取名卡蜜儿。赛茜儿不顾一般的习惯,甚至违反医嘱,要亲自给孩子喂奶。女儿模样儿这么俊,她做母亲的十分自豪,一刻也不肯放手;一个新生婴儿五官如此端正,容貌这样出众,世间的确少见;尤其她的眼睛,一睁开见到光明,亮晶晶的,放射出异样的光彩。赛茜儿是在修道院里成长起来的,极为虔诚。她一能下床走路,首先就去教堂感谢上帝。

孩子开始发育,渐渐长了劲儿,可是随着她逐渐长大,人们惊奇地看到她很怪,总是一动不动,对什么声响似乎也没有反应,就是对母亲向婴儿讲的那一套套甜言蜜语,她也毫无感知;在唱着催眠曲摇她睡觉时,她睁大眼睛,贪婪地盯着灯光,仿佛什么也没有听见。有一天她正在睡觉,一名女仆不慎碰倒一件家具,母亲赶紧跑过去一看,十分诧异,孩子竟然没有惊醒。这种种迹象太明显了,绝不可能看错,骑士不禁周章失措,他经过仔细观察之后就明白了,他女儿遭遇了何等不幸。母亲还徒劳地抱着幻想千方百计地排解丈夫的担心。请来医生,检查并不难,也无需多长时间,诊断出可怜的卡蜜儿天生失聪,因此也不能说话了。

二

母亲的第一个念头,就要询问这是不是不治之症,大夫回答有治愈的病例。于是,她不顾明显的事实,一年当中还抱着希望,等各种治疗方法相继失败,都试过之后,最终不得不放弃了。

在这个时期,许多偏见都已消除和变更了,不幸的是还存在一种无情的偏见:鄙视称为聋哑人的这些可怜人。诚然,思想高尚的人、杰出的学者,或者仅仅出于怜悯之心的人,早就抨击这种野蛮的行为了。事情也真怪,居然是一名西班牙修士,早在十六世纪,就率先推想出来,试图教哑人不用发声来说话,而这种任务,在当时还普遍认为不可能。后来,在意大利、英国和法国,都有人效法这一榜样。博奈、瓦利斯、布尔维、冯·赫尔蒙，都发表了重要著作，不过，他们动机都很好，可惜效果不佳；零散地做点好事，不为世人所知，差不多是偶然的行为，毫无结果。无论在什么地方，甚至在最先进的文明腹心巴黎，聋哑人也都被视为异类，打上了上天震怒的印记。生来不会说话，人们也就认为他们没有思想。生在富人家的可以进修道院，生在穷人家的就没人管了，这就是他们的命运；他们引起的恐惧多于怜悯。

骑士逐渐沉入极度的忧伤。一天大部分时间，他不是独自关在书房里，就是到林中散步。他见到妻子，脸上总要装出平静的表情，还力图安慰她，但无济于事。德·阿尔西夫人非常伤心，一种不幸，如果是咎由自取，可能会让人流泪，但是痛悔几乎总是太迟了；然而，无缘无故遭受不幸，就叫人百思不得其解，也打击人的虔诚。

这对新婚夫妇，生来就为了相爱，而且也真的相爱，就因为这事，现在见面开始感到难受，散步时相互躲避了；曾几何时，他们就是在这些林阴小道上，还相互谈论那么迫近的、平静而纯洁的希望。骑士情愿到他乡间别墅隐居，所想的无非是安宁的生活，却出乎意料，好像撞到了幸福。德·阿尔西夫人当初结婚，也无非基于利益的考虑，婚后却产生了爱情，而且是相互的。可是现在，一个可怕的障碍，却突然把他俩隔开，而这个障碍，恰恰是应当成为一种神圣联系的纽带。

这种突然而默契的分离，比离婚还要可怕，比缓慢死亡还要残忍，起因就是母亲无视这种不幸，还照样钟爱自己的女儿。而骑士虽然也想这样做，虽然既有耐心又心地善良，他却难以战胜上帝的诅咒降到头上所引起的恐怖。

“我怎么能憎恨自己的女儿呢？”他在独自散步时，常常这样想道，“她受到天怒的打击，难道是她的过错吗？我不是应该完全可怜她，尽力减轻我妻子的痛苦，掩饰我自己的忧心，关照我的孩子吗？如果我，她父亲，我都要抛弃她，那么她的一生该有多么悲惨啊！她会落到什么境地呢？上帝把她打发给我时就是这样子，我就应该逆来顺受。她在世上只有她母亲和我，找不到丈夫，也绝不会再有弟弟妹妹了，世上多添一个不幸的孩子就已经够了。我必须贡献自己的一生，支撑她活下去，否则就没有人性了。”

骑士这样考虑之后，便回到家中，决意履行做父亲和丈夫的职责。他见孩子在他妻子怀抱里，便跪到母女面前，双手握住赛茜儿的双手，说道：他听说有位名医，打算请来，事情还很难说，也见过一些特殊的治疗方法。他这样说着，就抱过女儿，用双臂举着满屋走；然而，可怕的思绪又不由自主地袭上心头，瞻念将来，眼看这沉寂无声、这发育不完全、感官封闭的孩子，还有为世人拒绝、厌恶、怜悯、鄙视，等等，都使他不堪重负。他面失血色，双手颤抖，又把孩子还给母亲，转过身去偷偷流泪。

正是在这种时刻，德·阿尔西夫人紧紧把女儿搂在胸口，表现一种心痛欲绝的温情,她那充满母爱的目光,也是最强烈最自豪的。她从不抱怨一声,只是回到房间,将卡蜜儿放进摇篮,也同样哑然无声,一连几小时注视女儿。

这种压抑的激情,有时变得十分炽烈,常常看到德·阿尔西夫人终日缄默,绝不讲一句话。谁对她说话也不应声,就好像她要亲自体验她女儿所处的这种思想的黑夜。

她打手势对女儿说话,唯独她能让孩子明白。家里其他人,包括骑士本人,在卡蜜儿眼里似乎都是陌生者。德·阿尔西夫人的母亲是个相当俗气的女人,她不来夏尔多奈(骑士庄园的名称)则已,一来准要哀叹她女婿和她亲爱的卡蜜儿所遭受的不幸。她自以为表示怜悯心,没完没了地惋惜这可怜孩子的凄惨命运,有一天甚至说出这样的话:

"这孩子真不如不出世了。"

赛茜儿几乎气愤地反驳道:

"假如我是这种样子,您会怎么处置呢?"

瓦匠师傅吉罗叔叔,倒觉得外侄孙女是哑巴没什么大关系。他说道:

"从前我有个女人,嘴太能说了,因此,我觉得世上任何事情,无论什么事情,都比饶舌好。这小丫头,事先就可以肯定,她永远也不会讲人坏话,不会听人讲坏话,也绝不会整天唱雷同的歌剧老调,让全家人都听烦了;还可以肯定,她不会同人争吵,也不会像我老婆有机会就发作那样骂女仆;如果她丈夫咳嗽,或者比她先起床去监视工人,她也不会惊醒;她不会说梦话,什么也不会透露出去;什么事儿她都能看得很清楚——一般聋子,眼睛都特别好使;等她只能用手指计算时,她就能付账单,有钱就给人家,绝不像房主那样,多小的建筑活儿也挑剔;她本能就知道一件事非常好,但一般又很难学会,就是做比说强[①];她若是把心放在正地方,不用甜言蜜语,别人也能看得出来。不错,她不能和大家一起说笑,但是在晚饭桌上,她也听不见反复讲的那些扫兴的事儿;她会长得很俊俏,也能有智慧,但她不会炫耀;她不像盲人那样,出外散步还得有条狗带路。说真的,假使我还年轻,她又长大了,那我完全可以娶她;可是现在我老了,又没有孩子,万一你们讨厌她了,那我就认作女儿,抱到我们家去。"

吉罗叔叔每次这样讲,总能带来点欢快,促使德·阿尔西先生和他妻子一时又接近了。他们俩总是忍不住微笑起来,"这种纯朴有点粗犷,但令人起敬。尤其与人为善,无论什么都不愿看坏的方面。"然而,坏的方面就摆在眼前;家里其他人都以恐慌

① 缪塞于1836年写了一部谚语剧,题为《只做不说》。

而好奇的目光，注视这种十分罕见的不幸。这些朴实的人乘坐马车，从莫尼浅滩过河而来，在吃饭之前则围成一圈，尽量观看和论证，兴趣盎然地检查一切，脸上都摆出一本正经的样子，低声商榷如何讲，有时干脆抓住微不足道的一点大做文章，以便转移共同的想法。年轻的母亲坐在他们面前，把女儿放在膝上，她敞着怀，还流下几滴奶水。如果拉斐尔是这个家庭的，那么《坐椅上的圣母》就能有个妹妹，德·阿尔西夫人自己意识不到，因而显得更美了。

三

小姑娘长大了；自然既可悲又忠实地完成它的任务。卡蜜儿只有眼睛为心灵服务；她出世后刚睁开眼睛，首先就转向光亮，同样，她的头一个举动也是追求光明。多么黯淡的一束阳光，也能让她欣喜若狂。

等她能站起来，并开始学步了，她对周围所有的物品，都有一种非常明显的好奇，总要走近仔细瞧一瞧，用手摸一摸，表现出一种掺有畏惧和乐趣的敏感，近乎孩子的活泼，又初具女性的羞赧。她一见到新奇的东西就跑过去，就好像要抓住并握为己有；然而，她跑到半路，几乎总要回头望望她母亲，仿佛要讨主意似的；每逢这种时候，她的举动真像白鼬：据说白鼬一看见有点泥土和沙砾会弄脏自己的毛皮，就放弃要走的路线。

邻家的几个孩子来到花园，同卡蜜儿一起玩耍。她瞧着他们说话的样子简直怪极了。这些孩子同她年龄相仿，他们说话，当然是尽量重复保姆教给他们的残缺不全的语句，以张口发出声响的方式训练智力，然而可怜的小姑娘听不见声音，只以为他们在做一种动作。她为了表明自己懂了，时常伸出手去，而她的小伙伴们，看到这种同他们想法毫不相干的动作，都吓得往后退。

德·阿尔西夫人不离女儿的左右，她怀着不安的心情，观察卡蜜儿的一举一动、生活上最细微的征兆。如果她能推测出，德·勒佩神甫很快就要给这黑暗世界送来光明，那么她会多么高兴啊！然而，她却束手无策，无能为力，要等着一个男人以其勇气和怜悯心，来摧毁这种天生的残疾。说来也怪，一位神甫比一位母亲走的路子还对，善于分辨的智慧能找到痛苦的心灵所缺少的东西。

卡蜜儿的小朋友到了接受家庭教师启蒙教育的年龄，可怜的小姑娘见自己没有同样的待遇，就显得特别伤心。一家邻居请了一位年迈的英国女教师，她教一个孩子识字很吃力，就对孩子很严厉。上课时卡蜜儿也在场，她眼睛盯着，惊奇地看到她的小伙伴那么费劲，真想上前帮一帮。当小伙伴受了训斥的时候，她就和他一起流泪。

对她来说，音乐课就更受罪了。她站在钢琴旁边，那双乌黑乌黑特别美丽的眼睛全神贯注，看着女教师，小手指僵硬地活动着。她似乎要问这是在干什么，有时还触触琴键，但是动作既轻柔又气恼。

人和物体给其他孩子留下的印象，似乎对她毫无影响。她观察事物，也像他们一样能记住。然而，她看见他们指着同样的物体，嘴唇嚅动，相互交换什么意思，她却无法理解，于是又伤起心来，躲到无人的角落，拿起一个石块或木片，几乎下意识地在沙地上划出几个大写字母，全神贯注地审视——那正是她看见其他孩子辨读的字母。

邻家每天按时让孩子做的晚祷，卡蜜儿也觉得是个谜，简直是件神秘的事情，她也跟着小伙伴一起跪下，双手合十，却又不知道为什么。骑士把这看成是亵渎上帝，说道：

“把这孩子给我抱走，别让我看这种猴戏！”

有一天，孩子的母亲则回答：

“我来祈求上帝宽恕好了。”

卡蜜儿早早就显露出这种奇特的能力。爱尔兰人称之为双视觉，主张磁感应的人都宣传让人接受这种现象，而医生在大多情况下要把其列入病态。这个聋哑小姑娘能感到她喜爱的人来了，往往迎上前去，而实际上根本没有什么告知她。

其他孩子不仅怀着几分恐惧接近她，而且有时还以鄙视的态度躲避她。时而还有这种情况，小伙伴当中，有一个就像拉封丹所说的毫无怜悯心的孩子，走到她跟前，笑嘻嘻地看着她的脸，对她说了好久，然后让她回答。孩子的小腿一有点劲儿，就要跳小小的圆圈舞，又唱起老调子：

快进跳舞圈，
跳得多么欢……

卡蜜儿已长成半大姑娘，在散步场所，靠着长椅独自站在一旁，看着他们跳舞，随着节奏摇摆起美丽的头，却无意加入跳舞的行列。但是，她那么伤心和可爱，实在叫人怜悯。

这个智力天生有残缺的孩子要做的一件大事，就是和学算数的一个邻居小女孩一起计算。计算很容易，数也很少，总和不超过十二到十五。但是邻家女孩很吃力，弄几个数就乱了，掰着指头算不过来。卡蜜儿明白小女伴算错了，想帮帮她，就张开双手伸出去。家里也教给她最基本和最简单的概念，她知道二加二等于四。一个聪明的动作，甚至一只鸟儿，也能数到二或三，但是以什么方法我们不知道。在这种情况下，卡蜜儿本来能数得更多。她的手指头也只有十个，在她的小朋友面前张开，那样子十分诚恳，就像一个付不了钱的老实人。

女人早早就表现出爱俏，卡蜜儿却毫无迹象表明这一点。骑士就说：

“一个小姑娘不懂得戴帽子，这事儿也真够怪的。”

德·阿尔西听了这话，苦笑了一下，对她丈夫说道：

“可是她很美呀！”

她说着，就轻轻地推了推卡蜜儿，让她在父亲面前走一走，以便让父亲好好瞧瞧她开始发育的腰身，以及她那还未脱稚气的可爱的姿势。

卡蜜儿渐渐长大，也渐渐喜欢上她看得见的教堂，而不是她不懂的宗教。也许她心灵里就有这种不可战胜的本能，而一个十岁的孩子在这种本能的作用下，就会打算穿上粗呢修士坚持追求受穷受苦的生活，这样打发一生。世上有多少漠不关心的人，甚至有多少哲学家生生死死，但没有一个能解释如此怪异而又实存的一种现象。

“我在孩提时期，看不见上帝，只看见了天空。”

毫无疑问，这是一句崇高的话，但不知是哪个聋哑人写的。卡蜜儿远没有这么大的能力。在涂成蓝色的白灰墙上，用铅白色粗糙画出的圣母像，好似店铺的招牌；一名外省的唱诗童子清脆而细微的声音，使石板地凄然地震颤，但卡蜜儿根本听不见；还有，教堂侍卫的步伐、执事的神态——谁知道是什么使一个儿童抬起眼睛呢？不过，只要孩子抬起眼睛，这些又有多大关系呢？

四

不管怎么说，她长得很美！骑士心里常这样嘀咕。卡蜜儿的模样也的确很俊俏：完美的鸭蛋脸五官端正，十分清纯可爱，可以说焕发着一颗善心的光彩。卡蜜儿个儿不高，肌肤特别白净，毫无苍白之感，乌黑的秀发长长的；她天生活泼快乐，虽遭不幸而伤心，但保持着温柔的神态，几乎处之泰然；她的一举一动无比优美。她那小小的哑剧充满智慧，有时还充满魄力，动作别出心裁以求人理解，也善体人意，一旦明白总是那么顺从。骑士有时也像德·阿尔西夫人那样，不声不响地注视女儿。如此优雅和美丽，又如此不幸和可骇，这几乎令他心乱如麻；常见他亲热地拥抱卡蜜儿，还听他高声说：

“其实，我不是个心肠狠毒的人！”

园子里的小树林中有一条幽径，骑士饭后习惯去那里散散步。德·阿尔西夫人在自己的房间，从窗口能望见丈夫在树后走来走去，却不大敢去那里与他相会。她满怀忧伤和痛苦望着这个男人，他虽是她丈夫，对她却像个情人，从未责备过她，也从未有过一件可令她责备的，而现在只因她做了母亲而没有勇气爱她了。

不过，有一天早晨，她壮着胆子去了。她身穿便袍下楼，像天使一般美丽。她的心突突直跳，因为她要谈一件事：附近一家庄园要举行一场儿童舞会，德·阿尔西夫人想带卡蜜儿前去参加，想瞧瞧女儿的美貌对别人和她丈夫能产生何样的效果。她曾有几夜睡不着觉，考虑给女儿穿什么衣裙，围绕这个计划萌生出无比温馨的希望，心中暗道：

“一定要让她父亲引以为自豪，一定要让别人从此羡慕这个可怜的小姑娘。她一句话也不讲，然而她是最美的。”

骑士一见妻子来了，便立刻迎上去，拉起她的手吻了吻；这种殷勤的举止是在凡尔赛宫廷养成的，他虽然天生纯朴，却一直没有抛掉。夫妻俩先说了几句无关紧要的话，继而开始并肩漫步。

德·阿尔西夫人在考虑，以什么方式向丈夫提议，允许她带女儿去参加舞会，从而打破他从卡蜜儿出生之后所作的决定——再也不同外界来往。自己的不幸，要摆到那些冷漠的或者心怀恶意的人面前，一想到这一点，骑士几乎总怒上心头。在这件事上，他早已郑重表明了他的意愿。德·阿尔西夫人有了这种打算，且不说去实施，就是谈一谈，也得先想个迂回的办法，随便找个什么借口。

这工夫，骑士于这方面似乎也想了很多。他首先打破沉默，对妻子说他的一个亲人出了事，严重打乱了家族财产的分配，事情很重要，他必须监督受委托采取措施的人，否则，他的利益，也是德·阿尔西夫人本人的利益，就可能受到损害。总之，他宣布有必要做个短期旅行，去荷兰同他委托的银行谈妥；他还补充说，事情十分紧急，打算次日一早就启程。

在德·阿尔西夫人听来，这次旅行的动机再明白不过了。骑士虽然毫无抛下妻子之意，但有时不能自持，仍要独自一人躲开一段时间，哪怕回来时心情平静一点也是好的。人着实痛苦的时候，如同动物肌体疼痛那样，总要找个僻静的地方待着。

德·阿尔西夫人乍一听特别吃惊，便答以极平常的话，这类话总在嘴边，在不便讲心中所想时，就用来应付：她认为这趟旅行非常自然，骑士做得对，她承认这次交涉很重要，因此绝不阻拦。她嘴上这样讲着，心里却十分痛苦，便说她感到乏了，便在一张椅子上就坐。

德·阿尔西夫人双臂耷拉着，两眼直勾勾的，坐在那里陷入沉思。迄今为止，她既没有欣喜若狂的时候，也没有尝过巨大的欢乐。她相当明显地感到，自己不是个智慧很高的女人，而出身又很一般，心中就不免有点压抑。在她看来，她的婚姻完全出乎意料，曾是一种全新的幸福；在漫长而清冷的白昼中间，一道闪电照亮她的眼睛，而现在，黑夜将她包围了。

她久久陷入沉思。骑士移开目光，仿佛要急于回屋，但他站起来后，重又坐下。德·阿尔西夫人也终于站起身，挽上丈夫的胳膊，一同回去了。

到了晚餐时间，德·阿尔西夫人打发人说她身体不适，不想下楼了。她待在自己房间，跪在跪凳上，直到天黑。她的贴身女仆受到骑士的密令，几次进屋来监视，但问她什么话也得不到回答。将近晚上八点钟，她摇铃叫来仆人，要她拿来给女儿定做好的衣裙，并吩咐人套车。与此同时，她让人通知骑士，说她要去参加舞会，并希望他陪同前往。

卡蜜儿虽是个孩子，但身段极为曼妙轻盈。这可爱的躯体线条初具，母亲给她打扮得又朴素又清纯。卡蜜儿整个装束就是一条绣花细布白衣裙、一双白缎小鞋、脖子上挂的一条美洲果实项链，以及头上戴的一顶矢车菊花冠；她得意地照着镜子，高兴得跳起来。母亲就像不愿跳舞的人那样，身穿丝绒衣裙；等骑士上楼来，她把女儿拉到活动穿衣镜前，连连亲吻，反复说道："你真美！你真美！"

德·阿尔西夫人不动声色，问仆人车是否套好，问她丈夫是否去。骑士把手递给妻子，他们一道去参加舞会。

大家常听人谈及卡蜜儿，这却是头一次得见。因此，小姑娘一露面，就吸引了所有好奇的目光。原以为德·阿尔西夫人会显得尴尬和不安，其实满不是那么回事。她照常同人客气一阵之后，便十分坦然地坐下了，根本不管每人以什么眼光注视她女儿，是惊奇还是装出感兴趣的样子，任由女儿满客厅里走，仿佛连想都没有想。

卡蜜儿又在舞会上见到小伙伴，她跑向一个，又跑向另一个，就好像在花园里那样。然而，那些小姑娘见到她，态度都有点矜持和冷淡。骑士在一旁见了，内心显然很痛苦。他的朋友走到他面前，纷纷赞扬他女儿的美貌；一些外地人，甚至一些生人也上前搭话，有意来恭维他。他感到别人是在安慰他，而他不大吃这一套。不过，大家的眼神儿错不了，那眼神逐渐使他心中有了点喜悦。卡蜜儿几乎同所有人打手势说过话后，便回来站在母亲的双膝之间。刚才，别人见她到处走，还以为她会做出奇特的举动，至少会有好奇的表现；然而，她只是向人深鞠一躬道晚安，见到英国小姐就握一握手，见到小朋友的母亲就送去亲吻，这一切也许是记在心里的，但是她做得十分可爱，又十分天真，然后就安安静静回到原来的位置；大家开始赞赏她了。这可怜的灵魂出不来的躯壳，也的确美极了。她那身材、面容、卷曲的长发，尤其她那双无比明亮的眼睛，让所有人惊讶。她的目光竭力猜测一切，她的动作竭力表达一切，与此同时，她那沉思而忧郁的神态，也给她的一举一动、她童稚的举止和姿态，增添了几分大气的样子；如果一位画家或雕塑家在场，一定会留下深刻的印象。许多人过来围住德·阿尔西夫人，用手势向卡蜜儿提了无数问题；一种真诚的善意、一种由衷的同情就这样取代了诧异和反感。事情很快就有点过分了，一旦邻居接连重复同样一件事情，总要出现这种情况——说什么从未见过这样可爱的孩子，说什么她无与伦比，容貌举世无双。总之，卡蜜儿得到了普遍的赞扬，但她本人却丝毫没有理会。

德·阿尔西夫人则领会了。这天晚上，她表面始终很平静，而心却跳得很厉害，这是她应得的最幸福、最纯洁的心跳。她和丈夫相视而笑，这种微笑抵得上眼泪了。

这工夫，一名少女坐到钢琴前，开始弹奏四组舞曲。孩子们拉起手，站好位置，开始跳当地舞蹈教师教给他们的舞步。家长也开始相互恭维，赞美这个小小的晚会可人心意，彼此引导注意他们的子女多么可爱。很快就喧声四起，有孩子的欢笑声、青年之间的调笑、少女之间的闲聊、父亲们之间的高谈阔论、情人之间酸溜溜甜蜜蜜的客套话。总之，这就是外省的一场儿童舞会。

骑士目不转睛地看着女儿；可以想见，卡蜜儿没有跳四组舞，她颇为忧伤地注视别人跳舞。一个小男孩过来邀请她，她只是摇了摇头。花冠扎得不太牢，几朵矢车菊摇掉了。德·阿尔西夫人拾起来，很快用别针重新固定上。她把亲手编的花冠修好了，再一回头，怎么也找不见丈夫了：客厅里没有他了。德·阿尔西夫人让人问问她丈夫是否走了，是否乘车走了；得到回答说，他步行回家了。

五

骑士决心不向妻子告别就走，他害怕解释，索性逃避任何不愉快的解释，何况他打算不久就回来，认为只留下一封信更为明智。事情并不完全像他所说的，必须去荷兰一趟；不过，此行可能对他有益。他的一位朋友写信到夏尔多奈，催他尽快动身。这倒是个适当的借口。他回到家中，装作不得不临时决定走的样子，吩咐人从速打好行李，送进城里托运，他上马启程了。

然而，他要出大门时，还是不由自主地犯点踌躇。他心中非常遗憾，只怕自己本来可以控制，却匆忙凭感情用事，无端惹妻子流泪，也许使家里失去安宁，而他到外地也未能得到安宁。不过，他转念又想：

“谁知道呢，说不定正相反，我做了一件有益而理智的事呢？说不定我离开家所引起的短暂忧伤会给我们带来更为幸福的日子呢？我遭受不幸的打击，唯有上帝知道缘故；我只远离几天我感到痛苦的地方。换个环境，旅行，甚至旅途劳顿，也许会排解我的烦闷；我要忙一些物质的、重大而必要的事务，等我的心平静一些，如意一些，再回家来；而且经过了思考，我会更清楚自己该做什么。——然而，”他内心深处又想道，“赛西儿会痛苦的……”

不过，既已动身，他就继续赶路了。

德·阿尔西夫人将近十一点钟离开舞会，她同女儿上了车；卡蜜儿很快就在她膝上睡着了。她虽然还不知道骑士如此急切地实施旅行计划，但独自从邻居家出来，心里实在不是滋味。在外人眼里无非是失礼的一件事，对深知内情的人来说就变成一种揪心的痛苦了。骑士无法忍受将自己的不幸公之于众，而这位母亲却要展示，以便竭力克服和战胜这种不幸。她不难原谅丈夫在伤心或情绪不好时做出的举动，可是不能不想想在外省，就这样把妻子和女儿丢下不管，几乎是闻所未闻的事情；在这种场合，多么小小不言的事，哪怕是要穿大衣时没人给送上来，给人造成的损害，往往是遵守全部礼仪也弥补不了的。

乡间石子路刚刚翻修，马车行驶缓慢，德·阿尔西夫人看着进入梦乡的女儿，神思沉浸在最凄苦的预感中。她小心托着卡蜜儿，免得马车颠簸把孩子震醒。黑夜里思想特别活跃，她想到这种命数似乎在紧追不舍，甚至危及她刚在舞会上所尝到的正当的喜悦。她的头脑处于奇特的状态，时而回想自己的过去，时而瞻念女儿的未来。

“会发生什么情况呢？”她心中暗道，“我丈夫要远离开我，今天不走明天也要走，不会回来了；我再怎么劝阻，再怎么祈求，也只能令他厌烦；他的爱已经消逝，只剩下怜悯了，而且他忧伤的心情，是他和我本人都无能为力的。我女儿长得很美，却又生来不幸，我有什么办法呢？我又怎能预见或者防止呢？我应当保护这可怜的孩子，我也是这么做的，可是舍不得孩子，差不多就等于放弃同我丈夫再见面了。他逃避我们，厌恶我们。假如反过来，我尽量靠拢他，大胆地试着唤回他从前的爱，那么他也许会要求我同女儿分开吧？他很可能要把卡蜜儿托付给外人，摆脱掉眼见心烦的孩子吧？”

德·阿尔西夫人转念至此，不禁吻了吻卡蜜儿。

“可怜的孩子！”她心中暗道，“我，抛弃她！我，以安宁为代价，也许以生命为代价，换取同样会逃离我的一种表面的幸福！为了做妻子而不当母亲！如果这种事情都可行,那么这样考虑都不如死了吧?”

继而,她重又开始臆测,在心中设问:

“会发生什么情况呢?上天要命令我们做什么呢?上帝监护所有人,他看见别人,也看见我们。他要把我们怎么样呢?这孩子会怎么样呢?”

在夏尔多奈不远处有一段过河浅滩,由于近一个月来雨水太多,河水上涨,淹没了附近的牧场。渡工开头不肯让马车上渡船,说是必须卸套,他只能运载人和马过河,不管车子。德·阿尔西夫人急于回家看丈夫,不想下车,她吩咐车夫把车赶上船,说几分钟就渡过去,这个河段她不知过了多少趟。

船到中流,开始随急水往下漂。渡工请车夫帮忙,说是要避免渡船被冲到闸口。的确,下游两三百米处有一个磨坊,水闸是由小栅栏、木桩和木板构成的,但是已经老朽,被河水冲垮,形成一道小瀑布,简直就像一道悬崖峭壁。显而易见,渡船若被冲到那里,就会出大事故了。

车夫从座位上跳下来,他很想帮把手,可是船上只有一根撑篙。渡工虽竭力撑船,但是夜又黑,又细雨霏霏,两个汉子什么也看不见,他们时而轮换撑篙,时而合力,以便横渡到对岸。

水闸的哗哗声响越来越近,也就越来越危险了。船装载很重,又有两个壮汉撑船顶着水流,因而往下冲得不快。篙在前方如果稳稳撑住,渡船就停下,横过来,或者打转,然而,水流还是太急了。德·阿尔西夫人坐在车里,她惶恐万分,打开窗子,喊道:

“我们没救了吗?”

这时,篙突然折断,两个汉子手破了皮,精疲力竭地跌倒在船里。

渡工会游泳,但车夫是个旱鸭子。情况十分危急。

“乔尔乔老爹,”德·阿尔西夫人向渡工(这是他的名字)喊道,“你能救我,救我和我女儿吗?”

乔尔乔老爹望了望河面,又望了望岸边:

“当然能!”他耸耸肩膀回答,几乎是一副受了冒犯的样子,听不得这样的问题。

“那该怎么办呢?”德·阿尔西夫人又问道。

“我用肩驮着您,”渡工答道,“您穿着长裙,裙子会托着您。您两个手臂搂住我的脖子,不要怕,也不要搂得太紧,那样我们就得全淹死;您不要呼叫,那样您就会灌水。至于小姑娘,我一条胳膊抱住她的腰,另一条胳膊侧泳,我把她举出水面,都不会让她湿着。从这儿到那片土豆地,也就只有二十五法寻[1]。"

"那么若望呢?"德·阿尔西夫人指着车夫问道。

"若望要灌点水,但是还能缓过来。他冲到水闸那儿等我,我会找到他的。"

乔尔乔老爹跳下水,负载着两个人,他过高估计了自己的力量。他不是年轻那时候,远非昔比了,离河岸比他说的要远,水流也比想的要急。他竭尽全力要游上岸,可是不一会儿就顺水流往下冲,天黑看不见,不料突然撞到水中的一段柳木上:正撞着脑门儿,撞得很重,流出的血模糊了眼睛。

"我不行了,"他说道,"接住您的女儿,让她搂住我的脖子,或者您的脖子。"

"你若是只驮她,能保住她的命吗?"母亲问道。

"说不好,但我认为能行。"渡工回答。

德·阿尔西夫人再没说什么,张开手臂,放开渡工的脖颈,顺水沉下去了。

渡工将小卡蜜儿安然送上岸,车夫被一个农民从河里拉上来,就帮着渡工寻找德·阿尔西夫人。直到次日早晨,她的遗体才在岸边被发现。

六

这个不幸事件发生一年之后,在巴黎驿站街区的布洛瓦街,有一座配备家具的客栈的一套客房中,有一位服丧的年轻姑娘,坐在靠炉子的一张桌子旁边。桌子上放着一只酒杯和剩下半瓶的普通葡萄酒。一个上了年纪而背微驼的男人,在屋里大步走来走去,他着装跟工人差不多,看相貌,人很开朗爽直。他不时走到少女面前站住,带着慈爱的表情注视她。于是,少女伸出手臂,拿起酒瓶,斟满了酒杯,那殷勤的动作却掺杂几分不自觉的反感。老人喝一小口酒,重又踱步,边走边比比划划,那样子挺怪,颇为可笑。而少女则神态忧伤,微笑地注视着他的一举一动。

有人若是在场,很难猜测这两个是什么人,只见一个纹丝不动,冷冰冰的好似大理石雕像,但是浑身又充满优美和高雅。她的面孔和细小的动作所透出的,超出一般人所说的美;而另一个外表非常粗俗,衣冠不整,在屋里还戴着帽子,喝着小酒店供应的普通葡萄酒,钉了铁掌的皮鞋踏得地板咯咯响。这两个人形成鲜明的对照。

---

① 寻:旧水深单位。这里用来算示距离,1 法寻合 1.624 米。

然而，他们又被相当热诚而深情的友谊连在一起。二人正是卡蜜儿和外叔公吉罗。忠厚的老人闻讯赶到夏尔多奈，帮着先把德·阿尔西夫人的遗体送至教堂，然后送到最终的安息之所。可怜的姑娘失去母亲，父亲又旅行在外，她在世上就孤零零一个人了。骑士既已离开家，一路又要游玩，又要办事，在荷兰跑了好几座城市，很晚才得到妻子的死讯，也就是说，在将近一个月的时间里，卡蜜儿成了孤儿。诚然，家里有一个保姆兼教师，负责照看小姑娘；可是，母亲生前绝不肯同人分担对孩子的照料，因此，保姆形同虚设，不大了解卡蜜儿，遇到这种情况也根本帮不上手。

小姑娘死了母亲，悲痛欲绝，真让人担心她也活不久了。德·阿尔西夫人的尸体从河里捞上来，在运回家的路上，卡蜜儿走在旁边，哭号之声撕肝裂胆，当地人听了都有点害怕。这姑娘，平日见她总是不声不响，又温和又沉静，现在她面对死者，猛然从沉默里冲出来，的确给人以莫名的恐惧。从她嘴里喊出来的断断续续的声音，唯独她本人听不见，好似野人的腔调，既不是人语，也不是号啕，而像是由痛苦创造出来的一种语言。这种可怕的呼号，一天一夜充斥整个别墅。卡蜜儿到处狂跑，又是揪自己的头发，又是捶打墙壁，别人怎么也劝阻不了，甚至动硬的也无济于事。直到生理上筋疲力尽，她才倒在停放她母亲遗体的床脚下。

可是不久，她似乎就恢复了往常的平静，可以说什么都忘记了。有一段时间，她表面很消停，心不在焉，终日信步走着，也不拒绝别人对她的照顾；大家以为她镇定下来了，请来的医生也同大家一样判断错了：不料她很快发起高烧，神经过敏，症状极为严重。她病倒了，必须时刻守护；她仿佛完全丧失了神智。

正在这节骨眼上，外叔公吉罗不顾一切，决心前来救护侄孙女。

“既然她现在没有父亲也没有母亲，”他对家中的仆人说，“那么我作为她亲外叔公，就要负责照看她，防止她出什么意外。我一直喜欢这孩子，还多次向她父亲要她，好逗我欢笑。我不忍心看着她身边没有亲人，这就是我的女儿了，眼下我先带走。等她父亲回来，我再把孩子还给他。”

吉罗叔叔信不过大夫，有一定的道理：他本人从未生过病，也就不大相信会有疾病。尤其神经性热症，在他看来是一种幻觉，完全是思想错乱，散散心就能治愈。因此，他决心带卡蜜儿去巴黎。

“你们瞧这孩子，”他还说道，“她很悲伤，总是哭，哭得也有道理：一个人的母亲不会死第二次的。不过，母亲走了，女儿不一定也跟着走，应当尽量让她想别的事儿。据说巴黎是最好的地方；我没到过巴黎，她也一样；因此，我要带她去一趟，这样旅行对我们俩都有好处。再说了，哪怕只是跑跑路，这对她也只能有益无害。我和别人一样，也有过苦恼，可是，我每次看见驿车车夫副手礼服的燕尾在眼前跳动，心情总会快活起来。”

卡蜜儿和外叔公就这样来到了巴黎。骑士收到吉罗叔叔的一封信，得知这趟旅行，也就同意了。他在荷兰旅行一圈儿回到夏尔多奈，心情极度郁结，几乎不想见任何人，甚至包括他女儿。他仿佛要逃避任何在世的人，甚至要逃避自己。他几乎总是独自一人在树林中骑马，把身体累得疲惫不堪，以便给灵魂一点安宁。掩饰的忧伤无法治愈，要把他吞噬。他在内心深处责备自己给他妻子的一生造成不幸，并在一定程度上导致她的死亡。

“当时若是有我在，”他常这样想，“她就能活下来，而且我本来应该同她在一起。”

这种想法挥之不去，毒化了他的生活。

他渴望卡蜜儿生活幸福，必要时，他准备为此作出最大的牺牲。他回到夏尔多奈的时候，头一个念头，就是代替已不在之人守护女儿，加倍偿还他欠下的这笔情债；然而，事情还没做，一回忆起这母女多么相像，他心里就感到难以忍受的痛苦。他极力想误解这种痛苦，想确信在他所爱的人脸上，又看到他一直哭泣之人的相貌，这对他来说是一种安慰、一种平抚；可是，他怎么想也没有用，卡蜜儿在他面前，就是一种活生生的谴责，就是他的过错和不幸的一个证据，他感到自己实在没有勇气面对。

吉罗叔叔可没有想那么多，只一心要让他侄孙女开心，生活快乐。可惜这并不容易。卡蜜儿倒没有闹别扭，带去哪儿都行，不过，她绝不投入老人试图给她安排的任何玩乐之中。无论散步，热闹聚会，还是观看演出，都不能使她动心；她的回答一成不变，出去就穿她那身黑衣裙。

老瓦匠也很执著。正如前面说的，他在运输公司客栈租了一套带家具的客房，是街上送货员随便指给他的一家客栈，他本打算只住一两个月。他和卡蜜儿一住下来，一晃差不多过去一年了。在这一年中，卡蜜儿一概拒绝向她提议的玩乐；不过，老人心肠好，有耐心，同时也很固执，他等了一年也毫无怨言。他十分钟爱这个可怜的姑娘，但自己并不知道其中的缘故，只能是一种无法解释的魔力的作用，将善心和不幸联结在一起。

“我真弄不明白，”他一边说，一边把瓶中剩下的酒喝下去，“究竟是什么阻止你同我去歌剧院。这是很贵的，票就揣在我兜里；你服丧期昨天就完了，这儿有两条新裙子；再说，你只要披上带风帽的斗篷就行了，可是……”

他忽然住了口：

“见鬼！”他又说道，“你一点也听不见，我没有想到这一点。不过，有什么关系呢？在那种地方也没有必要。你听不见，我不听，我们只看跳舞就行了。”

善良的外叔公就这样唠唠叨叨，想到什么有趣的事儿就非讲出来不可，从来不考虑侄孙儿既听不见也不能回答。但他总是不由自主地同她聊天。他若是试图打手势表达，情况还要糟，卡蜜儿更不明白了。因此，他还是按照老习惯，像对所有人那样同她说话，当然也不遗余力地打手势。卡蜜儿也渐渐习惯了这种说话的哑剧，并设法以自己的方式回答。

正如老人讲的，卡蜜儿服丧期的确服完了。他已经给侄孙女定做了两条美丽的衣裙，拿到她面前的时候，一副又温柔又恳求的表情。卡蜜儿见了，不禁扑上去，搂住他的脖子表示感谢。然后她又坐下来，恢复常见的那种平静而忧伤的神态。

"这样还不行，"外叔公说道，"漂亮的衣裙总得穿在身上啊。裙子做出来就是要穿的，这裙子多漂亮。"

他边说边在屋里走。同时像要木偶戏似的抖动衣裙。

卡蜜儿眼泪流得够多了，也该有片刻的欢乐。自她母亲去世之后，她还是头一回起身照镜子，接过外叔公递给她的一条衣裙。她深情地看了他一眼，向他伸出手去，又微微点一下头，表示同意。

吉罗老头见她点头了，乐得像孩子一样，穿着大皮鞋直蹦高。胜利啦：他要完成计划的时刻终于到了。卡蜜儿要打扮起来，同他一道出门，接触外界；老人一想到这里，就待不消停了，他连连亲着侄孙女，同时大声责骂那个贴身女仆、家里那些仆人和所有下人，全是没用的东西。

卡蜜儿打扮完了，简直美极了，连她自己仿佛也认可了，冲着她的影像微笑。

"马车就停在楼下。"吉罗外叔公说着，还举起手臂，模仿车夫挥鞭打马的姿态，嘴上发出马车的声响。卡蜜儿又微笑了，她拿起刚脱下的孝服，仔细叠好，吻了吻，放进衣柜里，就出门了。

七

吉罗叔叔固然不是雅人，但他至少爱炫耀事情办得很好。他对自己的打扮无所谓：一身衣服总是崭新的，特别肥大，因为他要穿着随便，不愿意箍着身子，棉布袜子没有完全拉开，假发也滑到眼眉上。然而，他要款待别人的时候，首先就挑最贵最好的。因此，这天晚上，他给自己和卡蜜儿定了一个敞亮的好包厢，非常显眼，以便让所有的人都看见他侄孙女。

卡蜜儿乍一看舞台和大厅，只觉得眼花缭乱，这也是难免的：一位刚满十六岁的少女，在偏僻的乡下长大，猛地置身于这种艺术和行乐的豪华场所，定然要以为是在做梦。台上正演一出芭蕾舞；卡蜜儿饶有兴趣地观看演员的姿势、动作和舞步，明白是演一出哑剧。哑剧她熟悉，就想弄清楚是什么意思。她不时扭过头，一副惊诧的表情，仿佛要询问她外叔公；可是，外叔公比她也好不了多少。她看见穿着长丝袜的一些牧羊青年，向他们的牧羊姑娘献花；由绳子拴着的几个小爱神在飞舞，云端上坐着几尊神。舞台上的装饰、灯光，尤其令她目眩的明亮大吊灯，还有女人的首饰、绣花绸缎、头饰羽翎，这种金碧辉煌的场景她从未见过，令她暗暗称奇。

反过来，她也很快成为众人瞩目的对象。她的打扮很朴素，但极为雅致。她独自坐在大包厢里，身边只有一个像吉罗叔叔那样毫不做作的男人，像星辰一样美丽，像玫瑰花一样鲜艳，一双大眼睛乌黑明亮，那神态十分天真，她自然能吸引来目光。男子开始对她指指点点，女士们开始注意观察她；侯爵们纷纷凑过来，而溢美之词，赞不绝口，按照时尚高声讲给新来的女子。可惜，只有吉罗外叔公听见了，美滋滋地品味这种盛赞。

这工夫，卡蜜儿又渐渐故态复萌，先是恢复沉静的神态，继而黯然神伤。她觉得这有多么残酷，在这么多人中间，自己却孤孤单单。在包厢里交谈的这些人、给演员舞步伴奏的这些乐师、舞台和观众席之间的这种思想大交流，凡此种种，可以说无不促使她反思自省：

“我们都在说话，而你却不说话，”全场的人仿佛对她说，“我们聆听，我们欢笑，我们歌唱，我们享受一切；唯独你什么也享受不到，唯独你什么也听不见，唯独你在这里无异一尊雕像，类似一个只是旁观生活的人。”

卡蜜儿闭上眼睛，以便摆脱这种景象。她又想起那场儿童舞会。当时她待在母亲身边，看着她那些小伙伴跳舞。她的神思又飞回家园，回到她那么不幸的童年，又看到她那漫长的痛苦、她暗流的眼泪，又看到她死去的母亲，直至她刚脱下的孝服。她决心回去再穿上。既然一辈子命定如此，她感到最好永远也不要设法减轻痛苦。更为辛酸的是，她要抵制天谴的任何努力，还未着手做，就已经感到是徒劳的。她头脑里充满这种念头，就不由得流下几滴眼泪；吉罗外叔公瞧见了，正要猜测是什么缘故，又看见她示意要离去。老人又吃惊又不安，心里犯踌躇，不知如何是好。卡蜜儿已站起来，向他指了指包厢的门，想要他把斗篷递过来。

恰好这时，她望见下面一层的看台上，有一个穿戴十分讲究、仪表不俗的青年，手中拿一块青石板，正用白铅笔往上写字和符号，然后举给旁边一个年长的男人看；那人似乎立刻看懂了，并以同样的方式极为迅速地回答。与此同时，他们二人还伸屈手指，相互打信号，看样子以这种方式交流思想更便当。

卡蜜儿一点也不明白，既不明白她看不大清楚的符号，也不明白她不熟悉的手势；但是她一眼就注意到，那青年的嘴唇并不翕动；她本来要走出包厢，却又停住了。她看出讲的不是寻常人的语言，他找到了另外的表达方式，而不用通常说话的必不可少的动作，即她根本不懂又令她思想苦恼的嘴唇的动作。她万分惊讶，萌生一种不可遏制的欲望，不管这是什么奇特的语言，也要进一步了解一下，于是又坐到她刚离开的座位上。她俯在包厢边上，聚精会神地观察那个陌生的青年做什么。只见他又在青石板上写东西，给他旁边的那个人看，卡蜜儿不由自主地往前探了探身子，仿佛要中途截住。这一探身，也引得那青年回过头来，瞧见了卡蜜儿。二人的目光一相遇，就都怔住了，一时把握不稳，就好像彼此在极力辨认，继而，他们相互猜出来了，彼此用眼色表示：我们两个都是聋哑人。

吉罗外叔公给侄孙女拿来斗篷和半截面罩，他的手杖也拿来了。可是，卡蜜儿又不想走了，她重又坐下，俯在栏杆上。

当时，勒佩神甫刚刚为人了解。

有一次，他去圣维克托城壕街拜访一位妇人，看见两个做针线活儿的聋哑姑娘，不禁动了恻隐之心。须知这种慈悲本来就充满他的心田，一旦突然醒来，就已经显示了奇迹。他在这些受人歧视的可怜人不规范的手势中，发现了一种丰富语言的幼芽，认为能够推广普及，不管怎样，比莱布尼茨[①]的语言更真实。他同大多数天才人物一样，将自己的目的看得太大，也许有点离谱了。不过，见其伟大，这已经很不简单了。他的善良不管能有多大抱负，终归还是教聋哑人读和写。他又把他们计入人的数量中了。他没有助手，单靠个人力量，致力于将这些不幸者组成一个家庭，准备为这一计划奉献自己的一生和财产，直到国王将目光投到他们身上。

坐在卡蜜儿包厢附近的那个青年，就是勒佩神甫教出来的一名学生。那青年出身贵族世家，人很聪明，但是天生有此残疾，如当时人所谓的“半死不活”。他是首批接受跟著名的德·索拉尔伯爵差不多相同的教育，所不同的是他富有，不像伯爵那样，如果没有德·邦蒂耶夫尔公爵提供食宿，就有饿死的危险。除了神甫的课程之外，还给他安排了一名家庭教师（正是在他身边看青石板的那人）；那位家庭教师是在俗的教徒，可以到处陪伴他，当然负责监护他的行为，指导他的思想。无论看书还是去游乐场，无论听歌剧还是做弥撒，天天都在学习，事事都能训练他的头脑。那青

① 莱布尼茨（1646—1716）：德国哲学家和数学家，著作均用拉丁文或法文写成。

年也十分用心，充分利用，只不过他生性高傲，个性极强，内心总不免排斥这种艰苦的练习。他根本不知道，他若是生在普通人家，哪怕只是像卡蜜儿那样，生活在巴黎之外的地方，就会遭遇什么不幸。开始教他识字的时候，最先教他认的是他父亲的姓名：德·莫伯雷侯爵。因此，他知道自己与众不同：出身有特权，天生又有残疾。自豪和屈辱就这样相抵牾，幸而他高尚的心灵始终那么纯朴，这也许是迫不得已吧。

这位聋哑侯爵观察并能理解别人，和别人一样自豪，他还由家庭教师陪伴，出入凡尔赛那些大客厅，根据习俗穿着红跟鞋①到处走。这次在歌剧院，也不止一个漂亮女人把观剧镜对准他，但他却目不转睛地看着卡蜜儿。卡蜜儿没有盯着望他，但也看得一清二楚。散场之后，她挽上外叔公的胳臂。没敢回头，若有所思地返回住处。

八

自不待言，无论卡蜜儿还是吉罗外叔公，连勒佩神甫的名字都不知道，更想不到他还发现了让哑巴说话的一种新方法。这种新方法，骑士本可以了解到；他妻子若是还活着，肯定能够得知。可惜，夏尔多奈离巴黎太远，骑士没有订报纸，即使订了也不看。就这样，只隔几法里，人懒一点儿，或者死气沉沉，都能造成同样的后果。

卡蜜儿回到住所，心里只有一个念头：尽量用手势和眼神向外叔公解释她需要什么，首先要一块青石板和一支铅笔。尽管时间有点晚，该吃晚饭了，这种请求并没有难倒吉罗老人。他以为自己完全领会了，就跑回自己的房间，得意扬扬地给侄孙女拿来一小块木板和一截粉笔，这是他怀恋建房所留下的宝贵念心儿。

卡蜜儿看到就是这样满足她的渴望，也没有流露抱怨的神色，她将小木板放在膝上，让外叔公坐到她旁边，让他拿起粉笔，再抓住他的手，仿佛手把手要他写什么，同时不安的目光注视他的一点点动作。

吉罗外叔公明白是要他写字，可是写什么呢？不得而知：“写你母亲的名字吗？写我的名字吗？还是写你的名字呢？”为了弄清楚，他就用手指头极轻地点了点少女的心口。她立刻点了点头；老人觉得猜出了她的意思，便大大地写了卡蜜儿这个名字，然后沾沾自喜，非常满意这样度过一个夜晚。晚饭摆好了，他没等侄孙女就入座

① 17世纪法国贵族时兴穿红后跟鞋。

了，而在这方面，少女向来无力同他对抗。

不等外叔公喝完那瓶酒，卡蜜儿绝不会离开餐桌；她看着老人吃完饭，向他祝了晚安，这才腋下夹着小木板，回自己房间了。

她一插上房门，自己就动手写了。她先摘下帽子，脱下裙子撑架，然后开始模仿外叔公刚才给她写的词，十分认真，万分吃力。她将摆在屋子中央的大桌子涂成了一片白色，又写又划，不知练了多少遍，总算能比较像样地复制出眼前的几个字母了。她写出来之后，为了验证模仿得是否准确，她就一笔一画地数样板字母，围着桌子转，心里高兴极了，就好像获得了一次胜利。她刚写的“卡蜜儿”这个词，觉得十分美妙，肯定自己在表达世间最美好的事物。就在这一个词中，她似乎看出许多意思，一个比一个甜美，一个比一个神秘，一个比一个迷人。她万万没有想到，这只不过是她的名字。

时值七月份，夜色姣好，空气清新。窗户早已打开，卡蜜儿不时停在窗口遐想。她解开了长发，叉起双臂，眼睛闪闪发亮，肌肤着了由夜光赋予女人的那种白色，显示出一种朦胧的美；她凝望着一种最凄凉的景象：一家运输公司的长楼房的窄院子。那院子阴冷潮湿，有害健康，常年不见阳光；只因楼房一层叠一层，高高地遮住阳光，院子便成了一种地窖。四五辆大车挤在一个棚子下，辕木闲置在那里。由于棚子没地方了，还有两三辆车丢在院子里，仿佛等待马匹，而马匹则在马厩里踏蹄，从夜晚到早晨要求着燕麦饲料。楼门一到半夜十二点就关闭，严禁房客出入，但是只要车夫一声鞭响，随时都会打开。楼门上方厚厚的墙壁开了五十多扇窗户，而每扇窗户的烛光从不超过十点钟，除非有特殊的情况。

卡蜜儿正要离开窗口，忽见一个身穿闪亮的衣服在漫步的人影，恍惚从一辆沉重的驿车的暗地里走过。不知为什么，卡蜜儿吓得打了个寒战，其实有外叔公在守护呢，他那响亮的鼾声就是明证；若说是小偷或者凶手，也未免太明目张胆了，怎么可能那样一身打扮，来到院子里散步呢？

然而，那里确实有个人，卡蜜儿看见了。那人在马车后面走动，望着她所在的窗口。过了片刻，卡蜜儿感到恢复了勇气，便回身拿了蜡烛，手臂探到窗外，突然照亮院子，与此同时，她又投去半恐惧半威胁的目光。马车的暗影消失了。德·莫伯雷侯爵（正是他本人），看见自己完全暴露了，他的全部反应，就是一条腿跪到地下，双手合拢，以无比崇敬的姿态仰望着卡蜜儿。

二人就这样对视了片刻，卡蜜儿手擎烛光俯在窗口，侯爵则跪在她面前。罗密欧和朱丽叶只是在一天晚上化装舞会上见的面，一见面就海誓山盟，并且信守誓言。假如这对情侣只能用思想彼此诉说这种相同的、在上帝面前永恒的事情，而天才的莎士比亚又要把他们的形象永久地留在大地上，那么想一想他们头一种姿势、头一瞥眼神该是什么样子呢？

要由两三级梯登上一辆马车的顶层，每上一级就不得不停一下，看看是否应当继续攀登，这毫无疑问是可笑的。同样，一个穿着长丝袜和锦绣衣服的男子，从这辆车顶层跳到一扇窗户的窗沿儿上，也是不够雅观的。这一点毋庸置疑，除非是为了爱。

德·莫伯雷侯爵一进入卡蜜儿的房间，就恭恭敬敬地向她施礼，就好像在杜伊勒里王宫见面一样。他若是能说话，也许会向卡蜜儿讲述，他如何逃脱了教师的监护前来的，如何买通一名仆人才到她窗下守夜，而当她离开歌剧院时，他又是如何跟踪而来，她的一瞥又如何改变了他的整个生活。总之，他在这世间如何只爱她一人。也没有别的奢望，只求同她结成伴侣，共享幸福的生活。这番话全写在他嘴唇上，可是，卡蜜儿向他鞠了一躬回礼，就让他明白讲述这些根本没有必要，一旦他来了，究竟是怎么来的，她了解不了解就无所谓了。

德·莫伯雷侯爵终于来到他所爱的人面前，尽管表现了极大的胆量，但是我们前面说，他这个人还是纯朴而矜持的。他向卡蜜儿施过礼之后，就千方百计地要问她是否愿意嫁给他，可是徒然，她根本不明白他要表达什么意思。侯爵看见桌上那块写着“卡蜜儿”名字的木板，便拿起粉笔，在这名字旁边写上他的名字：“皮埃尔。”

“这是怎么回事啊？”一个男低音的粗嗓门嚷道，“怎么就这样约会啦？先生，您是从哪儿钻进来的？您到这屋来干什么？”

这样叫嚷的正是吉罗外叔公，他穿着睡衣走进来，一副气势汹汹的样子。

“这事儿可真妙啊！”他继续嚷道，“天晓得我在睡觉，而您若是弄出了响动，至少不是用您的舌头。怎么还有这种人，干脆就登梯爬高上来？您想干什么？踏坏一辆车，什么都搞破，什么都损坏，还要干什么呢？败坏一个家庭的名誉！侮辱作践正经人家！……”

“嘿！这一位，我说话也听不见！”吉罗外叔公伤心地说道。这时，侯爵拿起一支铅笔，在一张纸上写了这样一封信：

“我爱卡蜜儿小姐，要娶她为妻，我有两万法郎的年金。您愿意把她嫁给我吗？”

吉罗外叔公不禁叹道：

“只有不说话的人，干起事来才这样痛快。”

他想了一下，又高声说道：

“对了，忘了这茬儿了，我只是她的外叔公。不是她父亲。还得请求她爸爸同意。”

九

要征求骑士同意这样一桩婚姻,还真不是一件容易事,倒不是因为他不想为女儿好,前面我们已经看到,他总要尽一切可能减轻女儿的不幸,可是眼下这件事情,却有一种几乎难以克服的困难。要把一个身有严重残疾的姑娘,嫁给一个天生就有同样残疾的人,这种结合如有什么结果,那很可能只会给人世增添不幸的成员。

骑士隐居在自己的庄园里,心情始终极度哀伤,继续过着孤寂的生活。德·阿尔西夫人葬在园子里,坟墓围了一圈垂柳,远远向过路人宣示她安息的简朴之地。骑士每天散步都走向这个地点,在墓旁一连待几小时,受痛悔忧伤的折磨,沉浸在能勾引起他痛苦的所有往事的回忆中。

一天早晨,吉罗叔叔突然来了,正是在那里找到了他。老人撞见两个年轻人在一起的第二天,就带着侄孙女离开巴黎,回到勒芒,将卡蜜儿安置在他自己家中等待他去斡旋的结果。

皮埃尔得知这次旅行,保证忠贞不渝,信守诺言。他早就父母双亡,成为家产的主人,只需征求监护人的意见,此外他的意志不必担心碰到任何障碍。而老人这方面,也愿意扮演训停人的角色,促成两个年轻人的婚姻,不过他觉得他们第一次相会实在奇怪,今后如无姑娘的父亲和公证人的同意,绝不能重演。

可以想见,骑士刚听吉罗叔叔说了几句,就惊诧到了极点。于是,老人向他讲述在歌剧院相遇的情景,那个幽会的奇特场面,以及更为离奇的求婚,骑士简直难以想象会有这样的传奇故事,然而他又不得不承认,人家可是严肃认真对他谈的;他头脑里立刻产生我们预料得到的异议。

“有什么办法呢?”他对吉罗说道,“让两个同样不幸的孩子结合?我作为父亲,家里有这个可怜的孩子还不够吗?难道还要给她找一个类似的丈夫,增加我们的不幸吗?难道我就命里注定,身边只有为世人所鄙弃的人、所歧视和可怜的对象吗?难道我就应当同聋哑人相伴一生,在他们可怕的沉默中间活到老,由他们的手给我合上眼睛吗?上帝知晓,我并不炫耀我的姓氏,但这总归是我父亲传给我的,难道我还要留给既不能签字又讲不出来名的不幸者吗?”

“讲是讲不出来,”吉罗说道,“但是签字,那可得另说着。”

“签字!”骑士提高嗓门,“您丧失理智啦?”

“我明白着呢，这个青年会写字，”叔叔回敬道，“我可以向您作证，证明他甚至写得很好，很麻利。他的求婚书还在我兜里。老实说，挺合乎规矩的。”

老人说着，拿出字条给骑士看：德·莫伯雷侯爵写的字不多，但是的确十分简洁，又十分明白地表达了他的请求。

“这是怎么回事儿？”父亲说道，“从什么时候起，聋哑人也拿起笔来？吉罗，您这是给我讲的什么故事？”

“真的，我也不知道是怎么回事儿，”吉罗说道，“不知道怎么会有这种事情。我的本意，不过是让卡蜜儿开开心，也和她一起瞧瞧单腿旋转是什么样子。这位小侯爵碰巧也在那儿，他手里肯定拿着一块青石板和一支铅笔，用得十分熟练。我同您一样，始终认为人一哑巴，就什么话也说不了，然而事实根本不是这样。看来，如今有人发明了一种方法，适用于所有聋哑人，他们能相互理解，彼此完全可以交谈。据说发明者是位神甫，姓名我不记得了。至于我，您也完全了解，我一贯认为，一块青石板只配铺在房顶上；可是，那些巴黎人脑袋瓜儿可真灵！”

“您讲的，可是当真？”

“完全当真。这位小侯爵很富有，小伙子很英俊，他是贵绅，人也很文雅，我可以为他打保票。请您想想一件事：您如何安置可怜的卡蜜儿呢？不错，她不能说话，可这也不是她的错。您让她今后怎么办呢？她不能总在家当姑娘呀！现在有一个男子爱她，如果您把女儿许配给他，他绝不会因为妻子舌头尖有毛病就厌恶；他通过自身知道是怎么回事儿。两个孩子能相互理解，不用叫喊就心领神会。小侯爵认字，也会写字，卡蜜儿也能学会，她学得不见得比另一个费劲儿。您应当明白，如果我提议让您把女儿嫁给一个盲人，那您尽可刮我的鼻子；可是，我推荐的是个聋哑人，这总归是合乎情理的。您瞧，自从有了这丫头，十六年了，这始终是您的一块心病。您作为父亲，如果不能作出决策，那么还不是同所有人一样，怎么能解决呢？”

骑士听着吉罗叔叔这样讲，目光不时投向他妻子的坟墓，仿佛深长思之：

“让我女儿恢复思考能力，”他沉默许久才说道，“上帝允许吗？这事儿可能吗？”

这时，邻村的本堂神甫走进园子，他是来庄园吃饭的。骑士心不在焉地同他打了声招呼，继而才猛地从沉思中醒来。

“神甫先生，”他问道，“您有时收到报纸，了解些消息。有个神甫从事聋哑人教育，您听说过吗？”

不巧的是，所问的人是当时一个地道的乡村教士，人倒纯朴善良，但是非常无知，还相信这个世纪大量存在的、极为有害的各种偏见。

“我不知道老爷要说什么，”他答道（他把骑士尊为村子的老爷），“可能指的是德·勒佩神甫吧?"

"正是他,"吉罗叔叔说道,"这姓名别人对我说过,可我没记住。"

"对呀!"骑士说道,"应当怎么看呢?"

"我不能不懂装懂,"本堂神甫回答,"过分谨慎地谈论一件事。然而,在这个问题上,根据我随便收到的一点情况,我有理由认为,德·勒佩先生虽然是个十分可敬的人,但是绝没有达到他所要的目的。"

"您这话是什么意思?"吉罗叔叔问道。

"我的意思是,"教士回答,"多么纯的动机,有时结果也令人大失所望。毫无疑问,根据我所掌握的情况,那种努力可钦可佩,然而我完全有理由认为,像老爷所讲的,企图教聋哑人识字,完全是异想天开。"

"我亲眼看见的,"吉罗说道,"我看见了一个聋哑人写字。"

"我绝无同您唱反调的意思,"本堂神甫反驳道,"可是有些学识渊博的知名人士,我甚至可以引举巴黎医学院的一些博士,他们都断然地对我说,这种事情不可能。"

"亲眼看到的事情,没法儿说不可能。"老人不耐烦地又说道,"我兜里揣着这张字条,走了五十多法里,送给骑士,就在这儿,跟阳光一样清楚。"

老瓦匠师傅说着,又掏出字条,送到本堂神甫的眼皮底下。神甫五分惊讶,五分好奇,颠过来倒过去,高声念了好几遍字条,又还给吉罗叔叔,一时不知说什么好。

骑士仿佛置身于争论的局外,他继续默默地走来走去,心里越来越犹豫不决了。

"如果吉罗说的有道理,"他心中暗道,"我再拒绝,就没有尽到自己的职责,那差不多就等于犯罪。这个可怜的姑娘,我只给了她生命的表象,她生下来就沉入黑暗中,现在有了个机会,她可以同一个寻找她的人携起手来,虽然还走不出永远包围她的黑暗,但她终究可以梦想自己是幸福的。我凭什么阻拦她呢?她母亲若是活着,会怎么说呢?"

骑士的目光再次移向妻子的坟墓,接着,他抓住吉罗叔叔的手臂,拉他走开几步,低声对他说道:

"您想怎么办就怎么办吧。"

"好吧!"吉罗叔叔说道,"她在我家呢,我去接她,给您带来,我们一道来,这要不了多大工夫。"

"绝不要!"父亲回答,"我们共同努力使她幸福就行了;可是,再同她见面,我实在办不到。"

皮埃尔和卡蜜儿在巴黎小神甫教堂结婚,证婚人只有家庭教师和外叔公。主持仪式的神甫向他们讲了那套程式话，皮埃尔比较熟悉，知道什么时候点头表示同意，颇为顺利地完成了很难扮演的角色。卡蜜儿则干脆不去揣测，不想弄明白，只是看着她丈夫，见他点头也点头。

两个年轻人只是对视和相爱，可以说这就足够了。他们从此携起手来，走出教堂的时候，顶多算是相互认识。侯爵宅邸相当大，卡蜜儿在宗教仪式举行完之后，登上华丽的马车，而且看着这车子像孩子一样好奇。到了公馆，她也不胜惊奇：这些房间、这些马匹、这些仆人，都将属于她了，在她看来真是个奇迹。按事先定好的，婚礼不事张扬，只摆了一桌简单的婚宴。

十

卡蜜儿做了母亲。一天，骑士正在园子里凄然地散步，接到一名仆人送来的一封信，字体出自一只陌生人之手，看着似曾相识，又不得而知，有一种奇异的复杂感觉。信是卡蜜儿写来的，内容如下：

父亲啊！我会说话了，但不是用嘴，而是用我的手。我的可怜的嘴唇始终闭合，然而我还是会说话了。我的老师教会我给您写信了。教授我的人，也正是培育他的人，因为您知道，从前很长一段时间他同我一样。我学习起来非常吃力。首先教的是用手势说话，接着又教书写符号。有各种各样符号。表达害怕、气愤，表达什么的都有。学会这些需要很长时间，掌握组成词语的方法所用的时间就更长了，因为这些符号全不是一码事；不过，您也看到了，我终于还是掌握了。德·勒佩神甫非常和善，基督教要理会的瓦南神甫，也同样非常和善。

我有个孩子，长得非常好看；在了解他会不会像我们这样之前，我还没敢告诉您。然而我忍不住，能给您写信太高兴了，尽管我们现在很为难，您想象得出，我和我丈夫都听不见，因而特别不安。保姆倒是听得见，但是我们怕她弄错了；就这样，我们万分焦急地等待，要看看孩子的嘴唇会不会张开，会不会翕动并发出有听说能力的人的那种声响。您可以想见，我们也请过医生，询问两个不幸者的孩子，可能不会像我们这样又聋又哑；他们回答说这很可能，但是我们还不敢相信。

您想一想，好长时间以来，我们多么担心这可怜的孩子，看见他张开小嘴，却又难以确定他是否发声了。父亲，请您相信，我非常想念我母亲，知道她当初一定像我这样担心。您非常爱她，如同我现在爱自己的孩子；可是我对您来说，仅仅是一个伤心的根源。如今我会看书写字了，就更理解我母亲该有多么痛苦。

亲爱的父亲，您对我如果真的特别好，那就来巴黎看看我们吧，女儿会非常高兴和感激的。

卡蜜儿 敬上

骑士看了这封信，还久久不决。起初，他真不敢相信自己的眼睛，不敢相信这是卡蜜儿亲手写的，然而，总不能不顾明摆着的事实。他怎么办呢？他若是向女儿让步，真的前往巴黎，就有可能再碰到痛苦的事，从而唤起原先痛苦的全部记忆。那孩子，他固然不认识，但毕竟是他女儿的儿子，一旦见了，就可能勾起过去的伤心事。卡蜜儿能使他想起赛茜儿，不过，这样想的同时，他也不由自主地担心，和那个等待孩子说句话的年轻母亲一样。

“必须去一趟。”吉罗叔叔回答骑士的询问，“这婚姻是我促成的，我认为是美满长久的婚姻。您想让您的骨肉生活在痛苦中吗？我这不是责怪呀，当初您丢下妻子离开舞会，结果她落水身亡，难道这还不够吗？这小女儿您还要置之不管吗？您认为悲伤就是一切吗？人生在世就没有别的事情可干啦？她请求您去，我们就动身吧。我同您一道前往；但我只有一点遗憾，就是她没有同时招呼我去。我的家门一直为她敞开，她没有敲我的门可不好。”

“他说得对，”骑士心中暗道，“我无端残忍地给世上最好的女人造成痛苦，本来可以避免却让她死于非命。如果说我要受到惩罚，亲眼看着女儿不幸的景象，我也不能抱怨，不管这景象多么惨不忍睹，我也应当面对，不能回避。这种惩罚是我应得的。我抛弃了她的母亲，让女儿来惩罚我吧！我要去巴黎，要去看那孩子。我已经遗弃了我所爱的人，又远远地避开不幸；现在，我要怀着心酸的乐趣，去观赏这不幸。”

骑士和吉罗叔叔到达圣日耳曼区，走进颇有气派的公馆，在中二层一间镶木护壁的美丽小客厅里，见到了这对年轻夫妇。一张桌子上放着图画、书籍、版画，丈夫在看书，妻子在刺绣，孩子在地毯上玩耍。

侯爵站起身。卡蜜儿跑过去，父亲深情地拥抱她，禁不住流下几滴眼泪。接着，骑士的目光便移向孩子。他一看到这孩子，又将继承他遗留下来的不幸的人，从前由卡蜜儿的残疾所引起的恐惧感，忽又占据了他的心。就在母亲把孩子递给他时，他不由自主地后退了。

“又是一个哑巴！”他高声说道。

卡蜜儿抱着儿子，她虽然听不见，但是明白了。她轻轻地把孩子举到骑士面前，用手指轻轻拂弄小嘴唇，似乎引逗孩子说话。求了好几分钟，孩子才终于相当清晰地说出母亲事先让人教他的两个词：

“你好，爸爸。”

“您看到了吧，上帝总是会宽恕一切的。”吉罗叔叔说道。

一滴天露
——书信体小说

第一封信

我的巡回演出结束了。我在瑞士和皮埃蒙特[①]举行了几场音乐会，付了所有费用，这趟德国之行挣的钱少得可怜。这算什么职业！一回到巴黎，我就要把钢琴从窗口扔出去，干脆去当鞋匠或者裁缝。我不想再走一步，走向饥饿的魔鬼争取我的命。我就关在房间里，从房门走到壁炉，就像动物园里的一只狐狸。

别了，明天我就踏上法兰西的归程。

第二封信

183X 年 9 月 2 日

我碰到一件非同寻常的事。昨天我在 M 地停留，打算逗留一天，只因马车一两天才启程。我躲进一家很差的旅馆，以上帝仁爱的名义请求不要打扰我。晚饭后，有

① 皮埃蒙特是意大利北部地区，当时瑞士和皮埃蒙特都被德国侵占，作者故说德国之行。

人敲门,我没有应声。五分钟过后,清洁女工拿着万能钥匙走进来,身后跟着一个身穿灰制服和黑长袜的瘦高个男人。我问他姓名,他回答我说是大人的跟班。所谓大人,就是公爵,而在这地方,公爵就相当于在巴黎的国王。且说大人听说我到了他的公国,他不愿意还没在宫廷里听我的音乐会,就让我离开这座城市。我断然回答说,我不会去大人的宫廷。

一小时之后,另一个畜生,同样穿着灰制服和黑长袜,手拿着一封信到了。他向我转达大人的话,说大人十分诧异,一个靠唱歌挣钱谋生的人,居然拒绝大人的邀请,不肯去宫廷演出。我回答说,我根本不是雇用的歌手,别人弄错了姓名,或者看错了人,我是一位绅士,旅行是为了消遣,唱歌是为了开心,我绝不会去宫廷演出,那里可能有魔鬼在搅和。

又过了一小时,有人第三次敲我的客房门。门已经插上了,我踮着脚走到门口,对着锁眼窥视,看见第三个畜生,还是穿着灰制服和黑长袜。我屏住呼吸,蹑手蹑脚,回到床边,脱掉礼服,上床睡觉。

可是,我刚刚躺下,就有人踹门,五六脚就把门插销踹得崩开了。两名侍从和那个跟班扑向我,抓住我的脖子,给我穿上礼服,又把我推上一辆马车,马车随即启动。

到达公爵府,他们就把我撂在一条长长的走廊里,告诉我径直往前走。然而,我气得要命,丝毫也没有往前走的愿望,便背着手,伫立在一幅画前,决心不迈动一步。走廊里只有一名岗哨,下颏儿托在他那杆长枪的枪口上,同我一样僵立不动。我被撂在那儿长达一刻钟,才听到类似礼仪官的声音,对押解我的两名侍从说他们是蠢货,音乐家还没有露面。与此同时,尽头的两扇门大开,公爵由三名衣着可笑的人陪同走出来,他示意我跟随其后,我照办了。猛然,我们来到一个灯火辉煌的大厅,只见大厅里有六十来位老妇人,一个个插着羽饰,看上去如同骡子。

这就是宫廷。我走进去,始终跟在公爵身后,躲到一道帷幔旁边,也就是说躲到一位老妇人旁边。一个块头巨大的先生走过来,对我说大人很诧异,很伤心,此乃不得已之举,而他十分渴望,非常希望……总之,他用臂肘一直将我推到钢琴前,还补充一句:“大人同这事毫无关系,他厌恶音乐。”

我机械地坐下,自言自语重复道:“大人厌恶音乐? 真见鬼,那我插上房门,礼服挂在衣帽架上,为什么没有躺在我的床上呢?”

我正自这样思索,忽然发觉宫廷一片肃静。我勉勉强强唱了歌,掌声特别热烈。我一直在小声嘀咕:“大人同这事毫无关系,那么同谁有关系呢?”想必是大人的妻子吧。我凑近刚才离开我的那个镶有金饰带的大酒桶,向他求证。他回答说我猜对了。

他说谎,因为公爵夫人拿着一个形状如小蜡烛盘的助听器,时时放到她的右耳边，而那六十位老妇人一个接着一个，来到她跟前，伸长她们布满皱纹的脖子，凑近她的右耳畔，犹如围着水槽饮水的山羊。

送上一杯杯糖水饮过之后，又得开始演唱了。这回，我在钢琴上弹一段序曲，同时开始逐一审视我眼前的所有面孔，决心弄清楚谁是始作俑者，既然大人厌恶音乐，而大人的妻子完全是个聋子。

我在大人的右侧看到的第一件事物，是一位少女。“噢！”我心中暗暗叫苦，“原来是这少女搞的名堂！这个金发的小公主，性情浪漫，喜爱音乐，又非常任性！我这下完了！”

歌曲演唱完了，我再次走近那个移动的大酒桶，问他那个该死的少女是什么人。果然是大人的千金。“我当然很好奇喽，”我心中暗道，“想见识见识一个小娇娃怎么说话：她觉得好玩，就派人劫持一个二十五岁的男人，以便强迫他弹钢琴。”

于是，我走上前去向她致意。她伸出手来让我吻，对我说道：“还不错。尤其最后这段，第一首不行。明天您再给我带来这个节目。”

“明天，”我回答道，“我不可能听从殿下的吩咐，邮车我预订了座位，我要走了。”她转过身去，根本不回答，仿佛没有听懂我的话。

你哟，亨利，你可以在意大利剧院大街①上晒太阳，今天晚上，你想去哪儿就去哪儿用餐，饭后你高兴去哪儿就去哪儿，你可知道我现在的情况吗？我在德国的一家旅馆里，房门紧锁，门外有一名哨兵看守，我的行李打好了，邮车已经启程了，我无处发泄，只好谩骂。

第三封信

183X 年 9 月 3 日

今天早晨，我又回到小娇娃那里。我从未见过如此受溺爱的孩子。她的额头非常饱满，遮着淡黄色的头发，她抬头看天的样子相当特别。尽管如此，还是有好的方面。我搜寻记忆，尽可能找出喜歌剧中最枯燥乏味、最平淡无奇的乐段，集中起来带

① 意大利剧院是巴黎一家剧院的旧称，大街的名称仍然保留。

给她，谢天谢地！矿源很丰富。她将这些全摔到我脸上。

她要我给她上课。这算什么职业啊！对她有利的只有一点：她是违反常识常理培养起来的。此外，她天生一副女低音的歌喉，智慧还说得过去，但骄傲到了极点。

不过你瞧瞧，我真触了霉头，要被打入地狱。什么都延误，什么都厌烦，废话却没完没了！对了，我收到爱米莉的一封信。唉！我的朋友，我不爱她了。还有比这个更可憎的念头吗？我昨天喜欢的，今天就讨厌了，而我今天喜欢的，明天就会讨厌。虚无是多么贪婪的狗啊！一生如此短暂，整个儿迟早归于虚无，难道它还要这样一天一天地侵蚀我们的生命？是的，只要我们停下喘口气，它就在我们身后撤梯子，怎么说呢，只要我们抬起一只脚向上登，它就把我们两腿之间的梯子一蹬儿一蹬儿折断！

第四封信

183X 年 10 月 2 日

请原谅，亨利，我在这儿一个月没有给你通音信。求你办件事：你在我的音乐资料中，尽量把罗西尼①的作品全找出来寄给我，同时，你在我的书橱里再找出安德烈・舍尼埃②的诗歌。

包裹里再加上一套朝廷服装，你在我的书房里端的箱子里能找见。这些衣物尽快给我寄来，通过胜利圣母院街的邮车，写上寄往 M 地，公爵府，普雷旺先生收。

第五封信

183X 年 10 月 8 日

你若是没有猜到我在给公主上课，并且爱上了她，那你只能是个笨蛋。这会把我

① 罗西尼（1792—1868）：意大利歌剧作曲家。

② 安德烈・舍尼埃（1762—1794）：法国诗人。

引向什么呢？你要问道。你在山上呼吸散发金雀花芳香的空气，还能把你引向什么呢？你上一只小船，飘荡在大洋上，生命仅系于一块薄薄的木板，这会把你引向什么呢？

今天早晨，我在公主那里见到一位年轻军官，叫做德·斯帕克男爵，是公爵的一名副官。他坐在钢琴旁边，见我进去没有站起身。在授课的过程中，我觉出他温情脉脉地看着公主，而公主似乎对此也并不反感。公主唱了一曲又一曲，唱了男爵向她请求的所有歌曲。

上完课，他就把胳臂递给公主，陪她散散步，公主接受了。我独自留下来，但是并不像往常那样整理乐谱；而是全丢在房间的角落里，然后就跟随他们。他们的样子十分平静，走了相当长时间；我不能离得太近了，靠上去听他们的谈话，就必然被发现。过了十分钟，斯帕克俯下身要拾起什么东西，按照我的观察，是从他胸前失落的。路易斯停下脚步，二人面对面交谈了一会儿，随后又挽起手臂继续散步。走出二百来步的时候，他们突然分开，我听见公主尖声叫她的使女。

第六封信

我在古堡里来来往往。我说什么，做什么，对我又有什么关系！我坐在一家常来的小酒馆的角落里想事儿！我想巴黎，想巴黎大马路、在泥泞中奔跑的妇女、来往行驶的车辆，想我像游魂野鬼一样游荡了二十年的世界，想我在深夜曾深陷不祥念头的那片荒漠。我考虑我的工作、我的泄气的日子，考虑曾经运载我的潟湖的单调声音、曾经漂浮在我周围的那种生活的全部印象：我的欢乐、我的痛苦、我的渴望！啊！孟浪！孟浪！一切都化作齑粉！我的心灵中酝酿的一切凝聚为一个念头：爱她！正如尘埃中乱纷纷无数的飞虫扑进一束阳光里。

我向你致敬，清晨的气息！多久了，你没有充满我的胸膛，多久了，大自然哟，我没有把你紧紧压在我的心上。你知道今天有多少回，从我口中吐出路易斯这个名字？我爱路易斯，亨利，让我给你写下这几行字，让我在信上吻它们。

我的上帝哟！幸福真是崇高的祭坛！但愿我心中的快乐，像一束香火，升到祭坛上！亨利，诗人们弄错了：魔鬼不是堕落的天使，而是爱的天使。在创世之后，兄弟们重又上天，而爱的天使不愿意离开大地，让它的金翅膀脱落在它所创造的美神的脚下。

第七封信

你知道，亨利，我一向不愿意选定所谓的一种职业。我在广袤的天地间，张开手臂等待。我见过世面，我的身体也在人称生活的这个磨盘里压磨过；然而，犹如石头啃不动的钻石，我却把磨盘硌出一个坑。

你要相信，亨利，有些灵魂不会堕落。谢天谢地，我从来没有爱过，我这颗心在属于她之前，从来就没有过归宿。现在我为她工作，现在我坐在这张桌子前，让奇特的诗句像甜美的眼泪一样流淌，向她讲述我的爱情，而我似有所感，她那可爱的幽灵就在我身后，俯下来从我的肩头读这些诗句；现在我唇边有一个名字，我的所有夜莺都醒来了，我的朋友啊，荣耀又是什么呢？我打开窗户，从阳台上观赏灿烂的星空……

无限哟，你对我们藏而不露干得很漂亮，也做得很好，将我们称为天空的镶缀珍珠的幕布抛到我们头上。啊！你若是能显见！哪管只有一次，人类的智慧能领悟你这可怕的名称！

是啊，空间无穷无尽，但是人也很伟大，因为人看到空间无穷无尽。你嘲笑人的渴望，但是人的渴望同你一样宽广。人伸出一只微颤的手，递给你一只如他肚腹一样宽阔的酒杯。

你往这只杯里仅仅落下你的一滴天露，但这一滴便是爱。这是你的一滴泪，唯一的一滴，你洒下来安慰人世。人将它举到唇边，便陶醉了，而人低于你，只因你靠这仙浆为生，一品尝便死去。

第八封信

人心是多么古怪的东西！你别笑，亨利，我对你讲的是老实话。在她身上我所爱的，是她那颗灵魂；在她的朱唇上我所爱的，是她那温柔的话语；在她的黑眼睛里我所爱的，是她那难以捉摸的目光和圣洁的眼泪：面对一切美好的、温情的和同样纯洁的事物便珠泪盈眶。在这苗条而轻盈的美妙躯体中我所爱的，是她那一举一动无不与她的思想构成奇妙的和谐，是那晶莹洁白的器皿完全透明，能让人看见里面神灯的光亮最微弱的摇曳。然而有时候，——就是过一过瘾，扮演一下放荡的角色，即使是用心学一学！——是的，有时候，我开始爱上这副美丽的躯壳、这张淡蓝色细腻的、血液一流动便完全透明的皮肤；爱上在我们晚间谈话过程中，交叉在胸口的这双漂亮的手。如果有时候，她的晨衣微微敞开……亨利，亨利，我们是什么污泥造出来的呀！

不幸得很，世间就存在一种可怕的信仰，一门致命的科学，即将思想和物质结合起来，用感官向灵魂讲话的科学。听我说！我们谈到这个问题纯属偶然，我一定得告诉你是怎样情景。对，一句不落，我全告诉你。

那天晚上，我下楼来到花园，看见她在那里，便走上前去。她手里拿着一本合上的书。

"您相信预感吗？"她问我。

"当然信了。"我回答。

"您有过这种情况吗？"她接着说道，"就是您走进一条街，心里突然想到：'那就是我认识的某某人！'结果走到近前一看，发现认错了人。可是朝前走了一百来步，果然遇见您刚才以为认出的那个人，而当时相距太远，不可能望见。"

"这种情况不知有过多少次，"我对她说道，"就感到我的某个朋友晚上会来，其实没有任何缘由等他来访。"

"这种现象您如何解释呢？"

"我，"我答道，"我不作任何解释。您相信磁力吗？"

听到这个词，她微微一笑。

"我愿意相信，可是我不信！我们周围有多少永恒的法则啊！只要稍微想一想！老实说，我既渴望又害怕，我怀着几分恐惧的心理，在有魔力的门前站住。"

"啊！"我高声说道，"世上什么事，都有成千上万的受骗者和骗子插手，如果没有他们，这该是多么出色的发现啊！可是，金矿用来牟利，他们用他们的铁棍和他们的梦游者，把什么都掏出来。"

路易斯："人喜爱神秘，又恐惧神秘。"

普雷旺："肯定的东西和神秘的东西之间，分界线在哪里呢？噢！习惯！只因为他们分析了他们路上的石子，大自然里的一切，甚至混乱，就全解决啦，他们就以为大自然属于他们啦？只因为他们解释了日食和极光，让农民放心，他们就垄断了人们的轻信？您瞧那边，殿下，那颗明亮的星体，您看到了吧？"

路易斯："亮晶晶如一滴眼泪。"

普雷旺:“您看过德·斯塔尔夫人[①]的作品吧?在那颗星体的旁边,稍远一点还有一颗星,您看到了吗?……大约有几千法里远吧?”

路易斯:“不错,我看见了,但是隐隐约约。”

普雷旺:“在那颗星旁边还有一颗星,您看见了吗?那颗星体特别淡,有时就消失了,仿佛连它自己都怀疑本身的存在。它向我们抛来的目光,用两年时间才能抵达我们这里。”

路易斯:“我觉得望见它了。”

普雷旺:“那好!您就想象此刻您就在那颗星球上,眺望布满那样星体的一片天空,寻找它本身能望得见的最后一颗星体,因为,在它后面的星体,同我们眼前的星体一样不可胜数。”

路易斯:“这很特别!”

普雷旺:“那颗星体距离这里非常遥远,它也怀疑距离它同样遥远的另一颗星体的存在。一支利箭从我们的星球射出去,直线穿透数以万计的彼此怀疑的沙粒。您认为这支箭能在哪里停下呢?”

路易斯:“永远也停不下来。”

普雷旺:“这就是一种神秘吧。您有百年时间了解,却解不了密。假如您不愿意您的眼睛成为您思想的小丑,那么谨慎的做法,就是把眼睛垂向大地。啊!理性确信自己!理性可以赞成,可以否定,但是当心不要询问,唯恐答复使用一种陌生的话语。您瞧,路易斯,这壮观的大自然!您想想看,这大千世界,没有一个星体不知道自己的路途,生来不接受使命,而且不时在执行使命中陨灭!无边无际的天空,为什么不静止不动呢?您说说看,会不会有那么一个时候,一切都创造出来啦!这些星体靠什么力量开始运行,而且永不停止呢?”

路易斯:“靠永恒的思想。”

普雷旺:“靠永恒的爱。这些星球中最弱小的一颗,也投向它视为至爱而崇拜的星球;可是另一颗星球又爱这颗弱小的星球,于是,宇宙就运转起来了。”

路易斯:“啊!这就孕育了全部生命!”

普雷旺:“对,全部生命,从在狄安娜的亲吻下激荡起来的大洋算起,直到睡在一朵心爱的花中爱嫉妒的金龟子!对,到处都是同一个念头。羚羊和海草、森林和石头,如果都能说话,您认为它们会讲什么呢?它们心中有爱,却表达不出来,让我怎么

① 德·斯塔尔夫人(1766—1817),法国女作家,浪漫主义文学的文艺理论家。

说呢？最普通的花，从大地中选取滋养它的精华，排斥可能玷污它鲜艳色彩的糟粕，您认为它根本不考虑吗？要知道，它在日出的时候必须美丽，它必须穿着婚礼的盛装，在把它从虚无中拉出来的太阳的光芒照耀下凋谢。我要讲出一个词儿，会惹您发笑：您相信感应吗？”

路易斯：“为什么不相信呢？尤其在舞会上，我经常想到这种情况。”

普雷旺：“这两句话：这我喜欢，这我不喜欢，不是再平常不过吗？把您的手给我：表皮白皙而纯洁，但是透明。我若是倒上一滴水，过了几分钟，手不见得怎么湿。我若是把它拿到火焰上烤，它很快就会把那滴水还给我：是灼热向它索回的。您瞧，这些淡蓝色的脉管鼓起多高，这只手跟大理石一样清凉；您若是让我握住一刻钟，我松开时它就会滚烫了。然而，我的手更凉。人体不是类似人类社会吗？动作和外形都确定了，就好像精心雕刻出来的。不过，到处都有共济会的人……我真怕惹恼您……您怎么看感官呢？”

路易斯：“这我不能回答。”

普雷旺：“千百种话语和原则的嗡鸣，经过一个夏夜就能化为乌有。您忧伤或者痛苦的时候，不是把手放到额头上吗？”

路易斯：“对。”

普雷旺：“我的手放上去可以吗？”

路易斯：“随您的便。”

普雷旺：“您不要笑，这是绝对禁止的。智慧高的人说，磁力能通过意念畅行无阻。但是，愿意相信的人还必须不设防，任由磁力攻击意念。其实，有这副金发的美丽头盔，还有这副我只能轻拂的雪白额头，意念已经保护得相当好了！这意念只要动一动，我的全部努力就终归徒劳。我的努力实在太微弱了！一个人的意念同另一个寻求与其结合的意愿，两者之间有千重阻隔！两座监狱甚至不是走同一道门。一名囚犯从铁栏中间伸出手去，如果另一名囚犯不伸出手抓住，那还有什么用呢？就在这儿，路易斯，在这敏感的太阳穴里面，停歇着生命的火花。这生命的火花能一时来到唇边，但是不能跨越。它还能在这清澈的眼睛显现，离开时落下一滴泪。但是，两颗心灵却不可能结合，即使亲吻，亲吻仅仅是这种结合的幻象，而叹息也仅仅是其惋惜。”

我这样讲着，右手便放到她的额头上。她坐在木椅上，合起眼睛，并不理会我的举动。我感到心脏在胸口跳得厉害。过了五分钟，她站起身，说道：“不要谈这个了，也该回去了。”我递过去手臂让她挽上，我们默默地走回去。

我不知道自己到了哪一步。真是难以置信：我担心她不爱我，可是又感觉她爱我。她几乎对我明说了；在我对她说的时候，她转身去拿一本书。

第九封信

不，不，我不愿意，即使我出鼻血，结果疲惫而全身乏力！即使我周身这种激动的震颤可能永远停止！即使所有人，不管有多少，你们可能指着我！即使我可能因此送命，我也不愿意！

但是，这个骄傲的女人，她不要想是贞操在保卫她！她的贞操？这个词意味什么？同天性的要求唱反调？镶嵌在脸上的一副铅制面具，以便扼杀动脉的跳动和思想的活力？多么可怜！多么可鄙！如果她失足便可怜，如果她强大并与一个弱小的人为敌便可鄙。

难道我热昏了头，竟然发誓她对我是神圣的，决心永不玷污唯一给我解渴的源泉？你若是愿意，就把这当做再一次装模作样，当做一种白日梦！你知道一切梦想的价值吗？你知道普绪喀[①]的一滴蜡油让什么消灭吗？你知道当他的情人脱离雕像，皮格马利翁[②]是否幸福吗？我感觉得到，这样一种想法即便不惹庸人发笑，也根本谈不上崇高。一产生欲望便伸出手的人，能否理解这样一种爱的精妙之物，究竟包含多少无聊、奇怪的享乐，多少神秘的导线呢？我不是吹嘘，亨利，可以说假装虚弱，在我面前昏倒，我见得太多了，同样的举动、同样的眼泪、同样的错误和同样的愧疚，我也见得太多了：所有情妇都相似，所有爱情都不尽相同。

第十封信

感谢上帝，亨利，我在你最近的这封信里，读到了从未有过的如此枯燥乏味的内容。我恳求你，接着干吧，你本人就会变成一个公共场所、一个十字路口，会大量

---

① 普绪喀：希腊神话中人类灵魂的化身，以少女的形象出现。她和爱神厄洛斯相恋，但爱神不许她看他的面容。普绪喀想要看看厄洛斯长什么样子，便在一夜趁厄洛斯睡着时，点亮一支蜡烛偷看，不慎一滴蜡油落到厄洛斯脸上。厄洛斯惊醒逃走了，二人每夜幽会的宫殿也随之消失。

② 皮格马利翁：希腊神话中的塞浦路斯王，善雕刻。有一次他雕刻了一个少女像，并且爱上了这个雕像。爱神阿佛洛狄忒看到他感情真挚，便给雕像以生命，让他们二人结为夫妇。

招来各种老掉牙的思想，如同一个个衣裙褴褛的妓女，以及流浪狗和破酒瓶。我赞赏大自然，把它当做姊妹，当做心爱的情人一样崇拜。我痛恨，鄙视和憎恶世人的矫揉造作，以及你这个甘当他们的代言人的书呆子。你的信尽量表现出思想，那你就努力彻底说服我相信，你极力寻找，终于找到了思想，好让我打发你和你那些人见鬼去。

可是你做不到，你的头脑就是一块沉重的海绵，徒然想把它变成一块浮石。你压一压，按照你的意思，把它挤干：你永远也排不干最后一滴。你对我说说，人从来不表现真实自我，这种怪癖是从哪儿来的？至于你，你不要在呕心沥血了。你知道为什么我了解你的底细吗？哼！好小子，只因你和我相像！你迷恋上一条猎犬，迷恋上一名小女工、一只芥末龙虾，总得迷恋上点什么，但是要当心，你若是珍惜我的友谊，无论什么事情，永远也不要思考过多。

怎么啦，不错！我爱上一位有王公血统的姑娘！怎么啦，不错，我丢下了扬名的计划，把我那些已经动手的作品全留给你和魔鬼！怎么啦，不错！我一天得过且过，我在这里薪酬不多，但是我在赌博。我的对手是命运，我们旗鼓相当，面对面坐在赌桌的两边，中间摆着一颗骰子。

假如你配得上的话，我还会告诉你，是什么把我推到这里，使我乐而忘返。不过，这个词儿太宏伟了，灌不进你那对大耳朵。不管怎样，这就是我的回答：我愿意。富贵荣华贵不如生命，生命贵不如爱情，而爱情又贵不如自由！对，自由！这个词儿必定重要，既然五千年来，每当自由流行起来，人民都欣喜若狂。

一个月前，我真要一枪打碎自己的脑袋：当时我起床，没有像往常那样，在锁孔中发现塞进的纸卷。多少夜晚，我不是一再重复白天她对我讲的话，在想象中编排我和她的一场场谈话吗？在头一个星期，她每天离开我时对我毫无表示，想必在我的头脑里不是掀起巨大的波澜吗？我的鼻孔不是喷血，直到我瘫坐在原地，如同一个没有勇气、没有热情的草包吗？

米拉博①是个健壮而好色的人，他说他生活最大的幸福就是亲吻他情妇的脑门，他这样讲难道疯了吗？世上的所有诗人都逃脱现实，躲进他们思想的天堂，难道他们全疯了吗？彼特拉克②描写一个无意同人分享的不幸爱情，让全意大利人看了都流泪，难道他也是疯子吗？哼！你们没有疯的人可不太幸啦！

无缘无故流泪，无缘无故痛苦是最惨切的话，这样的人不会痛苦很长时间。不能

① 米拉博(1749—1791)：伯爵，法国大革命初期的著名演说家与政治家。

② 彼特拉克(1304—1374)：意大利诗人，欧洲文艺复兴时期人文主义先驱之一。

讲出自己渴望什么，只回答他所拥有的不是他的渴望，这样的人会痛苦很长时间！把如此绚丽的世界，仅仅视为没有雕像的基座，这样的人会痛苦很长时间！亨利，你不是认识这样一个人吗？他是否中途找到他所梦想的东西？我的朋友啊，在这尘世能有点作为的人，哪个不是在他的梦幻中，千百次看见出现一个他所爱慕的人，为他而生、也应该为他活着的人呢？那好哇！在世上哪怕只有一天，只有一分钟，在黑暗孤独的人生一个十字路口，遇见这个人，辨认出来，那就紧紧搂住，死而无憾啦！

第十一封信

11 月 2 日

来了一个高大的俄罗斯小鹅，向公主求婚。我若是心情好的话，就可以向你描述那个场面，逗你乐一乐。她断然拒绝了。她父亲愣在那里，眼睛瞪得老大，气得说不出一句话。你若是我，会向她表示感谢吧？不，你可能认为这是抬高你的好机会。好吧！我呢，向她表示了感谢。你不会这么做，对不对？蠢货！你会扑上去搂住她的脖子。

她似乎不太明白我对她讲的话。我踱来踱去，反复思考，不住嘴地咕咕哝哝。这一切必须了结！我早早下楼，希望在花园里见到路易斯，在梅花形亭子里却遇见她的一名使女。这使女在观望风是从哪个方向刮来的，在我看来她那样子怪怪的，她是个娇小的棕发姑娘，相当机灵，因此我挨着她坐下来，问她的情人是谁。

她欣然回答了我，我们聊了有一刻钟，接下来我正抱着她亲吻，忽听树林后边有脚步声。是公主来了！我仿佛被魔鬼抓走似的，赶紧逃掉了。

我回到房间。显然她看到了我：这下子无可挽回了，彻底完蛋了，只能对准脑袋一枪打开花。一边有斯帕克，另一边则有名使女。大局已定！公主和我之间有什么契约呢？我凭什么权利敢于爱她呢？她是个任性的姑娘，偶发兴致要听我唱歌，因为我拒绝才派人把我劫持去；她听我说话，也是开心一两个小时，然后呢？对此我有什么可说的呢？

我瞧见桌子上有一杯咖啡，我端起来一口气喝下去。我觉得伤心的时候，往往就用这种办法消愁解闷。接着，我就躺在床上，决定离开德国，回巴黎治愈心灵的创伤。

我躺了有一刻钟，便有人来通知我，公主在等我上课。我完全忘记了时间。我尽量整理好衣着，赶到公主的房间，几乎晃花了眼睛。她的钢琴该调音了，要到大客厅去授课，我便递过去胳臂让她挽上。

也许是因为要走了，我觉得她比平时唱得好，也从未见过她这么美丽，还要我说吗？从未见过她如此随和，如此温柔，因为，必须承认在平时，她总是一意孤行。我在花园有失检点之后，她这么高兴，我只能做出十分悲观的解释。我在这座无比宽敞的大厅里走来走去，不知道自己会落到什么地步。

"喂！"她回过身来问我，"您在想什么呢？"

"您知道法布尔·戴格朗丁[①]的经历吗？"我对她说道。

"不知道。"她回答。

"法布尔·戴格朗丁唱得非常好。有一天他超水平发挥，发现一位年轻小姐，在大厅的角落边听边流泪。他见过，也知道那位小姐的姓名，但是从未跟她说过话。他定睛凝视那姑娘，拿起一本乐谱，扔到地下，重新唱歌，表现出前所未有的力量。那姑娘重又抬起头，在演唱这支歌曲的全过程，一种超自然的感应，将他们二人的目光连起来了。一曲歌罢，他便穿过人群，径直朝她走去。她站起身，看见他走过来，就逃进一间无人的僻静客厅。她在客厅里，双手捧住头，终于泪如泉涌。这时，法布尔·戴格朗丁匆匆追来，抓住她的手，问道：'你爱我吗，玛丽？'"

"她怎么回答？"

"她回答：'是的。'"

路易斯站起身，走开一点儿坐下，她跟我一样沉默下来，只是摆弄着别针，插到她座椅的扶手上。我觉得她是在丝绒衬面上画什么图案，便下意识地走近前观看。

"您猜一猜，这些字母是什么意思。"她指着用别针插出的图案，对我说道。

我俯下身，开始搔头，可是，喝下的那杯咖啡这时却发挥效力，在我的头脑里喧闹，就好像耳畔转动着磨坊的水车。

"有多余的。"我对她说道。

的确，图案中有四个字母。

她没有回答，只是缓缓地挽上我的胳臂，走出大客厅。

我只能在心里暗骂自己是个傻瓜，然而，我又无能为力。我试着喃喃说出一句话，其中有斯帕克的名字。她充耳不闻，以她的一贯作风，突然把我撂在那儿。

这工夫，我的思路也逐渐清晰了，回到房间开始收拾行李。我意已决，不再置身

---

① 法布尔·戴格朗丁（1750—1794）：法国诗人和政治家，抒情歌曲《下雨了，下雨了，牧羊女》的作者，共和日历月份即取其歌曲名。他在法国大革命中被绞死。

于这种自讨没趣的事，不管我这样嫉妒是错是对，也要宣布当天晚上离开。我，嫉妒？嫉妒什么呢？为什么爱上人家？为什么嫉妒？

晚上举行了舞会。斯帕尔大出风头。我从未见过他如此出色：他按照自己的习惯，邀请公主跳了七八场舞。至于我，我照着镜子瞧瞧，觉得自己穿的法兰西式的短裤和礼服，装扮得像只鸟儿。多么愚蠢，竟然要同军装对阵，面对如此粗俗的人群！最后，在吃夜宵时，路易斯故意让手镯脱落，斯帕克急忙拾起来，这场景我看得一清二楚。

……

什么也休想逃过，她听您讲话时，仿佛向您捧出她那颗心，赤裸裸的，毫无防卫，她仿佛对您说："心就在这儿，您打击吧。"然而，如果击不中要害，她就会漫不经心地瞥您一眼，那带着几分高傲的目光足令您将一部史诗投入火中。

第十二封信

11月3日

全完了。我被人从公爵府里赶出来，勒令我二十四小时内离开这个公国。你想要知道为什么，对不对？我拥抱并且吻了她，就是这码事儿[①]。

---

① 这篇小说创作于1833年，有几分类似乔治·桑的《秘事文书》，作者没有写完而丢下，直到1896年，手稿才披露出来。

诗人堕落

一

尽管怂恿你们的动机微不足道，不过是一点点好奇心，你们还是能如愿以偿，了解我的情况。我同你们几乎素昧平生，你们的怜悯或者同情，对我一无所用。你们会有什么评论，我就更不在乎了，因为我根本无从了解。然而，我就把你们当作最亲密的朋友那样开诚布公，情愿向你们袒露我的心灵深处。你们不必惊讶，也不必高兴。我要被重负压垮，对你们谈谈，我也是要往下抖一抖，以便永远甩掉这个包袱。

假如我是个诗人，我会怎样向你们叙述呢？在这里，荒原的腹心，面对这一座座高山，我的痛苦如果由拜伦那样一个人来描述，他会对你们讲什么啊！你们会听见呼天抢地的大恸！就连这些冰川也会听见。哭声会充斥整个大自然，回声会从陡峭的山峰下来，在天地间永世流荡。不过，拜伦要在旷野，在悬崖边上向你们讲述这些。而我，先生们，我要关上窗户，要关在乡间旅馆的一间客房里，这才适于畅谈。我理所当然要使用一种我鄙视的语言，使用一种粗俗的、大家滥用的五弦乐器。我的职业就是用散文说话，在一张陋床和一把烧柴之间，以连载小说的风格叙述一种难以描摹的极痛深悲。我甚至喜欢这种状况，我愿意给我的经历，这部伤心小说披上一件破衣衫，这一件破衣衫，将刺中我这颗心的短剑丢到一间破屋的角落。

不要以为我的痛苦属于多么高尚的一类，这绝非是一位英雄的痛苦，从中就连写一部小说，或者一出情节剧的题材都找不出来。你们听着在房门下呼啸的风，听着击打窗户的雨，同样也听我讲，这就够了。尤其当心，对我千万不要过分注意，因为，我也许要炫耀风趣，而只有当我不想把玩漂亮语句的时候，我才是真实的。我曾经是诗人、画家和音乐家,我的苦难,就是一位艺术家的苦难,部分来自我本人的过错,而这种苦难导致我的不幸,即一个人的不幸。

二

我出身于正派人家,既不富有,也不贫穷。我天生性情随和,如果人生于世是一种福利,那么我在这世上就会受到欢迎。我的爱好没有受到阻遏,父亲让我自己择业。正如我对你们说过的,我首先从事绘画和音乐;到十八岁时,选择什么职业我仍在犹豫不决。我偶然结识了几个文学青年,他们作诗,我也跟着作起诗来,有一批习作还相当成功。然而,我并不想投身诗歌创作,总觉得诗歌只是一种消遣。我的家庭住在乡下,我几乎每天都来巴黎,乐得沿着河岸边走边推敲韵脚。不过,其余的时间,我就做别的事情。

且说有一天,在相当多人的聚会上,有人让我当众朗诵一段我所作的诗。大家交口称赞,虚荣便出了心扉,爬上我的头脑。我本来就懒散,无忧无虑;我感到做个天才苗子也很惬意,可以随心所欲,搞搞风趣的东西,就好像不用怎么思考。我摆出一副满不在乎的样子,玩赏我这初生的小小的荣耀;我自作多情,做起自己任性的缪斯,而那些女士都认为我做得对。不久,我就可以大肆表现,成为一个圈子的英雄。那时候,你们也许来过,也许在小圈子为我鼓掌,而不是拍拍我的肩膀,问问我在想什么。

真的,我在想什么呢?我不知道,那时我头脑里可能装些什么,现在不容易说清楚。无论什么,激情、爱恋,甚至欲望,没有一样在我身上发展起来。我有感觉,却根本没有冲动。我追求乐趣和意外,我十分大胆,而且一帆风顺:我的生活好似一场毫无意义的美梦,而我一味编织这面蜘蛛网。如果仅仅像茶余饭后那样给你们讲讲故事,我这份儿当然可以自己埋单:我经历过,甚至鄙视那种陶醉的时刻,那种时刻讲出来,足以灌醉许多脑袋。这很容易理解:我的诗歌,更确切地说——拙作,是写给女性的:自己根本不爱,因此也不可能得到别人的爱,我只是尽量讨人欢喜。这出持续两年的喜剧,手稿我还有,放在一个旧衣柜的什么地方。

那大约是1829年①。你们知道那个时期诗歌的状态及其变化。我没有必要向你

① 缪塞确实在这个时期,在他的朋友那里或者雨果家中,朗诵了他初作的几首诗。把他引进雨果家中的是他的妹夫保尔·富歇——他在巴黎亨利四世中学时的同窗。——原作注

们讲述当时所谓的新流派,以及有人发明的陈词滥调。虽然我没有勇气回想那时的情景,我还是应该告诉你们,那是用多么幼稚可怜的东西哺养人的思想,给青年开辟的是一条什么道路。一场文学争论席卷并分裂了法国。由一位女人[①]引入我国的外国作家的杰作,成为这场争论的焦点;斗争持续很长时间,但至少是高尚的,几乎是庄严的。法兰西保卫自己的光荣,对抗欧洲其他国家,这完全值得。不过最终,一切都有了定论:问题半回避,半解决,也就丢下了,这种夸夸其谈的战场,已经让议员们生厌。出现了什么局面呢?辩论的精神,如同梅萨利纳[②],虽然筋疲力尽却未餍足;从思想的争论又转入语句的真论。大家开始议论一些著作,继而议论章节,继而议论和谐复合句,继而议论修饰语,继而议论一处顿挫的逗号。当时所炮制的文学评论,极尽钻牛角尖之能事,其劳而无功丝毫也不亚于神学家讨论一种良心犯罪的诡辩。一场严肃的战争之后,便是一种装模作样的小争吵。同样那些人,他们将索福克勒斯[③]和莎士比亚对立起来,置疑这两尊不朽的雕像,然后又在显微镜下,分析两尊雕像相撞所造成的伤痕。

我自以为喜欢上了这种奇思异想。正如我对你们说过的,那时我十九岁,不谙世事,无论对人,对事,对情感,都一无所知,我无所顾忌地玩弄辞藻,充当这些表达一切,表达感情、人和事的象征符号的拨浪鼓。我将词语随意颠来倒去,就像一名无所事事的大学生,在一家咖啡馆的餐桌上摆弄多米诺骨牌。我抛起它们,听听正面或反面发出的声响:最响亮的,声音最奇特的,尤其最新颖的,就是最好的;其余方面都不重要,至于涉及的思想,随它怎么奇怪落到此处,它也必须装出原本就在这里的样子。这行当令我开心,我干起来胆大包天,自不待言,有人对我也大加鼓励。

在帮助我这样胡闹的人当中,有一个青年,曾经是我的同窗好友。我们两个上中学的时候,狂热地爱上喜剧:放假的日子,就用来排练所有保留的剧目;而每天去上学的路上,我们还相互交流读过的小说。这种不加选择、如饥似渴的阅读,在我的记忆和想象中,投下一片极度的混杂。不过,这也有好的一面,我从中培养起广泛的兴趣,喜欢到处选取,什么都试一试:这种混乱本身,也有一点积极意义。

我一直在研习绘画。这种造型艺术,只同线条和颜色打交道,在这种艺术中,我当然更应该看出真实的东西,可是,一个人没有了眼光,又能看到什么呢?在画室里

---

① 指斯塔尔夫人。——原作注

② 梅萨利纳(约22—48):罗马皇帝克劳狄的妻子,以淫乱和搞阴谋著称。

③ 索福克勒斯(约公元前496—前406),古希腊悲剧诗人,一生创作了123部悲剧和萨提洛斯剧。代表作有《俄狄浦斯王》等。

和戏剧里一样，根本谈不上自然。鲁本斯和拉斐尔也遭受莎士比亚和索福克勒斯同样的命运，为了推崇他们而掀起的争论，比起古典主义和浪漫主义之争更加没有必要；因为，将佛兰德和意大利对立起来，法国人又能赢得什么呢？不过，在学生这些先生中间，嘲笑大师们是一种时髦，每人都打起一面小旗，在这旗帜下装成大人物，闭着眼睛乱涂乱画。不错，有模特儿，但那是摆摆样子，眼睛并不看他们：肌肉、血脉、胳臂，都不算什么，只有色彩。此外，为了做得更好些，我还发现了一处女子画室，我不知道是以什么借口，人家接纳了我，结果，我还是设法在裙钗中间周旋了，表明无论什么事情，我都忠于自己的习惯。

假如我在音乐方面多点知识，这种美好的激情对我必定大有益处，但是这种激情还没有来会我，也不可能很快来临：对毫无感受的人，音乐毫无意义。况且，在那个时期，没有人污辱音乐：在天下一片混乱中，罗西尼的天才保护了音乐。小号的时期还没有到来[①]。

我就是这样，走在巴黎的铺石马路上，如人所言，展示着美好的希望，我也深信自己挺了不起的；再说，我的行为颇为放荡，便装出同我的诗合辙押韵的诡诈思想；非常得意所经之处有人回头看我，而且从来不孤单，甚至在我的镜子里；虚荣心因为我这年龄没有头脑而膨胀，嘲笑那些责备我的人，同我这号的非尺人物一起胡说八道，疯狂地爱上巴洛克风格的一行诗、哥特风格的一句话、高卢风格的一首十四行诗，大叫大嚷钓上来一颗珍珠……

……

三

我十分自信，也完全看透了过去，因而放弃之初，我并不感到遗憾，也不感到痛苦。我骄傲地离开了，不过，我稍微环视一下周围，就看到一片荒漠，出乎意料一阵心如刀绞，自己的所有思想枯叶似的纷纷落下，心头不知升起一种什么感觉，既陌生，又特别忧伤而温柔。一旦明白自己不能抗争，我就抱着绝望的心态，深深陷入这种痛苦。我同自己的所有习惯一刀两断。我关在自己的房间，不停地哭泣，四个月不见任

---

① 小号的时期随着柏辽兹而到来。——原作注。柏辽兹（1803—1869）：法国作曲家。

何人,唯一的消遣,就是每天晚上机械地下一盘棋。

痛苦逐渐缓和下来,泪水也流干了,夜晚不再失眠了。我体会到并且喜欢上了忧郁。我的情绪平静多了,目光再投向我所离开的一切。看看第一本落到我手上的书,我就发现一切都变了。过去已经荡然无存,至少什么也不是原来的模样了:我眼前出现一个新世界,就好像我刚刚出生。一幅旧画、我能背诵下来的一出悲剧、不知弹奏过多少遍的一支浪漫曲、同一位朋友的一次谈话,无不让我感到惊讶,我再也找不到通常的意义了。这时我才领会人生是怎么回事,明白痛苦能让人认识真实。

这是我一生中一段美好时光,让我流连忘返;对,这是一段美好而艰难的时光。我没有详细向你们讲述我的恋情。那段经历,如果我写下来,也绝不会比别的爱情故事逊色,可是又何必呢?我的情人有一头棕褐色秀发、一双大眼睛;我爱她,她却离开了我;我遭受失恋的痛苦,整整哭了四个月,这样讲还不够吗?

我立刻发觉自身所发生的变化,不过这种变化还远未完成。不可能一天就长大成人。起初,我耽于可笑的狂热,写一些卢梭式的书信——这方面,我同样不想给你们剖析了。——我的思想又好动又好奇,像指南针那样不断地摆动,不过,既然找见了极点,摆动又有什么关系呢?我幻想了很长时间,终于开始思考了。我力图保持沉默。我回到尘世中来,一切都必须重新审视,重新认识。

人在痛苦的时候很难相处,讨好缠绵悱恻的人不容易。我效仿塞万提斯陛下的那位本堂神甫,首先清理净化我的图书,将我当初的那些偶像束之高阁。我的房间里有许多石版画和木版画,最出色的现在看来也丑陋不堪了。要想摆脱,我不必爬上那么高的阁楼,干脆就投进火里烧毁。这些全割舍掉之后,余下的我盘点一下。数量不多了,但是保留下来的这小部分能引起我几分敬意。我的书橱空了,心里挺难受。于是,我另买一个书橱,约有三尺宽,只有三格,我缓慢地,思考着摆好这小部分图书。至于我那些画框,就长时间空着了,半年之后,我才按照自己的品味,终于将画框装满了:装上去的是根据拉斐尔和米开朗琪罗作品的旧版画……

四

不要怀疑,这转瞬即逝的火花,封闭在这孱弱的颅骨里,应是一件神秘之物。你们赞赏一件好乐器:一架埃拉尔钢琴、一把斯特拉迪瓦里乌斯小提琴,上帝啊!人的灵魂又该如何呢?我在世三十年来,即使有此愿望,我也从未如此自由地运用自己的能力，也从未只有在静默的时候完全成为我自己。这种也许存在于我内心的旋律，我还仅仅听到头几个音符。这个乐器用不了多久就要化作尘埃，我只能给它调好音，而且怀着喜悦的心情。

不管你们是谁，你们会理解，只要你们爱过什么：你们的祖国、一位女子、一个朋友，或者比这轻微的，你们的财产、一所房舍、一个房间、一张床。假如你们旅行归来，返回巴黎，到了城关，被拦在入市征税处，而你们若是容易激动的话，想着你们又将回到那所房子、那个房间，心里不会感到几分欣喜，几分急切吗？你们转弯踏上那条街道，越走越近，而终于到达，一路上心跳不是会加速吗？那好！你们对所熟悉的东西，对床铺、对桌子所感到的这种急切心情、这种自然而又普通的喜悦，假如你们对一切存在物，无论高尚还是粗俗的，熟识还是全新的，都会有同感；再假如你们一生就是持续不断的旅行，每一处城关都是你们的国境线，每一家旅馆都是你们的家，在每一道门槛都有等待你们的孩子，在每一张床上都躺着你们的妻子；你们也许认为我太夸张了，不，诗人就是这样，我二十岁时就是这样！

五

我原本可以做什么，我一无所知。我沉默了四年（我说得太短了，时间还要长），重新阅读了我所读过的所有书籍，重新学习了我原以为掌握的所有知识，重新观赏了我曾见识过的所有作品，做出了最为切实、最为艰苦的努力，以便驱逐仍在迷惑我的记忆、不断复发的习惯，可以说亲手将我的懒惰和虚荣心钉牢在棺木里；我还叩问了痛苦，直到痛苦再也无言以对，并且饮下和品尝了我的泪水，而这并非独自一人，但也不是公开（因为我对恬不知耻和畏惧都同样鄙视），而是和信得过我的朋友一起；最终，过去全部化为齑粉，我感到自己的思想宛如一朵花，经过适当浇灌，在土中汲取了足够的营养，以便在阳光下生长，即将绽放了，在一切之后，我才觉得要说话了，心灵充实了。这期间，家父辞世，而家母早故，我独自一人，要照顾残疾的祖母和两个妹妹；此前家里生活宽裕，是靠一笔终身年金，父亲一死便断了收入，我身无分文，不得不靠我的工作来养活她们。

六

我绝不能让生活击倒。我勇敢地去见一位出版商，向他推荐诗歌。他回答说这种商品目前正在走低，销路不好，假如我愿意向他提供小说，他就给我每册二十苏的版税。

问题不在于作出决定，而在于冒一冒险，于是我冒险做了。我的好多朋友，就连那些鼓励我做别的事情的朋友，都纷纷祝贺我选题和流畅的风格。我选取了意大利或者西班牙题材，不记得这两者哪一个了，书的销售还可以，因此我马上动笔写另一部。第二部比第一部更为成功，还往外省多发销售五十册。我的第三部作品的主人公是法国人了。时尚变了，妇女开始穿瘦袖衣衫了，她们也讨厌了意大利人的发式。第四部写科西嘉岛，第五部写俄罗斯；好了，不要让我去更遥远的地方了。

我无意欺骗你们，因而不会对你们说，开头我感到一种极大的耻辱。如果说我所写的毫无价值的话，那么我所依托的思想却是好的：谋生就是一位缪斯，谋生的勇气就能产生诗意。再说，父亲之死再次把我投入极度的伤悲，但是与第一次大相径庭。这是一种无言无泪的深痛，永远也不能变得温馨：死亡另有打击，而无涉爱情。只要父亲在世，我们全家就住二楼的一套舒适的房间；现在就搬上五楼，一片凄凉。我独自在房间里，用大字体誊写书稿，干了五六个小时之后，就去看看老祖母，在她的大炉前取取暖，再亲亲小妹妹，然后又回去赶活了。

我写的什么无关紧要，我不过是个正派的匠人，干自己的行业，大体上既谈不上更快乐，也谈不上更悲伤。

或许你们要问我，为什么这名工匠不力求做精一些，充分利用他的行业呢。现在我就可以向你们摆出两个理由：第一，时间非常紧迫，每天必须写出多少页，必须在指定的日期交稿；第二，我已经对你们说过，就是或因无知，或因天生厌恶，或因懒于写作，我憎恶散文。不过，等一下我再详加解释。

差不多直到一年之后，我才开始感到，这种强制的写作是受罪。

七

一天晚上，确切地说，一天凌晨，因为我写作通宵达旦，我坐在桌子前，刚刚写完一部书。灰色纸稿上的墨迹还未干，这是我连续熬夜的成果，眼睛已经疲惫不堪，我不仅要强打精神复查一遍，还必须马上交递印刷所。两个妹妹就睡在隔壁房间，我在同困倦搏斗的时候，隔着板壁能听见她们的呼吸。我感到疲倦极了，不免一阵气馁，好在女孩子的每声叹息，都让我充满深深忧伤。我这本书的最后一章，叙述两个恋人之死，跟通篇一样，讲述得非常匆忙。这一章就放在我眼前，我的目光无意中投上去，猛然一震。想起一件奇特的往事。我睡眼惺忪地站起身过去从书橱里取出但丁的著作，开始重读记述弗朗索瓦丝·德·里米尼的一段[①]。你们知道，这一段仅有二十五行诗，我反复读了好几遍，直到诗的情感完全融汇于心了。于是，我不再顾忌两个妹妹，高声背诵这二十五行诗，到最后一行，写诗人像尸体一样倒下时，我也瘫软在地，痛哭失声。

首先回顾一下自身，我感到我的贫苦、我的写作，甚至我的勇气，都使我堕落。我心想：二十五行诗，就让一个人永垂不朽！为什么？就因为五个世纪之后，读这二十五行诗的人，如果是个至情至性的人，就会扑倒在地，痛哭流涕，而眼泪是这世间最为真实、最为不朽的体现。然而，这二十五行诗在哪里呢？淹没在三部长诗中。不错，这并不是唯一美的诗句，谁也不能说它们最美妙，但是有它们就足够了。然而谁又知晓，包围这二十五行诗的三部长诗，以及那么多思想和旅行，以及流放的缪斯和寡情的祖国，是否都必不可少，一定要把二十五行诗置于这本书中呢？归根结底，能通篇读这本书者，一个世纪还没有二百人！这表明正是忧伤和写作的习惯，如非悲苦，至少也是不幸，激发泉水喷涌而出，而只有一滴留下来，这就足够了，对不对？反之，写作和忧伤、贫苦和习惯群起而攻之，使得源泉干涸，使得人堕落，把人挤扁榨干，那么，这一滴也许就失落了，这滴眼泪，最终会怎么样呢？就在此人双手捧着头，精疲力竭，气急败坏哭泣的时候，这滴泪水就会流在瓷砖地上。

先生们，请你们原谅，我这种讲述方式未免夸张，不大连贯。我在开始解剖自己

① 见但丁《地狱篇》第五章，第115至137行。——原注

之前，忘记了起草一个计划。现在，请允许我尽量向你们说明白，在我看来，诗人和散文家之间的差异究竟在哪儿。

这里为了避免歧义，用韵文体表达的，我称之为诗人（因为，据说还有写散文体的诗人）。请你们来审视我的观点。

八

诗人几乎从来不写自己的思考，而散文家只有通过思考，才能准确而深刻。不过，在思考方面，诗人应有所感，而且比散文家更加深切，其原因就在于诗人不管如何表达，表达什么思想，哪怕仅仅是为了押韵，他也必须斟酌很长时间。在这种被迫的写作过程中，必然出现大量的、面貌各异的评述及其推论，除非假定是一个抄袭的呆子在无病呻吟。这些推论在不同程度上还不错，精彩，正确，也挺吸引人：它们迂回曲折，徘徊，解释，引人入胜。对散文家而言，这便是血脉，是矿石；但在诗人眼里，则是棱镜的反光。诗人需要的是心灵的喷射，主题思想，他紧紧抓住不放，然而，他能下决心丢弃思考成果吗？如果他只写四行诗，那就必须将其余部分融进去，这才称得上诗，即让人思考的文字。一位真正的诗人创作的任何出色的诗，都比写出来的多出两三倍的内容；读者要依照自己的思想、自己的能力和品味，补足其余的部分。

讲一讲旋律。谁都能感到旋律，从斯卡拉家族[①]的包厢里在多枝烛台下身子摇摆的妇女，直到博斯平原[②]上栅栏里听到笛声而站住的牛群。旋律，是诗人首要的追求。诗歌主要体现出音乐性，再好的思想，如果配不上旋律，诗人也要退避，他这样潜心习练，最终不但有了诗句，也有了旋律优美的思想。以散文体写作的人，如果有些愿望，自然也能从某种审美情趣出发，避开不谐和的音节，追求最恰当组合的优美；不过，作家的这种追求和情趣只要稍一过分，就显得幼稚，减少思想的分量了。上个世纪有个散文家，以八音步的诗体写作，我想就是 Marmontel[③]（马蒙泰尔）。卢梭自述，说他有时用一整夜组织一个和谐复合句。如果他们觉得开心，那好极了！然而，这做的是无用功，一句话就足以证明：散文没有确定的节奏，而没有节奏，旋律就不复存在。要想

---

① 斯卡拉家族（La Scala）：十三世纪末叶至十四世纪，统治维罗纳的著名家族。

② 博斯平原：巴黎盆地平原。

③ 马蒙泰尔的确采用八音节诗体，写了一部小说《印加人》。——原注

达到目的，采用的办法既然不是一种必要的条件，那又何必呢？一个人走在大街上，本来有急事要办，却强加给自己一种规矩，只能像跳舞的人那样走舞步，这让人怎么说呢？散文家要让自己的文字富有韵律，差不多就是这种情景，因为他也要办一件急事，就是说出他所想的，而非别的什么事情。诗人则相反，把节奏和节拍视为首要的法则、不可或缺的条件。诗人的才华不能独立于这些法则之外，而是通过它们而存在：节奏在他的唇边，节拍比他的喉咙，没有这两样的他便失音了。

咱们再深入一步。这里不是讲一堂文学课。我的目的也不是做个比较，说明散文家是个步行者，而诗人是个骑手。我是要表明这两者性质完全不同，几乎是对立的，而且相互排斥。这是千真万确的，我们常常能够看到，有些读者很有品味，充满了聪明才智，十分欣赏散文作品，而对诗歌却一窍不通。另一些人则相反，几乎没有知识，是文学的门外汉，却不知为什么，只要听见一种音韵，就被吸引住了，可是，一旦思想化为一句话，他们就不能审视这种思想的价值了。这现象该如何看呢？应当承认，手法的不同不足以引起一方面极大的厌恶，另一方面强烈的偏爱。

想一想古谚语所云：人生为诗人，变为散文家。小说家、戏剧作家、伦理家、历史学家、哲学家，能看到事物的关系，诗人则抓住事物的本质。诗人的才能，纯粹是天生的，因为在一切事物上都探求自然的力量；诗人的思想是从大地喷出的一股泉水。切勿让诗人参与政治，讲述发生在他身边两步远的某一事件。诗人不懂得这种反复无常的游戏、人类的这种衍变。诗人只认识一个人，即所有时代的人。诗人从来就不想地球环绕太阳旋转，也不关心公共事务，疏忽自己的事务；对诗人来说，有大自然的作品就足够了。极小的存在物、最微小的生物，仅仅能在自然界生存本身，就能引起诗人的好奇。伟大的歌德丢下笔，去观察一枚石子，并且注视几个小时：他知道任何造物都蕴涵一点神的秘密。诗人就是这样做的，在他看来，无生命的存在物本身，也有渊默的思想。正当那些幻想者夸夸其谈，力图通过夸张的表示和音响空洞的词语，来满足他们激情的时候，诗人却满腔热忱地观赏物质的形状，努力进入世界的元气中。观察，感受，表达，这就是诗人的生活。万物都跟他说话，他同一根草茎交谈。他在映入眼帘的所有形体中，甚至在最不堪入目的畸形中，总是不断地汲取，不断地滋养对最高美的那份爱，他在体会到的所有情感中，在他见证的所有行为中，一直寻求永恒的真理。诗人生而如此，死仍如此，始终处于原初的纯真状态，抵达荣耀的终点时，他抛向尘世的最后一瞥，还是一个孩子的目光。

附　录

缪塞生平及创作年表

李玉民 编

1810 年

12 月 11 日，阿尔弗雷德·德·缪塞生于巴黎核桃树街 33 号（今圣日耳曼大街 57 号）。其父署名缪塞-帕泰，发表了许多作品。

1819 年

缪塞进入亨利四世中学，他能用拉丁文写诗而显得出众。

1824 年

创作第一首诗：《给母亲》。

1827 年

8 月在全国中学高材生大赛中，获拉丁文作文二等奖。在哲学班获哲学作文一等奖、法文作文二等奖。

1828 年

缪塞开始修法律，转而又学医。

开始出入时髦咖啡馆，有不少艳遇。

结识雨果，光顾雨果主持的文学小团体。

在第戎的《外省人报》上首次发表诗歌《一场梦》。

1829 年

12 月出版第一本诗集：《西班牙和意大利的故事》。

1830 年

7 月，查理十世下台。缪塞很可能参加了七月革命。

12 月，在奥德翁剧院首演剧作《威尼斯之夜》，完全失败。

1831 年

1 月至 6 月,在《时间》杂志上连载《荒诞故事》。

1832 年

4 月,父亲患霍乱猝死。缪塞决定文学创作生涯。

12 月,发表第二本诗集:《椅中景观》。

1833 年

开始同《两世界》杂志合作。

5 月,发表剧本《任性的玛丽亚娜》。

6 月,结识乔治·桑。

8 月,发表长诗《罗拉》。开始与乔治·桑结为情侣。

12 月 12 日,这对情侣去意大利。

1834 年

1 月,发表剧本《方达西奥》。缪塞在威尼斯病倒。

2 月,发现乔治·桑和他的意大利医生私通。

7 月,发表剧本《勿以爱情为戏》。

8 月,发表《椅中景观》二集,收进剧本《罗朗萨丘》。

10 月至 11 月,缪塞与乔治·桑重修旧好,12 月重又分手。

1835 年

1 月至 3 月,同乔治·桑恢复关系,经常激烈争吵,最终决裂。

6 月,发表诗歌《五月之夜》。

11 月,发表剧本《烛台》。

12 月,发表诗歌《十二月之夜》。

1836 年

2 月,出版长篇小说《世纪儿的忏悔》。

3 月,发表《给拉马丁先生的信》。

7 月,出版剧本《慎勿轻誓》。

8 月,发表诗《八月之夜》。

1837 年

1836 年 9 月至 1837 年 5 月,发表文论《杜比和科托奈通信录》。

6 月,发表剧本《逢场作戏》。

10 月,发表诗《十月之夜》。

11 月,发表中篇小说《两情妇》。

1838 年

2 月，发表长诗《寄托于上帝的希望》。

5 月，发表中篇小说《提香之子》。

10 月，缪塞被任命为内政部图书馆馆长。

1839 年

缪塞仍耽于女色，同埃美·达尔东分手，又追求女歌手波莉娜·加西亚，同 19 岁的女演员爱莉莎·菲利克斯，即拉舍尔建立关系。

1840 年

年初缪塞便患重病，治愈后开始一种愁苦落寞的生活。

首版《诗歌全集》和《喜剧与谚语》。

1841 年

缪塞在意大利歌剧院遇见乔治·桑，勾引起不忘的旧情，2 月发表不朽的诗篇：《回忆》。

缪塞的身体每况愈下。

1843 年

因为酗酒而重又病倒。同雨果和解（从 1832 年二人反目）。

1845 年

4 月 24 日，授予缪塞荣誉团勋章。

11 月发表剧本《当机立断》。

截止 12 月，缪塞近年应约写了十余篇中短篇小说。

1847 年

11 月 27 日，在法兰西喜剧院首演《逢场作戏》，获得巨大成功。

1848 年

法国国王路易·菲力浦下台。缪塞失去馆长的职位。

1849 年

2 月，首演诗剧《路易松》。

5 月，在法兰西剧院演出《千虑一失》。

1850 年

《立宪报》连载喜剧《加尔莫西娜》。

1851 年

首演剧作《贝蒂娜》。

1852 年

2 月 12 日，入选法兰西学士院院士。

诗集定本出版：《诗歌初集》（1829—1835）、《诗歌新集》（1836—1852）。

1853 年

缪塞受聘为公共教育部图书馆馆员。

出版戏剧集：《喜剧与谚语》。

1854 年—1857 年

缪塞基本停止创作，继续酗酒。1857 年 5 月 2 日逝世，5 月 4 日，三十余人送葬，葬于拉兹神甫公墓。